BASTEI
LÜBBE

MARILYN WALLACE

WENN WORTE TÖTEN

ROMAN

Ins Deutsche übertragen
von Cécile G. Lecaux

BASTEI LÜBBE

BASTEI-LÜBBE-TASCHENBUCH
Band 13722

Erste Auflage
Februar 1996

Deutsche Lizenzausgabe 1996
Bastei-Verlag Gustav H. Lübbe
GmbH & Co., Bergisch Gladbach
Originaltitel: A Single Stone
Lektorat: Beate Stefer
Titelbild:
Allover Bildarchiv,
Reinhold J. Brückner
Umschlaggestaltung:
Quadro Grafik, Bensberg
Satz: KCS GmbH,
Buchholz/Hamburg
Druck und Verarbeitung:
Brodard & Taupin,
La Flèche, Frankreich
Printed in France

ISBN 3-404-13722-1

Der Preis dieses Bandes
versteht sich einschließlich der
gesetzlichen Mehrwertsteuer

Für Julie Gail Bobrowski,
in liebevollem Gedenken

TEIL EINS

FREITAG

1. KAPITEL

Der Übergang vom Tag zur Nacht erfolgte unmerklich. Die Luft war schwer vom bevorstehenden Regen; der erste heftige Sturm des Winters braute sich zusammen, jenseits der Sandsteinklippen von Pescadero, sechzig Meilen südlich von San Francisco. Bleierne Wolken krochen auf die Küste zu, und dies veranlaßte die Bewohner der kleinen Stadt, sich eilig mit Kerzen, Brot, Batterien und Milch einzudecken.

Im *Brothers Market* mischten sich Gruppen von Kindern in grellen Regenmänteln unter die Kunden, die letzte Einkäufe vor dem Sturm tätigten. Linda Orett bog um die Ecke in den Gang mit den Brotregalen und blieb wie angewurzelt stehen, als sie die drei kleinen Mädchen vor der Kasse sah. Wie zerbrechlich ihre Handgelenke wirkten, die aus den Ärmeln ihrer Regenmäntel hervorlugten; wie süß ihre weißen Söckchen, die akkurat über den Turnschuhen umgeschlagen waren. Das älteste der drei Mädchen, ein pausbäckiges Kind von etwa acht Jahren, schnippte mit einer Hand seinen Pferdeschwanz von der Schulter und zeigte auf das Glas mit den Gummibärchen.

Babyshampoo; sie konnte es *unmöglich* riechen, nicht wirklich. *Das bildest du dir nur ein,* sagte sich Linda, als sie ein Roggenbrot in ihren Einkaufswagen fallen ließ und weiterging.

Nun wachsam, um das Glück nicht zu gefährden, das sie sich gerade wieder erst mühsam erkämpft hatte, schob sie den Einkaufswagen weiter zu den Partyartikeln und legte eine Packung Papierservietten hinein. Es war ein gutes Zeichen, daß sie zu einer Zeit in den Supermarkt gekommen war, da, wie sie sehr wohl wußte, Kinder dort sein würden – laut, kichernd und vollbeladen mit Büchern und zusammengerollten Kunstwerken. Es war ein Zeichen ihrer wiedergewonnen Kraft, daß sie weder ihren Blicken auswich noch bewußt die Ohren vor ihrem Tuscheln und Kichern verschloß. Sie war auf dem Weg der Heilung – nur die Kopfschmerzen wollten nicht aufhören.

Linda ließ den Blick über die Farben und Muster vertrauter Etikette gleiten, wischte mit der Hand ein langes Haar von ihrem Mund und überflog dann ihre Einkaufsliste. Eine gut gefüllte Vorratskammer hatte schon immer zu den Dingen gehört, die ihr ein Gefühl der Sicherheit vermittelten. Und *das* gehörte ja wohl nicht zu den Dingen, die sie ändern mußte, um die Vergangenheit zu vergessen. Sie hob eine Packung Waschpulver in den Wagen und schob ihn auf die äußeren Gänge des Supermarktes zu, wo die Frischwaren untergebracht waren; es gab Gerüche, die sich im Kopf zu einer wechselhaften Melodie vereinten, während man an den Köstlichkeiten vorbeiging, Lebensmittel, die man sehen, anfassen und erkennen konnte. Der der aromatischen Äpfel stieg ihr als erstes in die Nase.

»Hey, Mizz Orett, das wird nur'n ganz winzig kleiner Sturm – kein Grund, uns leerzukaufen.« Nick Talaveros rieb einen Apfel an seinem blütenweißen Ärmel und reichte ihn ihr. »Ein saftiger Apfel ist das beste Heilmittel gegen alle Beschwerden. Zu schade, daß sie jetzt anfangen, die Dinger zu wachsen. Sehen gar nicht mehr aus, als kämen sie von einem Baum.«

Linda nahm den Apfel und nickte dankend. Was hatte er damit gemeint ›gegen alle Beschwerden‹? Machte sie auf ihn den Eindruck, als wäre sie krank?

Die Korianderblätter sahen verlockend aus – üppig, grün, lebendig. Und Zwiebeln und Knoblauch – beides würde sie für das Abendessen brauchen. Sie warf einen Blick über die Schulter. Talaveros stapelte pfeifend Äpfel. Vielleicht hatte er nur ganz allgemein sagen wollen, daß, wenn man krank war, gesunde Kost Wunder wirkte. *Es geht mir gut,* dachte sie und versuchte, ihr Spiegelbild in der Schaufensterscheibe zu sehen, während sie ihre Einkäufe auf das Rollband an der Kasse legte.

Der Adamsapfel des Angestellten hüpfte auf und ab, während er jedes einzelne Teil eintippte. Mit feierlichem Ernst reichte er Linda ihr Wechselgeld. »Brauchen Sie Hilfe, die Einkäufe bis zu Ihrem Wagen zu tragen, Mrs. Orett?«

Sie senkte den Blick. In ihrem Einkaufswagen standen nur zwei Tüten. »Nein. Das schaffe ich schon. Danke«, entgegnete sie und zwang sich zu einem Lächeln. *Das fragen sie der Höflichkeit halber jeden,* beruhigte sich Linda.

Eine lange Fahrt durch die üppige Flora der grünen Hügel kam im Augenblick nicht in Frage. Sie hatte zu viele verderbliche Lebensmittel eingekauft, die in den Kühlschrank mußten. Sie verstaute die Tüten im Kofferraum ihres Honda. Ein kurzer Spaziergang am Strand würde genügen müssen.

Donnernd brach sich das Meer auf den Felsen und strömte schäumend an den Strand. Linda hob das Fernglas und stellte die Schärfe ein. Dunkle Punkte nahmen die vertraute Gestalt von Seevögeln an; sie schossen über die Wellen, segelten aus ihrem Blickfeld und ließen nur Wasser und Himmel zurück. Sie wandte sich nach rechts. Eine Wasserfontäne, eine brodelnde Welle; ein Buckelwal vielleicht, das Schlußlicht einer monatelangen Prozession von Walen, die in die wärmeren Gewässer Mexikos zogen.

Ein massiger Leib hob sich aus der See. Linda hielt den Atem an und beobachtete, wie der Rücken des Meeressäugers sich aus dem Wasser hob und dann geschmeidig wieder eintauchte, bis er nach einem letzten Schlagen der Schwanzflosse verschwand. Was machten diese Riesen der Meere vor einem Sturm? Sie versuchte, sich an den Vortrag zu erinnern, den sie vor drei Jahren bei einer Walbeobachtungsexpedition gehört hatte.

Es war ein windiger, kalter Tag gewesen, nicht viel anders als der heutige. Amys Zopf war auf und ab gehüpft, als sie sich einen Weg ganz nach vorn durch die Menge gebahnt und ihre eisigen Finger in Lindas Hand geschoben hatte. Eine nach der anderen waren die Fragen aus ihr hervorgesprudelt. Die runden braunen Augen hatte sie weit aufgerissen, als fürchte sie, ihr könne eine Antwort entgehen, wenn sie nur blinzelte. Wo schlafen Wale? Haben Wale manchmal Angst? Wie erkennen Walbabys ihre Mütter? Woran erkennen Walmütter, wenn ihr Junges krank ist? Der Führer der Tour, der entzückt davon gewesen war, daß ein sechsjähriges Kind ihm Gelegenheit bot, mit seinem Wissen zu prahlen, lud Amy ein, wiederzukommen und bei einer anderen Fahrt als seine Assistentin zu fungieren. Auf der Heimfahrt hatte Amy gegen ihre Müdigkeit angekämpft, bis sie sicher gewesen war, daß Linda alle ihre Fragen aufgeschrieben hatte. »Für das nächste Mal, Mommy«, hatte sie gemurmelt, als ihr Kopf auf Lindas Schoß gesunken und ihr die Augen zugefallen waren.

Linda schlug abrupt eine Hand vor den Mund; das Fernglas kippte seitlich. Es hatte kein nächstes Mal gegeben. *Das ist eine schöne Erinnerung,* dachte sie. *Verdränge sie nicht.* Sie ließ das Fernglas an die Brust sinken. Zu ihren Füßen zischte eine Welle; Sand klebte an ihren Wanderstiefeln. Reingewaschen und müde atmete Linda tief aus und starrte auf das Meer und die tiefhängenden Wolken, bis das Glitzern einer Muschel ihre Aufmerksamkeit erregte. Sie hob sie auf und strich mit einem Finger an der rauhen Kante entlang; es war nur ein Fragment, aber die irisierenden Farben des Perlmutts zeichneten hübsche Muster.

»Zahlst du deine Schulden oder muß ich bis zum nächsten Frühling warten?«

Bea.

Wo kam Bea denn so plötzlich her? Natürlich. Im Sand kann man keine Schritte hören, dachte Linda. Als sie herumwirbelte, wich ihre Überraschung sogleich Freude beim Anblick des vertrauten Gesichts. Beas runde Züge wirkten schärfer, als sie den Wind mit einem bösen Blick quittierte und ihre Strickmütze bis über die Ohren herabzog; nur eine einzelne Strähne grauen Haares, die vom Wind flach an ihre Stirn gedrückt wurde, schaute noch hervor.

Glücklich darüber, sich von der guten Laune anstecken zu lassen – das gelang Bea immer, schon von Anfang an –, ging Linda auf den Spaß ein und stöhnte in gespielter Sorge. »Ich habe vor, alles zurückzugewinnen. Es kann ja sowieso nicht allzuviel sein.«

»Der Zettel liegt im Camper, aber soweit ich mich erinnern kann, sind es mindestens achthundert, vielleicht achthundertfünfzig. Gin Rommé ist ein gefährliches Spiel, Mädchen. Ich habe dich ja gewarnt, daß ich *gut* bin.« Beas Blick wurde versöhnlicher, als der Wind sich legte; die beiden Frauen schlenderten Seite an Seite den Strand hinunter.

»Was hast du damit gemeint ›bis zum nächsten Frühling‹?« *Geh nicht weg,* dachte Linda. *Ich brauche jemanden, der mit mir spricht, ohne zu urteilen oder mehr über meine Vergangenheit wissen zu wollen.*

Bea vergrub die Hände in den Jackentaschen und nickte. »Der nahende Sturm erinnert mich daran, daß Alfie und ich den Camper, als wir uns aus dem Fischereigeschäft zurückzogen, gekauft haben, um in wärmeren Gegenden überwintern zu können. Und auch wenn er nicht mehr da ist, empfinde ich es als meine *Pflicht,* nach New Orleans zu fahren. Ich kann allerdings nicht weg, ehe Smitty den verdammten Vergaser repariert hat. Fünf, sechs Tage würde ich sagen.« Ihre Augen verengten sich, und sie preßte die Lippen fest aufeinander. »Möchtest du einen heißen Rum und dich aussprechen, Liebes? Der Camper steht auf dem Parkplatz.«

Nein, keine Gespräche und kein heißer Rum. Beim letzten Mal hatte nicht viel gefehlt, und Linda hätte Bea alles erzählt. Diesmal müßte sie sich nicht mehr den Kopf darüber zerbrechen, ob es fair war oder nicht, Bea mit ihrem Schmerz zu belasten, ob es das Ende ihrer Freundschaft bedeuten würde, wenn sie ihr ihre Geschichte erzählte. Bea würde ohnehin weggehen. Karten spielen, bei Rum mit Cola in ihrem Camper sitzen und geschmuggelte Winstons rauchen – damit war es jetzt vorbei.

»Ich muß meine Einkäufe nach Hause bringen, Bea. Schreib mir eine Karte aus New Orleans, okay?«

Bea rückte näher an Linda heran. »Ich bin nicht gut im Briefeschreiben, aber du solltest dich bemühen, deine Geschicklichkeit beim Kartenspiel zu verbessern, hörst du, ich komme nämlich wieder. Im April oder Mai. Irgendwann um den Dreh.« Sie zog sich die Mütze noch tiefer über die Ohren. »Und ich komme mir meine achthundert Dollar abholen.«

Linda fühlte, wir ihr Lächeln flüchtig aufflackerte und dann erlosch. Sie stieß sich fester vom nassen Sand ab, um schneller voranzukommen, und stapfte den Pfad hinauf, der durch die Dünen führte. Sie stemmte sich gegen den hartnäckigen Wind und lauschte Beas keuchendem Atem. Sie mußte *wirklich* nach Hause, um die Lebensmittel in den Kühlschrank zu legen und das Abendessen zu kochen, bevor Matt zurück war.

Komisch, sogar Matt war an diesem Morgen argwöhnisch um sie herumgeschlichen und hatte eindringlich ihr Gesicht gemustert, als er geglaubt hatte, sie bemerkte es nicht, als könne er die Dunkelheit fernhalten, indem er sorgfältiger über sie wachte. Vielleicht fürchtete er, sie könnte wieder in den Abgrund gleiten, dem zu entrinnen sie so hart gekämpft hatte. Vielleicht entging ihr etwas, was allen anderen auffiel, irgendein Warnsignal, das sie aussandte.

Als sie auf dem Parkplatz angelangten, blieben sie stehen, schwer atmend von dem anstrengenden Aufstieg. Der Camper stand gleich neben ihrem Honda, die mit Jalousien versehenen Milchglasscheiben wegen des aufkommenden Sturms fest verschlossen.

»Warte hier«, rief Bea, die Augen zusammengekniffen, um sie vor dem Sand zu schützen, den die Böen aufwirbelten.

Bevor Linda protestieren konnte, war Bea fort und hastete in ihren schweren Gummistiefeln über den Asphalt. Bis Linda bei ihrem Wagen angelangt war, ihn aufgeschlossen und die Tasche mit dem Fernglas auf den Beifahrersitz geworfen hatte, war Bea zurück.

»Schreib mir deine Adresse und deine Telefonnummer auf.« Bea zeigte auf eine freie Stelle auf dem Einband eines abgenutzten Gezeitenbuches und drückte Linda einen marmorierten grünschwarzen Füller in die Hand. »Ich muß doch wissen, wann die Sonne nach Kalifornien zurückkehrt. Halt du für die alte Bea Ausschau nach der Sonne.«

Linda schraubte den Deckel des Füllers ab, zögerte kurz und schrieb dann das Gewünschte auf. Vielleicht würde Bea sich eine Ausrede ausdenken und sie vor dem Frühling anrufen, um ihr mitzuteilen, daß sie nicht zurückkommen würde – vielleicht begann sie ja auch bereits, sie zu vergessen, sobald sie auf der Interstate war. Linda gab Bea Füller und Buch zurück, und ihre Finger strichen sacht über die rauhen Hände ihrer Freundin. »Und fahr vorsichtig, ja?«

Bea grinste. »Du willst ja nur Gelegenheit haben, deine achthundert zurückzugewinnen.« Ihr Lächeln erlosch; eine Sekunde fürchtete Linda, daß Bea sie umarmen würde, aber statt dessen salutierte sie militärisch, wandte sich ab und kletterte auf den Fahrersitz ihres Wohnmobils.

Linda wartete, bis der Camper vom Parkplatz rumpelte; dann stieg sie in ihren Honda, legte den Sicherheitsgurt an und wünschte, als sie nach rechts auf den Highway fuhr, sie besäße ein Andenken an Bea – ein Kartenspiel, eine ihrer Porzellantassen, den blau-weißen, gehäkelten Topfwärmer – irgend etwas, was sie über den langen Winter hinwegtröstete.

Die Straße beschrieb eine Haarnadelkurve. Als die ersten Regentropfen gegen die Wundschutzscheibe prasselten, zwang sie sich, sich auf das Fahren zu konzentrieren, und versuchte die Melancholie zu verdrängen, die sie angesichts der bevorstehenden Einsamkeit befallen hatte. Den ganzen Winter ohne Bea, ohne einen Menschen … außer Matt, und in letzter Zeit war sein Schweigen beinahe schwerer zu ertragen gewesen, als allein zu sein.

Unwillkürlich sah sie die drei kleinen Mädchen aus dem Supermarkt vor sich.

Keins von ihnen war blond, sagte sie sich. *Es wird schon gehen.* Sie gab Gas; plötzlich hatte sie es eilig, nach Hause zu kommen.

– Und machte Ihre Schwiegermutter sich nicht solche Sorgen, daß sie zu Ihnen zog, als Ihre Tochter zwei Wochen alt war.
(Ich muß meine Hände verstecken. Der Stuhl ist hart. Der Raum dreht sich).
– Einen Monat nach der Geburt Ihrer Tochter brachte Ihr Mann Sie zu Dr. Gorchik. Was hat der Arzt bei diesem Besuch festgestellt?
(Festgestellt. Es gibt nichts festzustellen. Noch ist nicht alles verloren.)
– Sagen Sie bitte dem Gericht …

»Die Vergangenheit liegt hinter mir. Ich kann mein Leben weiterleben«, murmelte sie. Der Therapeut, bei dem sie ein einziges Mal gewesen war, hatte vorgeschlagen, daß sie, jedesmal wenn die Erinnerung sie einholte, dieselben Worte benutzen sollte, um die Bilder zu vertreiben. Sie war skeptisch gewesen; heute, nach einer Million Wiederholungen, konnte Linda immer noch nicht glauben, daß es jemals auch nur einen einzigen Tag geben würde, an dem sie nicht daran dachte.

Als sie sich ihrer Einfahrt näherte, verlangsamte sie das Tempo; Kies spritzte auf, und sie steuerte den Wagen die schmale Auffahrt hinauf zwischen den Eukalyptusbäumen auf beiden Seiten hindurch. Im Wohnzimmer brannte Licht, und Matts Kombi parkte unter dem Lorbeerbaum. Sie lenkte den Honda auf die freie Fläche neben dem baufälligen Geräteschuppen, in dem sie ihre Pflanzen zog.

Der Regen trommelte nun gleichmäßig auf das Wagendach, und das metallische Klingen drohte, ihre nachlassenden Kopfschmerzen wieder aufflackern zu lassen. Eisige

Wassertropfen klatschten schmerzhaft auf ihre Wangen, als sie die Tüten aus dem Kofferraum holte und zum Haus lief. Durchnäßt stolperte sie mit ihren Einkäufen in die Küche. Obwohl sämtliche Lichter brannten, wirkte der Raum düster, und wieder einmal schwor sie sich, daß sie in der nächsten Woche oder jedenfalls bald die alte Tapete abreißen würde. Sie war grau und mit einem dunklen Rankenmuster bedruckt. Manchmal fühlte sie sich in diesem Raum bedroht, als würden sich die Ranken von den Wänden lösen und sie umschlingen.

Über das Rauschen der Dusche hinweg war Matts sonorer Baß zu hören. Linda ließ die Einkaufstüte auf die Arbeitsplatte gleiten und lauschte, damit sie das Lied erkennen und mit ihrem Alt einstimmen konnte. Als sie sich beim Vorsingen für die *Oklahoma-Production* der *Oakland Community Players* kennengelernt hatten, hatten sie nicht ahnen können, wie ihr Leben fünfzehn Jahre später aussehen würde.

Er sang Mozart. Warum das Requiem? Warum heute? Manchmal hatte sie Tage oder sogar Wochen das Gefühl, daß sie es endlich überstanden hatte – und dann ganz plötzlich wurde sie förmlich überflutet von neuen Bildern, Bildern, die so deutlich waren, daß sie kaum Zeit hatte, ihr Gleichgewicht wiederzuerlangen, bevor die nächste Krise über sie hereinbrach, die stets mit derselben Frage begann.

Wie konnte irgend jemand glauben, ich hätte mein eigenes Kind getötet?

2.
KAPITEL

Natürlich, sagte sie sich gleich darauf seufzend. *Daß ich mich so fühle, liegt daran, daß bald ihr Geburtstag ist.*

Thanksgiving und Amys Geburtstag, nur zwei Tage hintereinander. Das war zuviel. Das war ihr sogar in dem Jahr, als Amy geboren wurde, so vorgekommen.

»Wenn die Wehen heute abend einsetzen, wirst du es noch bereuen, soviel in deinem Verdauungstrakt zu haben, Liebes.« Matts Mutter, Gladys, redete immer so: Sie hatte einen Verdauungstrakt und keinen Bauch; sie aß nicht, sondern nahm Nahrung zu sich, als bedürften Körper klinischer Diskussionen und als wäre die volkstümliche Redeweise unziemlich. Aber in einem hatte sie recht behalten: Als Lindas Wehen am nächsten Morgen einsetzten, kam es ihr vor, als würde sie einen riesigen gefüllten Truthahn auf die Welt bringen anstatt eines Babys.

Gladys erteile stets sehr großzügig Ratschläge.

– Linda, du mußt den Tatsachen ins Auge sehen. Ein Baby zu haben wird sich auf alle Bereiche deines Lebens auswirken – deine Karriere, deine persönliche Freiheit, sogar auf deinen Körper. Aber Mutter zu sein ist eine Ehre. Und jetzt reiß dich zusammen und kämm dir das Haar.

(Du würdest mir einen großen Gefallen tun, wenn du mich in Ruhe ließest. Nimm das Kind mit. Ich fühle mich eingeengt.)

– Ich koche Kaffee. Du willst doch sicher nicht, daß Matt dich um drei Uhr am Nachmittag im Bett antrifft, oder?

(Matt. Linda. Amy. So müde. Nimm das Essen weg. Meine Arme sind wie gelähmt. Meine Beine tragen mich nicht.)

Und Gladys lebte noch, während Amy … Nein, das war nicht fair, auch wenn Gladys ihr in jenen schwierigen Wochen der Verwirrung nach Amys Geburt keine Stütze gewesen war. Ihre eigene Mutter hätte gewußt, was zu tun war, wenn sie nicht zwei Jahre vor Amys Geburt gestorben wäre. Sogar die kinderlose Bea mit ihrer brüsken Art hätte es besser gemacht. Gladys vertrat in ihrer ruhigen, nervenaufreibenden Art die Ansicht, daß Linda schon wieder auf die Beine kommen würde, wenn sie sich erst dazu durchränge, es *zu wollen*. Dr. Gorchik meinte, Linda hätte eine *gestörte Beziehung* zur Mutterschaft, wäre *wütend*, weil sie ihren Beruf aufgeben müsse, oder hätte ein *zwiespältiges Verhältnis* zu ihrer eigenen Sexualität. Am schlimmsten war gewesen, daß sie nichts verstanden hatte, dann das schlechte Gewissen, die Sorge, sich nicht genug Mühe zu geben.

Gott sei Dank hatte Dr. Tress die Tests angefordert, um festzustellen, ob dem Problem möglicherweise eine physische Ursache zugrunde lag. Sie hatte ihr eine Hormonbehandlung verschrieben, und innerhalb von acht Wochen hatte sie die Mutterschaft größtenteils als Segen empfunden und nicht mehr als reinen Fluch. Und später hatte dann dieses Biest von Assistentin des Bezirksstaatsanwalts – der so sehr daran gelegen war zu demonstrieren, daß sie keine besondere Rücksicht würde walten lassen, nur weil die Angeklagte ebenfalls eine Frau war – die Aussage der Ärztin verdreht und zum Aufhänger ihrer Anklage gegen Linda gemacht.

»Bist du das, Linnie?« wehte Matts Stimme auf Wolken duftenden Dampfes aus dem Bad zu ihr herüber.

»Hast du Greta Garbo erwartet?« Linda schüttete die Kaffeebohnen in ein Einmachglas, stapelte die Orangen in den Obstkorb und verdrängte die schlechten Erinnerungen. Plötzlich war er hinter ihr, und sein nasses Haar streifte ihr Ohr, als er sie auf den Nacken küßte und dann das Gesicht in ihrem Haar vergrub. »Mmmm. Köstlich.« Seine Lippen verweilten auf einem Fleck unterhalb ihres Ohres, und die Härchen auf ihren Armen sträubten sich.

Es war so typisch für ihn, einen Augenblick zu wählen, da sie in Gedanken woanders war, einen Augenblick, da sie Tage nicht mehr miteinander geredet oder sich berührt hatten. Sie würde sich Mühe geben, ihm auf halbem Weg entgegenzukommen. Aber erst nachdem sie zu Abend gegessen und sich wie normale Menschen über ihren Tag, ihre Pläne und ihre Vergangenheit unterhalten hatten. Sie machte einen halben Schritt nach vorn, aus seiner Umarmung heraus, wandte sich um und drückte ihm einen Kuß auf die Wange. »Das war die Vorspeise. Das Dessert gibt es später, nach der Fischsuppe.«

Ein Schatten huschte über sein Gesicht. Er lächelte und schnupperte in der Luft über dem leeren Suppentopf. »Fischsuppe. Das ist etwas für Bauern. *Wir* essen Bouillabaisse«. Er drückte sich an sie, und sie spürte seine muskulöse Brust und seine kraftvollen Schenkel. Beschützend zog er sie an sich.

Noch nicht. Stirnrunzelnd wich sie zurück. »Später Matt.«

Sein Körper versteifte sich, und die winzigen Fältchen um seine Augen vertieften sich. Dann zuckte er die Achseln und verließ die Küche. Linda griff nach einer großen Zwiebel, schälte sie, schnitt sie in Scheiben und zerhackte sie dann auf einem Holzbrett. Ihre Augen brannten und tränten. *Verdammte Zwiebel,* dachte sie und wischte mit dem Ärmel ihres Sweatshirts die Tränen von ihrer Wange.

Draußen schüttelte der Eukalyptusbaum Regenfäden auf den durchweichten Boden. Ob sie noch wußten, wie man miteinander redete? Als sie vor neunzehn Monaten hier eingezogen waren, hatten sie sich über den Garten, über Matts Schreinerarbeiten oder die Bücher, die sie in der Bibliothek ausgeliehen hatten, unterhalten. In letzter Zeit war das Abendessen eine stille Angelegenheit geworden. Nachdem sie das Geschirr abgewaschen hatte, beschäftigte sie sich mit ihren Pflanzen, während Matt im Hinterzimmer verschwand, um an seinen Skulpturen zu arbeiten.

Diese Skulpturen. Linda goß Olivenöl in den Topf und fragte sich, wie sie wohl aussehen mochten. Er hatte an der

Tür zu seinem Atelier ein Vorhängeschloß angebracht und behauptet, daß er sich in diesem winzigen Haus beengt fühle und etwas Privatsphäre brauche. Linda kam es eher wie Geheimniskrämerei und nicht wie die Wahrung der Privatsphäre vor, aber sie hatten so viel durchgemacht, daß sie es nicht über sich brachte, ihn darauf hinzuweisen.

Aus dem Schlafzimmer hörte sie gedämpft die Geräusche von Schubladen und Schranktüren, die geöffnet und wieder geschlossen wurden. Voller Unbehagen streckte Linda eine zitternde Hand aus, um das Radio einzuschalten. Die vertraute Stimme von Bob Marley ertönte aus dem schwarzen Kasten, begleitet von einem Chor, der von Gerechtigkeit und Gottes Liebe sang. Sie hatte so viel von Gottes Liebe gehört, daß es ihr für ein ganzes Leben reichte. Amy ist jetzt glücklich in seiner Liebe, hatten sie gesagt. Gott bürdet einem nur soviel auf, wie man ertragen kann, und seine Liebe gibt einem Kraft. *Schnauze*, wollte sie das Radio anschreien, aber statt dessen drehte sie an dem Rädchen, bis sie einen Jazz-Sender gefunden hatte.

Die Zwiebelwürfel zischten und hüpften, als sie in dem siedenden Öl landeten. Linda betrachtete den Knoblauch – die Zehen waren dünn und mit bräunlichen Flecken bedeckt, aber zu dieser Jahreszeit konnte man nichts anderes erwarten. Sie brach vier der Zehen aus der Knolle, schnitt die Enden ab, befreite sie von der pergamentartigen Schale und zerhackte sie.

Die Muskeln an ihren Schultern verkrampften sich, als sie Matts Schritte hinter sich hörte

»Du solltest nach Santa Cruz fahren und dir etwas Hübsches zum Anziehen kaufen.« Er knöpfte sein blaues Arbeitshemd fertig zu und lehnte sich an die Spüle. »Etwas Pinkfarbenes oder Gelbes. Eine fröhliche Farbe.«

Jetzt waren es ihre Kleider. Den ganzen Sommer über waren es ihre Haare gewesen. Als nächstes würde er ihr wohl eröffnen, ihre Brüste wären zu klein oder ihre Nase schief.

»Ich mag meine Sachen«, entgegnete Linda sanft. »Ich hatte immer schon eine Vorliebe für blasse, gedämpfte Farben und Erdtöne. Ich mag mein Haar. Ich trage es gern lang, blond und lockig, so natürlich, wie es wächst.« Es tat gut, die Stimme zu erheben. »Und weiß du was? Ich gedenke, nichts von alledem zu ändern.«

Wie um den Schauder zu rechtfertigen, der ihren Körper durchlief, heulte der Wind auf und schleuderte den Regen gegen die Fensterscheibe. Ein heiseres, durchdringendes Saxophonsolo erfüllte den Raum. Linda senkte die Stimme, damit Matt das furchtsame Zittern nicht hörte. »Reich mir den Anisette, ja?«

Matt nahm die Flasche aus dem Regal und reichte sie ihr. »Nun, da du so sehr mit Hacken und Würzen beschäftigt bist, sollte ich vielleicht noch damit warten, es dir zu sagen.«

Ein weiteres Spielchen. Warum sagte er nicht einfach, was er auf dem Herzen hatte und brachte es hinter sich? Sie schüttelte den Kopf, sich vage bewußt, daß sie alles, was er sagte, negativ bewertete. Es machte sie wütend, wenn er nicht mit ihr sprach, tat er es jedoch, ärgerte sie sich über das, was er sagte, oder darüber, wie er es sagte. Das war nicht fair.

»Vielleicht solltest du wirklich noch warten«, sagte sie mit einem gezwungenen Lächeln. Das Licht hinter seinem Rücken, schienen seine Hüften wieder schmaler, die von der Arbeit gestählten Muskeln an seinen Armen und Beinen wirkten weicher, die Falten verschwanden aus seinem Gesicht, und er war wieder zweiundzwanzig. Die Erinnerung an die Zeit, da ihre einzige Sorge gewesen war, ihre Leidenschaft unter Kontrolle zu halten, schmerzte. »Okay, was willst du mir erzählen? Hast du eigentlich eine Ahnung, wie selbstgefällig du aussiehst, Matthew Orett?«

»Heute abend dinierst du mit dem Architekten, der beauftragt wurde, einen Anbau des Minetta-Hauses zu entwerfen.«

Sie ignorierte das blecherne Summen in ihrem Kopf; es

war nicht fair, ihm mit Bedenken die Freude zu verderben. »Matt, das ist großartig. Wann fängst du an? Wie groß ist der Auftrag? Erzähl mir alles.«

Er ließ sich nicht zweimal bitten. »Die Schreinerarbeit war für eine Weile ja okay, aber inzwischen brauche ich diese Art des körperlichen Abreagierens nicht mehr. Mein Gehirn fängt an zu verkümmern, und das ist ganz und gar nicht gut für das alte Selbstwertgefühl.« Er lachte; es klang bitter. Dann nahm er ihre Hand und musterte sie eindringlich. »Ich muß etwas bewegen, Raum schaffen, der auf die Menschen zugeschnitten ist, die ihn bewohnen werden. Also habe ich, nachdem ich Joe Minetta davon hatte reden hören, daß er anbauen wolle, einige Pläne gezeichnet. Er hat heute angerufen und sein Okay gegeben.«

Linda rührte in der Suppe. *Denk positiv.* »Du klingst so glücklich. Das ist wirklich toll.«

»Gut«, sagte er; die Ader an seiner Schläfe pochte. »Nachdem ich ihm einige deiner alten Zeichnungen gezeigt habe, hat Joe nämlich gefragt, ob du den Garten entwerfen würdest.«

Linda verschlug es die Sprache. Er hatte nicht das Recht … Nein, das war es nicht. Sie war nur noch nicht soweit. Sah er das denn nicht? Sie traute sich noch nicht zu, auch nur eine Stunde im Haus der Minettas zu verbringen, ohne zu wissen, wann aus einem anderen Zimmer die Stimme eines Kindes ertönen würde. Möglich, daß sie noch etwas anderes brauchte als den Garten und ihr Gewächshaus, um sich zu beschäftigen, aber nicht das. Nein, sie war noch nicht soweit.

»Tut mir leid«, sagte sie leise. »Ich weiß nicht, ob ich dazu schon in der Lage bin.«

Matt packte sie bei den Schultern. Seine Fingerspitzen gruben sich durch ihre Kleider fest in ihr Fleisch. »Das erstemal wird es am schwersten sein, aber wenn du erst den ersten Schritt gemacht hast, wird es leichter werden. Außerdem habe ich den Eindruck, daß Minetta auf einen Gesamtauftrag aus ist.«

»Versuch nicht, mich zu erpressen, Matt. Ich brauche etwas Zeit …«

»Denk bis Sonntag darüber nach. Wenn du bis dahin immer noch nicht sicher bist, lasse ich es gut sein.«

Von heute bis Sonntag wird sich nichts ändern, dachte sie. Aber dennoch nickte sie. Immerhin hatte sie zwei Tage Frieden herausschlagen können. Vielleicht würde sie den Auftrag sogar annehmen. Sie brauchte nur einfach mehr Zeit, sich darauf vorzubereiten, als Matt glaubte.

»Ich möchte, daß du es mir versprichst, Linda. Versprich mir, daß du darüber nachdenken wirst.«

Wie kindisch von ihm, dieses Versprechen von ihr zu fordern. Sie war nicht gewillt, darüber zu streiten, worüber sie nachdenken würde und worüber nicht. »Ich habe doch schon gesagt, daß ich das tun werde. Ist dir das nicht genug?«

»Ich decke den Tisch.« Matt nahm Löffel und Messer aus der Besteckschublade und schob sie dann mit der Hüfte wieder zu.

Er hatte es wieder getan – einfach ignoriert, daß sie etwas gesagt hatte. Linda schabte etwas Erde von einer langen, gebogenen Möhre und knallte sie dann auf das Schneidebrett.

Matt sah sie nicht an, als er in die Küche zurückkam.

Sie mußte etwas tun, um die Feindseligkeit zwischen ihnen zu zerstreuen; sie würde nie am Tisch sitzen und ruhig ihre Suppe löffeln können, wenn dieser Klumpen in ihrem Bauch sich nicht vorher auflöste. »Und wie läuft es mit dem Sharpe-Haus?« fragte sie. »Alles in Ordnung?«

»Die Fassade ist verputzt und das Fenster eingesetzt. Er meint, ich könnte so schnell arbeiten, wie er redet. Aber es sind nette Leute. Er hatte früher eine Werbeagentur in Orange County.« Matt vergrub die Hände in den Gesäßtaschen seiner Hose und legte den Kopf schräg, in einer Geste, die sie ermutigen sollte, fortzufahren.

Vielleicht würde doch noch alles gut werden. »Ist dir

schon aufgefallen, daß die Hälfte der Leute hier ›früher einmal‹ irgend etwas gemacht haben? Vielleicht hat sie alle die Ruhe hier bezaubert. Jedenfalls ist es hier geruhsamer als in Oakland. Und es gefällt mir, nicht ständig über die Schulter weg nach der Konkurrenz schielen zu müssen. Und es gefällt mir, daß ich mir nicht den Kopf darüber zerbrechen muß, ob ich die richtigen Kleider trage oder den richtigen Wagen fahre oder ob alle Türen verriegelt sind.«

»Willst du damit sagen, daß dein jetziges Leben dir so gut gefällt, daß du nicht an dem Minetta-Auftrag interessiert bist?«

Wenn sie etwas zu sagen hatte, würde sie es auch sagen. »Es scheint mir nur eine gesündere Lebensweise zu sein, das ist alles. Ich habe in den vergangenen anderthalb Jahren einiges begriffen. Für mich ist es okay, wenn ich mich nicht ständig antreibe, mehr Geld verdiene und mehr Verantwortung übernehme.«

»Für mich ist das nicht okay. Ich bin Architekt. Ich kann nicht ewig auf der Stelle treten.«

Und du wünschtest, es könnte wieder alles so sein wie früher. Bevor sich alles geändert hat. Es ist nicht meine Schuld, schrie sie innerlich. *Gib nicht mir die Schuld.*

Sie konnte nicht länger gegen Matt kämpfen. Alles andere – die Erinnerung, die Kopfschmerzen –, dagegen konnte sie kämpfen. Aber nicht gegen Matt. Er war alles, was sie hatte. »Ich weiß, daß hier alles anders ist. Ich dachte nur, du würdest dich hier auch wohl fühlen.«

Er funkelte sie zornig an. »Wohl fühlen? Alles aufzugeben, was dich glücklich gemacht hat – deine Arbeit, deine Freunde, deine ehrenamtliche Tätigkeit im Museum, die Filme mit De Niro, die Theatergruppe, alle beim Darten zu schlagen – das nennst du, sich wohl fühlen? Du bezeichnest es als Wohlfühlen, wenn du dein Äußeres vernachlässigst und aussiehst wie eine Fischersfrau? Hier in diesem gottverlassenen rückständigen Nest zu leben … das ist deine Vorstellung vom Paradies?«

Er hatte sie völlig mißverstanden. Vielleicht war es anfangs so gewesen. Heute nicht mehr. Sie fühlte sich hier nur besser, in größerer Harmonie mit der Welt. »Friede«. Sie streckte die Hand aus und wartete darauf, daß er ihre Finger ergriff. Er rührte sich nicht. »Matt«, sagte sie leise.

Sie entfernten sich voneinander; sie waren schon oft an diesem Punkt gewesen, dicht davor, beinahe soweit, die Dinge auszusprechen, die ausgesprochen werden sollten. In der Stille wurde Linda gewahr, daß die Musik verstummt war. Nachrichtenzeit. Automatisch streckte sie die Hand aus, um einen anderen Sender zu suchen.

»Stop«, zischte Matt. Er packte mit schmerzhaftem Griff ihr Handgelenk.

Die Stimme des Nachrichtensprechers dröhnte in ihrem Kopf. »... der Mord an der sieben Jahre alten Marianne Brandon. Lieutenant McNaughton fügte hinzu, daß das Oakland Police Department alle Eltern auffordert, auf Fremde zu achten, die sich in der Nähe von Schulen, Parks und Spielplätzen verdächtig benehmen.«

Ihr Magen revoltierte, und sie schaffte es gerade noch rechtzeitig bis zum Spülbecken. Sie übergab sich, stellte dann den Abfallzerkleinerer ein und drehte das Wasser ganz auf.

Wenn sie nur irgendwie darauf vorbereitet gewesen wäre. Wenn es nur irgendeine Warnung gegeben hätte – von der Polizei, von Gott, von irgendwo –, dann hätte sie über ihr Kind wachen können. Im Verlauf des Prozesses hatte sie sich gefragt, ob sie Amys Tod vielleicht hätte verhindern können. Sie hatte sich bis zu einem gewissen Grad verantwortlich gefühlt. Dann hatte sie sich sogar gefragt, ob jemand in der Lage wäre, etwas so Abscheuliches zu tun, ohne es zu wissen.

»... weist Parallelen zum Fall der kleinen Amy Crell auf, deren Mutter Linda des Mordes angeklagt, aber aus Mangel an Beweisen freigesprochen wurde.«

Linda nahm den Holzlöffel, tauchte ihn in die kochende

Suppe, rührte und hob ihn wieder heraus. *Die Vergangenheit liegt hinter mir. Ich kann mein Leben weiterleben,* sagte sie sich, während eine Träne aus Tomatensud mit einem leisen Plopp auf den Herd fiel.

3. KAPITEL

»Ja ich habe alle Bücher und meine Hausaufgaben von der Lehrerin bekommen. Sie sagt, wir müssen auch am Wochenende Hausaufgaben machen, obwohl wir erst in der dritten Klasse sind. Aber das ist blöd. Ohne dich sind es keine richtigen Ferien, Papa. Und was ist mit Thanksgiving?« Julio saß auf der Kante seines Bettes, und ein Poster eines Brontosaurus bildete einen grünen Farbkreis hinter seinem dunklen Kopf.

Thanksgiving: Sergeant Carlos Cruz spürte, wie sein Magen sich verkrampfte. Der einzige Feiertag, am dem ihm wirklich etwas lag, der Tag, an dem Familien aus dem ganzen verdammten Land anreisten, um zusammen zu sein – er haßte die Vorstellung, Thanksgiving zu versäumen.

»Du meinst also, ich sollte mit dir, Carlito und Mama nach Santa Cruz fahren, obwohl der Lieutenant mich gebeten hat, hierzubleiben und dabei zu helfen, den Mörder von Marianne Brandon zu finden?« fragte Cruz sanft und betrachtete aufmerksam das runde Gesicht seines Sohnes.

Der Junge richtete den Blick auf einen Fussel auf der Kordtagesdecke und schwieg.

Den ganzen Tag waren Gerüchte kursiert: Der Bürgermeister setzte den Chief unter Druck; der Chief machte dasselbe mit McNaughton, um der Öffentlichkeit zu beweisen, daß das Police Department von Oakland einen Kindermörder nicht frei herumlaufen ließ; McNaughton strich sämtlichen Urlaub. Carlos Cruz wußte, daß alle Beamten des Morddezernats ebenso erpicht darauf waren, daß dieser Fall möglichst schnell gelöst wurde, wie der Bürgermeister und die Öffentlichkeit. So wie er selbst – aber Carlito, Julio und Elenya waren traurig, daß er an diesem Feiertag nicht bei ihnen sein würde. Wenn er ehrlich war, gefiel ihm der Gedanke auch nicht besonders.

Julio rutschte unruhig hin und her, saugte an seinen Lippen und versuchte die Anzeichen seiner Verletzlichkeit zu verbergen – den zitternden Mund, die Tränen, die an seinen unteren Wimpern glitzerten.

»He, Julio, ich habe dich etwas gefragt.«

»Nein, Papa. Ich finde auch, daß du bleiben solltest. Aber ich will nicht ohne dich fahren.« Unvermittelt straffte der Junge die hängenden Schultern und riß in plötzlichem Verstehen die Augen auf. »Der Mörder kann mich und Carlito nicht kriegen, wenn wir in Santa Cruz sind, stimmt's?«

Cruz umarmte seinen feingliedrigen kleinen Sohn. »Julio, das ist nicht der Grund, warum ihr, du, Mama und Carlito, wegfahrt. Mamas Unterricht ist vorbei, und sie fängt auf der Arbeit bald mit einem neuen Computerprojekt an. Sie wird bis lange nach dem Sommer keinen Urlaub mehr bekommen.«

Sie hatten im Seaspray Motel reserviert, zwei Fahrstunden südlich von San Francisco: Insgesamt gab es acht Bungalows, jeder mit Blick auf den Ozean, offenem Kamin und Bad. Der Regen würde sie nicht aufhalten; sie würden sich in warme Mäntel und Hüte hüllen, am Strand spazierengehen und an einem knisternden Lagerfeuer sitzen – nur daß er nicht dabeisein würde, es sei denn, es kam im Fall Brandon unerwartet schnell zu einem entscheidenden Durchbruch.

»Ich komme nach, sobald ich kann. Und ihr beide seid bis dahin brav zu Mama und sorgt dafür, daß sie Spaß hat, okay?«

»Meinst du, sie hat Lust, auf die Klippen zu klettern, die wir im letzten Jahr entdeckt haben?« Julio liebte es, wenn alles im voraus geplant war; er war immer dann am glücklichsten gewesen, wenn ein fester Zeitplan eingehalten worden war, schon als kleines Kind. Er haßte Improvisationen.

Cruz lachte. »Vielleicht.«

»Papa, hilfst du mir beim Packen? Ich könnte es auch allein, aber wenn du mir hilfst, können wir … über etwas reden.«

Cruz fühlte ein Ziehen in der Brust; er vermißte seine Familie jetzt schon, wo sie noch nicht einmal abgereist waren. »Ich muß jetzt zu dieser Krisensitzung. Frag Carlito, ob er dir hilft. Ein Koffer für jeden – mehr nicht.«

Julio nickte, und seine schwarzbraunen Augen musterten ihn eindringlich, als wolle er sich das Gesicht seines Vaters unauslöschlich ins Gedächtnis einprägen. Cruz wandte sich von seinem enttäuschten Sohn ab und steuerte auf das Licht am anderen Ende des Flurs zu.

Elenya saß in einer Ecke des Sofas mit der geschwungenen Rückenlehne, beide Füße auf dem marmornen Couchtisch, den sie ganz am Anfang ihrer Ehe bei einem Garagenverkauf in San Jose erstanden hatten. Einige Strähnen ihres Haares lösten sich aus der Spange, mit der sie es zurückgesteckt hatte, als sie zu Nadel und Faden gegriffen hatte.

»Julio sagt, er will dafür sorgen, daß du Spaß hast.« Cruz beugte sich herab und drückte seiner Frau einen Kuß auf den Kopf.

»Das ist nicht dasselbe«, sagte Elenya, stach die Nadel in den Stoff und führte sie durch das winzige Loch in dem Knopf, den sie gerade annähte. »Ich habe mich an den Gedanken gewöhnt. Es wird ganz schön sein, sie einmal ganz für mich allein zu haben.«

Cruz verspürte einen Stich der Eifersucht. Hätte sie nicht sagen können, daß sie ihn vermissen würde?

»Es tut mir schrecklich leid, daß du den Urlaub versäumst, *querido*. Wenn du an Thanksgiving nicht weg kannst, kommen wir nach Hause. In zwei Stunden sind wir hier. Vorausgesetzt, daß du Dienstfrei bekommst.«

Erst will ich Dank dafür sagen können, daß wir den Mistkerl festgenagelt haben, dachte Cruz und sah auf die Uhr. »Ich muß los. Die Besprechung beginnt in zwanzig Minuten.«

»Weck mich, falls ich schon schlafe und du reden möchtest, wenn du wiederkommst. Vielleicht, wenn du darüber redest ...« Elenya stach erneut die Nadel durch den Stoff.

»Darüber zu reden ändert nichts«, brummte Cruz.

»Mama, darf ich meine Dungeons-and-Dragons-Sachen mitnehmen?« ertönte Carlitos vor Müdigkeit heisere Stimme vom anderen Ende der Wohnung.

»Antworte ihm nicht«, sagte Cruz. »Er ist zehn Jahre alt und muß endlich aufhören, so herumzuschreien.«

Elenya nickte und beschäftigte sich weiter damit, den Knopf anzunähen.

Cruz ging den Flur hinunter und betrachtete von der Tür aus seine beiden Söhne, die auf dem Bauch lagen und Comics lasen.

Er hatte so oft diesen Ausdruck auf Elenyas Gesicht gesehen, der bedeutete, er dürfe von seinen Söhnen nicht erwarten, perfekt zu sein. Es waren gute Jungs, und er hatte sie nie geschlagen – abgesehen von dem einen Mal im vergangenen April, als Carlito fünf Dollar von der Kommode genommen hatte, auf der Gruz jeden Abend den Inhalt seiner Hosentaschen deponierte. Cruz hatte den Schein zwischen Monopolygeld versteckt gefunden. Anfangs hatte der Junge geleugnet, das Geld genommen zu haben. Schließlich hatte er es dann doch zugegeben, aber noch bevor er zu Ende gesprochen hatte, hatte Cruz Carlito mit solcher Kraft geohrfeigt, daß seine Hand einen roten Abdruck auf der zarten Wange seines ältesten Sohnes hinterlassen hatte.

Das war alles, aber eine Sekunde lang sah er vor sich, wie es hätte ausgehen *können:* Es war so leicht, die Beherrschung zu verlieren und auf den kleinen Körper einzuprügeln, bis der Zorn verraucht war. Cruz empfand bei der Vorstellung übelkeiterregendes Entsetzen, das er als Scham erkannte.

»Wie geht es deiner Verletzung?« Er strich über die glatte Haut um den Verband an Carlitos Knie.

Carlito zuckte die Achseln. »Okay.« Dann vertiefte er sich wieder in die Lektüre seines Batman-Comics.

»Besser als dem Fahrrad. Mama sagt, es wird erst nächste Woche wieder ganz sein.« Die Reparatur würde beinahe soviel kosten wie ein neues Fahrrad. Wenn Carlito seinen Helm nicht aufgehabt hätte, als er auf den Asphalt gestürzt war ... aber er hatte ihn getragen. Es bestand kein Grund, sich solche Gedanken wegen etwas zu machen, das nicht passiert war.

Julio schlug die Decke zurück und hüpfte aus dem Bett. »Ich bleibe hier bei dir, Papa.« Er nahm ein Sweatshirt von dem Kleiderstapel in seinem offenen Koffer, als wolle er alles wieder herausnehmen, was er gerade erst so sorgfältig hineingepackt hatte.

»Langsam. Hört mir mal gut zu, Jungs. Ihr werdet beide mit Mama fahren. Ich muß hierbleiben und arbeiten, und das werde ich auch tun. Wenn ich kann, komme ich euch ein paar Tage besuchen. Ende der Diskussion.«

Cruz hob die Faust, spreizte den Daumen ab und lächelte seine Söhne an. Dann wandte er sich zur Tür, bevor sie die flammende Röte auf seinen Wangen sehen konnten.

Im Besprechungszimmer des Morddezernats herrschte Totenstille. Morella ließ über seinem Schreibtisch einen Bleistift in der Luft wippen; er kauerte in seinem Stuhl, als trüge er die fünfzig Pfund, die er im vergangenen Jahr abgenommen hatte, in einem unsichtbaren Sack auf der Schulter. Webster deutete auf den dicken Bericht. Morella beugte sich näher heran, schüttelte den Kopf und fuhr fort, mit dem Bleistift herumzuspielen. Dies alles geschah in völligem Schweigen und mit ausdruckslosen Mienen.

Carlos Cruz nickte seinem Partner zu und ließ sich hastig auf seinen Stuhl gleiten. Jay Goldstein blickte auf; in seinen Augen spiegelte sich das dunkle Blau seines Pullovers. Der Pullover sah teuer aus, aber andererseits brachte Goldstein es vermutlich fertig, auch ein Unterhemd Marke *Fruit of the Loom* wie einen Luxusartikel aussehen zu lassen.

»Hey, Mann, was gehört?« fragte Cruz an Goldstein gewandt.

Goldstein steckte die Unterlagen in eine Mappe. »Der Mistkerl war vorsichtig – keine Fingerabdrücke auf der Puppe, keine Zeugen, nichts.«

Cruz versuchte, seine Verlegenheit zu überspielen. Er hatte eigentlich wissen wollen, ob sein Kollege etwas davon gehört hatte, ob der Urlaub nun gestrichen wurde oder nicht. Gott, wie konnte er in einem solchen Augenblick an Urlaub denken?

Erikson sah von seinem Bericht auf. »Hey, Professor, hat deine Psychiaterfreundin zu dem Fall etwas beizutragen?«

»Sie ist nicht in der Stadt.« Goldstein blätterte in einem Terminkalender und steckte diesen dann in seine Jackentasche. »Sie ist am Montag zurück. Ich habe ihr auf Band gesprochen.«

»Vielleicht haben wir den Fall bis dahin ja schon geknackt. Hast du schon etwas von deinem Urlaub gehört, Cruz?« Sergeant Tina Cavessenas pinkfarbene Fingernägel trommelten in gleichmäßigem Rhythmus auf die grüne Filzunterlage auf ihrem Tisch.

Cruz schüttelte den Kopf; es fiel ihm schwerer, als er erwartet hatte, sich an Cavessenas Anwesenheit zu gewöhnen. In den zwei Monaten, seit McNaughton das neue Team in die Abteilung eingegliedert hatte, hatte Cruz sich mindestens hundertmal dabei ertappt, daß er sich die eine oder andere Bemerkung verkniff, weil Cavessena eine Frau war. Ziemlich lästig, wirklich.

»Cruz.«

Sie *war* sauer. O Mann, das Ganze entwickelte sich langsam zu einer unerträglichen Situation.

»Was, Cavessena?« Er war sich immer noch nicht schlüssig, ob er sie mit Tina oder Cavessena ansprechen sollte.

»Sie haben das Miststück, das das andere kleine Mädchen umgebracht hat, nie gefaßt, richtig … wie hieß sie noch gleich?« Wenn sie sich konzentrierte, so wie jetzt, bildeten ihre Lippen einen komischen Kreis, so als wolle sie einen Rauchring in die Luft blasen.

»Crell. Amy Crell. Der Fall ist noch ungelöst. Sie war ebenfalls blond, sieben Jahre alt, und wurde hier in Oakland ermordet.«

Cavessenas Gesicht verzog sich zu einer Grimasse. »Und die Puppen. Scheiße, das ist unheimlich, wenn man sich vorstellt, wie jemand in einen Spielzeugladen geht und weiß Gott wie viele identische Puppen kauft, denen er dann ein kleines X in die Brust ritzt …«

Sie war aus der Abteilung Raub und Überfall – viel Blut und blaue Flecken, aber nicht so viele absonderliche Fälle. Sie würde sich daran gewöhnen, das taten sie alle. »Die Stichwunde ist ebenfalls praktisch identisch. Ein einziger Einstich von einem Messer«, sagte Cruz, und sein wippender Fuß stieß gegen ein Bein seines Schreibtisches.

»Was ist mit der Mutter? Ist sie nicht aufgrund eines Formfehlers freigesprochen worden?« Cavessena stapelte fein säuberlich Zeitungsartikel auf ihrem Arbeitstisch.

»Freispruch. Die Geschworenen waren der Ansicht, an ihrer Schuld bestünden begründete Zweifel.«

»Und was meinst du?«

»Price und Erikson – es war ihr Fall. In meinen Augen schien die Mutter jedenfalls sehr verdächtig. Wenn du mich fragst, haben Vater *und* Mutter sich merkwürdig benommen, aber die Mutter … ihre Fingerabdrücke auf dem Messer, ihr eigenartiges Verhalten nach der Geburt des Kindes … Vielleicht war Herron übereifrig und nicht genügend vorbereitet. Ich weiß es nicht.«

»Hat sich irgend jemand in letzter Zeit noch einmal mit ihr unterhalten?«

»Mit wem?« Cruz entspannte sich; sie waren Cops, und Tina Cavessena war eine gute Polizistin. Noch ehe sie antworten konnte, hievte Morella sich aus seinem Stuhl und fluchte, als ein Splitter sich in der einzigen Hose verfing, die er seit seiner Gewichtsabnahme neu gekauft hatte.

»Also gut, Leute, paßt auf. Wir haben noch einige Punkte abzuklären, bevor der Lieutenant kommt.«

Cruz verrückte seinen Stuhl, so daß er Cavessena nicht mehr sehen konnte; dies war ihre erste Krise im Department, und sie wollte nicht das Gefühl haben, daß er sie jede Sekunde beobachtete. Er konzentrierte sich auf den vorderen Teil des Raumes. Morellas erschlafftes Gesicht sah sogar noch schlimmer aus als sonst, und seine Hände zitterten, als hätte er in der vergangenen Nacht nicht geschlafen. Vermutlich war dem auch so.

»Webster und ich möchten euch als erstes unsere Anerkennung für eure gute Arbeit aussprechen. Die gebührenfreie Nummer steht, und die Presse nimmt sich der Sache an. Außerdem haben wir für diesen Fall zwei spezielle Faxnummern eingerichtet. Wir müssen die Informationen wachhalten, versteht ihr? Die Stadt ist mit den Nerven fertig, der Bürgermeister ist mit den Nerven fertig, und ich bin mit den Nerven fertig. Das hier ist eine verdammt heiße Sache, Leute, und wir alle wollen den Fall noch vor Thanksgiving gelöst haben.«

»Hey, Morella, warum müssen Price und ich soviel Zeit darauf verwenden, im Park nach Zeugen zu suchen? Das ist doch Blödsinn und reine Zeitverschwendung. Wir haben schon mit den vier Personen gesprochen, die …«

»Halt den Rand, Erikson.« Lieutenant McNaughton erschien mit dem üblichen perfekten Timing in der Tür, eine stark rauchende Pfeife zwischen den Lippen. Kein gutes Zeichen. »Morella und Webster haben das Sagen – sie waren als erste am Ball, es ist ihr Fall, und sie entscheiden, wer welche Aufgaben übernimmt. Wenn du einen Vorschlag zu machen hast, reich ihn schriftlich ein. Aber erst einmal haben wir alle Hände voll zu tun. Was wir jetzt absolut nicht brauchen können, sind Primadonnen, verstanden?«

Cruz stöhnte innerlich; McNaughton würde gleich davon anfangen, daß sie ein Team waren, und das konnte nur auf eins hinauslaufen.

»Okay, hier sind die Fakten.« Morella fuhr sich mit einer

Hand über die herabhängenden Mundwinkel und starrte an die Wand hinter ihnen. »Sofern niemand einen Hinweis hat, wem dieses Halsband …«

»Das nennt man eine *Kamee,* Morella«, berichtigte ihn Cavessena. »Okay, wem diese *Kamee* gehört hat, haben wir nicht die geringste Spur, und Oakland geht die Wände hoch. Sie wollen Resultate sehen, und das am liebsten gestern. Schüsse aus einem vorbeifahrenden Auto, Schlägereien im Gerichtssaal, okay. Zwei Arschlöcher, die sich an einer Straßenecke gegenseitig aufschlitzen, keine große Sache. Aber Kinder … Wir haben gerade den Laborbericht bekommen. Wenigstens wissen wir, daß die Kleine nicht sexuell mißbraucht wurde.«

Stille senkte sich herab und überdeckte alle leisen Geräusche; Cruz fühlte, wie der Klumpen in seinem Magen sich ein wenig löste.

»Die Autopsie hat so ziemlich das ergeben, was wir erwartet hatten – das Mädchen ist an einer Stichwunde ins Herz gestorben. Ein einziger Messerstich«, sagte Morella und verstummte.

»Todeszeit?« Jay Goldsteins Augen verengten sich, wie immer wenn er die einzelnen Teile eines Puzzles zusammensetzte. Es war ein Gesichtsausdruck, von dem Cruz nach fünf Jahren als sein Partner wußte, daß er ein Zeichen von Konzentration und nicht von Arroganz war.

»Der Coroner meint, zwischen drei, halb vier und fünf gestern nachmittag, aber das wußten wir ja bereits.«

Marianne Brandon war am Vortag um vierzehn Uhr vierzig gesehen worden, als sie die Schule verließ. Zwei Kinder fanden die Puppe, stolperten praktisch über die Leiche, rannten zum nächsten Münztelefon und riefen um siebzehn Uhr sieben 911 an. Das stand alles im ersten Polizeibericht – und sie hatten immer noch nicht viel mehr.

»Was ist mit der Puppe?« Jim Quinn blickte von seinen Unterlagen auf und errötete unter seinen Sommersprossen.

»Die Puppe ist ein Schlüsselhinweis«, sagte Webster. »In

den Torso war ein X geritzt, genau so wie bei der Puppe, die wir neben dem Crell-Mädchen gefunden haben. Die Puppen sind identisch. Abgesehen von der Kamee an dieser hier. Es war eine lächelnde Suzy von Laffco. Es werden tausend Stück im Monat verkauft; vor Weihnachten noch viel mehr. Und das geht schon seit sechs Jahren so.«

Cavessena zog die Nase kraus. »Hat Linda Crell nicht behauptet, sie hätte die Puppe vorher noch nie gesehen?«

Morella nickte. »Irene Brandon hat ausgesagt, Marianne hätte auch keine solche Puppe gehabt. Wenn beide die Wahrheit sagen, ist das die Signatur des Täters. Aber es wäre doch auch möglich, daß eine der Mütter lügt, oder?«

»Ich hoffe, diesmal gelingt es uns, die Crell *richtig* festzunageln.« Erikson verschränkte die Hände hinter dem Kopf und lehnte sich auf seinem Stuhl zurück. »Ja, großartig.«

Morella reichte einen Stapel loser Blätter herum. »Wir haben noch diese alten Fotos. Wir versuchen gerade, die Frau zu finden, aber bislang scheint es, als hätten sie sich unsichtbar gemacht. Also Cavessena, Quinn, das ist eure Hauptaufgabe. Aber wir alle müssen nach allen Seiten hin wachsam bleiben, verstanden.«

Niemand machte sich die Mühe, hierauf zu antworten; sie wußten, daß Morella auch keine Antwort erwartete.

Cruz blickte zu Cavessena hinüber, die sich in einem kleinen roten Büchlein Notizen machte. *Erstaunlich,* dachte er. *Ihre Fingernägel behindern sie kaum dabei.*

»Goldstein und Cruz, ihr Jungs seid unsere Verbindungsmänner zum Büro der Bürgerinitiative drüben in Claremont. Sind vornehmlich Lehrer, Anwälte und dergleichen – machen einen Riesenwirbel und verlangen, daß die Gemeinde hilft, ihre Kinder zu schützen.«

»Das bedeutet logischerweise, daß Ihr Urlaub gestrichen ist, Cruz«, sagte McNaughton. »Es tut mir leid, aber es läßt sich nun einmal nicht ändern.«

Carlos Cruz nickte und schluckte hart. »Das läßt sich nicht ändern, Sir«, sagte er. »Da stimme ich Ihnen voll und ganz zu.«

4. KAPITEL

Bürgerräte: Die Griechen, die Sioux, viele Gesellschaften regeln ihre Probleme auf diese Weise, dachte Jay Goldstein. Aber in Anbetracht der mageren Ausbeute dieses Abends schienen die meisten Einwohner von Oakland nicht daran interessiert zu sein, ihren Teil der Verantwortung zu übernehmen.

Ein Dutzend Personen hatten sich in dem kalten, spärlich erleuchteten Ladenraum eingefunden, entmutigte Grüppchen bildeten sich immer wieder in verschiedenen Konstellationen neu. Cruz, der sich mit einem besorgt aussehenden Paar unterhielt, hätte selbst einer der beunruhigten Väter sein können. Zwei Männer und eine Frau klappten die Beine eines Aluminiumtisches auseinander; zwei junge Mädchen sortierten Flugblätter in einen schwarzen Metallschreibtisch ein. Eine großmütterlich wirkende, ältere Dame kochte Kaffee. Wenigstens gibt das den Leuten das Gefühl, etwas zu tun, dachte Goldstein.

Er betrachtete das Foto des Brandon-Mädchens auf dem Flugblatt, das jemand an die Wand geklebt hatte. Als er im Morddezernat das erste Mal einen Blick auf ihr Bild geworfen hatte, hatte er in ihr nur irgendein kleines Mädchen gesehen. Dann hatte er das Foto länger angestarrt und nicht mehr gehört, was Webster und Morella über den Fortschritt der Ermittlungen gesagt hatten. Schließlich waren dann der Zug um ihren Mund, der große Abstand zwischen Oberlippe und Nase, die Art, wie ihr honigfarbenes Haar aus ihrem Gesicht gestrichen war, und die ernsten Augen, die sich auf die Bürden des Erwachsenseins vorzubereiten schienen, zu dem sehr individuellen Gesicht Marianne Brandons verschmolzen. Völlig unerwartet war tiefe Trauer in Goldstein aufgestiegen.

Er stellte sich vor, wie sie beobachtete, wie ein jüngeres Kind in der Schule schikaniert wurde. Sie würde das Opfer verteidigen; sie hatte die Augen einer Kriegerin, eines Menschen, der für Prinzipien einsteht.

Dieser Fall würde ganz sicher das Gleichgewicht von Objektivität und Subjektivität stören, das er sich seit seines Philosophiestudiums in Stanford zu erhalten bemühte. In letzter Zeit waren ihm Zweifel gekommen, ob dieses Gleichgewicht das Ideal war, nach dem er damals gestrebt hatte. Diesmal spürte er beispielsweise, daß er sich von seinen Gefühlen leiten lassen sollte statt von seinen vermeintlichen Idealen.

Er näherte sich dem langen Tisch; ein Mann Ende Dreißig mit dünnem, platinfarbenem, streng zurückgekämmtem Haar saß über einen Papierstapel gebeugt. Ätherische Blässe ging von seiner elfenbeinfarbenen Haut, seinen bernsteinfarbenen Augen und seinem cremefarbenen Pullover aus; er blickte zu Goldstein auf.

»Ich bin Sergeant Jay Goldstein. Oakland Police Department.«

»Ich bin Dexter Williams.« Sein Zeigefinger war auf das oberste Blatt Papier gedrückt; es handelte sich um eine sauber beschriftete Zeichnung eines menschlichen Auges. Am unteren Rand des Blattes prangte ein Name in kindlicher Handschrift.

Lehrer und Cops nehmen immer Arbeit mit nach Hause, dachte Goldstein. »Ich suche Charlotte Wertz. Könnten Sie mir vielleicht zeigen, wer das ist?«

Williams wandte den Kopf und blickte mit zusammengekniffenen Augen in Richtung einer Gruppe in der Mitte des Raumes. »Charlotte würde in einer so kleinen Versammlung sofort auffallen. Sie ist groß, dunkelhaarig, um die Dreißig, Zweiunddreißig. Was muß hier noch alles passieren, bevor die Menschen wütend genug sind, etwas zu unternehmen?« Er wischte seine eigene Frage mit einer Handbewegung fort und deutete auf einen schlanken, sportlich aussehenden Mann, der an dem zweiten der langen Tische lehnte, der an der rückseitigen Wand aufgestellt worden war. »Vielleicht sollten Sie sich an Albert Toller wenden. Er ist immer sehr darauf bedacht, über alles Bescheid zu wissen.«

Goldstein nickte und bahnte sich durch die leeren Stühle hindurch seinen Weg zur anderen Seite des Raumes. »Mr. Toller?«

Mit konzentriert gerunzelter Stirn schrieb der Mann zügig etwas auf ein gelbes Notizblatt. Das Emblem, das auf die Schulter seiner Fliegerjacke genäht war, zeigte einen Löwen und eine Fahne. Die Jacke selbst sah aus wie ein altes Modell, das Antiterroreinheiten der Polizei in den siebziger Jahren getragen hatten: mit Reißverschluß und Pelzkragen, schräggeschnittenen Taschen und Strickbündchen. »Mr. Toller, ich bin Jay Goldstein vom Oakland Police Department. Hätten Sie vielleicht einen Augenblick Zeit für mich?«

Toller hob die Brauen und wandte Goldstein das Gesicht zu. Seine haselnußbraunen Augen, die durch die Gläser seiner Hornbrille größer wirkten, leuchteten auf. »Sicher. Aber könnten Sie sich bitte kurz fassen? Ich muß diese Anrufe notieren und die Liste der Freiwilligen Helfer aufstellen. Ich bin sehr beschäftigt.«

»Ich weiß es zu schätzen, daß Sie mir Ihre Zeit widmen. Ich werde versuchen, es kurz zu machen.« Goldstein nickte. »Sind Sie der Verantwortliche hier?«

»O nein, das ist Charlotte.« Toller warf einen Blick auf die Uhr, ein kompliziertes Gerät mit verschiedenen Anzeigen und Knöpfen. »Aber wenn ich Ihnen helfen kann – wenn ich Ihnen alles zeigen oder etwas über unsere kleine Gruppe erzählen soll –, nehme ich mir die Zeit. Was möchten Sie wissen, Sergeant?«

»Genau genommen müßte ich sofort mit Miss Wertz sprechen. Wenn Sie mir sagen könnten, wo ich sie finde ...«

»Sie steht dort drüben und unterhält sich mit Mrs. Silcock und Mr. Hall.« Toller zeigte mit dem Kopf auf die Raummitte und schob dann seine Brille höher auf die Nase.

Es bestand kein Zweifel daran, daß es sich bei der Frau im dunklen Rock und in der roten Seidenbluse um Charlotte

Wertz handelte. Das Paar an ihrer Seite wahrte eine gewisse Distanz, als hätte sie eine unsichtbare Grenze gezogen, die sie nicht zu überschreiten wagten. Charlotte Wertz blickte ihm abschätzig aus graugrünen Augen entgegen.

»Miss Wertz? Ich bin Sergeant Jay Goldstein, Oakland Police Department.« Er begann, sich anzuhören wie eine defekte Schallplatte, aber ihm blieb ja keine andere Wahl. Wie oft würde er sich noch vorstellen müssen, ehe dieser Fall abgeschlossen war? Wie oft, bis sie Marianne Brandons Mörder gefunden hatten?

»Was kann ich für Sie tun, Sergeant Goldstein?« Sie hatte eine volltönende Stimme mit einem geübten, distanziert höflichen Tonfall, ein reiner patriotischer ›Verpiß-dich‹-Tonfall, den Menschen wie sein Vater sich nach Jahren, in denen alles nach ihrem Kopf gegangen war, angewöhnten.

Goldstein war froh, daß er vernünftige Schuhe trug anstatt der Turnschuhe, die er an diesem Morgen zuerst angezogen hatte. »Mein Partner und ich sind eingeteilt worden, mit der Bürgerinitiative zusammenzuarbeiten, als Verbindungsglied zwischen dem OPD und dieser Gruppe. Fürs erste möchten wir uns über Ihre Vorgehensweise informieren. Und wir möchten, daß Ihre Leute sich an unsere Anwesenheit gewöhnen.«

Mit einer Geste, die verriet, daß sie sich ausgesprochen wohl fühlte in ihrer Haut, hob Charlotte Wertz eine Hand an die Spange, von der ihr dunkles Haar im Nacken zusammengehalten wurde. »Kann ich jetzt gleich etwas Bestimmtes für Sie tun?«

Das heißt dann wohl, bringen wir den Kinderkram hinter uns, damit ich mich wieder an die Arbeit machen kann, ja? Er erkannte, daß sie es ihm nicht leichtmachen würde. »Ich interessiere mich dafür, wie Sie Telefonate handhaben. Ich möchte, daß Sie mir Ihr System zeigen, Informationen zu sammeln und weiterzugeben. Praktische Dinge dieser Art.«

»Stellen Sie sie dort drüben neben das Fenster«, wies sie einen verwirrten weißhaarigen Mann an, der etwas verloren mit einer Schreibmaschine dastand. »Hier herüber«, rief sie einem jungen Mann zu, der sich mit einem sperrigen, durchweichten Karton abmühte. »Gute Leute. Sie sind wirklich engagiert. Bestens. Unser System funktioniert bestens.«

Goldstein senkte die Stimme und trat einen Schritt zurück, wobei er Charlotte Wertz mehr Raum ließ und die Illusion schuf, sie hätte einen Sieg errungen. »Ich habe ein paar Fragen, aber erst möchte ich, daß Sie mir die Aufzeichnungen darüber zeigen, wie weit Sie bisher gekommen sind.«

Charlotte Wertz' aristokratisches Gesicht zeigte keinerlei Gefühlsregung. »Ich habe zu diesem Zweck bereits Vordrucke ausarbeiten lassen. Wenn das hier eine Bürgerinitiative sein soll, müssen die Bürger aber alles andere selbst organisieren. Ich habe schon erlebt, daß solche Initiativen sich aufgelöst haben, weil die Leute das Gefühl hatten, bevormundet zu werden.« Sie kramte einen Brieföffner aus ihrer Handtasche und durchtrennte mit einer einzigen schwungvollen Bewegung das Klebeband des Kartons. Sie warf gelbe Notizblöcke auf den Tisch und hielt dann inne, um sie zu einem ordentlichen Stapel zusammenzurücken.

Goldstein legte eine Hand auf den Stapel. »Welche Verfahrensweisen haben Sie für Ihre Leute vom Telefondienst aufgestellt, Miss Wertz?«

Charlotte zog eine Braue hoch und richtete sich auf. Mit geradem Rücken ging sie zu dem einzigen Schreibtisch hinüber, auf dem ein angeschlossener Telefonapparat stand. Goldstein folgte ihr. Auf einem Zettel, der in einer Ecke des Schreibtischs aufgeklebt war, waren Stichpunkte aufgelistet wie Datum, Uhrzeit, Name, Geschlecht, Telefonnummer und Adresse des Anrufers. Mehrere Zeilen waren ausgelassen worden; über der freien Fläche stand in Großbuchstaben INFO.

»Jeder, der einen Anruf entgegennimmt, fragt diese Einzelheiten zur Person ab. Charlotte hat heute morgen alle eingewiesen.« Dexter Williams trat hinter sie; sein gespenstisch bleiches Gesicht strahlte vor Stolz, als er auf Charlotte herabblickte. »Sie hat uns erklärt, daß wir die Anrufer dazu bringen sollen, langsam zu sprechen und ein Maximum an Einzelheiten zu nennen. Sie hat uns erklärt, daß wir versuchen sollen, jeden Anrufer mindestens fünf Minuten in der Leitung zu halten, um möglichst umfangreiche Informationen aus ihm herauszubekommen.«

»Und bislang hat das auch funktioniert. Ich werde Ihnen die heutigen Berichte zeigen. Sie sind alle sehr detailliert.« Charlotte ließ den Blick durch den Raum schweifen. »Wir sind zwar nicht viele, aber dafür extrem motiviert, Sergeant Goldstein.«

Charlotte Wertz' Einsatz für diese Bürgerinitiative ging über simple nachbarschaftliche Sorge hinaus. Weshalb war sie noch hier? Goldstein stellte diese Frage für den Augenblick zurück. »Miss Wertz, Ihre Anweisungen bezüglich des Telefondienstes sind gut, aber wir brauchen außerdem den Namen des Freiwilligen, der den jeweiligen Anruf entgegengenommen hat. Manchmal benötigen wir zusätzlich Informationen und ...«

»Das habe ich übersehen.« Charlotte errötete unter ihrem Make up. »Ich sorge dafür, daß Al Toller die anderen informiert. Sie sagten, Sie hätten Fragen.« Sie hatte sich wieder gefaßt und baute sich vor Goldstein auf; nur ihre Augen schienen unfähig, stillzuhalten und ließen sich nichts von dem entgehen, was im Raum vor sich ging.

»Nun, als erstes wüßte ich gern, ob sie mit dem Brandon-Mädchen verwandt sind.«

»Nein. Wir wohnen im selben Block. Marianne ...« Sie zögerte. »Marianne hat mich immer besucht, wenn sie sich einsam fühlte.«

»Einsam? Was meinen Sie damit?«

»Sie war ein Schlüsselkind. Kein Vater. Ihre Mutter arbeitete bis fünf, war erst gegen sechs zu Hause. Marianne nahm dreimal wöchentlich nach der Schule an verschiedenen Aktivitäten teil, aber auch die waren um halb fünf aus. An den anderen zwei Tagen konnte sie nirgendwo hin, außer vielleicht in die Bücherei oder zu anderen Kindern nach Hause, vorausgesetzt, es war vorab vereinbart. Irene Brandon hat mir gegenüber oft angesprochen, wie sehr sie es bedaure, nicht für Marianne dasein zu können, aber sie mußte ihrer beider Lebensunterhalt verdienen ...«

»Und so haben Sie sich mit Marianne angefreundet.«

Charlotte senkte die Stimme zu einem Flüstern. »Marianne sagte, sie wolle so sein wie ich, wenn sie groß wäre. Sie fand es toll, daß ich mich nicht die ganze Zeit mit langweiligen Dingen beschäftigte.«

»Was meinen Sie damit? Was für langweilige Dinge?«

»Ich bin nicht verheiratet, ich habe keine Kinder, keine Haustiere, keine Verpflichtungen. Abgesehen von meiner Arbeit.«

»Und die wäre?« Wie kam es, daß diese Frau mitten am Tag zu Hause war, wenn ein Schulmädchen Gesellschaft suchte und einen Ort, wo es hingehen konnte?

»Ich bin Börsenmaklerin. Früher habe ich an der High-School Biologie unterrichtet. Schwer zu glauben, nicht wahr? Heute arbeite ich nach Ostküstenzeit für den *Pacific Stock Exchange* und bin gewöhnlich um drei zu Hause. So wie eine Lehrerin, richtig? Aber ich habe mehr ... mehr Zeit, mehr Geld und genieße größeres Ansehen. Ich lese viel, spiele Klavier, beschäftige mich mit Firmenberichten. Ich bin also zu Hause.« Sie richtete den Blick auf sein Gesicht. »Noch irgendwelche Fragen?«

Wir werden sehen, dachte Goldstein. »Ich würde mir gern die Berichte von heute ansehen.«

Die Konturen unter Charlotte Wertz' Rock veränderten sich, als sie sich vorbeugte und eine Mappe aus einem Pappkarton nahm. »Das sind sämtliche Berichte, seit wir begonnen haben, Anrufe entgegenzunehmen.«

Weniger als dreißig Seiten waren mit einer Büroklammer an dem Deckel der Mappe befestigt, die sie ihm reichte. Offensichtlich hatte sich bislang nicht viel getan.

»Ich werde sie dort drüben durchlesen.« Goldstein zeigte

mit dem Kopf in eine ruhige Ecke. »Danke für die Informationen.« Ihr Händedruck war fest, so wie er es erwartet hatte – und sie zog ihre Hand rasch wieder zurück und entfernte sich, energisch und beherrscht, um sich des nächsten Problems anzunehmen.

Goldstein setzte sich auf einen kalten Metallstuhl und blätterte zügig in den Unterlagen. Viele der Berichte beschrieben die fünf Personen, die an diesem Morgen zum Verhör aufs Revier gebracht worden waren. Alle fünf waren obdachlos, arbeitslos, hoffnungslos. Und alle waren von drei bis halb vier Donnerstag nachmittag sechs Meilen entfernt bei der kostenlosen Essensausgabe der *Eastside Baptist Church* gewesen.

Ein Anrufer hatte angegeben, er hätte gesehen, wie ein Mann, der ungewöhnlich nervös wirkte, zwei Blocks von Lake Merritt entfernt ein Bündel in einen Lieferwagen hob – keine Farbe, kein Baujahr, kein Modell.

Ein anderer hatte berichtet, daß drei Jugendliche mit roten Stirnbändern auf dem Weg, der um den See herumführte, mit Schnappmessern herumgespielt hätten. Was gab es sonst Neues?

Ein Mann mit langem Pferdeschwanz und blauer Strickmütze wurde gesehen, wie er in einem verbeulten Cabrio mit überhöhter Geschwindigkeit vom See wegfuhr. Eine weitere wenig bemerkenswerte Information.

Ein Anrufer hatte eine Frau um den See stolpern sehen, hatte jedoch eingehängt, als man ihn gebeten hatte, sie zu beschreiben.

Alles nutzloses Zeug. Bis jetzt.

Er wurde abgelenkt, als zwei Helfer Metallstühle in eine Reihe schoben. Cruz' Blick fiel auf Mrs. Silcock, eine grauhaarige Frau mit verkniffenem Gesicht, die ihren Monolog mit häufigem Schütteln des erhobenen Zeigefingers unterstrich. Die Anwesenden saßen dicht gedrängt, und die Gruppe wirkte plötzlich sehr klein. Sie saßen steif auf ihren Stühlen, während Charlotte Wertz nach vorn ging. Goldstein streckte sich, legte die Berichte auf den Tisch und lehnte sich gegen die Wand. Die alte Dame hielt den Ärmel eines der Anwesenden umklammert und setzte mit gedämpfter Stimme ihre Tirade fort; Cruz rettete sich auf einen Stuhl am anderen Ende der Sitzreihe.

Das leise Stimmengemurmel erstarb, als Charlotte Wertz zu sprechen begann. »Danke, daß Sie alle trotz Regens gekommen sind. Also, wenn jeder von Ihnen morgen noch mindestens zwei weitere Personen mitbringt, können wir schaffen, was wir uns vorgenommen haben. Und wir brauchen dringend einen Aktenschrank. Aber es gibt auch gute Neuigkeiten. Die *Oakley Corporation* überläßt uns diesen Raum zwei Wochen lang kostenlos, und eine Firma, die Büromaterial vertreibt, hat versprochen, uns kostenlos mit Notizblöcken und Kugelschreibern zu versorgen.« Höflicher Applaus quittierte ihre bisherigen Erfolge. »Ach ja, und ich möchte Ihnen Sergeant Carlos Cruz vorstellen.«

Cruz erhob sich, nickte in die Runde und ließ sich dann wieder auf die Stuhlkante sinken.

»Und das ist Sergeant Jay Goldstein. Wenn Sie Fragen an die beiden Gentlemen haben, ist jetzt der richtige Augenblick, sie zu stellen.«

Goldstein ließ den Blick über die Anwesenden schweifen, wobei er darauf achtete, ihren Blicken nicht auszuweichen, sie jedoch andererseits auch nicht zu lange zu mustern, um sie nicht einzuschüchtern.

»Uns sind Gerüchte zu Ohren gekommen. Stimmt es, daß Sie einen Verdächtigen haben, der jedoch noch nicht verhaftet wurde? Wir haben ein Recht, das zu wissen.« Mrs. Silcock, den Rücken sehr gerade und hektische rote Flecken auf den Wangen, geriet ins Stottern und erlitt einen Hustenanfall.

Unter den anderen Freiwilligen erhob sich besorgtes Gemurmel. *Sie erstickt nur an ihrer Frustration,* dachte Goldstein und ging zu der alten Dame hinüber. »Sie ist okay. Rücken Sie ein wenig zur Seite und machen Sie Platz, damit sie atmen kann«, befahl er, als die Freiwilligen nach vorn drängten.

»Treten Sie zurück und überlassen Sie es Sergeant Goldstein, sich um Mrs. Silcock zu kümmern.«

Dankbar für die unerwartete Rückendeckung warf Goldstein einen Blick auf den Sprecher. Es war Toller, der, die Beine gespreizt, dastand und durch seine Brillengläser hindurch mit strengem Blick auf die Umstehenden herabblickte.

»Hey, Toller, seit wann haben Sie denn hier etwas zu sagen?« brummte Dexter Williams.

Jemand reichte Goldstein einen Pappbecher mit Wasser. Er gab ihn an Mrs. Silcock weiter, überrascht davon, wie kühl und seidig sich ihre Haut anfühlte. In ihre Wangen war wieder etwas Farbe zurückgekehrt, und das Glitzern in ihren blassen Augen wurde mit jedem geräuschvollen Atemzug intensiver. Sie nippte an dem Wasser und tupfte sich dann den Mund trocken.

»Fühlen Sie sich wieder besser?« fragte Goldstein.

»Ich werde mich besser fühlen, wenn Sie diesen Abschaum gefaßt haben und …« Sie nickte. »Es geht mir gut, Charlotte.«

Charlotte Wertz tätschelte der alten Dame die Hand. »Fein, Zena. Sie haben mich ganz schön erschreckt.«

»Was ist mit der Puppe, Goldstein?« fragte Dexter Williams nun seinerseits; seine Stimme klang gepreßt, und er gestikulierte wild mit der rechten Hand. »In der *Tribune* stand, es wäre eine Puppe gefunden worden. Stellt das nicht eine Verbindung zwischen Marianne und diesem anderen kleinen Mädchen her, das vor drei Jahren in Rockridge ermordet wurde? Hatte die Puppe damals auch ein Halsband um?«

»Dexter, diese Herren sind Polizisten, haben Sie das vergessen? Sie wissen, was sie tun«, sagte Toller mit ruhigem Nachdruck. »Wir wollen helfen und ihnen nicht das Leben schwermachen.«

Das Ganze würde zu einem Babysitter-Job ausarten; Goldstein versuchte, sich seine Ungeduld nicht anmerken zu lassen. »Wir gehen der Möglichkeit nach, daß es einen Zusammenhang gibt. Im Augenblick darf ich nicht mehr sagen. Sobald wir etwas Genaues wissen, werden Sie es erfahren.«

»Mehr können Sie uns nicht sagen?« William's Gesicht verdüsterte sich. »Was, wenn zweihundert Leute hier wären und lautstark darauf pochen würden, daß es ihr Recht sei zu erfahren, was geschieht? Würden Sie dann mit uns sprechen?«

»Polizeiermittlungen erfordern große Diskretion. Das müßten Sie eigentlich wissen.« Toller sprach in nachsichtigem Tonfall, den Kopf seltsam schräg gelegt und den stahlharten Blick auf Williams geheftet.

Ein Lächeln umspielte Charlottes Mundwinkel, und sie machte keine Anstalten, zwischen Williams und Toller zu vermitteln.

Goldstein schwieg ebenfalls; dieser eigenartige, aufschlußreiche Augenblick bewog ihn, ihr Spiel mitzuspielen. Er hatte bereits ein gewisses Maß an Objektivität über Bord geworfen, was Charlotte Wertz anbelangte; ob sich das letztlich als Vorteil oder Hemmnis erweisen würde, war ihm noch nicht klar.

Was er jedoch sehr wohl wußte, war, daß er sich darauf freute, es herauszufinden.

5.
KAPITEL

Sie mußte ruhig bleiben; blinde Panik würde sie nur in genau die Lage bringen, die sie um jeden Preis vermeiden wollte.

Sie mußte dahinterkommen, wirklich *verstehen,* was die Polizei aller Wahrscheinlichkeit nach denken würde. Das würde ihr helfen, sich vorzubereiten.

Sie rührte mit ihrem Löffel in der Fischsuppe; sie hatte es

aufgegeben, so zu tun, als würde sie essen, nachdem mehrere Versuche, den Löffel zu heben, kläglich gescheitert waren.

Noch ein kleines Mädchen? Noch eine Puppe? Linda zwang sich zu atmen.

Matt tauchte ein Stück Brot in seine Suppenschüssel. Ein schimmerndes Stück Tomate blieb daran haften. Er beugte sich vor und schob das Brot in den Mund. Sud lief ihm über das Kinn, und er wischte ihn mit seiner Serviette fort. »Das schmeckt köstlich. Der Fisch war wirklich fangfrisch.«

Lindas Magen verkrampfte sich, aber ein weiterer tiefer Atemzug half, das Rumoren zu lindern. »Was sollen wir tun?«

»*Tun*?« In Matts Augen spiegelte sich leichte Überraschung.

»Es klang, als würden sie nach uns suchen. Nach mir. In Zusammenhang mit diesem zweiten Mord.« Erstaunlich, wie leicht es geworden war, das Unvorstellbare auszusprechen. In den neun Monaten zwischen Amys Tod und dem Ende von Lindas Prozeß waren zahlreiche Grenzen über ihre alten Schranken hinweg verschoben worden.

»Wir werden gar nichts tun«, sagte Matt schließlich und schenkte sich noch ein Glas Cabernet ein. »Die Polizei wird dich hier nicht finden.«

Die Polizei. Ein Faden hatte vom Ärmel der Uniform des Beamten gebaumelt – braun und am Ende gekräuselt; sie war wie hypnotisiert davon gewesen. Eine Weile, jeden Empfindens für Zeit und Raum beraubt, war ihr gar nicht bewußt gewesen, daß sie sich auf einem Polizeirevier befand. Später erzählte man ihr, sie hätte unablässig wiederholt, daß der Braten anbrennen würde, während die Beamtin ihr das Blut von Händen und Armen gewaschen und man ihre Fingerabdrücke genommen hatte. Als sie vom Blitzlicht der Kamera geblendet worden war und jemand ihren Kopf herumgedreht hatte, hatte sie ihren Schockzustand teilweise überwunden und war gezwungen gewesen, endlich bewußt wahrzunehmen, so sie sich befand.

»Ich würde am liebsten aufspringen, in den Wagen steigen, losfahren und erst wieder anhalten, wenn sie den Täter gefunden haben.«

»Ist das dein Ernst, Linda? Es gießt in Strömen. Du bist durcheinander, und es ist zehn Uhr abends, beruhige dich.«

Er hatte natürlich recht. Dennoch sehnte sie sich danach, Bäume und Zäune vorbeihuschen zu sehen, was vortäuschte, daß sich etwas änderte. Manchmal, wenn sie von ihren ausgedehnten Fahrten entlang unbekannter Straßen zurückkehrte, hatte sich in ihrem Inneren tatsächlich etwas verschoben und verändert. Meistens aber addierten sich die Meilen, und die Stunden verstrichen, ohne daß sich später etwas wesentlich geändert hatte. Eine Atempause von der Realität in einer rollenden Kiste, mehr war es im Grunde nicht.

»Ich könnte das nicht noch einmal ertragen. Der ganze menschenunwürdige Prozeß. Die Leibesvisitation – sie wollen sichergehen, daß man keine Drogen, Waffen oder sonstwas einschmuggelt. Ich könnte das nicht noch einmal durchstehen, Matt, ich …«

Er langte über den Tisch und berührte sacht ihre Hand. »Bleib ruhig. Dich so aufzuregen ist doch auch keine Lösung.«

Lösung?

Wie sollte sie je die demütigen Erinnerungen an ihre Verhaftung und an das Kreuzverhör bewältigen können? Den Zweifel an ihrem Geisteszustand zu einem Zeitpunkt, da sie überzeugt gewesen war, aus nackter Trauer ob des Verlustes ihrer Tochter den Verstand zu verliefen. Niemand konnte je die Wunden schließen, die sie davongetragen hatte, als wildfremde Menschen sie auf der Straße angespuckt und beschimpft hatten …

Ruhe – es würde alles gut werden, wenn sie nur Ruhe bewahrte.

»Ja, du hast recht. Und auch wenn sie mich finden, können sie mir nichts anhaben. Es gibt keine Beweise, gar nichts.« Immerhin war *sie* es gewesen, die Amy gefunden hatte. Auf dem blutigen Messer waren *ihre* Fingerabdrücke gewesen. Nein, das hier *war* etwas anderes.

»Wenn du nur eine Arbeit oder so etwas hättest, ein konkretes Alibi. Du warst zu Hause, nicht wahr?«

Linda nickte. Wahrscheinlich hatte sie im Gewächshaus Knochenmehl unter die Erde gemischt und … O nein. Sie war ganz woanders gewesen.

Gestern, nachdem sie mehrmals zwischen Gewächshaus und Haus hin und her gegangen war, hatte sie es schließlich aufgegeben, sich auf irgend etwas konzentrieren zu wollen. Sie war in ihren Honda gestiegen und die Straße hinuntergefahren, die in östlicher Richtung die Hügel entlang der Küste führte. Sie war bis nach Portola Valley gefahren, ehe ihr bewußt geworden war, daß es bereits dämmerte. Sie hatte sechsundfünfzig Minuten gebraucht, nach Hause zurückzufinden. »Tatsächlich, bin ich … es war ein besonders schlimmer Anfall. Die Kopfschmerzen fingen erst gegen eins an. Ich erinnere mich, daß ich aus der Stadt gefahren bin, aber ich weiß nicht mehr genau, wie ich zurückgefunden habe.«

Seine Augen weiteten sich, und er seufzte.

War das Sorge oder vielleicht Zweifel, der über sein Gesicht huschte?

»Ist das denn für dich nicht ein Beweis dafür, was für ein eigenartiges Leben du inzwischen führst? Die meisten Leute haben etwas zu *tun*, Linda. Und sei es, daß sie einen Kurs belegen oder so etwas. Aber darum geht es im Augenblick nicht. Also, sofern du mir nichts verschweigst, hast du nichts zu befürchten.«

Das Kerzenlicht warf dunkle Schatten an die Stelle, wo eigentlich Matts Augen hätten sein sollen. Er beugte sich zu ihr vor und bewegte den Kopf, so daß ein Lichtstrahl von rechts seitlich auf sein Gesicht fiel. Das erleuchtete Auge starrte in die Ferne.

»Ich wünschte, ich könnte aufhören, daran zu denken.« Sie zerknüllte eine Ecke ihrer Serviette.

Seine Stimme klang kalt, ausdruckslos. »Das wünschte ich auch. Hör zu, es wird schon alles gutgehen.«

Linda sprang auf. »Vielleicht«, sagte sie, schriller als es

ihre Absicht gewesen war, »aber vielleicht wird es auch immer so weitergehen.« Sie schwang ihren Arm in einer Geste, die ihr gemeinsames, neu aufgebautes Leben umschloß. Als sie den Arm zurückzog, streiften ihre Finger das Weinglas. Sie sah, wie es kippte, sah die rubinfarbene Flüssigkeit herausschwappen und das Glas sich auf der Stelle drehen wie ein Kreisel, als wäre der Fuß an der Tischplatte befestigt.

»Ich mache das schon.« Matt riß eine Schublade auf, kehrte an den Tisch zurück und drückte ein weißes Küchenhandtuch auf die Pfütze, die sich neben ihrem Teller gebildet hatte. Er betupfte den Fleck erneut, faßte dann das Geschirrtuch an einer Ecke und legte es in seine leere Suppenschüssel, die er dann vom Tisch nahm.

Linda schrie.

(Es ist so spät, und sie ist nicht zu Hause und auch nicht bei Jennifer. Sie weiß, daß es ihr verboten ist, in den Park zu gehen, wenn kein Erwachsener dabei ist. Warum liegt sie unter den Büschen? Wirf das Messer weg. Was macht das Messer hier? Sie sieht so kalt aus. Der Pullover hilft ein wenig. Er hilft doch, oder?)

(Rühren Sie sie nicht an. Lassen Sie sie liegen, damit ich mich um sie kümmern kann. Nehmen Sie das weg. Sie kann nicht atmen, wenn Sie ihr das über das Gesicht legen)

»Linda, das ist nur ein Geschirrtuch.«

Matts Stimme drang in ihr Bewußtsein. »Es war ihr Blut, Matt. Ich habe meinen Pullover über sie gebreitet. Überall war ihr Blut.« Der Regen trommelte in einem infernalischen Stakkato auf das Dach; Windböen rüttelten an der Tür.

Er saß steif auf seinem Stuhl und ließ das Weinglas in einem engen Bogen über den Tisch kreisen. »Welche Art Kletterpflanze wäre für ein überhängendes Rankgitter am besten geeignet? Joey möchte etwas Buntes.« Er stellte das Glas wieder hin und blickte zu ihr auf.

»Heute ...« Sie schloß die Augen; er hatte es wieder getan. Wie immer hatte er die Erwähnung Amys und ihres Todestages völlig ignoriert. Ganz gleich, wie eindringlich sie in seine Augen blickte, wenn er das tat, sie sah nur Leere. »... ist der dreiundzwanzigste. Sie hätte bald Geburtstag. Sie wäre zehn geworden. Sie ...«

Matt preßte den Rücken gegen die Stuhllehne. »Er sagt, er möchte keine Glyzinen, und Angela möchte keinen Efeu.«

Und ich möchte nicht an ein anderes totes Mädchen in Oakland denken. Matt war es immer schwergefallen, über Probleme zu sprechen. Er wich ihr aus, jedesmal, wenn sie davon sprach, wie sehr seine langen Arbeitstage ihre Ehe belasteten, wie eng sie sich aus dem Bedürfnis nach Nähe heraus Amy angeschlossen hatte. Er war wirklich gut darin, schwierigen Gesprächen auszuweichen; sie konnte förmlich sehen, wie die Spannung wuchs. Dann machte er eine sarkastische Bemerkung darüber, daß er seinen beiden Mädchen die angenehmen Dinge des Lebens ermöglichte, oder über die Geheimnisse, von denen seine Mädchen ihn ausschlossen. Wenn sie nachhakte, meinte er, es wäre nur ein Scherz gewesen.

Wenn er sich überschwenglich fühlte, prahlte er, daß er alles hatte, was ein Mann sich nur wünschen konnte: eine Frau und eine Tochter, die er liebte, einen Beruf, der ihn faszinierte, ein Haus in einer lebendigen, interessanten Stadt, Freunde, Gesundheit.

Im kalten Dämmerlicht hatte sich alles geändert.

Hinterher hatte er sie in den Armen gehalten. Seine Arme hatten ihr die Kraft gegeben, sich eine neue Existenz aufzubauen. Der alte Traum war zerstört worden, aber sie wollte daran glauben, daß es ihnen gemeinsam gelingen würde, sich einen neuen Traum zu schaffen. Sie hatte sich einen kleinen dunklen Winkel des Argwohns bewahrt, der ihr sagte, daß sie es möglicherweise nicht schaffen würden. Und jetzt schien es, als würde er sie, auch wenn er es nicht aussprach, dafür verantwortlich machen, daß sie gescheitert waren.

»Du mußt das Verstehen, Matt. Ich werde vielleicht nie darüber hinwegkommen. Wenn du mich verlassen und dir eine andere suchen möchtest, die die ganze Zeit lächeln kann, die nicht so von Dämonen geplagt wird wie ich, nehme ich dir das nicht übel. Du hast dein Bestes getan. Du hast lange zu mir gestanden und ...«

Er legte ihr die Finger auf die Lippen und brachte sie zum Schweigen.

»Pssst. Ich habe immer gewußt, daß ich die Wahl hatte.« Er nahm seine Finger einen nach dem anderen fort.

Sie fühlte einen Phantomdruck auf den Lippen, eine gespenstische Wärme, dort, wo er sie berührt hatte.

»Hör auf, so zu tun, als wäre nichts geschehen«, flüsterte Linda den flackernden Kerzen zu. »Wir müssen aufhören, uns und anderen etwas vorzumachen.«

TEIL ZWEI

SAMSTAG

6.
KAPITEL

Linda wischte über die beschlagene Scheibe und sah hinaus in den herabströmenden Regen. Matts Kombi war fort.

Im Bett hatte sie seine Abwesenheit gespürt; im Dunkeln war ihr bewußt geworden, daß sich der Neigungswinkel der Matratze und die Temperatur der Laken verändert hatten. Sie hatte sich in die Tiefen des Schlafes zurückgleiten lassen, noch nicht bereit, sich dem Tag zu stellen. Jetzt erkannte sie, daß sie keine Ahnung hatte, ob er zurückkommen würde oder wann er mit dem Kombi weggefahren war. Als sie heruntergekommen war, hatte sie an der verschlossenen Tür zum Hinterzimmer seinen Namen gerufen, aber keine Antwort bekommen, was sie auch nicht anders erwartet hatte.

Sie legte die Wange an die Glasscheibe, in der Hoffnung, dadurch den Nebel in ihrem Hirn vertreiben zu können. Sie nahm den Kopf zurück und blickte auf das Fenster; eine elegante Arabeske, ein Abdruck, den ihr Haar hinterlassen hatte, wand sich über das beschlagene Glas wie Spuren von Würmern in Holz.

Matts Schlaflosigkeit und sein Verschwinden so früh am Morgen standen ganz sicher in Zusammenhang mit den Nachrichten aus Oakland. Vielleicht war er irgendwo – am Strand oder wanderte einen Waldweg entlang, von einem Baldachin aus Redwoodästen vor dem Regen geschützt – und versuchte zu verstehen. Natürlich hatte er am vergangenen Abend recht damit gehabt, daß sie nichts zu befürchten hatte. Sie hatten ihr altes Leben verblassen lassen, bis nur noch Schwärze übriggeblieben war, wie in der Schlußszene eines Kinofilms.

Den einzigen Kontakt zur Vergangenheit, den sie aufrechterhalten hatten, war der zu Matts Zimmergenossen aus der Collegezeit. Anton Brodsky hatte seine Tierarztpraxis in

Berkeley am selben Tag eröffnet wie Matt sein Architekturbüro in Oakland. Anton kannte alle Einzelheiten ihres neuen Daseins, aber er würde niemals irgend jemandem verraten, wo sie sich aufhielten, nicht einmal falls die Polizei durch einen dummen Zufall auf ihn stieße.

Sie fühlte sich hohl, von einer Leere überwältigt, die nur Matts Nähe ausfüllen konnte. Aber es wäre so peinlich, ihn bei den Sharpes anzurufen – sie haßte die Vorstellung, so zu werden wie jene Ehefrauen, deren Männer nicht einen einzigen Vormittag durcharbeiten konnten, ohne von einem Anruf gestört zu werden. Außerdem war es noch zu früh. Sie würde bis elf warten. Vier Stunden.

Soviel Zeit auszufüllen. Sie würde *nicht* zum Supermarkt rasen und eine Zeitung kaufen. Je länger Marianne Brandon – und ihre Mutter – gesichtslos blieben, desto leichter würde es für sie sein.

Sie würde einen Kaffee trinken, ein wenig saubermachen und dann Eugene Sharpe anrufen. Sie stellte den Teekessel auf den Herd, schaltete die Herdplatte ein und sprang erschrocken zurück, als das Gas mit einem lauten Zischen herausströmte. Als das Wasser kochte, füllte sie es in eine Tasse und rührte Instantkaffee in die dampfende Flüssigkeit. Sie trank langsam, und als sie ihren inzwischen lauwarmen Kaffee geleert hatte und auf den unangetasteten trockenen Toast auf ihrem Teller blickte, stieg wieder die Panik in ihrer Kehle auf. *Die Schublade, in der ich alles mögliche aufhebe, klemmt in letzter Zeit häufiger,* dachte sie. *Ich sollte sie aufräumen.*

Sie sortierte Nägel und Schrauben, wühlte im Küchenschrank, bis sie kleine Behälter gefunden hatte, in denen sie sie unterbringen konnte, und dachte nicht an die Mutter des Kindes mit dem Loch in der Brust. Sie umwickelte einen zusammengerollten Rest Draht mit einem Gummi und fragte sich nicht, wo Matt so früh hingefahren sein mochte. Der Himmel wurde heller, metallisch und naßglänzend; in der düsteren Küche blieben ihre Finger kalt und ungelenk. Ihre

Arme begannen, sich bleischwer anzufühlen, aber Linda fuhr fort, sich wie ein Roboter zu bewegen, ganz so wie in den ersten Wochen nach Amys Tod.

Anfangs hatte sie, von den tröstenden Worten ihrer Freunde unberührt, eine eigene Strategie entwickelt, mit dem Schmerz fertig zu werden. Sie hatte geputzt, geräumt, aussortiert, poliert; sie hatte sich derart mit Arbeit eingedeckt, daß sie sogar zwei Termine bei ihrem Anwalt versäumt hatte. Matt hatte angefangen, von der Arbeit anzurufen, um sie durch ihre Tage zu führen. Er war ihre einzige Verbindung zur Realität gewesen, und wenn sie zu weit abgedriftet war, hatte er sie sanft zurückgeholt. Sie sehnte sich danach, seine Hand zu berühren, aber er war fort.

Sie saß auf dem Fußboden, umgeben von Tischdecken, Sets, Papptellerhaltern und den beiden alten Vasen, die sie und Matt zu Lampen umfunktionieren wollten. Sie würde die Tischdecken neu falten, die weißen, bestickten vielleicht bügeln, die Vasen abstauben und …

Es war zwecklos. Sie konnte mit unnötigen Handgriffen nicht der Wirklichkeit entfliehen. Die Fakten waren klar. In einem Park in Oakland war ein Kind erstochen worden. Neben der Leiche war eine Puppe mit einem eingeritzten X auf der Brust gefunden worden. Aber diesmal hatten zwei Jungen beim Frisbeespielen die Tote entdeckt und nicht die Mutter, die sich besorgt auf die Suche gemacht hatte, weil ihre Tochter sich verspätet hatte. Wenigstens würden Marianne Brandons Mutter diese anderen Alpträume erspart bleiben – die Verhaftung, der Prozeß –, die sie selbst immer noch quälten. Linda hatte sich damit abgefunden, daß das Schicksal offenbar beschlossen hatte, daß der Tod ihres Kindes nicht ausreichte als Sühne für eine ihr unbekannte Tat aus einem anderen Leben.

(Der Schuhkarton mit der abgerundeten Kinderschere und den Puppen zum Ausschneiden – eine Mäuse-Ballerina in einem rosafarbenen Tutu; eine schlanke Mäuse-Krankenschwester in einem Kittel, ein Stethoskop um den Hals.)
Ich kann da nicht reingehen, Matt.
– Ich kümmere mich um alles, Lin. Bleib du hier sitzen. Es ist okay .

Wie dumm, sich mit der Vergangenheit zu befassen, wo die Gegenwart so voller Gefahren war.

Noch ein kleines Mädchen? Noch eine Puppe?

Es war erst fünf vor zehn. Die Sharpes waren inzwischen sicher aufgestanden; niemand in Pescadero schlief lange, nicht einmal am Wochenende. Die Nummer stand auf dem Block neben dem Telefon: Brothers Market, J. Minetta, Wells Fargo Bank, E. Sharpe. Nach nur einem Freizeichen meldete sich eine männliche Stimme mit einem fröhlichen ›Hallo.‹

»Wir haben uns nie kennengelernt. Ich bin Linda Orett und ...«

»Matts Frau. Ich habe schon Jeanie gesagt, daß wir irgendwann einmal Matt und seine Frau zum Essen einladen sollten. Jeanie backt das beste Maisbrot diesseits von Santa Barbara. Aber das ist sicher nicht der Grund, weshalb Sie anrufen. Was kann ich für Sie tun?«

Keine Erklärungen. Sachlich bleiben. »Ist Matt da? Ich ...« Linda verstummte; war sie wirklich soweit? Es würde wieder alles zu schwierig werden, und vielleicht wollte sie es ja gar nicht wissen. *Sag es mir nicht,* flehte sie stumm. *Sag kein Wort mehr.* Sie hielt den Telefonhörer fest umklammert, und kämpfte gegen den Drang an, ihn auf die Gabel zu knallen.

»Tut mir leid, meine Liebe. Er ist seit Donnerstag nicht mehr hiergewesen. Ist gegen zehn gegangen, würde ich sagen. Er meinte, er müsse einiges Material besorgen und einige Pläne zeichnen, ich sollte ihn nicht vor Montag zurückerwarten. Vielleicht sollten Sie ...«

»Vielen Dank. Entschuldigen Sie die Störung.« Sie hatte gewußt, daß er nicht dort sein würde; im Grunde hatte sie nichts anderes erwartet. Sie legte auf.

Langsam entglitt ihr alles – der sorgfältige Wiederaufbau ihrer Kraft, das neugewonnene Selbstvertrauen. Linda schloß die Augen, holte tief Luft und versuchte, das wilde Hämmern ihres Herzens zu verlangsamen. Sie mußte mehr über das wissen, was in Oakland vorgefallen war, und das Radio wäre ein Anfang. Sie schaltete es ein und drehte am Senderknopf, bis sie einen klaren Empfang hatte.

Ein Sprecher faßte die Mängel kalifornischer Grundschulen zusammen. Bei dem Wort ›Schulmädchen‹ jagte ein entsetzlicher Schmerz durch ihren Körper: Amy würde nie Gelegenheit haben, an einem Pult zu sitzen und mit vor Konzentration gerunzelter Stirn Bruchrechnen zu lernen.

In einer Raffinerie in Richmond war in letzter Minute ein Auslaufen größerer Mengen Erdöls verhindert worden; San Francisco hatte mit einem Budgetdefizit zu kämpfen; eine radikale politische Gruppierung aus dem Mittleren Osten bekannte sich zu einem Bombenanschlag auf einen amerikanischen Touristenbus in Frankreich. Das alles klang so vertraut.

Aber das Radio war gefährlich. Auch wenn man die Nachrichten mied, konnte das Programm von aktuellen Mitteilungen unterbrochen werden und ein Wort alte Wunde aufreißen. *Richter. Anklageerhebung. Bezirksstaatsanwalt. Jury.* Worte einer Nation, die in einer Rüstung aus Gesetzen steckte.

»... schalten wir nach Oakland zu Geoffrey Finn, unserem Reporter vor Ort.«

Linda fühlte sich, als säße sie in der Falle; der Boden hob sich unter ihr, während die Decke sich immer tiefer herabsenkte. *Wie konnte eine Mutter zulassen, daß so etwas geschah, wie konnte eine Mutter versäumen, sie zu beschützen, nachdem sie aus einem winzigen Samen in ihrem Leib herangewachsen war und aus der nassen, dunklen Hülle, der flüssigen Sicherheit ins grelle*

Licht und die kalte Einsamkeit hineingeboren worden war, lernte, sich von ihrem Körper zu nähren, in allem abhängig von seiner Mutter ohne die sie sterben würde, um dann, obwohl die Mutter sorgsam wachte, doch zu sterben …

Eisige Kälte stieg in ihr auf. Sie wankte und klammerte sich haltsuchend an die Arbeitsplatte, während sie wieder zuließ, daß die Stimme aus dem Radio zu ihrem Bewußtsein vordrang. Vielleicht würde der Sprecher bekanntgeben, daß die Polizei den Mörder von Marianne Brandon gefaßt hatte.

»… ziehen verschiedene Möglichkeiten in Betracht. Bislang wurde niemand verhaftet. Sergeant Vincent Morella erklärte, sämtliche Urlaubstage im Morddezernat wären gestrichen worden. In einem Interview, das früher am heutigen Tag aufgezeichnet wurde, rekapitulierte Sergeant Morella den Stand der Dinge.«

Sag nicht meinen Namen, flehte Linda, als sie sich kraftlos auf einen Stuhl sinken ließ.

»… viele übereinstimmende Details wie beispielsweise die lächelnde Suzy mit dem eingeritzten X. Aber es gibt auch Abweichungen. Die Kamee an dem blauen Samtband um den Hals der Puppe – bei der Puppe, die neben dem Crell-Mädchen gefunden wurde, war nichts dergleichen vorhanden.«

Linda starrte auf das Radio. *Wir finden sie bestimmt beim Auspacken,* hatte Matt gesagt, als sie den Blick durch das praktisch leergeräumte Wohnzimmer hatten schweifen lassen. Die großen Möbelstücke waren als erste auf den gemieteten Lastwagen geladen worden; dann hatten sie die Lücken mit Kisten ausgefüllt. Nur das alte Klavier hatten sie zurückgelassen, und es hatte den Anschein gehabt, als starre es sie vorwurfsvoll an, als wisse es, daß es zurückbleiben würde.

Aber die Kamee hat meiner Großmutter gehört, hatte Linda entgegnet, wohl wissend, daß es irrational war, solche Leere zu empfinden, nur weil sie nicht gleich, auf der Stelle, bevor sie aus Oakland aufbrachen, die Kamee umlegen konnte. Sie hatte an jenem Tag jeden Glücksbringer gebraucht, dessen sie habhaft werden konnte. Wieder hatte Matt ihr versichert, daß das Schmuckstück beim Auspacken wieder auftauchen würde. Aber das hatte es nicht getan.

Sofern sie nicht etwas vergaß, fiel ihr außer Matt niemand ein, der Zugang zu der Kamee gehabt haben könnte. Niemand besuchte sie in Pescadero. Niemand hatte sie in den letzten zwei Monaten, die sie in Oakland gewohnt hatten, besucht.

Matt hatte die Kamee nach dem Umzugstag nie wieder erwähnt. Nachdem sie fertig ausgepackt hatten und Linda ihr Schmuckkästchen auf das Spitzendeckchen gestellt hatte, das ihr von ihrer Großmutter geschenkt worden war, fiel ihr wieder ein, daß sie bei ihrer Abfahrt aus Oakland die Kamee vermißt hatte.

Heute, neunzehn Monate nachdem sie sämtliche Kisten ausgepackt und ihren Inhalt in Schubladen und Schränken untergebracht hatten, war die Kamee immer noch nicht wiederaufgetaucht.

Es sei denn, es war eben die Kamee, die in Oakland gefunden worden war und nun die Ermittler auf ihre Spur bringen würde, sofern sie je herausfanden, woher sie stammte. Aber *sie* hatte sie der Puppe nicht um den Hals gehängt.

Wie in Trance stieg sie in ihre gelben Gummistiefel, zog einen Regenmantel über und ließ sich von ihren Beinen zur Tür tragen. Sie trat hinaus in die stürmische Windböen. Regen schlug ihr ins Gesicht. Ein heftiger Wind folgte ihr in den Garten.

Linda betrat das Gewächshaus, schaltete das Licht ein und begann, sich mit den zarten jungen Pflanzen zu beschäftigen, die Wurzeln in die Erde aussandten und immer kräftiger wurden. Sie holte tief Luft und atmete den Geruch feuchter Erde und verschimmelten Heus ein. Sie würde jede Frage, die auftauchte, wie ein winziges Samenkorn einpflanzen und pflegen. Wieder würde sie sich den Handgriffen einfacher Aufgaben widmen, sich auf den kleinen Pflanzenheber konzentrieren, auf die Blumenerde und die kleinen Schößlinge.

7. KAPITEL

Das Läuten des Telefons zerriß die Stille. Linda griff nach dem Hörer und warf automatisch einen Blick auf die Wanduhr. Das Blut rauschte in ihren Ohren; das Gesicht der Uhr grinste sie anzüglich an, als es sein obszönes Geheimnis preisgab. Über sieben Stunden waren vergangen, seit sie bemerkt hatte, daß Matt weggefahren war.

»Hallo?« Sie starrte auf ihre Hand, deren Linien von der Arbeit im Gewächshaus mit feuchter Erde bedeckt waren.

»Linnie?«

Linda wäre beinahe zusammengebrochen vor Erleichterung; ihre Beine gaben nach, und sie ließ sich an der Wand entlang zu Boden gleiten, den Hörer an die Brust gedrückt.

»Bist du noch dran, Linnie?« Matts Stimme klang angespannt – sie hörte ihm an, daß er sich bemühte, ruhig zu klingen.

»Matt, ich habe mir solche Sorgen gemacht. Was ist denn los? Wo bist du gewesen?«

»Es geht mir gut. Tut mir leid – ich wollte dich nicht beunruhigen. Ich wurde … aufgehalten und konnte nicht anrufen. Ich bin in San Jose. Ich fahre einige Baumärkte ab. Ich komme spät nach Hause, vielleicht so gegen zehn. Bei dir alles in Ordnung?«

Er konnte seine Stimmung nicht vor ihr verbergen. Auch wenn seine Worte ruhig klangen, seine Stimme verriet ihn. Er war nicht so beherrscht, wie er vorgeben wollte zu sein. Und überhaupt, was wollte er in San Jose?

Verlor sie den Verstand? Hatte sie sich die Erregung in seiner Stimme nur eingebildet? »Es geht mir gut. Kannst du nicht früher kommen, Matt?«

»Nun ja, vielleicht, aber ich habe noch eine Menge zu tun. Die Straßen sind ziemlich rutschig – überall ist es zu Zusammenstößen gekommen. Vielleicht warte ich besser bis morgen früh. Sollte ich hier übernachten, rufe ich noch einmal an.«

Das war ihre Chance – sie mußte ihm zeigen, daß sie die Wahrheit nicht länger verdrängen würde. Ihre Beine zitterten, und sie stützte sich gegen die Arbeitsplatte. »Wo bist du wirklich? Ich weiß, daß du nicht in San Jose bist. Sag mir, was los ist.«

Einen Augenblick lang dachte sie, er hätte aufgelegt, aber dann hörte sie ihn über das Heulen des Windes in den Bäumen jenseits der regennassen Fensterscheibe atmen. Schließlich antwortete er.

»Unterbrich mich nicht, ja?« Er klang, als wäre er gerade erst aus tiefem Schlaf erwacht.

»Okay«, entgegnete sie sehr leise.

»Mir ist kalt, ich bin völlig durchnäßt und ich weiß nicht, wie das alles ausgehen wird, aber ich habe etwas zu erledigen, und das kann noch einige Zeit in Anspruch nehmen. Ich möchte, daß du im Haus bleibst. Geh nirgendwo hin. Sprich mit niemandem. Hast du das verstanden?«

Linda atmete tief aus. »Die Zeitungen – hast du die Zeitung gelesen? Wenn sie mich wieder verhaften wollen, muß ich es wissen. Steht ...« *Steht in der Zeitung etwas von meiner Kamee?* dachte sie.

»Ich habe noch nicht Zeitung gelesen, aber trotzdem – du solltest dich besser bedeckt halten. Die Leute könnten anfangen ... Wenn dich jemand erkennt ...«

»Komm nach Hause, Matt. Ich muß mit dir reden.« *Ich muß dich nach einem bestimmten Schmuckstück fragen.*

»Hör zu, sieh zu, daß du genügend Lebensmittel, Kerzen, trockenes Holz und dergleichen im Haus hast. Es könnte wegen des Sturms Schwierigkeiten mit dem Abfluß geben. Wenn dir auffällt, daß das Wasser nur noch sehr langsam abläuft, ruf John Ostrowski an und laß ihn kommen und ...«

Sie machte sich keine Sorgen wegen der Abflußrohre. »Sag mir, was deine Abwesenheit mit diesem – diesem anderen Kind zu tun hat.« So. Sie hatte es ausgesprochen. *Sie kön-*

nen mir nichts mehr anhaben, dachte sie, während sie auf seine Antwort wartete. *Sie haben mir schon alles genommen.*

»Sieh mal, Linda. dräng mich nicht. Es würde dich nur aufregen.«

Mich wieder an den Rand des Wahnsinns treiben, meinst du? Verblüfft lauschte Linda ihrem eigenen Atem. Nein, sie würde nicht wieder in den Abgrund stürzen, dessen war sie sich ganz sicher. »Ich will es wissen.«

»Rühr dich nicht von der Stelle. Ich fürchte, daß dich jemand mit diesem ... neuen Fall in Zusammenhang bringen könnte.«

Das war eine völlig andere Stimme, deutlich besorgt, unzweifelhaft angespannt.

»Ich möchte, daß du nach Hause kommst, Matt.«

»Ich habe etwas zu erledigen. Wenn ich beschließen sollte, hier zu übernachten, rufe ich gegen neun wieder an.«

»Bitte komm nach Hause.«

Wieder folgte Stille auf ihre Worte.

»Matt?«

»Bleib im Haus. Bleib, wo du bist.«

Ehe sie etwas darauf erwidern konnte, hängte er ein.

Sie legte auf und ließ sich auf einen Stuhl fallen. Warum tat er so verdammt geheimnisvoll? Was führte er im Schilde? Anton. Vielleicht hatte Matt mit seinem Zimmergenossen vom College gesprochen. Sie wählte seine Nummer in Oakland; es klingelte. *Komm schon,* dachte sie ungeduldig, *nimm ab.* Anton hielt nicht viel von Anrufbeantwortern – er war der Ansicht, daß sie den Leuten nur Unbehagen einflößten. Wie typisch für ihn, sich um das Wohl anderer zu sorgen, und wie sehr sie wünschte, er wäre weniger rücksichtsvoll. Nach dem zehnten Freizeichen gab sie es auf und hängte ein.

Trotz Matts Warnung konnte Linda den Gedanken nicht ertragen, jetzt allein zu sein.

Die ehemals rote Farbe war stumpf geworden und die hintere Stoßstange verbeult von einem Zusammenstoß mit einem Hydranten, aber Linda war noch nie ein Fahrzeug so wunderschön vorgekommen wie Beas Camper, der auf Platz Nummer 22 des Sunset Shores Trailer Parks stand.

Sie parkte, lief zur Seitentür und trommelte gegen das Blech, damit Bea sie über Wind und Regen hinweg hören konnte. Während sie wartete, sah sie, wie der Regen sich in den kleinen gewölbten Flächen und den winzigen Ritzen der kleinen Muscheln sammelte, die neben der Tür des Campers auf einer Milchkiste lagen.

Die Tür glitt auf, und Linda stieg über die einzelne Betonstufe hinauf in den Wagen. Kein Wunder, daß Bea es eilig hatte fortzukommen; es war kalt in ihrem mobilen Heim. Wenn sie erst an einem wärmeren Ort war, würde sie die Natur zum Wohnzimmer haben.

Bea hatte sich einen Schal um den Hals geschlungen und trug ein weißes Sweatshirt und eine weite Trainingshose von dem gleichen verwaschenen Grau wie ihr Haar. Sie grinste. »Der Sturm hat dich den ganzen Weg von deiner Einfahrt bis hierher geweht, richtig? Möchtest du einen Tee? Ein wenig Rum, ein bißchen Zucker und eine Scheibe Zitrone, um das Ganze abzurunden.«

Ohne auf Lindas Antwort zu warten, trat Bea an den Herd und drehte eine der Platten auf maximale Leistung. Die Herdplatte unter dem Wasserkessel färbte sich rot.

»Es kommt einem vor, als würde es nie wieder aufhören zu regnen.« Wenn man nicht recht weiß, was man sagen soll, fängt man am besten mit dem Wetter an. Linda wußte je-doch, daß Bea ihr das nicht lange durchgehen lassen würde.

»Nie mehr ist wohl etwas übertrieben«, sagte Bea über die Schulter hinweg. »Irgendwann wird es schon wieder aufhören. Spätestens im April.«

Denk nicht an die Zukunft, Linda, ermahnte sie sich. Noch ist Bea hier. Verdirb nicht alles dadurch, daß du dir

Sorgen machst. »Gin Rommé? Vielleicht kann ich meine Schulden auf eine bescheidenere Summe reduzieren.«

Ein Lächeln erhellte Beas Züge. »Sicher. Ich wollte gerade in die Stadt fahren, um mir im Café eins dieser fettigen Dinger zu holen, die sie Muffins nennen. Aber das wäre nur ein Vorwand gewesen, um mal wieder ein menschliches Gesicht zu sehen. Jetzt, wo ich eins meiner Lieblingsgesichter gleich hier bei mir habe und die zusätzliche Körperwärme für eine erträgliche Temperatur sorgen wird, bin ich froh, mich weder in Schuhe noch in BH zwängen zu müssen.« Während sie sprach, griff sie hinter sich und nahm ein Spiel blauer Karten von der Küchenanrichte. Ihre Finger bewegten sich fachmännisch, fächerten die Karten zu einer Brücke auseinander und mischten sie mit der Geschicklichkeit eines Kartengebers aus Las Vegas.

Bea war nie bei Linda zu Hause gewesen. Sie hätte die Kamee nicht nehmen können, auch wenn diese nach dem Umzug wiederaufgetaucht wäre. Niemand außer dem Eigentümer hatte das Haus betreten, seit Matt und Linda eingezogen waren, und der konnte eine Kamee nicht von einer Muschel unterscheiden.

»Weilst du noch unter uns, Kindchen? Du kannst nicht gewinnen, wenn du nicht mitspielst.« Bea nahm ihr Blatt auf die Hand, fächerte es und sortierte die Karten. Schließlich entspannten sich ihre gekräuselten Lippen.

Linda tat es ihr gleich. Verdammt, das würde kompliziert werden: Pik-, Kreuz- und Karodrei; Pikvier; Karo- und Piksechs; Karosieben; und drei verschiedene Bilder.

»Alfie ging bei solchen Stürmen immer raus. Das heißt, genaugenommen *ging* er nicht raus, sondern *war* draußen, wenn es losging. Wenn ich bei ihm war, war alles in Ordnung, weil ich dann wußte, wie es uns beiden ging, aber wenn er allein unterwegs war, tigerte ich auf und ab und führte Selbstgespräche, bis er durch die Tür kam.« Sie senkte den Blick auf ihre Karten. »Du bist dran.«

Linda spielte den Herzkönig aus.

»Du hast vergessen, erst eine Karte zu ziehen.« Bea warf ihre Karten auf den Tisch. »Fangen wir noch einmal von vorn an.«

Linda errötete. Ich bin nicht einmal in der Lage, die Regeln eines einfachen Kartenspiels zu befolgen, dachte sie. Was wird Bea von mir denken? Vielleicht ist das der richtige Augenblick, ihr alles zu erzählen.

Sie könnte mit dem Nachmittag im Park beginnen. Dann von ihrer Verhaftung und dem Prozeß erzählen. Oder vielleicht sollte sie auch weiter ausholen und mit den Monaten beginnen, als Matt abwechselnd distanziert oder eifersüchtig gewesen war wegen der Zeit, die Linda und Amy gemeinsam verbrachten. Oder vielleicht sollte sie das überspringen und mit der Gegenwart anfangen. *Ich habe entsetzliche Angst, weil wieder ein Kind ermordet wurde und bei der Leiche eine Kamee gefunden wurde, von der ich glaube, daß mein Mann sie dorthin gelegt hat.*

»Möchtest du eine Karte?« Beas Stimme war sanft, und ihre Augen blickten fragend.

Linda sortierte ihre Karten. Herz- und Karovier; Piksieben, -acht und -neun; Pikzehn; Karobube; Pikdame und -könig; Herzas. Natürlich hatte Matt nichts damit zu tun, daß die Kamee neben Marianne Brandons Leiche aufgetaucht war. Linda zog eine Kreuzvier und spielte ihr As aus.

»Und schon fliegen die Asse.« Bea hob eine Braue und tippte sich mit ihren Karten an das Kinn. »Und das hier fliegt geradewegs in meine Hand.«

Linda griff nach der Karte, die Bea ausspielte. Fingerabdrücke. Die Kamee war vermutlich voller Fingerabdrücke. Der Polizei lag ein vollständiger Satz Fingerabdrücke von ihr vor, alle zehn Finger, in schwarzer Tinte auf weißem Papier. Sie gab den Karobuben ab.

»Bist du schon einmal in New Orleans gewesen?« Bea zog eine Karte. »Nick Talaveros vom Supermarkt sagt, ich solle den Kaffee und die frittierten Teigbällchen mit Puderzucker in einem französischen Lokal am Fluß probieren.«

»Beignets«, sagte Linda abwesend. Sie und Matt hatten bei einer Zwischenlandung einige Stunden in New Orleans verbracht. Es war Juli gewesen und sehr schwül, und der Taxifahrer, der sie zum French Market, einem wunderbaren, staubigen Secondhand-Buchladen gefahren hatte, hatte versprochen, sie zwei Stunden später an der Straßenecke abzuholen, damit sie ihr Flugzeug nicht verpaßten. Er war pünktlich erschienen. Linda zog eine Karte. Karodrei. Sie gab sie ab.

»Hier sind unsere Muntermacher.« Bea stellte die Tassen auf den kleinen Tisch.

Hier war sie sicher; nur Bea, die Karten und die Tassen Tee. Der Tee – süß, mit viel Zitrone und reichlich Rum – schmeckte himmlisch. »Halte ich dich von irgend etwas ab?«

Bea schüttelte den Kopf.

»Gut«, sagte Linda, lehnte sich zurück und nahm einen großen Schluck. »Ich bestehe nämlich auf einer richtigen Abschiedsparty. Gib mir eine Zigarette, Bea. Das heißt, gib mir gleich zwei oder drei.«

Sie lachten beide. Linda fühlte sich bereits besser.

8. KAPITEL

»Keine Bange, Cavessena. Ihre Beweisstücke gehen schon nicht verloren.«

Der hübsche Mund der Polizistin verzog sich zu einer Grimasse. »Goldstein, auf dem Ausgabeformular steht *mein* Name. Ich bin verantwortlich.«

»Du wolltest es ja so haben, Tina. Ich habe dir doch schon gesagt – wir haben uns nie etwas zuschulden kommen lassen. Kein noch so winziges Beweisstück ist bei Goldstein und Cruz je verlorengegangen.« Hoffentlich hatte Cavessena nicht die Ausdauer, sich noch lange quer zu stellen.

Cavessena seufzte; ihre dunklen Brauen zogen sich über den Augen zusammen, aber auf ihren Lippen lag ein leises Lächeln. Goldstein unterdrückte ein Grinsen. Die Vorschriften des Departments wurden im Gegensatz zu mathematischen oder gar hochgepriesenen und weitestgehend überbewerteten logischen Regeln nicht universell und unvoreingenommen befolgt. Manche Regeln – jene, die die Sicherheit des Partners oder die eigene betrafen – waren unantastbar. Und man verstieß auch nicht gegen die Vorschriften, wenn man es mit Beweismitteln zu tun hatte. Aber Goldsteins Puls raste in freudiger Erregung bei jeder Gelegenheit, die Bürokratie zu umgehen, wenn diese drohte, das Ende seiner Schicht hinauszuzögern. Bei Cruz lagen die Dinge anders, wie Goldstein wußte: Auch für einen verhinderten Katholiken war es zwar leicht, die Notwendigkeit zu begreifen, gewisse Regeln zu beugen, aber äußerst schwierig, dies in der Praxis ohne Schuldgefühle auch zu tun.

Diesmal hatte Cruz jedoch keine Schwierigkeiten mit moralischem Relativismus. »Ist schon in Ordnung, Tina. Wirklich. Warum fährst du nicht nach Hause? Wir machen das schon eine ganze Weile, weißt du. Du bist doch sicher müde.« Cruz schenkte ihr sein gewinnendstes Lächeln und seinen aufrichtigsten Tonfall.

Cavessena unterdrückte ein Gähnen und murmelte etwas davon, noch lange nicht schlafen zu gehen. »Ich bin müde, aber erst lese ich diese Berichte an meinem Schreibtisch durch. Wirklich unfaßbar, daß Linda und Matt Crell so spurlos verschwunden sind. Keine Nachsendeadresse. Keine Steueranmeldung. Seine Familie behauptet, seit ihrem Verschwinden nichts mehr von ihnen gehört zu haben. Ich werde mal bei seinen Freunden nachfragen. Ich habe mir überall dort, wo ich gewesen bin, Namen notiert. Merkwürdig.« Sie ließ sich auf einen Stuhl fallen und lehnte den Kopf gegen die Rückenlehne. »Ich war sicher, daß wir auf der Kamee einwandfreie Fingerabdrücke finden würden, aber die Kinder haben zu lange damit herumgespielt, bevor sie

Mariannes Leiche gefunden haben. Sag mir Bescheid, wenn du mit den Freunden durch bist.«

Wenn sie es so haben wollte, bitte. Sie war selbst schuld, wenn sie in ihrer Sturheit lieber im Revier hockte, statt gemütlich zu Hause im Bett zu liegen.

Goldstein drehte den beschrifteten Plastikbeutel auf den Kopf und schüttelte ihn; acht kleinere Tüten fielen heraus und rollten auf die zerkratzte Holzoberfläche des Schreibtisches. »Das ist alles, was im Umkreis von vier Metern um die Leiche herum gefunden wurde?«

Cruz nickte, tippte die Päckchen mit dem Radiergummiende eines Bleistiftes an, und schob Streichholzbriefchen, Knöpfe, ein ungeöffnetes Päckchen Kondome, eine Pommes-frites-Tüte von Burger King, eine rostige Getränkedose, einen Nasensprayinhalator, mehrere Münzen, ein Busticket, ein elastisches Haarband, drei verschiedene Ohrringe und den Deckel eines Bic-Kugelschreibers auseinander.

»Blumen in der Wüste«, sinnierte Goldstein und blickte konzentriert auf den Stapel. »Man sieht erst, was da ist, wenn man wirklich hinschaut. Und wenn man erst angefangen hat, wirklich hinzusehen, ist man verblüfft davon, wieviel man tatsächlich hat.«

»Wieviel *Mist* wir haben, meinst du.« Cruz seufzte.

»Du hast recht. Das ganze Zeug ist viel zu gewöhnlich. Das Busticket stammt aus der Gegend der Bay, aber ansonsten gehört es zum typischen Abfall jedes amerikanischen Parks.«

Goldsteins Frust hatte sich den ganzen Tag über gesteigert. Im Büro der Bürgerinitiative waren Toller, Williams und Mrs. Silcock – wie sich herausstellte, war sie eine pensionierte, auf Einwanderungsrecht spezialisierte Anwältin mit sechzehn Enkelkindern – sehr aufgeregt gewesen wegen eines Anrufs, den die alte Dame entgegengenommen hatte. Aber sie hatten mit kindischer Ablehnung reagiert – Unglauben, milde Belustigung –, als Goldstein ihnen erklärt hatte, daß Donald Von Englehart die Zentrale des OPD in den vergangenen zehn Monaten täglich angerufen hatte. Aufgeregte

Meldungen von Verbrechen, die gerade stattfänden, und fliehenden Tätern: Mr. Englehart war selbst vollkommen vom Wahrheitsgehalt seiner Geschichten überzeugt, aber niemand sonst nahm auch nur ein einziges Wort davon ernst. Nur ein weiterer Kriminalitätsfanatiker, mit dem die Phantasie durchging.

»Wir können den Kram ebensogut zurückgeben und Cavessena nach Hause gehen lassen«, sagte Cruz, den Blick immer noch auf die Gegenstände auf dem Schreibtisch geheftet. »Sie sagt, sie hätte wegen dieses Falls Alpträume gehabt. Das Kind könnte eine Mütze Schlaf brauchen.«

Kind. Obwohl sie in ihrem Stuhl döste, sah Cavessena keineswegs aus wie ein Kind. Wollte Cruz sich ritterlich zeigen, oder war das nur Ausdruck einer väterlichen Ader?

Cruz hob die Plastikbeutel zu einem Haufen zusammen. »Bist du fertig damit?« Er tippte mit den Fingern einen Gegenstand an, bis dieser sich aus dem Stapel löste.

»Hast du etwas gefunden?« Goldstein legte den Kopf schräg; er hatte den Stapel zweimal durchgesehen und nichts Bemerkenswertes feststellen können.

»Sieh mal genau hin. Das hier ist kein Ohrring. Das ist eine dieser Anstecknadeln.« Cruz entfernte einen goldenen Stecker von einem grünweißen Gegenstand auf dem Boden der Tüte.

Cavessena stand auf und trat neben Cruz' Schreibtisch. »Seht ihr, wie dick der Stecker ist. Das ist nicht für ein Frauenohr gedacht. Stoff – er soll Stoff durchstechen.«

Goldstein rückte seinen Stuhl näher, als Cruz den Beutel öffnete, das Schmuckstück vorsichtig mit einer Zange herausholte und mit der emaillierten Seite nach oben auf den Tisch legte. Cruz zeigte auf die Buchstaben unter der stilisierten Waage. »CAST. Sagt euch das was?«

Goldstein wollte nichts einfallen. Also gut, dann würde er es eben logisch angehen. »Eine Waage«, sagte er schließlich. »Ein Richter. Die Waagschalen der Gerechtigkeit, etwas in der Art.«

»Oder etwas vielleicht hat es etwas mit Medikamenten zu tun, einem Apotheker oder etwas Ähnlichem. Die benutzen doch so etwas, oder?« Cavessenas Augen schienen sich weiter zu öffnen.

Goldstein ließ sich die Buchstabenkonstellation durch den Kopf gehen. »Vielleicht handelt es sich um eine Theatertruppe. Ihr wißt schon, Cast bedeutet in Künstlerkreisen Besetzung.« Er schüttelte den Kopf. Wenn Mr. Yamasake, sein Meditationslehrer, ihn sähe, würde er sein verschmitztes leises Lächeln lächeln und beide erhobenen Hände von seinem Körper abspreizen, um Goldstein zu bedeuten, daß er Abstand zwischen sich und dem Problem schaffen müsse.

»Okay, Goldstein. Vermutlich bedeutet es California Attorneys S Soundso T Soundso. Ruf Margolin an, ja, und frag ihn, was das bedeutet.« Cruz schob die Anstecknadel an den Schreibtischrand.

Goldstein nickte, zeichnete dann eine gelungene Skizze der Anstecknadel in sein Notizbuch, trug die Farben ein und steckte das Schmuckstück zurück in den Beutel. »Warum gehst du nicht endlich nach Hause, Cavessena?«

Ihre langen Finger schlossen sich um die Plastiktüte. »Ich hoffe, daß ich diesen Mistkerl oder dieses Miststück finde. Ich will nur zehn Minuten mit dem Betreffenden allein sein.« Cavessena machte auf dem Absatz kehrt und verschwand auf den Flur.

»Ich gehe zum Chef. Bin gleich zurück.« Cruz hatte den Raum verlassen, ehe Goldstein Gelegenheit hatte, etwas zu erwidern. Er lehnte sich in seinem Stuhl zurück und lauschte der Stille. Die ganze Stadt schien den Atem anzuhalten; jeder nahm diesen Fall persönlich. Sogar Doc Ruiz, der Coroner, der mit dünnen, blutleeren Lippen und kalten Augen völlig ungerührt auch die entstelltesten Leichen betrachten konnte – was ihm den Spitznamen Dracula eingebracht hatte –, hatte dieser Tage dunkle Ringe unter den Augen. Alle stellten Theorien auf – und alle kamen immer wieder auf den Fall Crell zurück. Er hatte die Berichte ein dutzendmal gelesen.

Die Mutter war vor ungefähr drei Jahren mit der blutüberströmten Leiche ihrer Tochter im Park umhergewandert. Kaum in der Lage, einen klaren Gedanken zu fassen, war sie schließlich von Roberta Herron, einem damals aufsteigenden Stern am Firmament der Bezirksstaatsanwaltschaft, angeklagt worden. Herron hatte Linda Crells wirre Aussage zu den Vorfällen jenes Nachmittags auf Band aufgenommen. Diese Aussagen und die Fingerabdrücke der Mutter auf dem Messer, das später im Gebüsch gefunden wurde, bildeten die Grundlage der Anklage. Herron führte Experten an, die Crells Zustand nach der Geburt ihrer Tochter als ›geistig instabil‹ bezeichneten. Hätte sie gewonnen, wäre sie als Wunderkind gefeiert worden. So wie die Dinge jedoch standen, hatte sie immer noch mit dem Ruf zu kämpfen, daß es ihr an Menschenkenntnis fehle. Ihre Karriere stagnierte seit zwei Jahren, und sie erzählte jedem, der ihr Gehör schenkte, daß daran allein Linda Crell schuld war.

Und jetzt waren Linda und Matthew Crell unauffindbar.

Sie hatten ihr Haus in Oakland aufgegeben und ihre Firma, *Crell Associates Architects,* aufgelöst. Keine Erneuerung der Fahrerlaubnis, keine Verkehrsdelikte. Auf den Namen Crell waren keine Bundes- oder Landessteuern gezahlt worden, unter den Sozialversicherungsnummern war kein Einkommen registriert. Wie hatten diese Leute es geschafft, so spurlos zu verschwinden?

Das Morddezernat war davon überzeugt, daß ein und dieselbe Person Amy Crell und Marianne ermordet hatte. Erikson, der ›Buchmacher‹ im Department, wettete drei zu fünf, daß Linda Crell die Mörderin war.

Jay Goldstein wußte nicht recht, von welcher Seite aus er die Sache angehen sollte. Die Presse hängte sich hinein, und Morella und Webster setzten alle Hebel in Bewegung, die Crells ausfindig zu machen und den Fall abzuschließen, bevor in der *Tribune* weitere Artikel über ungelöste Mordfälle erschienen.

»Wo ist Morella?«

Goldstein schreckte beim Klang der feindseligen Stimme hoch. Hatte er sie durch seine Gedanken heraufbeschworen? Roberta Herron stand in der Tür, die Arme über der Brust verschränkt, die Kostümjacke stramm über den kleinen Brüsten zugeknöpft.

Außer ihrem Mund ist alles an ihr klein, dachte er. Sie war nicht ganz einen Meter fünfzig groß; ihre Taille sah aus, als könne er sie mit ausgestreckten Fingern umspannen. Ihre Nase war geradezu winzig. Ihre Ohren lagen fest am Kopf an, und ihr Haar war in einem unauffälligen Kurzhaarschnitt nach vorn in die Stirn gekämmt.

»Morella ist nicht hier.«

Roberta Herron funkelte ihn wütend an, und fragte dann barsch: »Was ist mit Webster?«

Welcher Charme. Goldstein zuckte die Achseln. »Er ermittelt in einem Mordfall. Ebenso wie Price, Erikson, Quinn, Smith, Cavessena, Crowley und McNaughton. Sie sind alle unterwegs.«

»Ich weiß, daß McNaughton unterwegs ist. Ich habe bereits mit ihm gesprochen. Er sagte, er könne seine Zeit nicht – wie waren noch gleich seine genauen Worte? – mit einer nervtötenden persönlichen Vendetta verschwenden.« Ihre hohen Absätze klapperten über den Boden; sie stützte sich mit den Fäusten auf einen Stapel Unterlagen auf seinem Schreibtisch und beugte sich zu ihm vor. »Ich bin im Besitz einer Information, die zur Lösung des Brandon-Falles führen kann, sofern irgend jemand hier daran interessiert ist.«

Er war umgeben von Frauen, die es darauf anlegten, mit ihm zu streiten, Herron war ebenso wie Charlotte Wertz darauf bedacht, territoriale Überlegenheit zu demonstrieren. Wenn er irgendwann einmal Zeit hatte, würde er sich damit befassen, zu prüfen, ob er das Agressionspotential bei diesen Begegnungen in irgendeiner Weise provozierte. Herrons kleine Finger trommelten auf die Schreibtischplatte.

»Wollen Sie hören, was ich zu sagen habe, ja oder nein?« Ihr Zorn war Verdruß gewichen; sie war enttäuscht, daß er nicht nach ihrer Information lechzte. Dann, als wäre ihr plötzlich eingefallen, daß man Mäuse mit Speck fing, lächelte sie. »Okay, Goldstein. Ich weiß, daß ich manchmal über das Ziel hinausschieße. Es tut mir leid, wenn ich, nun ja, aggressiv geklungen habe. Das hier ist mir sehr wichtig. Dieser Fall liegt mir am Herzen.«

Rührend diese Aufrichtigkeit, dachte er, *mir kommen gleich die Tränen.* »Was haben Sie uns mitzuteilen, Frau Staatsanwältin?«

Sie fischte ein Stück Papier aus ihrer Lederhandtasche und knallte es auf den Tisch. »Ben Ollinger ist ein Freund von mir. Sein Führerschein wurde eingezogen, als er zwanzig war – zu viele Strafzettel wegen zu schnellen Fahrens oder so etwas, ich weiß nicht mehr genau. Eines Abends auf einer Party hatte er zuviel getrunken und zeigte mir, wie er Behörden überlistete. Er beantragte mit einer gefälschten Geburtsurkunde einen neuen Führerschein; aus Ollinger war Ottinger geworden. Verstehen Sie?« Sie zeigte auf das Papier.

Goldsteins Interesse war geweckt. »Und?« fragte er, wohl wissend, was als nächstes kommen würde.

»Ich habe gestern dagesessen und angefangen herumzukritzeln. Ich habe den Namen Crell zehn-, zwanzigmal geschrieben. Ich dachte an meinen Freund Ben und bat einen Mitarbeiter, etwas für mich zu überprüfen.« Sie legte eine Pause ein, um Luft zu holen, und fuhr dann hastig fort, wobei sie errötete vor Aufregung. »Vor sechzehn Monaten hat in Pescadero jemand eine Sozialversicherungsnummer beantragt. Es paßt alles, Goldstein. Leicht für ihn, für sie schon etwas schwieriger. Ihr Mädchenname war Donner. Vielleicht hat sie aus dem O ein A gemacht. Jedenfalls warte ich auf die endgültige Bestätigung. Ich will diese Leute kriegen. Und vergessen Sie nicht, woher Sie diese Information haben.« Sie wandte sich von seinem Schreibtisch ab und stieß beinahe mit Cruz zusammen, als sie aus der Tür stürmte.

»Was ist denn mit der Kleinen los?«

»Halt dich fest, Cruz. Bis du bereit? Nimm dir ein Blatt Papier und schreib den Namen Crell.«

»Was zum Teufel ist denn das für ein Spiel?«

»Tu mir den Gefallen. Hast du's?«

Cruz schrieb den Namen auf.

»Okay. Und jetzt streich die beiden Ls und ersetze sie durch Ts.«

»Crett steht da jetzt. Und?«

»Gut. Und jetzt schließ das C.«

»Orett.«

»Das ist es. Matthew und Linda Orett. Adresse in Pescadero. Scheint, als hätten sie ihr eigenes Schutzprogramm gestartet: neue Geburtsurkunden, neue Führerscheine, neue Sozialversicherungsnummern, das ganze Paket. Kein Wunder, daß wir sie nicht finden konnten.«

»Hat das schon jemand überprüft?« Cruz nahm seine Jacke von der Rückenlehne seines Stuhls, warf eine Akte auf den Stapel unerledigter Fälle und legte einen Bleistift in seine Schreibtischschublade.

»Unserer hochgeschätzten Miss Herron zufolge hat McNaughton die Idee als Produkt ihrer regen und verbohrten Phantasie abgetan. Willst du irgendwo hin?«

»Ich denke, jemand sollte sich mit Matthew und Linda Orett unterhalten, findest du nicht auch?«

Goldstein hörte eine innere Stimme, die ihn warnte, aber er sagte nichts. Sich in Pescadero nach Linda und Matthew Crell umzusehen würde Cruz Gelegenheit geben, Elenya und die Jungen zu besuchen, die ein wenig weiter südlich in Santa Cruz Urlaub machten.

Cruz war alt genug, seine eigenen Entscheidungen zu treffen. Goldstein hatte keinen Bruder – und er hatte nicht vor, für seinen Partner den Babysitter zu spielen.

9.
KAPITEL

»Goldstein, ich weiß nicht, ob es da einen Zusammenhang gibt, aber ich denke, dem sollte man nachgehen.« *Wie soll ich das näher erklären?* fragte sich Cruz, als er in seine Jacke schlüpfte. *Soll ich McNaughton sagen, daß ich auf gut Glück ein wenig herumgefahren bin?*

»Und was willst du tun, wenn du die Crells tatsächlich findest?«

Goldsteins durchdringender Blick bereitete ihm Unbehagen. »Mann, erst einmal will ich sehen, ob sie wirklich die sind, für die Herron sie hält. Ich will einen Blick auf die Mutter werfen. Ist sie es tatsächlich, melde ich es Cavessena oder Quinn. Nicht, daß ich es auf den Ruhm oder so was abgesehen hätte, aber es ist sonst niemand da, und ich finde, daß wir diese Spur nicht einfach ignorieren können.« Außerdem müßte ich es schaffen, wenigstens mit meiner Familie zu Abend zu essen, dachte Cruz, während er seinen Parka zuknöpfte.

»Glaubst du wirklich, daß Linda Crell die beiden Kinder ermordet hat?«

»Wäre immerhin möglich. Aber auch wenn ich nicht dieser Ansicht wäre, Morella ist ganz wild darauf, sie zu finden. Und von Pescadero bis Santa Cruz sind es nur zwanzig oder fünfundzwanzig Meilen. Du verstehst, was ich meine?«

»Willst du dort übernachten?«

»Bist du verrückt? Ich versuche, es so zu drehen, daß ich mit Elenya und den Jungen zu Abend essen kann. Ich meine, was soll McNaughton schon tun? Mich feuern, weil ich einem Hinweis nachgegangen bin, der zu einem Ergebnis führen könnte, auf das wir alle seit Beginn der Ermittlungen aus sind? Nein, er wird froh sein, daß ich die Initiative ergriffen habe.«

Goldstein zuckte die Achseln. »Wenigstens tust du etwas.

Bis zu zurück bist, hat sich hier vielleicht etwas ergeben und uns wird ein neuer Aufgabenbereich zugeteilt.«

Ein neuer Aufgabenbereich? Das war seines Wissens das erste Mal, daß Goldstein hinsichtlich eines Durchbruchs im vorliegenden Fall optimistischer war als alle anderen.

»Die Bürgerinitiative«, sagte Goldstein mit einem schiefen Lächeln, »ist doch reine Zeitverschwendung, oder? Wozu sollen wir beide da rumhängen? Vierzig Anrufe, dann dreißig. Morgen sind es vielleicht zwanzig, fünfundzwanzig. Für heute haben sich nur neun Personen als freiwillige Helfer gemeldet.«

»Das hatte ich ganz vergessen. Hat Wertz nicht gesagt, daß sie den Laden nach Thanksgiving dichtmacht, wenn sie nicht mehr Leute zusammenkriegen?«

Goldstein nickte und blickte aus zusammengekniffenen Augen zu Cruz auf. »Für den Fall, daß irgend jemand fragt … weiß ich, wo du bist?«

»Ich verfolge eine Spur, Mann. Ich verfolge eine ganz heiße Spur.«

Carlos Cruz lenkte den braunen Toyota auf die mittlere Spur, um zwei Ninjas vorbeizulassen. Motorräder wie diese waren auf so nasser Fahrbahn brandgefährlich. Kein großer Verlust, wenn die Fahrer sich das Genick brachen; waren vermutlich sowieso Drogendealer.

Cruz stellte das Radio an und hoffte, daß die Musik helfen würde, ihn von der nagenden Sorge zu befreien, die ihn quälte, seit Elenya und die Jungen an diesem Morgen aufgebrochen waren. Er sehnte sich schmerzlich danach, bei ihnen zu sein, und im Büro der Bürgerinitiative an diesem Morgen war ihm bewußt geworden, daß er zornig auf Marianne Brandon war, weil sie sich hatte umbringen lassen und ihm dadurch der Urlaub verdorben worden war.

Spritzwasser klatschte auf seine Windschutzscheibe. Instinktiv nahm er den Fuß vom Gas und wartete, bis er wieder deutlicher sehen konnte. Vielleicht versuchte er tatsächlich, es Linda Crell anzuhängen. Andererseits bestand durchaus die Möglichkeit, daß sie es getan haben konnte, oder nicht? Und wenn es ihm gelang, den Fall zu lösen, konnte er den Rest der Woche und beim Thanksgiving-Essen bei seiner Familie sein.

Die anderen Hinweise waren nicht vielversprechend, weder die Telefonanrufe noch die Beweismittel, die am Tatort sichergestellt worden waren – die Puppe, die Kamee. Ein Gespräch mit Linda Crell würde möglicherweise nichts bringen, aber sie war nun einmal die einzige konkrete Spur, die sie hatten.

Wie wohl das Trommeln des Regens auf den gewölbten Dächern dieser riesigen Glaskästen klingen mochte? Die ordentlichen Reihen von Gewächshäusern, die die Ostseite der Straße säumten, mußten Meilen über Meilen Blumen enthalten – keinen Knoblauch und nicht einmal Brokkoli, sondern Blumen. Er hatte seiner Mutter Tausendschönchen geschickt, als sie wegen der Hysterektomie im Krankenhaus gelegen hatte; er hatte Elenya vielleicht dreimal Rosen geschenkt. Andere als er sicherten das Einkommen dieser Leute, soviel stand fest.

Ein großes weißes Schild verkündete *Historic Pescadero*. Er nahm die Kurve etwas weit, korrigierte die Fahrtrichtung und fuhr an einem Lebensmittelladen, einer Tankstelle und einem Café vorbei, das aussah, als würden dort Sprossensalat und Kräutertee serviert. Der Karte des San Mateo County zufolge lebten die Oretts in einer Straße, die parallel zum Highway verlief, etwa eine halbe Meile östlich der Hauptkreuzung. Als er weiterfuhr, wurden die Häuser kleiner, und die Gärten waren vollgestellt mit rostigen Hollywoodschaukeln und schiefen Picknicktischen.

Seine Absicht bestand lediglich darin, festzustellen, ob Linda Orett und Linda Crell ein und dieselbe Person waren.

Er würde an die Tür klopfen und sich nach dem Weg nach Santa Cruz erkundigen oder etwas in der Art; er würde sofort wissen, ob Linda Orett und die traurige, verwirrte Frau auf dem Foto in der alten Ermittlungsakte identisch waren.

Das Orett-Haus hatte zumindest einen ordentlichen, gepflegten Garten; sogar der kleine Schuppen seitlich vom Haus war tadellos, von Pflanzen umgeben, als achte jemand darauf, ihn in Schuß zu halten. Das würde zu dem passen, was er von Linda Crell wußte. Sie hatte früher als Landschaftsgestalterin gearbeitet; man legte nicht seine Persönlichkeit ab, nur weil man vor etwas davonlief.

Cruz saß im Wagen und zögerte, auszusteigen und sich dem Regen auszusetzen. Im Schuppen brannte Licht, aber im Haus war es dunkel, und es stand kein Fahrzeug in der Einfahrt. Es war erst halb sieben; vielleicht war jemand da und hatte sich nur ein wenig hingelegt.

Scheiße.

Er hätte nicht herkommen sollen.

Er nahm den Schirm vom Rücksitz, öffnete die Wagentür und schrie auf, als der auffrischende Wind sie gegen seinen Knöchel schlug. Fluchend hob er den Schirm hoch und drückte den Knopf, um ihn zu öffnen. Der Schirm sprang auf und wurde ihm von einer heftigen Sturmböe aus der Hand gerissen. Hilflos sah er zu, wie er die Auffahrt hinunter in Richtung Straße geweht wurde.

Er richtete sich auf, schnitt eine Grimasse, als stechender Schmerz seinen Knöchel durchzuckte, und schlug die Wagentür zu. Regen klatschte auf sein Gesicht und strömte seinen Nacken hinab. Er humpelte auf das Haus zu und trat in eine Pfütze, die so tief war, daß seine Socken völlig durchweicht wurden. Als er endlich die Veranda erreicht hatte, war nur noch seine Unterwäsche halbwegs trocken.

Er hämmerte mit der Faust gegen die Tür und wartete. Keine Antwort. Er sah wieder auf die Uhr. Sogar in einem so kleinen Ort wie Pescadero gingen die Leute essen – vermutlich waren sie ausgegangen. Das gab ihm Zeit, nach Santa Cruz zu fahren, mit Elenya und den Jungs einen Burger oder eine Pizza zu essen und auf der Rückfahrt nach Oakland noch einmal bei den Oretts vorbeizuschauen.

Er hinkte über die Auffahrt zum Schuppen und stieß die Tür auf. Leer.

Als er zu seinem Wagen zurücklief, fluchte Cruz, weil er keine trockenen Sachen zum Wechseln bei sich hatte.

»Papa!«

»Papa!« riefen Carlito und Julio und hüpften freudig auf und ab, als sie ihren Vater erblickten.

»Okay, ihr zwei. Wer von euch kann mir ein Paar trockene Socken borgen?«

Carlito zog die Nase kraus. »Unsere Socken werden dir nicht passen. Vielleicht hat Mama ihre Wanderstrümpfe mitgebracht. Aber was ist mit deinen anderen Sachen? Die sind ja ganz naß, Papa.«

Elenya beobachtete die Szene lächelnd aus dem Hintergrund, einen entspannten und sogar ein wenig verschmitzten Ausdruck auf dem Gesicht. Sie hatte eine Überraschung für ihn; er fühlte wie etwas von der Anspannung und dem Zorn der letzten Tage von ihm abfiel.

»Stell dich unter die heiße Dusche, um dich aufzuwärmen«, sagte sie und reichte ihm ein Handtuch. Der Heizlüfter sprang mit einem Summen an. Wenn er mehr Zeit hätte, würde er ein Feuer im Kamin anzünden. Dann hätte er wenigstens das Gefühl, ein wenig von den Ferien gehabt zu haben, die er versäumte.

»Um dann meine nassen Sachen wieder anzuziehen? Nein danke. Dann bliebe ich lieber so, wie ich bin.«

»Wie du meinst.« Elenya öffnete die Schranktür und kniete sich hin, um einen Koffer herauszuziehen. »Nur daß ich nicht verstehen, warum du nasse Sachen anbehalten willst, wenn du es bequemer haben kannst.« Sie hielt eine

Jeans und ein Sweatshirt, Unterwäsche, weiße Socken und seine Nikes hoch. »Ich dachte, es würde euch vielleicht doch gelingen, den Fall schnell zu lösen, und habe deine Sachen vorsorglich schon einmal mitgebracht. Für alle Fälle.«

Einen flüchtigen Augenblick lang vergaß Cruz, daß er auf der Jagd nach Marianne Brandons Mörder war. Er drückte Elenya an sich, atmete ihren feinwürzigen Duft ein und ignorierte das Kichern seiner Söhne, als er seine Frau auf die warmen Lippen küßte. Dann fiel ihm Linda Crell wieder ein, und er rückte von ihr ab, wobei er etwas von nassen Kleidern und einer heißen Dusche murmelte.

Als er schließlich trocken und umgezogen war, hatte Elenya ein kleines Wunder vollbracht. Im Kamin loderte ein Feuer. Sie kuschelten sich gemeinsam auf das Sofa, und Carlito erzählte, wie sie nach dem Mittagessen ihre Regenmäntel angezogen hatten und bei Ebbe an den Strand gegangen waren. Er hielt eine Muschel hoch, und sie bewunderten alle ihre Farben. Sie lachten und erzählten sich alte Geschichten; zwanzig Minuten später klopfte der Pizzalieferant an die Tür.

Während des Essens ignorierte Cruz das Unabwendbare, aber schon viel zu bald war es Zeit für ihn aufzubrechen. Elenya hatte es verstanden, Julio hatte es verstanden, aber Carlito, sein Ältester, derjenige seiner beiden Söhne, der ihn am meisten zu brauchen schien, war so enttäuscht davon, daß sein Vater nun doch nicht bleiben würde, daß er ihn zum Abschied nur steif umarmte und sich abgewandt hatte, bevor Cruz ihm einen Kuß auf die Wange drücken konnte.

Was, wenn das die letzte Umarmung meines Sohnes war? dachte Cruz, als er die Bungalowtür hinter sich zuzog. *Ob er weiß, wie sehr ich ihn liebe?*

Der Regen füllte immer noch die Schlaglöcher auf dem Parkplatz und verwandelte diesen in ein einziges Schlammloch. Der frische, durchdringende Geruch des Meeres und des frisch gemähten Grases klärte seinen Kopf. Cruz umging die größten Pfützen und warf sich förmlich in seinen Toyota, als der Wind gerade wieder auffrischte. Er schaltete die

Innenbeleuchtung ein und blickte auf seine Armbanduhr. Zehn nach zehn. Wenn die Crells essen gegangen waren, müßten sie inzwischen zurück sein.

Auf der Fahrt nach Pescadero grübelte er über Carlito nach, schob die Gedanken aber dann entschlossen beiseite. Er hatte gelernt, daß sein Gefühl im bei der Lösung eines Falles oft von Nutzen war. Aber diesmal würde er sich, wenn er nicht aufpaßte, mit jenem Teil von Linda Crell, Linda Orett oder wie auch immer identifizieren, der um ihr verlorenes Kind trauerte – und nicht mit der Seite, die ihre Tochter möglicherweise umgebracht hatte. Er würde diesmal ausgesprochen vorsichtig sein müssen.

10. KAPITEL

Wie hatte die Zeit so schnell verstreichen können? Was hatten sie getan, außer Karten zu spielen und Zigaretten zu rauchen? Und Chili auf dem Herd aufzuwärmen. Und sich über den French Market zu unterhalten, und über den Sturm, der 1982 Kleinholz aus Beas und Alfies Boot gemacht hatte, und darüber zu lachen, wie sie beide versucht hatten, den Spuren der Schnepfen am Strand zu folgen. Und Gin Rommé zu spielen und Tee mit Rum zu trinken.

»Bea, hat Alfie jemals …« Linda war nicht sicher, was sie eigentlich fragen wollte, als sie den Satz begann. Der Camper schien leicht im Wind zu schaukeln; kein unangenehmes Gefühl, aber eins, daß sie irgendwie daran erinnerte, daß es Zeit war, nach Hause zu gehen. Matt war inzwischen wahrscheinlich ganz krank vor Sorge um sie – wo immer er sein und was immer er tun mochte.

Wo war die Kamee hergekommen?

Vielleicht hatte er versucht sie anzurufen, um ihr zu

sagen, daß es spät werden würde. Vielleicht würde sie ja in ein wunderbar leeres Haus zurückkehren.

»Was wolltest du fragen, Kind? Raus damit. Ich nehme dir nicht einmal übel, daß du bei nur einem Spiel ganze dreihundert Dollar zurückgewonnen hast.« Beas linkes Auge wanderte umher; das rechte war auf Linda gerichtet. Dieses Phänomen war Linda schon einmal aufgefallen – nachdem sie und Bea mehrere Rum Cola getrunken hatten.

Sie konnte jetzt nicht damit anfangen, Bea alles zu erzählen. Wenn sie jetzt damit begänne, würde sie die ganze Nacht hier sitzen. Halbe Sachen waren hier nicht drin, und sie war noch nicht soweit, alles preiszugeben. »Ich fahre jetzt besser nach Hause. Es ist schon spät, und du hast in den nächsten Tagen sicher alle Hände voll zu tun. Ich möchte nicht schuld sein, wenn du deine Abreise verschieben mußt.« *Doch, das möchte ich. Ich möchte, daß du nur noch zwei, drei Tage länger bleibst, eine Woche, für immer.*

»Wo du gerade vom Fahren sprichst … Schaffst du es noch bis nach Hause? Ich habe noch ein Bett frei.«

Sie brauchte nur ein wenig frische Luft. »Ich bin okay. Ich habe nur zwei Tassen von deinem Wundertrank gehabt. Oder drei.«

»Wenn du gehen willst, laß dich erst umarmen.« Bea erhob sich und breitete die Arme aus, ein schiefes Lächeln auf dem Gesicht. Linda trat näher, und Bea schlang die Arme um sie, eine Hand mit gespreizten Fingern legte sich auf ihren Rücken. Bea roch nach Babypuder, Rum und Zigaretten, und Linda wollte in der Sanftheit der älteren Frau versinken.

»Ich weiß nicht, was es ist«, sagte Bea leise. »Aber du bist klug und stark genug, es zu besiegen. Wenn du nach meiner Abreise irgend etwas brauchst, hinterlaß eine Nachricht bei Martha. Das ist die hiesige Postbeamtin, weißt du? Das Mädchen mit der viel zu krausen Dauerwelle. Martha sorgt dafür, daß ich die Nachricht erhalte.« Bea drückte sie noch einmal fest an sich und ließ sie dann los.

Linda zog ihren Regenmantel über den Kopf und schloß die Tür des Campers hinter sich. Es hatte aufgehört zu regnen, und die Luft war frisch und sauber. Sie stieg von der Betonstufe, tat drei Schritte, machte auf dem Absatz kehrt und hastete zurück zur Tür. Als gehöre sie nicht zu ihr, sah sie ihre Hand eine schimmernde Austernschale von der Milchkiste nehmen und in die Tasche ihres Regenmantels stecken. Dann lief sie zu ihrem Honda.

Sie fuhr von der Wohnwagensiedlung auf die Straße und zuckte zusammen, als die Scheinwerfer eines entgegenkommenden Fahrzeugs um sie herum Schatten warfen; unheimliche Formen erschienen auf der Straße, um gleich darauf wieder zu verschwinden.

Sie hatte überreagiert. Die verschwundene Kamee, Sharpe, der ihr gesagt hatte, daß Matt nicht da wäre, Matts Gereiztheit und Geheimniskrämerei in der letzten Zeit. Es war unvernünftig, zu glauben, daß ihr ein weiteres Kapitel bevorstand, das ebenso quälend wäre wie das erste.

Kein mitfühlender Gott würde zulassen, daß ihr so etwas widerfuhr.

Ganz sicher wartete Matt im Cottage auf sie und würde ihr sagen, daß er ganz durcheinander gewesen wäre, nachdem er von dem neuerlichen Mordfall gehört hätte, und daß er etwas eigen reagiert hätte, weiter nichts. War es nicht gut, daß endlich etwas die Barrieren durchbrochen hatte, die er seit Amys Tod so sorgfältig aufrechterhalten hatte? Es würde alles wieder gut werden.

Werd nicht zu optimistisch, warnte sie eine innere Stimme. Das ist ungesund.

Dennoch war sie guter Laune, als sie in die Church Street einbog. Am Himmel hing ein fetter, runder Mond, baumelte von einem Wolkenband. Die silbrigen Ränder der Wolken schlossen sich und rissen dann wieder auseinander, so daß ein Stück des Mondes zum Vorschein kam. Es war ein wunderschönes Schauspiel. Sie würde irgendwann in naher Zukunft rausfahren und die Sterne betrachten. Seit sie in dieser Stadt lebten, hatte sie nichts mehr gehabt, wo sie nach dem Dunkelwerden hingehen konnte, und sie vermißte die Sterne.

Das Haus lag gleich vor ihr. Linda verlangsamte das Tempo, als sie sich der Einfahrt näherte. Sie blickte durch die beschlagene Windschutzscheibe. Matts Kombi war nicht da.

Das Licht im Schuppen schien strahlend und gelb wie der Mond. Sie mußte vergessen haben, es auszuschalten, als sie zum Mittagessen ins Haus gelaufen war. Sie parkte unter dem Eukalyptusbaum, stellte den Motor ab, schaltete die Scheinwerfer aus und rannte dann zum Geräteschuppen. Sie stieß die Tür auf, und das Knarren der Scharniere klang wie das Ächzen von Ästen, die sich bei Wind im Wald aneinanderrieben.

Sie legte den Lichtschalter um. Im Dunkeln hörte sie leise Regenwasser vom Laub der Bäume hinter dem Schuppen tropfen. Vielleicht war Matt hiergewesen, während sie bei Bea gewesen war; vielleicht hatte er ihr eine Nachricht hinterlassen. Ihre Hand legte sich auf den Türrahmen.

Scheinwerfer erhellten die Auffahrt. Nervosität mischte sich in ihre Erleichterung, als sie die Schuppentür öffnete.

Ihr Mund war plötzlich ganz trocken, und ihre Kehle wie zugeschnürt. Das war nicht Matts Wagen. Das war ein Toyota. Wenn sie wartete, würde dem Fahrer auffallen, daß er sich in der Adresse geirrt hatte; er würde wenden und wieder wegfahren. Oder?

Wie ist die Kamee um den Puppenhals gekommen?

Ein Mann stieg aus dem Wagen. Mittelgroß, die Schultern leicht hochgezogen. Volles, dunkles Haar. Lässige Kleidung. Er leuchtete mit einer Taschenlampe auf den Boden, ging im Zickzack, den Pfützen ausweichend, zum Haus und hämmerte an die Tür. Er wartete, hob den Strahl der Taschenlampe, beugte sich zur Seite, um durch das Fenster zu sehen.

Linda stand im Geräteschuppen, unfähig, sich zu rühren.

Der Mann trat zurück und ging dann um das Haus herum. Der Strahl der Taschenlampe huschte in ruckartigen

Bögen über das Gelände, bis er schließlich einmal ganz um das Haus herum gegangen war und wieder zum Ausgangspunkt angelangte.

Sie befand sich im Traum eines anderen, und die Farben dessen, was sie sah, wurden unwirklich, Silber und Gold umrandeten jeden einzelnen Ast der Eiche und die Unterseite der Eukalyptusblätter.

Jetzt gab er es auf; er ging zurück zu seinen Wagen.

Nein, er ging zu *ihrem* Wagen. Er trat hinter den Honda und richtete den Strahl der Taschenlampe auf das Nummernschild.

Sie nahm die Hand von der Tür. Mondlicht fiel auf ihre Uhr, aber sie konnte nicht erkennen, ob es elf war oder fünf vor zwölf.

Spielte das eine Rolle?

Der Mann ging um ihren Wagen herum. Der drei Meter lange Tisch, den sie selbst für ihre Schößlinge gezimmert hatte, stand hinter ihr. Darunter bewahrte sie einen Fünfundzwanzigpfundsack Redwoodschnipsel auf, Knochenmehl, Dünger, Ungeziefervernichtungsmittel. Sie kniete sich hin, schob einen der großen Säcke beiseite und kroch unter den Tisch.

Der Lichtstrahl näherte sich hüpfend dem Fenster.

Sie zog den Sack Knochenmehl vor sich und zwang sich, ganz langsam zu atmen. Der Druck auf ihrer Brust ließ nach. Der Boden aus gestampfter Erde war feucht und kalt, aber nicht so kalt, daß sie nicht sehr lange dort ausharren konnte, wenn es sein mußte.

Licht fiel durch das Fenster herein; die Tür knarrte.

Warum hatte sie sie nicht abgeschlossen?

Sie starrte auf ein Paar Nikes, die sich dem Pflanztisch näherten. Ein Käfer krabbelte über ihr Bein. Der Lichtstrahl tanzte an dem Sack Knochenmehl vorbei und weiter, bis er die gegenüberliegende Wand erreichte. Dann waren die Schuhe fort. Die Tür fiel krachend zu, und der Knall hallte laut in der Stille der Nacht; Schritte knirschten auf Kies.

Eine Wagentür wurde zugeschlagen.

Ein Motor sprang an; der wunderbarste Laut, den sie seit langer Zeit gehört hatte. Er fuhr weg. Sie rieb sich das Knie und verlagerte ihr Gewicht.

Was, wenn es zwei gewesen waren und der andere zurückblieb, um auf sie zu warten? Was, wenn die Polizei sie des Mordes an Marianne Brandon beschuldigte?

– Linda, sag kein Wort, ehe der Anwalt hier ist.

Bist du das, Matt? Welcher Anwalt? Wir kennen keine Anwälte. (Das sind deine Arme, die mich halten. Ich weiß, daß du mich hältst. Aber warum zitterst du denn ,Matt? Der Stuhl ist hart. Das Licht ist so grell. Ich mag die Gerüche nicht. Ich will nach Hause. Wo ist Amy. Ich möchte Amy nach Hause bringen.)

Sie hatte Mia Honers Nummer aufbewahrt – die Anwältin würde sie beraten. Sie hatte von Anfang an genau gewußt, mit wem sie sich in Verbindung setzen mußte, was sie tun sollten. Mia hatte in der Montainview-Klinik einen Experten ausfindig gemacht, der Lindas Zustand im Anschluß an die Geburt erklärt und als vorübergehendes Phänomen bezeichnet hatte. Mia hatte Linda vor dem Gefängnis bewahrt. Sie würde ihr sagen, was sie jetzt tun sollte, um sich zu schützen.

Wie sollte sie die fehlenden Stunden erklären, in denen sie ziellos umhergefahren war, um die Kopfschmerzen loszuwerden? Würden die Cops ihr glauben, wo sie am Donnerstag gewesen war?

Unwahrscheinlich. Beim letztenmal hatten sie einen Sündenbock gebraucht und sie ausgewählt – aber das würde nicht noch einmal passieren. Sie würde die Fragen, die anzüglichen Beschuldigungen, das hämische Grinsen nicht noch einmal ertragen. Nein, sie mußte sich schützen. Sie mußte irgendwohin, wo sie sicher war, weit fort. Kanada.

Massachusetts. Irgendwohin, wo sie niemand kannte, wo sie als einer von vielen traurigen und stillen Neuankömmlingen im Strom des Alltagslebens bald unsichtbar werden würde.

Es würde nicht leicht werden, auf der Flucht zu sein, sich ständig zu fragen, ob einen jemand erkannt haben konnte, ob jemand die Fotos von ihr in der Zeitung gesehen und sie sich eingeprägt hatte. Aber das war immer noch besser als hierzubleiben, so nahe an Oakland, und tatenlos derselben panischen Angst ausgesetzt zu sein. Wenn sie den Mörder von Marianne Brandon gefunden hatten, würde Pescadero vielleicht wieder eine Alternative sein. Im Augenblick war es das nicht.

Linda trat hinaus in den Garten. Die frische Luft gab ihr neue Kraft. Als wäre sie durch eine große, gute Macht geschützt, ging sie sicheren Schrittes zum Haus, wobei sie Pfützen und Hindernissen auswich, darunter drei Baumstümpfen, die dreißig Zentimeter hoch aus dem Boden ragten.

Wolken zogen am Mond vorbei. Euphorisch und sicher im Schatten der Bäume, ging sie um das Haus herum zur Hintertür und sperrte sie auf. Was immer sie zu tun hatte, sie würde im Dunkeln zurechtkommen; sie kannte das Haus gut genug. Sie zog die Tür hinter sich zu und schob den Riegel vor.

Das Haus hatte einen ganz eigenen Geruch. Nach nassem Holz. Möbelpolitur. Rosenblütenblättern. Küchenreiniger.

Die Wolkendecke riß auf, und Mondlicht strömte durch die Fenster herein. *Es ist hübsch,* dachte Linda, während sie um das Sofa herum zum Telefonschränkchen ging. Die dritte Schublade von oben ließ sich leicht herausziehen. Sie langte hinein. Zettel wurden von ihren Fingern verschoben, bis sie sich schließlich um das kleine Telefonbüchlein schlossen. Es war besser, wenn sie sich Mias und Antons Telefonnummern aufschrieb. Auf der Flucht und in Anbetracht der Vorfälle konnte sie nicht darauf vertrauen, daß sie sich im Notfall an die Nummern erinnerte.

Sie ging weiter zum Schlafzimmer.

Sie würde warme Kleidung brauchen. Sie nahm drei Rollkragenpullover und einen dicken Strickpullover aus dem Schrank und legte sie neben zwei Jeans auf das Bett. Wollsocken, die gesamte saubere Unterwäsche, Stiefel, ein Paar Schuhe zum Wechseln. Ihr schwarzer Wollschal und ihre Autohandschuhe. Ein Rock.

Sie packte die Kleider in einen kleinen Segeltuchkoffer und stopfte Socken und Unterwäsche in den Zwischenräumen. Sie verstaute zwei Kosmetiktaschen – eine kleine mit Schminksachen und eine größere mit Shampoo, Zahnpasta und Gesichtscreme – in die Außentasche und zog den Reißverschluß zu. Sie schob einen Umschlag mit Schnappschüssen und Bildern, die Amy in der Schule gemalt hatte, unter die Kleider.

Sie schloß den Koffer, stellte ihn neben die Haustür und prüfte, ob ihre Schlüssel und ihr Portemonnaie sich in ihrer Handtasche befanden. Es war alles da. Sollte sie Matt eine Nachricht hinterlassen?

Vielleicht kam die Polizei vor ihm her und fand die Nachricht. Nein, mit dem Problem, sich mit ihm in Verbindung zu setzen, würde sie sich später auseinandersetzen. Später. Jetzt mußte sie erst einmal sichergehen, daß sie an alles gedacht hatte, was sie auf einer längeren Reise brauchen würde.

Denk nach, befahl sie sich. *Was kann ich tun, um meine Chancen zu verbessern?*

Sie nahm den Straßenatlas aus dem Bücherregal und eine Packung Taschenlampenbatterien aus dem Tiefkühlfach.

Sie würde es schaffen. Wo zum Teufel steckte Matt? Was tat er in diesem Augenblick? Nun, sie konnte nicht warten, um es herauszufinden. Sie würde sich retten, auch wenn er nicht für sie da war.

Ein Schlafsack.

Die Schlafsäcke waren zusammen mit der restlichen Campingausrüstung in einem Wandschrank im hinteren Zimmer untergebracht. Aber das Hinterzimmer, in dem Matt jeden

Abend verschwand, um an seinen Skulpturen zu arbeiten, war mit einem Vorhängeschloß versperrt.

Linda zögerte; vor etwa sechs Monaten hatte sie gesehen, wie er den Schlüssel in ein geschnitztes Holzkästchen legte. Diesen Raum zu betreten wäre so ähnlich, als würde sie fremde Tagebücher lesen, hatte sie sich damals gesagt und jedesmal, wenn sie zum Wäscheschrank am Ende des Flurs gegangen war, der Versuchung widerstanden.

Jetzt spielte das keine Rolle mehr. Sie tastete an der Reihe Handtücher entlang und fand das Holzkästchen. Sie nahm den Schlüssel heraus, steckte ihn ins Schloß, drehte ihn herum, öffnete das Vorhängeschloß, entfernte es und stieß die Tür auf.

Der Geruch feuchten Tons war durchdringend und entnervend. Er wurde stärker, als sie sich den mit Plastikplanen abgedeckten Formen auf der Ablage neben dem Fenster näherte. Die einzige Lichtquelle war das Mondlicht, das durch das vorhanglose Fenster hereinfiel. Das Licht wurde zum Fenster hin immer schwächer und unmittelbar vor dem Brett, auf dem die Skulpturen standen, war nichts mehr zu sehen.

Sie würde nur den Schlafsack aus dem Schrank nehmen und sich ein paar Minuten zum Nachdenken gönnen. Mit sieben Schritten war Linda an der Schranktür. Dort auf dem Regalboden lag der blaue Schlafsack. Ihr Blick fiel auf ein Foto an der Wand neben dem Fenster.

Ihre Augen hatten sich inzwischen an die Dunkelheit gewöhnt, und sie sah sich um. Neben dem Brennofen standen Eimer voller Ton. Auf den Regalen drängten sich Formen, die sie nicht erkennen konnte. Und dieses Foto – was zeigte es? Als sie näher trat, blickte ihr Amys schmutziges und zufriedenes Gesicht entgegen. Linda erinnerte sich, wie sehr Amy Matt an diesem Tag angebettelt hatte, ihr zu zeigen, den Köder selbst am Angelhaken zu befestigen. Stolz hatte sie die Leine mit dem zuckenden Stück Wurm hochgehalten, das sauber aufgespießt in der Luft baumelte. Linda wandte sich ab.

Sie konnte die Gegenstände auf dem Regalbrett unter dem Fenster nicht erkennen. Immer noch wie verzaubert vom Mondlicht, hob sie die Plastikhülle an und kniete sich dichter vor die Tonfiguren.

Wie Echos, die in unregelmäßigen Intervallen ertönten, immer wieder dieselbe Gestalt in den unterschiedlichsten Größen. Eine der Plastiken war mindestens einen halben Meter groß, andere nicht größer als eine Kinderhand. Sie griff nach der kleinsten Büste, aber dann erstarrte sie mitten in der Bewegung, unfähig, sie anzufassen, unfähig zu atmen. Zwei Regalböden und das Brett standen voll. Es waren mindestens fünfzig. Fünfzig Tonrepliken der Puppe, die drei Meter von Amys Leiche entfernt gefunden worden war, inklusive des X auf der Brust. Auf einigen hatte sich ein weißer Film gebildet. Andere waren vertrocknet, rötlich angelaufen und zerbrechlich.

Warum zitterte sie.

Es gab doch bestimmt eine rationale Erklärung für diese Figuren.

Linda fühlte einen nervösen Lachreiz in sich aufsteigen. Sie ging rückwärts aus dem Zimmer, hängte sorgfältig das Schloß wieder ein und ignorierte die Stimmen in ihrem Kopf, die versuchten, sich Gehör zu verschaffen. Immer noch den Schlafsack umklammernd, packte sie sich ihren Mantel und den Koffer und stolperte durch den neuerlichen sintflutartigen Regen zu ihrem Wagen.

TEIL DREI

SONNTAG

11.
KAPITEL

Die Nachwirkungen des Rums und das Geräusch der sich auf dem nassen Asphalt drehenden Reifen machten sie schläfrig. Sie bemühte sich nach Kräften, wach zu bleiben, und umklammerte fest das Lenkrad, als ein Lastwagen sie überholte und der Honda in seinem Fahrtwind ins Schaukeln geriet. Irgendwie gelang es ihr, den Honda gerade nach vorn ausgerichtet zu halten. Nach vorn – in Richtung unzähliger fremder Highways, irgendwohin, wo sie nicht ständig über die Schultern sehen würde. Irgendwohin, wo sie frei sein würde von jedweden Fesseln, aber auch ohne jede Verbindung zu irgend jemandem. Und doch erschien ihr diese Flucht nach vorn von allen wenig verlockenden Alternativen am tröstlichsten.

Die Bergstraße wand sich über bewaldete Hügel; es gab nur wenige Häuser, und das Gefühl, in einer spektakulären und ungezähmten Wildnis ganz allein zu sein, war überwältigend. An einer Kreuzung kam sie an einer langen Reihe von Briefkästen vorbei, die auf Stangen entlang der Straße aufgestellt waren. Sie erschauerte bei dem Gedanken, von einer Armee unsichtbarer Häuser beobachtet zu werden. Sie neidete diesen Menschen ihre Isolation, und ihren Schlaf – in ihren eigenen Betten. Himmlische Wärme unter dicken Decken, der Stille lauschen oder auch dem Atem eines Menschen, der neben einem lag. Gesegnete Sorglosigkeit.

Ihr Kopf fuhr hoch; beinahe wäre sie eingeschlafen. Pescadero war eine trügerische Zuflucht gewesen. Wenn sie nur weit genug fortgezogen wären, dann bräuchte sie sich jetzt nicht so große Sorgen zu machen.

Etwa fünfzig Meter weiter vorn markierten ein Metallzaun und ein großes Schild eine Feuerschneise. Linda fuhr langsamer, bog ab und sah sich um. Isoliert und still war dieses Fleckchen der ideale Ort, um ein wenig zu schlafen. Sie stellte Scheibenwischer und Scheinwerfer aus und ließ ihren Kopf an das Seitenfenster sinken.

Eine Spottdrossel stieß in der Dunkelheit einen melancholischen Schrei aus. Ein Ast knackte, und auf das Schnauben eines unsichtbaren Tieres ganz in der Nähe antwortete ein zweites Schnauben. Die Tiere würden über sie wachen. Linda kletterte auf den Rücksitz, zerknüllte ihre Jacke zu einem improvisierten Kopfkissen und kroch in den Schlafsack. Auf ihren Campingausflügen zum Eel River oder entlang der Sonoma-Küste hatte es immer geschienen, als sauge Amy das Sonnenlicht in sich auf, um es dann in ihrem Lächeln an die Welt zurückzugeben. *Diese Tonskulpturen. Die Kamee.* Der Wagen würde bequemer sein als der steinige Untergrund, der sie in der Nähe des Mont Lassen die ganze Nacht wach gehalten hatte. Linda konzentrierte sich darauf, sich alle Einzelheiten dieses Lagerplatzes ins Gedächtnis zu rufen der Picknicktisch mit dem eingeritzten Spruch *Gott sei Dank, daß ich Atheist bin;* der Haufen Tannennadeln, den jemand neben dem Feuerring zurückgelassen hatte; der Halbkreis aus Felsbrocken, der eine natürliche Barriere zwischen ihrem Lagerplatz und dem nächsten dahinter bildete.

Gedanken wurden Traum, und Linda rührte sich erst, als grelles Sonnenlicht auf ihre Lider fiel – Zeit aufzustehen. Sie hob den Kopf und öffnete ein Auge. *So schnell wandert die Sonne nicht.* Der Strahl einer Taschenlampe huschte ihren Schlafsack entlang und dann wieder hinauf zu ihrem Gesicht. Das Licht blendete sie, so daß sie in der Dunkelheit dahinter nichts erkennen konnte.

Sie versuchte sich aufzurichten, aber ihre Beine verhedderten sich im Schlafsack.

Eine zur Faust geballte Hand klopfte an die Scheibe. Froh, daß sie den Reißverschluß des Schlafsacks nicht zugezogen hatte, befreite sie ihre Beine und setzte sich auf.

»Das ist hier kein Campingplatz«, sagte eine ärgerliche Stimme. Das Licht der Taschenlampe fiel auf ein Schild, das an einen Baum vor dem Wagen genagelt war. »Sie haben exakt dreißig Sekunden Zeit zu verschwinden, sonst rufe ich die Polizei.«

Die Wagentüren waren verriegelt. Sie brauchte nur nach vorn zu klettern und wegzufahren.

Sonst rufe ich die Polizei. Er ist kein Cop.

Sie ließ sich nicht zweimal bitten; der Schlüssel steckte noch im Zündschloß, und der Motor sprang sofort an.

Wie geschickt du doch darin bist, dich unsichtbar zu machen, dachte sie, als das Licht der Taschenlampe sich in einen winzigen Punkt verwandelte und schließlich ganz verschwand. Fünfundzwanzig Minuten: exakt so lange hatte sie geschlafen. Sie würde sich einen anderen Ort suchen müssen, an dem sie wenigstens für ein paar Stunden rasten konnte.

Vielleicht würde sie in einer Menschenmenge weniger auffallen. Linda fuhr in Richtung des Highways.

Stille drang durch die Ränder ihres Bewußtseins, als sie ihre Atmung wahrnahm. Ein, Pause, aus. Und wieder: ein, Pause, aus. Der Himmel war blaugrau und düster. Waren es Stunden oder Sekunden, seit das stete Trommeln des Regens auf dem Wagendach sie eingeschläfert hatte? Sie vermochte es nicht zu sagen. Sie streckte die Beine aus und griff nach ihrer Armbanduhr, die sie unter dem Armaturenbrett deponiert hatte. Mehrere Wagen starteten und verursachten ein eigenartiges Summen wie von einem Bienenvolk, das aus dem Winterschlaf erwachte.

Zu ihrer Linken stand ein Triumph, auf dessen blauem Lack der Regen nasse Spuren hinterlassen hatte. Zur Rechten sah sie einen verbeulten Kombi, der schaukelte, als ein Deutscher Schäferhund vom Rücksitz nach vorn sprang, wobei er rechtzeitig abdrehte, um dem Lenkrad auszuweichen. Linda setzte sich auf, fuhr sich mit den Fingern durch die zerzausten Locken und warf einen Blick in den Kombi. Hinten schliefen friedlich drei zusammengerollte Kinder, deren glatte, schokoladenfarbene Haut sich deutlich von der zitronengelben Decke abhob, die über sie gebreitet war. Zwei Frauen lehnten am vorderen Kotflügel; der Rauch ihrer Zigaretten malten blaue Streifen in die Luft.

Zehn Minuten vor sechs. Sie fühlte sich, als fehlten ihr drei Stunden. Bilder ihrer Flucht aus Pescadero stiegen vor ihr auf, unzusammenhängend, aber leuchtend und klar. Die vorsichtige Fahrt an Langley Hill vorbei. Die Tonskulpturen. Der beinahe leere Benzintank. Der zornige Grundstücksbesitzer, der sie von seinem Land verjagt hatte. Das Abbiegen auf den Rastpaltz an der Route 280, um zu warten, bis die Tankstellen öffneten.

Ihr ganzer Körper sandte eine Botschaft des Unbehagens an ihr Hirn. Ihre Nackenmuskeln fühlten sich an, als wären sie geschrumpft, ihr Kiefer schmerzte, als sie den Mund öffnete, und ihre Blase war zum Bersten voll.

Sie würde sich gleich besser fühlen, wenn sie erst auf der Toilette gewesen war. Sie öffnete die Wagentür und richtete sich langsam auf, bis sie schließlich aufrecht stand. Die Luft war frisch und voller Versprechen, und Linda nahm einen tiefen Atemzug, der ihr Kraft spenden sollte, bis sie etwas Gehaltvolleres zwischen die Zähne bekam.

Sämtliche Kabinen auf der Damentoilette waren frei. Aus Gewohnheit betrat sie die zweite Kabine und schob von innen den Riegel vor, dankbar, daß sie nicht anstehen mußte. Das rostige Quietschen der Scharniere der Eingangstür und das Klatschen von Schritten auf den Fliesen wurde gefolgt vom Zuknallen der Türen rechts und links von ihr. Dann hörte sie, wie Gürtel aufgeschnallt und Reißverschlüsse geöffnet wurden. Linda seufzte erleichtert, als über die Trennwand der Kabine hinweg eine Frauenstimme ertönte.

»Also von meinen ist keins blond, soviel steht mal fest. Niemand will ein kraushaariges schwarzes junges Ding, Gott sei es gedankt.«

Linda betätigte die Toilettenspülung, und das Rauschen

des Wassers übertönte die Stimmen. Sie zischte ungeduldig, als ihr T- Shirt sich im Reißverschluß ihrer Jeans verfing. Sie beugte sich vor, um das Problem aus der Nähe zu betrachten; nicht allzu schlimm. Sie würde in ein paar Sekunden draußen sein. Sie hob den Schlitten des Reißverschlusses soweit zurück wie möglich und verdrängte ein Bild von Amy, wie sie im Alter von drei Jahren jeden sonnigen Morgen in der Küche gestanden und sich in der Erwachsenenkunst geübt hatte, allein den Reißverschluß ihre Jacke zu schließen. Linda zerrte am Reißverschluß und riß an ihrem T- Shirt. Ein Stück Stoff löste sich.

»Ich würde die Kinder im Haus einsperren, wenn ich sie nicht selbst im Blick hätte. Ich meine jede Sekunde.«

»Komm schon, Mabel. Das Haar des kleinen Brandon-Mädchens war gelb wie Butterblumen. Und die vermißte Kleine – ich habe ihren Namen vergessen – ist sogar noch blonder.«

Irgend etwas an dem, was die Frauen sagten, stimmte nicht. Irgend etwas stimmte daran ganz entschieden nicht.

»Cindy. Der Vorname der armen Kleinen ist Cindy. An den Nachnamen kann ich mich nicht erinnern. Glaubst du wirklich, daß ein und dieselbe Person dahintersteckt?«

Die Frau mit der heiseren Stimme hustete, spuckte in die Toilettenschüssel und fluchte leise. »Scheiße, ja. Erst hat er ein Kind umgebracht, und dann hat er sich gestern ein zweites geschnappt, in derselben …« Der Rest des Satzes ging im Rauschen der Toilettenspülung unter.

Linda stockte der Atem. Noch ein Kind? Ein dritter Name auf der Liste, auf der schon Amy und Marianne Brandon standen?

Sie würde hier in der Kabine warten müssen, bis die beiden Frauen die Toilette verließen. Wenn sie sie erkannten … Linda fühlte, wie sich trotz der Kälte Schweiß in ihren Achselhöhlen bildete.

»Glaubst du wirklich, daß die Kleine noch lebt?«

Ein Wasserhahn an den Waschbecken wurde aufgedreht, und die zweite Toilette rauschte; die Tür zu Lindas Rechter schwang auf.

»Vielleicht ist die Mutter des ersten Mädchens vor Trauer verrückt geworden. Das soll's ja schon gegeben haben. Vielleicht wollte sie sich ein anderes Kind holen, als Ersatz für ihre Tochter.«

»Ich bin in San Jose in einem Baumarkt.« Als Matt gestern angerufen hatte, hatte er sie als erstes angelogen. *»... Ich habe ihn seit Donnerstag mittag nicht mehr gesehen«*, hörte sie in Gedanken Eugene Sharpe sagen.

Wie ist die Kamee an den Hals der Puppe gelangt?

Linda bekam keine Luft mehr; sie hatte etwas im Hals, das sie am Atmen hinderte.

»Hey, alles okay da drin?«

Linda hustete erneut. Wenn sie nicht antwortete, würde eine der beiden Frauen vielleicht soweit gehen, unter der Kabinentür herzukriechen, um ihr zu helfen. Sie preßte die Lippen zusammen und zwang sich zu schlucken. Sie brachte ein leises ›Ja‹ zustande und konzentrierte sich darauf, tief Luft zu holen. »Danke der Nachfrage.«

»Hast mir einen ganz schönen Schrecken eingejagt.« Die heisere Stimme hinter der Tür war ganz nah, zu nah. Linda ruckte am letzten noch eingeklemmten Rest ihres T-Shirt und bekam es endlich frei. Erleichtert hörte sie, wie Schritte sich entfernten und schließlich ganz verklangen. Die Tür zischte leise, als sie hinter den beiden Frauen zufiel.

Linda riß die Tür ihrer Kabine auf und schob sich das Haar hinter die Ohren. Die kürzeren Strähnen fielen ihr sofort wieder in die Stirn. Ungeduldig spritzte sie sich kaltes Wasser ins Gesicht.

Geschnappt, haben sie gesagt. Gestern, haben sie gesagt.

Sie sah in den Spiegel und fühlte, wie sie in die dunklen Tiefen eines Abgrundes gezogen wurde, als die Tür erneut aufschwang.

Eine Schwarze mit kurzen, glänzenden Locken und offensichtlich nicht ganz echten Zähnen erschien lächelnd hinter ihr. Linda beugte sich über das Waschbecken und wusch sich erneut das Gesicht; die eisige Kälte holte sie in die Wirklichkeit zurück. Sie griff nach einem Papiertuch und trocknete sich das Gesicht ab.

»Ich wollte nur sichergehen, daß du auch wirklich okay bist.« Die Frau runzelte besorgt die Stirn.

Linda kämpfte den Impuls nieder, sich in die Umarmung dieser mütterlichen, ganz gewöhnlichen Frau zu flüchten, so wie sie es am vergangenen Abend bei Bea getan hatte. Sie wollte ihr erzählen, welche Qualen sie gelitten hatte, daß sie achten Monate lang ohne Tabletten nicht hatte schlafen können, daß es nach und nach besser geworden war und welche Angst sie hatte, daß alles von vorn anfing. Das Brennen in ihrer Brust ließ nach, aber Linda fuhr fort, das Papiertuch auf ihr Gesicht zu drücken.

Tu, als ob. Sie hatte in einer Frauenzeitschrift gelesen, daß diese Technik einem durch die schlimmsten Zeiten helfen konnte. Tu so, als würdest du dich tatsächlich stark fühlen. Tu so, als wärst du wirklich selbstsicher. Dann benehmen sich andere so, als wäre das Theater real, man weiß, wie es sich anfühlt und verinnerlicht die Suggestion.

Manchmal funktionierte es und manchmal nicht.

»Danke für Ihre Anteilnahme, aber es geht mir gut«, sagte Linda, warf das nasse Tuch in den Abfalleimer und hastete zur Tür.

»Hey, langsam, Liebes, du hast etwas vergessen.« Sie verzog das Gesicht und zeigte auf Lindas braune Ledertasche auf dem Waschbeckenrand. »Du siehst krank aus, Liebes. Ich will mich ja nicht einmischen, aber du solltest zum Arzt gehen, weißt du.«

Linda griff nach ihrer Handtasche, murmelte ein hastiges ›Dankeschön‹ und zog die Toilettentür auf. Sie rannte beinahe an einem zerzausten, verschlafenen Mädchen vorbei, das gerade hereinkam. Aus der Sicherheit ihres Wagens heraus beobachtete sie, wie der Kombi neben ihr aus der Parklücke herausfuhr, sich des durchdringenden Blicks bewußt, mit dem die Frau sie musterte.

Sie sehen mich alle an, und ich kann das Gewicht von Amys Beinen fühlen, die über meine Armbeuge hinausbaumeln. Der oberste Knopf ihrer Bluse ist offen, aber ich kann ihn nicht zuknöpfen, weil ich Amy auf dem Arm habe und weitergehen muß. Ich werde niemals wieder stehenbleiben. Wenn ich weitergehe, wird sich irgendwann herausstellen, das das alles nicht wirklich passiert ist.

Nein, dachte sie zornig, es *ist* passiert – ebenso wie viele andere Dinge geschahen, die sie nicht verstand. Sie schaltete das Radio ein und suchte einen Nachrichtensender. Übelkeit stieg in ihr auf, als sie die Stimme des Sprechers hörte. Cindy Forrest wurde seit dem vergangenen Abend vermißt. Sieben Jahre alt – genauso wie Amy und Marianne Brandon. Sie war das letztemal in der Nähe der Busstation Rockridge gesehen worden. Sie trug eine rote Jacke, schwarze Jeans und schwarze Reeboks. Ihr blondes Haar war zu Zöpfen geflochten.

Wo war Matt? Er war ihr Rettungsanker; er war ihr Beschützer.

Er hatte die Skulpturen modelliert.

Er war verärgert und seit dem Morgen des Vortages nicht mehr nach Hause gekommen, er war seit Donnerstag mittag nicht mehr bei den Sharpes gewesen, und er war der einzige, der ihr einfiel, der Zugang zu ihrer Kamee gehabt hatte.

Als sie den Wagen auf den Freeway lenkte, ließ die Übelkeit nach, und ihre Gedanken klärten sich. Sie mußte frühstücken, tanken und Öl nachfüllen. Osten. Sie würde die Sierras durchqueren, sich bis zum Abend ausruhen und dann im Schutz der Dunkelheit durch die Wüste fahren, nach Südosten, um das schlechte Wetter auf den nördlichen Routen zu meiden.

Jeder Regentropfen klang wie eine separate Note zum Baß der Scheibenwischer. Der Himmel war in tausend verschiedenen Grautönen gefärbt, federleicht, schwer und bleiern oder äschern. Der Duft von Lorbeerblättern und Eukalyptus füllte den Wagen wie eine grüne Wolke. Jede Faser ihres Pullovers zeichnete ein kompliziertes Muster auf ihre Haut.

Alles um sie herum versuchte, ihre Aufmerksamkeit zu erregen, um sie abzulenken, damit sie keinen klaren Gedanken fassen konnte. Wenn sie erst etwas gegessen hatte, würde sie auch klarer denken können.

Der Regen prasselte nun in Strömen auf den Highway herab. Eine Wasserwand, die von einem vorbeifahrenden Lastwagen aufgewirbelt wurde, krachte auf ihre Windschutzscheibe. Sie nahm eine Hand vom Lenkrad und schüttelte sie, um die verkrampften Muskeln zu lockern.

Unerklärlicherweise kamen ihr die Worte aus einem Gedicht von E. E. Cummings in den Sinn, das Matt ihr immer vorgelesen hatte, als sie noch auf dem College gewesen waren – seine Stimme in der kalten Luft schwebend, die Worte ›Regen‹ und ›kleine Hände‹ noch lange, nachdem das Gedicht verklungen war, nachhallend. Ein Gedicht würde ihr jetzt auch nicht helfen – warum dachte sie ausgerechnet jetzt daran?

Die gewundene, vom Regen glänzende Teerstraße beschrieb eine Kurve und führte unerwartet durch Weinberge hindurch. Linda fuhr an Feldern nackter Reben vorbei, die in einer Formation standen wie verkrüppelte, deformierte Bäume, deren Äste in eigenartigem Winkel aus dem Stamm herauswuchsen. Auf dem Hügel oberhalb des kleinen Tals stand ein herrschaftliches weißes Fachwerkhaus. Wenn sie die Auffahrt hinauffahren, den Wagen parken und sich verstecken könnte, bis alles vorbei war …

Aber erst mußte sie etwas essen.

Da: Ein riesiges Schild kündigte *Tony's Diner* gleich an der nächsten Ausfahrt an. Linda drehte das Lenkrad, und der Wagen gehorchte. Die Abfahrt führte auf einen zweispurigen

Highway, an dem niedrige, kastenförmige Gebäude standen; *Tony's Diner* befand sich am anderen Ende der kleinen Einkaufsstraße. Sie zwängte ihren Wagen in die letzte Parklücke; in dem Lokal würden Farmer und Reisende sitzen, die sich für einen langen Tag wappneten. Die Bedienung würde keine Zeit haben, sie anzustarren. Linda sperrte ihren Wagen ab und wandte den Blick ab, als sie durch den Regen an den Zeitungsständen vorbeihastete. *Ich will ihr Gesicht nicht sehen,* dachte sie. *Ich will mein Gesicht nicht sehen.*

12. KAPITEL

Ein Sitzplatz am anderen Ende des Tresens war noch frei. Gut – die anderen Gäste würden sie nur von hinten sehen. Sie überflog die mit Kaffeeflecken bedeckte Speisekarte und massierte sich mit zwei Fingern den Nasenrücken. Sie sollte dafür sorgen, daß die Kopfschmerzen nicht schlimmer wurden; sie brauchte jetzt jedes bißchen Klarheit, das sie kriegen konnte. Sie griff in ihre Handtasche und nahm das kleine Pillendöschen mit dem glitzernden Elefanten auf dem Deckel heraus – eins der dreißig Geschenke, die Matt ihr zu ihrem dreißigsten Geburtstag überreicht hatte. Vor vier Jahren – ihr kam es vor, als wäre es schon Jahrzehnte her. Sie spülte zwei Aspirin mit einem halben Glas Wasser herunter und steckte das Döschen zurück in ihre Handtasche.

Eine pummelige Bedienung mit hennagefärbtem Haar wischte mit einem nassen Lappen über die Theke; mit einem Bleistiftstummel notierte sie Lindas Bestellung: Orangensaft, Eier, Vollkornweizentoast und Kaffee. Ihre wäßrigblauen Augen richteten den Blick keine Sekunde auf Lindas Gesicht.

Linda blickte auf die Putzstreifen auf der Theke und versuchte, sie zu trocknen, indem sie mit einer Serviette wedelte. Hinter ihr brach eine Gruppe von Männern in schallendes Gelächter aus, und ein Kind kreischte. Als der weiße Teller und die dampfende Tasse vor sie hingestellt wurden, aß sie hastig. Sie schmeckte nichts, fühlte jedoch, wie mit jedem Bissen etwas von ihrer Kraft zurückkehrte. Die Bedienung bewegte stumm die Lippen, als sie die Rechnung addierte; dann klatschte sie sie auf den Tresen und watschelte davon.

Zwei Dollar und fünfundsechzig Cent, einschließlich Mehrwertsteuer. In Frühstückslokalen konnte man offenbar immer noch viel für wenig Geld bekommen.

Sie sollte fünfzig Cents Trinkgeld dalassen. Sie öffnete das Kleingeldfach ihres Portemonnaies, nahm zwei Fünfundzwanzigcentstücke heraus und legte sie neben ihre leere Tasse.

Von der Rast und dem Essen gestärkt war sie bereit, ihre Route zu planen, zu tanken und sich dann auf den Weg zu machen.

Sie klappte das Fach ihres Portemonnaies auf, in dem sie die Scheine unterbrachte.

Drei Eindollarnoten.

Das war es, was sie gestern abend beim Packen vergessen hatte: Geld.

Auch wenn es ihr gelänge, das Lokal zu verlassen, ohne die Rechnung zu bezahlen, würde sie mit nur drei Dollar nicht weit kommen.

Sie reichte dem Kassierer die Rechnung und die einzelnen Dollarnoten. Sonntag – die Banken hatten alle geschlossen. Gott sei Dank gab es Geldautomaten. Sie würde an einer Bank halten und Geld ziehen. Sie sah die Karten in ihrem Portemonnaie durch. Der Bücherausweis.

Eine Kundenkarte von Sears.

Alte Quittungen vom Brothers Market.

Da war sie. Ihre Scheckkarte. Sie nahm sie heraus und strich mit den Fingern beinahe zärtlich über die erhobenen, eingestanzten Buchstaben.

»Fünfundvierzig Cent sind ja nicht viel, aber ich schätze, Sie möchten Ihr Wechselgeld trotzdem haben.« Der Kassierer blickte über die halben Gläser seiner Lesebrille und klopfte mit den Münzen auf den Tresen neben der Registrierkasse.

Linda lächelte und sammelte die Münzen ein. Sie steckte sie in ihr Portemonnaie und wollte auch ihre Scheckkarte in ihr Fach schieben, als sie plötzlich innehielt.

Das mußte ein übler Scherz sein, eine Strafe dafür, daß sie nicht auf Matt gehört und den Kontakt zur Außenwelt abgebrochen hatte, eine Strafe dafür, daß sie es wann immer möglich vermieden hatte, Post zu öffnen.

Neben der Kontonummer prangte klar und deutlich der Vermerk: Gültig bis 15/10. Die Karte war seit einem Monat abgelaufen.

Es war eine Frage der Logistik. Sie brauchte Geld. Auch wenn ihre Scheckkarte nicht abgelaufen wäre, befanden sich auf ihrem Konto nur dreihundertsiebzig Dollar, nicht genug, um bis ans andere Ende des Landes zu gelangen, nicht genug, um ihre Sicherheit zu gewährleisten, bis sie sich eine Basis geschaffen hatte. Ihre Ersparnisse waren während des Prozesses aufgebraucht worden – nicht, daß sie jemals ernsthaft gespart hätten. Sie hatten immer geglaubt, schlechte Tage gäbe es nur für andere. Heute reichte das eine Einkommen – und dazu noch ein mageres – knapp, um die anfallenden Rechnungen zu bezahlen. Ihre Kreditkarte konnte sie nicht benutzen: dann konnte sie auch gleich die Polizei anrufen und ihr ihren Aufenthaltsort nennen. Sie sollte nicht einmal versuchen, ihre eigenen Schecks einzulösen. Sie würden sie aufspüren, das Netz um sie herum enger ziehen.

Genaugenommen stellten sich ihr zwei Probleme. Die kurzfristige Frage war, wie sie mit nur fünfunddreißig Cent in bar tanken sollte. Und sie mußte sich genügend Geld beschaffen, um weit wegzukommen. Erst dann würde sie sich der Frage widmen können, wohin genau sie wollte, um der Polizei zu entgehen.

Sie drehte den Schlüssel, ohne den Motor zu starten: Der Tankanzeiger kroch bis zum Reservestrich und blieb dort hängen. Knapp vier Liter, höchstens. Zwanzig, fünfundzwanzig Meilen maximal.

Wo konnte sie sich das Geld beschaffen, das sie brauchte? Von Anton vielleicht, oder von Bea. Pescadero war über dreißig Meilen entfernt, Oakland sechzig, wenn sie die 280 Richtung San Francisco hinauf und über die Bay Bridge fuhr. Beides war riskant. Bea hatte kein Telefon; Anton nahm nicht ab.

Irgendwie war es ein tröstliches Gefühl, gezwungen zu sein, so praktische Überlegungen anzustellen, ihre halbausgegorenen Zweifel in einen dunklen Winkel zu verdrängen. Sie stand vor einem unmittelbaren Problem, das einer Lösung bedurfte – jetzt gleich. Über den Rest würde sie sich ein anderes Mal den Kopf zerbrechen.

Wie Scarlett würde sie die schwierigeren Entscheidungen aufschieben; das Morgen würde noch früh genug kommen. Vielleicht hatte sie Glück und es stellte sich heraus, daß sie in kritischen Situationen um so einfallsreicher war. Es war völlig klar – Bea würde ihr rettender Engel sein.

Sie würde es Bea erzählen müssen und es ihr überlassen, ja oder nein zu sagen, aber sie war sicher, daß Bea nichts dagegen haben würde, sie mitzunehmen.

Es war ein vernünftiger Plan, ja, sogar eine schöne Vorstellung. Bea wollte ohnehin abreisen; niemand würde sich Gedanken darüber machen. Sie würden sich beim Fahren abwechseln, nachdem sie die kalifornische Grenze passiert hatten. Und sie wäre eine angenehme Gesellschaft. Irgendwann würde sie sich sicher fühlen; vielleicht würde sie dann zurückkehren.

Wie sollte sie je an einen Ort zurückkehren, an dem Matt sie aufspüren konnte?

Das wäre vor der Kamee möglich gewesen.

Das wäre vor den Tonskulpturen möglich gewesen.

Alles ergab einen Sinn, wenn sie es in ein bizarres Schema preßte, das auf Matt hindeutete. Wenn doch nur zwei und zwei diesmal nicht vier ergäben.

Der Tag, an dem Amy ermordet worden war. Da war etwas, was sich im Augenblick noch ihrem Gedächtnis entzog, etwas mit dem Telefon. Sie konnte sich nicht erinnern. Vielleicht war es auch unwichtig ...

Die Kamee, die Skulpturen, die Tatsache, daß Matt nicht bei der Arbeit gewesen war, als Marianne Brandon ermordet wurde, und zu dem Zeitpunkt, da Cindy Forrest als vermißt gemeldet worden war, Gott weiß wo gesteckt hatte – das alles war doch deutlich genug.

War Matt wegen ihrer wachsenden Nähe zu Amy so wütend auf sie gewesen, daß er ... Nein, das war unmöglich. Dazu wäre er nicht fähig gewesen.

Hatten das, was mit Amy geschehen war, und sein Eifer, ihr die Schuld daran zu geben, ihn dazu verleitet, es so aussehen zu lassen, als bestünde eine Verbindung zwischen ihr und Marianne Brandon und Cindy Forrest? Wie sollte sie ihre Unschuld beweisen, wenn sie in der fraglichen Zeit zu Hause gewesen oder – allein – in ihrem Wagen ziellos umhergefahren war? Er wußte sehr gut, daß sie sich nur freitags unter Menschen wagte, um auf dem Markt einzukaufen. Die zwei Vorfälle hatten sich an einem Donnerstag und an einem Samstag ereignet.

Vorfälle?

Sie würde Bea alles erzählen, in allen Einzelheiten. Es würde Stunden dauern, aber sie mußte es einfach tun. Das war nur fair. Bea würde ihr zumindest Geld borgen. Darauf konnte sie zählen. Sicherheit erwartete sie auf dem Stellplatz 22; Beas Camper, die Betonstufe, die Milchkiste mit den Muscheln. Sie griff in die Tasche und strich mit den Fingern über die rauhe Austernschale.

Zwei weitere Kinder tot.

Erst zahlen; dann tanken, stand auf dem Schild. Das war gut. Auf diese Weise würde sie gleich wissen, ob sie Benzin bekommen würde oder nicht, ob sie sich etwas anderes ausdenken mußte.

Der Junge an der Kasse hatte einen olivfarbenen Teint, dunkle Augen, und sie schätzte ihn aufgrund seines faltenlosen Gesichts auf höchstens zwanzig. *Lächle ihn an,* ermahnte sie sich. *Sieh ihm in die Augen.*

Sie holte das Scheckbuch aus ihrer Handtasche. »Sind fünfzehn Dollar okay?«

Er kniff die Augen zusammen. »Klar, aber ein Scheck ... den kann ich nicht annehmen. Kreditkarte oder Bargeld, aber keine Schecks. Der Boss dreht sonst durch.«

»Auch nicht, wenn ich ihn über zwanzig Dollar ausstelle und nur für fünfzehn tanke, wenn Sie dafür nach dem Ölstand sehen?« Reine Inspiration. Was bedeuteten ihr schon fünf Dollar mehr? Sie lächelte ihn an.

Plötzliches Verstehen blitzte in seinen schlauen Augen auf. »Dreißig«, sagte der Junge.

Das bedeutete, daß er bereit war, für fünfzehn Dollar seinen Job zu riskieren, aber nicht für fünf. Also gut. Das war ihr die Sache wert. Drei andere Tankstellenangestellte hatten abgelehnt; der Zeiger der Tankanzeige befand sich jetzt unter dem R für Reserve.

Zwei Stunden; länger dürfte es nicht dauern, bis sie wieder in Pescadero war. Solange sie der Polizei – und Matt – aus dem Weg ging, würde alles gutgehen.

Sie stellte den Scheck aus und reichte ihn dem Angestellten über den Verkaufstresen hinweg. Jede Hautlinie an seinen Fingern war ölverschmiert; jeder der brüchigen Fingernägel hatte einen schwarzen Rand. Im ersten Augenblick glaubte Linda, daß er sie anfassen wollte, aber er grunzte nur und nahm ihr den Scheck aus der Hand.

»Das ist ein großzügiges Trinkgeld dafür, daß ich Ihren Ölstand kontrolliere, Lady. Ich bin mir jetzt nicht mehr so sicher, ob der Scheck auch gedeckt ist.« Als er grinste, sah sie eine schwarze Lücke seitlich in seinem Mund, dort, wo zwei Zähne fehlten.

Dieser schmierige kleine Bastard würde sie nicht aufhalten. »Also gut. Dann tun Sie mir eben keinen Gefallen. Ich finde schon jemanden, der …«

Seine Finger schlossen sich um ihr Handgelenk, als sie den Scheck wieder an sich nehmen wollte.

»Hey, Lady. Ich habe nicht gesagt, daß ich es nicht tun würde. Gehen Sie tanken.« Er ließ sie los, sog Luft zwischen den Vorderzähnen ein und grinste. »Zapfsäule drei.«

Seine Finger hatten fettige Abdrücke auf ihrem Handgelenk hinterlassen. Sie hatte Gänsehaut vor Abscheu; sie biß die Zähne zusammen, um nicht zu schreien. Trotzdem, sie hatte geschafft, was sie sich vorgenommen hatte. Das erste Ziel war erreicht. Fast.

Sie eilte zur Zapfsäule, schraubte den Tankdeckel ab und griff nach dem Tankstutzen. Immer ruhig, sagte sie sich, als sie den Hahn anzog und dem beruhigenden Plätschern des Benzins lauschte, das in ihren Tank floß. Vierundvierzig Liter. Gut zweihundert Meilen Freiheit.

Sie würde woanders anhalten und die Spuren abwaschen, die seine Hände an ihrem Handgelenk hinterlassen hatten. Nicht hier – es war besser, wenn sie so bald wie möglich so weit wie möglich von hier wegfuhr. Die Zahlen liefen, bis die Anzeige auf vierundvierzig Komma sechs Liter stand.

Sie hängte den Tankstutzen wieder ein und schraubte den Verschluß auf den Tank. *Bin froh, wenn ich dich aus den Augen habe, kleiner Mistkerl,* dachte sie, als sie zur nächsten Zapfsäule blickte. Er lehnte an einem schwarzen Abfallcontainer und las eine Zeitung, die er hochhielt, so daß sie die Rückseite sehen konnte.

Die Aufnahmen waren klein, aber nicht zu übersehen. Großmutter Donners Kamee an einem dunklen Samtband, und sie selbst, einen verwirrten Ausdruck auf dem Gesicht.

Er ließ die Zeitung sinken. »Ich würde sagen, Sie haben mir etwas zu wenig bezahlt.«

Er grinste wieder und zeigte seine Zahnlücke. Dann kam er mit ernster Miene auf sie zu.

Linda wich zurück, bis sie gegen den Honda stieß. Sie griff mit einer Hand hinter sich und öffnete die Wagentür.

»Sie möchten doch sicher nicht, daß die Cops erfahren, daß Sie mir zu wenig bezahlt haben, oder?«

Großer Gott, er stand direkt vor ihr und versperrte ihr den Weg. »Sind sie verrückt. Ich habe das Benzin bezahlt. Und jetzt ...«

Eine weiße Mercedes-Limousine rollte an die Tankstelle. »Scheiße«, murmelte der Tankwart.

Linda sprang in ihren Wagen und raste davon.

13.
KAPITEL

»Und du glaubst, es bringt etwas, die Kinderpornokreise zu überprüfen?« Cruz brach das Schweigen im Wagen mit einer Stimme, die Goldstein kaum wiedererkannte.

Wenn sich herausstellte, daß Cindy Forrest von einem Kinderschänder entführt worden war, war der Kidnapper vermutlich nicht identisch mit dem Mörder von Marianne Brandon – das paßte nicht zu diesem Szenario. Die Möglichkeit zweier verschiedener Täter schien jedoch ebenso unwahrscheinlich. Die Opfer waren einander äußerlich so ähnlich, ihr familiärer Hintergrund wies so viele Übereinstimmungen auf. Sie wußten nicht, ob Cindy tot war, ihre Leiche so gut versteckt, daß sie sie nicht finden konnten, oder ob sie noch lebte. Sie würden es vielleicht nie erfahren. Nichts an diesem Fall war eindeutig, nicht das geringste.

Noch ein Tag, bis Lois Edelberg von ihrem Urlaub auf Maui in ihre psychiatrische Praxis zurückkehrte. Sie hatte ganz bestimmt etwas Aufschlußreiches zu sagen; sie las sämtliche Fachblätter, hörte sich alle Vorträge an, informierte sich regelmäßig über die neuesten psychosozialen Verhaltens- und Therapietheorien. *Morgen,* dachte er. *Morgen sehe ich sie.*

»Weilst du noch auf diesem Planeten, Goldstein?« Cruz krallte die Finger wie Klauen um das Lenkrad und starrte angespannt durch die Windschutzscheibe.

»Tut mir leid. Ich habe mich gefragt, welche Verbindung zwischen Marianne und Cindy bestehen mag. Ich glaube, der Kerl, der das Mädchen entführt hat, möchte, daß wir nach ihr suchen. Ich glaube nicht, daß er ein Sexualtäter ist.« *Wer ergeht sich da in Wunschdenken?* sagte er sich. Objektivität: Es war an der Zeit, die Balance ein wenig mehr in diese Richtung zu korrigieren.

»Was ist mit den Crells? Weißt du vielleicht, ob Quinn oder Cavessena sie inzwischen angetroffen haben?«

Da ist er wieder, der allzu eifrige Tonfall, als könne Cruz ihren Namen nicht aussprechen, ohne sein Interesse zu verraten. Das war nicht schwer zu verstehen. Sogar in ihrer blauen Uniform besaß Tina Cavessena einen gewissen unterschwelligen Sex-Appeal, auch wenn sie sich alle Mühe gab, als einer der Jungs anerkannt zu werden. Goldstein fühlte sich zu ihr hingezogen, er konnte also verstehen, daß sie auch auf Cruz eine große Anziehung ausübte. Und doch war er überzeugt davon, daß Cruz, wenn nötig, lieber den Beruf aufgeben würde, der ihm so am Herzen lag, als seine Ehe aufs Spiel zu setzen. Warum ließ Cruz sich also von Tina Cavessena aus der Ruhe bringen?

Bremsen quietschten. Goldstein wurde nach vorn geschleudert und streckte die Hand aus, um sich am Armaturenbrett abzustützen; sein Unterarm fing den Aufprall ab. »Was ist los?«

»Ich habe die Schnauze voll davon, mit dir zu reden, während du mit den Gedanken woanders bist, Goldstein. Ich frage dich, wie es in diesem Fall vorangeht, und du unternimmst einen Ausflug ins Land der Träume. Ich frage nach den Crells, und du entschwebst in andere Sphären, Mann. Du bist so sehr mit deinen Investitionen oder sonstwas beschäftigt, daß du in diesem Fall nicht die geringste Hilfe bist.«

»Glaubst du, du hättest Gefühle für dich gepachtet, nur weil du Kinder hast und ich nicht?« Genug – genaugenommen war die Grenze bereits überschritten. Goldstein war es leid, daß man ihm immer wieder erzählte, daß er dies oder jenes nicht verstünde, weil er nicht verheiratet wäre, keine Kinder und keine finanziellen Sorgen habe. Man sprach ihm Menschlichkeit ab, weil er sich nicht in die verfluchte Mittelklassemaschinerie hatte hineinpressen lassen. »Ich habe dich nicht ignoriert. Ich habe nur über deine Fragen nachgedacht, das ist alles.«

Röte kroch Cruz' Nacken hinauf und breitete sich auf seinem Gesicht aus. Die Ampel schaltete auf Grün, aber Cruz starrte weiter gen Himmel und rührte sich nicht. »Cruz«, sagte Goldstein sanft. »Es ist Grün.«

Cruz blinzelte und nickte. Der Wagen rollte von der Kreuzung und wurde langsam schneller. »Hey, Mann, ich wollte dich nicht so anfahren. Tut mir leid. Das geht uns allen mehr an die Nieren, als wir dachten. Scheiße, ich wünschte so sehr, wir würden diesen Fall bald abschließen.« Mit grimmigem Gesicht bog er auf den Broadway und wich einem Lastwagen von Coors aus.

Und wenn dieser Fall abgeschlossen ist, dachte Goldstein, als Cruz den Wagen einen halben Block vom Büro der Bürgerinitiative entfernt in eine Parklücke lenkte, *kommt der nächste, und wir stürzen uns wieder in diese schmutzige, häßliche, stinkende Jauchegrube, ohne je danach zu fragen, was uns das bringt.*

Schweigend gingen sie zum Eingang des Ladenlokals, Goldstein tief in Gedanken versunken. Vielleicht war es für Cruz tatsächlich anders. Das *mußte* es sein – Goldstein hatte keine Kinder. Carlos Cruz war Vater, und gleich, wie sehr er sich einbildete, sich in Eltern hineinfühlen zu können, wußte Jay Goldstein, daß ihm dies nur annähernd gelingen konnte.

Vaterschaft: Er war einfach nicht dafür geschaffen. Er lebte zu sehr in seinen Gedanken, verbrachte zuviel Zeit damit, im Geiste Szenarien durchzuspielen. Die Polizeiarbeit zwang ihn, direkt auf neue Umstände zu reagieren. Man handelte unmittelbar. Wenn man Vater war, schienen ihm Unsicherheit und langfristige Kredite die Regel zu sein.

Trotzdem hatte er in der letzten Zeit begonnen, sich zu fragen, ob er das Ganze nicht von der falschen Warte aus betrachtete. Vielleicht konnte er, der Erwachsene, noch viel von Kindern lernen. Er war seit so langer Zeit darauf bedacht, die Welt vor seiner eigenen Zwiespältigkeit zu schützen, daß er sich mit seinen eigenen metaphysischen Dilemmas verheiratet fühlte. Nicht eben viel, einem an kalten Tagen die Füße zu wärmen, sinnierte er, als er die Tür zum Büro der Bürgerinitiative aufstieß.

Es waren an die vierzig, fünfundvierzig Personen anwesend. Sechs Telefone läuteten gleichzeitig; freiwillige Helfer hasteten, Papiere schwenkend, von einem Tisch zum anderen und berieten sich untereinander. Das hektische Treiben zeugte von Energie und Zielstrebigkeit, ganz anders als das, was er in den vergangenen Tagen hier zu sehen bekommen hatte. Hier ist richtig was los, dachte er und bahnte sich einen Weg durch die Menge zu einem Tisch am hinteren Ende des Raumes. Charlotte Wertz, die Züge angespannt und müde, und Dexter Williams, die Krawatte gelockert, die Hemdsärmel aufgerollt und scheinbar noch erschöpfter als am Vortag, saßen Seite an Seite. Albert Toller, dem die Brille an der Nase herabrutschte, hängte seine Jacke mit dem Fellkragen über eine Stuhllehne und setzte sich neben Williams.

»Was ist denn hier los?« fragte Goldstein mit einer Geste, die die vielen Helfer einschloß. »Cindy Forrest?«

Die blassen Wimpern vor Erregung zuckend, nickte Dexter Williams. »Plötzlich fühlen sich alle betroffen. Ich kann ihnen sagen, was in ihren Köpfen vorgeht: Wenn sie Augen und Ohren aufgesperrt hätten, als Marianne ermordet wurde, wenn sie gleich zu uns gekommen wären, wäre das vielleicht nicht passiert. Jetzt möchten sie sichergehen, daß es nicht wieder geschieht.«

Charlotte Wertz runzelte die Stirn, woraufhin ein Schatten auf ihre tiefliegenden Augen fiel. »Ein ziemlich drastisches Mittel, sie aus ihrer Lethargie zu reißen. Aber wir brauchen nun einmal alle Hilfe, die wir kriegen können. Einhundertfünfzig Anrufe in den vergangenen zwei Stunden – das sind in etwa so viele wie in den ersten drei Tagen nach Mariannes Ermordung.«

Goldstein starrte auf das Flugblatt, das Cruz ihm reichte. Er hatte noch keine mentale Verbindung zu diesem Kind hergestellt, hatte noch nicht das Gefühl, ihr geheimstes Inneres zu kennen. Cindy Forrest wirkte zurückhaltender, als zöge sie es vor, erst gründlich nachzudenken, ehe sie handelte. Er hoffte, daß er Gelegenheit haben würde, sein geistiges Bild von ihr mit der Realität zu vergleichen.

»Sehen Sie sich das an. Ich wette, das ist derselbe Kerl, der am Donnerstag im Park in der Nähe von Mariannes Leiche gesehen wurde und dann gestern wieder an der Bushaltestelle. Jeweils in der Stunde, in der das Verbrechen sich ereignet hat.« Albert Toller stand mit vorgeneigtem Oberkörper da, eins seiner langen Beine angewinkelt, so daß er aussah wie ein mit blauem Hemd und blauer Hose bekleideter Flamingo. »Ein wichtiger Hinweis, würde ich sagen, Sergeant. Ich habe mit dem zweiten Anrufer gesprochen, wenn Sie also irgendwelche Fragen haben, werde ich sie Ihnen gern beantworten.«

Dexter Williams blickte Toller über die Schulter und richtete dann den Blick auf Goldstein. »Was ist mit dem Mann, der in seinem Wagen vor dem McDonalds an der Grand gestanden hat? Haben Sie das schon überprüft?«

»Daran ist nichts Besonderes«, sagte Toller knapp. »Sie müssen Prioritäten setzen, eine Art polizeilicher Vorauswahl.« Er grinste, offenbar zufrieden mit seiner Formulierung. »Aber dieser Typ an der Bushaltestelle. Was haben Sie den betreffend in Erfahrung bringen können?«

Das war das Problem bei diesen Freiwilligen – wenn sie erst anfingen, sich selbst für die Polizei zu halten, erwarteten sie, daß man interne Informationen an sie weitergab. »Ich hatte noch keine Zeit, alle Berichte zu lesen, Mr. Toller«, entgegnete Goldstein ausdruckslos.

»Hat man an der Puppe Fingerabdrücke gefunden, Cruz?« Williams räusperte sich, als wolle er auf sich aufmerksam machen. »Oder auf der Kamee?«

Toller mischte sich ein. »Verwenden Sie diese neuen DNA-Techniken? Scheint, als müßte das …«

»Hören Sie, wir sind nicht Ihr persönliches Informationsbüro, Mr. Toller. Wir sind hier, um Informationen zu sammeln, nicht um welche weiterzugeben.« Cruz konnte seine Frustration ebensowenig verbergen wie Goldstein.

McNaughton hatte ihnen diese Aufgabe zugewiesen, weil sie für gewöhnlich beide sehr gut mit Menschen auskamen. Goldstein war zwar nicht gewillt, sich für seine schroffe Art zu entschuldigen, sagte sich jedoch, daß es angebracht wäre, die Spannung etwas abzubauen. »Wir sind nicht befugt, uns in irgendeiner Weise zu den Ermittlungen zu äußern. Das verstehen Sie doch sicher, nicht wahr?«

»Eine Einbahnstraße also, richtig, Goldstein?« Rote Flecken erschienen auf William's Gesicht. Er winkte ab, ehe Goldstein etwas darauf erwidern konnte, und zog sich mit zornigen, stampfenden Schritten zur Kaffeemaschine zurück.

Albert Toller legte den Kopf schräg. »Ich schätze, nicht einmal Detectives sind perfekt«, sagte er grinsend.

Perfekt? Eine Diskussion über Perfektion mußte in Frust enden. Die einzige angemessene Reaktion war ein Lächeln und ein Nicken.

»Machen Sie sich wegen Dexter mal keine Sorgen. Er mag ja seine … seine Macken haben, aber ich habe nie erlebt, daß er sich einer Verantwortung entzogen hätte. Er wird bis zum Ende seiner Schicht bleiben. Es sei denn, es kommt ihm etwas wirklich Ernstes dazwischen.« Toller trat zurück und stieß beinahe mit einer jungen Frau mit seidigem Haar zusammen.

»Sind alle Telefone besetzt?« fragte das Mädchen.

Charlotte Wertz erhob sich und legte dem Mädchen einen Arm um die Schultern. »Du bist heute abend von fünf bis sieben eingeteilt, Michelle. Du gehst jetzt besser. Du hast schon einen Teil deiner Gymnastikstunde versäumt.«

»Ich hasse es, mitten im November einen Gymnastikanzug anzuziehen.« Die weichen Züge des Mädchens verzogen sich zu einem Ausdruck des Widerwillens.

»Geh schon. Wir sehen uns später.« Charlotte drehte Michelle herum, in Richtung Tür. »Vergiß deinen Regenmantel nicht.«

Das Mädchen warf einen Blick über die Schulter und lächelte dankbar. »Wir sehen uns später?«

Charlotte nickte und wartete, bis Michelle die Tür hinter sich geschlossen hatte.

»Manchmal glaube ich, daß ihre Mutter die Damen der Eltern- und Lehrerversammlung mit Kokain versorgt.« Sie griff hinter sich nach den Unterlagen, in denen sie vorhin gelesen hatte, und reichte sie in einem unordentlichen Stapel Goldstein. »Das ist eine kleine Auswahl der Anrufe, die heute morgen reingekommen sind.«

Goldstein reichte die Hälfte der Blätter an Cruz weiter und ging mit dem Rest zu einem freien Stuhl neben der Tür. In der Hoffnung, daß das Stimmengewirr und das schrille Lauten der Telefone abnehmen würde, während er arbeitete, begann er mit der Lektüre.

Ein kleines blondes Mädchen in einem Cadillac in einem Einkaufszentrum in Moraga, im Fond eines Chevy Pick-up auf der Route 80 in der Nähe von Sacramento, in einem kleinen ausländischen Wagen, der von einer dunkelhaarigen Frau gesteuert wurde, in San Jose.

Dreiundvierzig Mitteilungen zu einem blonden Mädchen, das zusammen mit einem Mann in einem Bus gesehen worden war. Der Mann wurde als groß oder mittelgroß beschrieben, mit braunem oder schwarzem Haar und dunklen Augen.

Meldungen aus San Rafael, Petaluma, Emeryville, Concord. Sie würden an die örtlichen Stellen weitergeleitet werden. In mehreren Berichten war von einem Cabrio die Rede – weiß oder hellblau. Dieser Hinweis trat so häufig auf, daß man ihm nachgehen sollte. Die Beschreibungen des Fahrers waren ebenfalls ziemlich übereinstimmend: weiß, männlich, in den Zwanzigern oder Dreißigern, volles Gesicht, mit blauer Strickmütze und Pferdeschwanz.

»Hey, Mann, was hältst du hiervon?« Cruz reichte Goldstein einen Bericht und vergrub dann die Hände in den Hosentaschen.

Auf diesem Vordruck waren nur drei der freien Flächen ausgefüllt worden. Datum: Sonntag, 20.11., Uhrzeit: 9:19. INFO: Haarspange mit Kaninchen.

Goldstein erkannte sofort, warum Cruz diesen Bericht für wichtig hielt. Morella hatte gestöhnt, wie schwierig es gewesen wäre, von der verzweifelten Mutter des Mädchens eine detaillierte Beschreibung zu bekommen. Die abschließende, offizielle Beschreibung beinhaltete die Erwähnung roter Haarspangen. Allerdings war nicht von Kaninchen die Rede gewesen. Wenn sie besagte, daß Cindy Forrest zum Zeitpunkt ihres Verschwindens Spangen mit Kaninchen getragen hatte, stammte der Anruf möglicherweise von dem Kidnapper, der sie verhöhnte, indem er ihnen ein Detail zukommen ließ, von dem nur er allein wissen konnte. Wenn sie Glück hatten, würde er dreister werden, sich immer weiter vorwagen, bis er schließlich einen fatalen Fehler beging.

Goldstein kehrte zurück in die Gegenwart, zum regen Stimmengemurmel, dem penetranten Geruch von Mittagsschweiß und abgestandenem Kaffee. »Mal sehen, ob wir herausfinden können, wer den Anruf entgegengenommen hat.«

Cruz rutschte auf seinem Stuhl weiter nach vorn und beugte sich zu Goldstein vor. »Während du gelesen hast, habe ich den Rest hier durchgeblättert. Die Handschrift paßt auf Dexter Williams.« Er zeigte auf zwei Berichte, die Williams unterzeichnet hatte. »Wir müssen mit ihm sprechen.

Aber erst rufe ich Morella an und sage ihm, er soll die Eltern nach den Haarspangen fragen. Wenn die Information bestätigt wird, spreche ich mit Williams.«

»Die Leute hier sollten es doch inzwischen besser wissen«, sagte Goldstein, bemüht, seine Frustration mit dem winzigen Hoffnungsschimmer zu kompensieren, daß die gekritzelte Nachricht zu einem Durchbruch in diesem Fall führen könnte. »Williams hätte wenigstens seinen Namen drunterschreiben können. Sieh her.« Er blätterte in den Berichten; ein Drittel war nicht signiert. Er blickte hinüber zu der bunt gemischten Gruppe von Helfern am Telefontisch und wünschte, sie wären ebenso kompetent, wie sie eifrig waren.

Dexter Williams und Albert Toller hoben beiden den Kopf und sahen von den Berichten auf, die sie gerade verfaßten, als Goldstein auf sie zu trat. Toller runzelte die Stirn. Williams fuhr fort zu schreiben. »Irgend etwas Interessantes?«

Mit verknitterten Zügen murmelte Williams ein hastiges »Das gleiche wie immer.«

»Was meinen Sie?« Toller legte den Kopf schräg und sah zu Goldstein auf. »Ist Cindy noch in der Nähe? Gewöhnlich wird ein Kind in solchen Fällen doch nicht allzu weit weggebracht, richtig?«

Goldstein wollte nicht sagen, daß, wenn ein Kind nicht im Umkreis von zehn Meilen von der Stelle gefunden wurde, an der es verschwunden war, man davon ausgehen konnte, daß es tot war. »Schwer zu sagen, Mr. Toller.« Er stützte sich mit beiden Händen auf den Tisch. Streng und schulmeisterlich – das war der Tonfall, den er jetzt anschlug. Freundlich, aber bestimmt. »Auf vielen Berichten fehlten die gleichen Informationen. Wir haben darüber gesprochen, warum wir die Namen und Telefonnummern der Anrufer brauchen, aber lassen Sie es mich noch einmal erklären. Wir brauchen sie für den Fall, daß wir uns mit dem Anrufer in Verbindung setzen müssen. Und wir brauchen außerdem den Namen des Helfers, der den Anruf entgegengenommen hat. Dazu, das zu notieren, sind Sie doch sicher in der Lage, oder?«

»Sicher. Es ist nur, daß ich ...« Williams starrte auf das Telefon, als könne er es allein durch seinen Blick zum Läuten bringen.

Toller schien Goldsteins Ermahnung als persönlichen Affront aufzufassen. »So einfach ist das nicht. Ich meine, uns wurde gesagt, wir sollten nach Namen und Telefonnummer fragen, aber manchmal weigert sich der Anrufer, uns diese Information zu geben. Was ist mit Ihnen? Sie haben doch auf der Polizeiakademie bestimmt Techniken gelernt, die auch hier anwendbar wären. Sie haben doch Richtlinien für diese Art Situation, nicht wahr?«

Goldstein seufzte und kramte in seinem Gedächtnis nach der offiziellen Verfahrensweise, die in Phil McArdles kürzlich überarbeitetem Buch empfohlen wurde. »Der freiwillige Helfer sollte sich mit seinem Namen melden und dann nach dem Namen des Anrufers fragen. Auf diese Weise wird sofort eine persönliche Basis hergestellt.«

Tollers Starren verwandelte sich in einen Ausdruck aufrichtigen Interesses. »Der Cop wird für den Anrufer also zu einer realen Person, indem er seinen Namen kennt. Der Anrufer entspannt sich, empfindet das Ganze als freundlichen Austausch und nennt ebenfalls seinen Namen. Haben Sie sich das selbst ausgedacht, Goldstein, oder ist das eine Standardverfahrensweise der Polizei?«

»Standard, Mr. Toller. Außerdem können sie dem Anrufer anbieten, ihm ein Informationsblatt oder ein Überweisungsformular zuzuschicken, für den Fall, daß er die Bürgerinitiative mit einer Spende unterstützen möchte. Auf diese Weise ist der Anrufer gezwungen, seinen Namen und seine Adresse anzugeben.«

»Das ist aber hart an der Grenze des Ethischen, oder, Sergeant Goldstein?« Dexter Williams runzelte in selbstgerechter Mißbilligung die Stirn.

Goldstein ging nicht auf die Aufforderung zu einem Streitgespräch ein. »Sagen wir einfach, daß diese Methode gleich einem doppelten Zweck dient, das ist alles.«

»Vielleicht sollten wir sie tatsächlich in Erwägung ziehen. Wenn man es beim OPD so handhabt.« Toller warf Goldstein einen zustimmungheischenden Blick zu.

Goldstein nutzte die Gunst der Stunde, um zu einem umfassenden Vortrag über das empfohlene Telefonprotokoll anzusetzen, wurde jedoch von Charlotte Wertz unterbrochen.

»Dexter, verfassen Sie bitte ein Memo, in dem Sergeant Goldsteins Anregungen aufgeführt sind. Wir können es dann zum Beginn der Fünfuhrschicht verteilen.« Sie nahm Goldstein gegenüber auf einem freien Stuhl Platz. Ihr Parfum war sehr dezent, und er roch es erst, als sie sich weiter vorbeugte. Sie neigte den Kopf, als sie Dexter Williams nachblickte. »Nichts, dem nachgegangen werden sollte?« fragte sie und legte eine anmutige Hand auf den Stapel Berichte.

»Jeder noch so kleine Hinweis ist es wert, überprüft zu werden. Ich nehme die Berichte mit aufs Revier, fasse sie zusammen und schicke sie an die zuständigen Stellen.«

Sie warf das Haar zurück und musterte ihn offen aus schimmernden Augen. »Sie mögen mich nicht, stimmt's, Sergeant?«

Er war nicht auf diese Frage vorbereitet; diese Direktheit, vor allem seitens einer Frau, kam für ihn unerwartet. Er rief sich ins Gedächtnis, daß dies keine gewöhnliche gesellschaftliche Situation war. »Spielt das eine Rolle, Miss Wertz? Ob ich sie mag oder nicht?«

»Ganz und gar nicht.« Sie griff nach einem Stapel kartonierter Mappen und verstaute sie in einer Kiste. »Nicht für mich«, fügte sie hinzu und ging zu ihrem Schreibtisch.

Er nahm den nächsten Bericht zur Hand. Die Worte ergaben keinen Sinn. Er rieb sich die Augen, und als er aufblickte, sah er Cruz auf sich zukommen.

»Goldstein, Morella hat angerufen. Die Eltern haben es bestätigt. Auf den roten Haarspangen, die Cindy Forrest zum Zeitpunkt ihres Verschwindens trug, waren kleine Kaninchen. Williams meinte, er könne sich an den Anrufer erinnern. Er sagte, er hätte den Anrufer kaum verstehen können. Es war ein Mann, Goldstein. Williams hat gesagt, der Anruf hätte vielleicht zehn Sekunden gedauert, und der Typ hätte immer nur dasselbe gesagt. ›Haarspangen mit Kaninchen‹. Das ist alles, was er gesagt hat.«

14. KAPITEL

Wenn die Crells nicht plötzlich verschwunden wären, dachte Carlos Cruz, hätte das OPD sie befragen und diesen Punkt schon einmal abhaken können. Aber es war niemand im Haus gewesen. Der Honda in der Auffahrt und die Tatsache, daß das Licht im Schuppen zwischen seinen zwei Besuchen ausgeschaltet worden war, beunruhigten ihn – er hatte etwas übersehen, und es saß irgendwo unterhalb seines Brustbeins fest wie ein schwerverdaulicher Burrito. Die Geschichte mit den Haarspangen – vielleicht würde ihnen das weiterhelfen. Die Haarspangen würden sie möglicherweise sogar auf eine Spur bringen, die von den Crells wegführte, was er allerdings bezweifelte, wenngleich ein Teil von ihm wünschte, daß genau das passierte.

Aber die Crells waren ohnehin nicht sein Problem. Sollten Quinn und Cavessena sich darüber den Kopf zerbrechen. Er war froh, nicht an ihrer Stelle zu sein. Diese Aufgabe war sicherlich schwieriger zu bewältigen als der Umgang mit dem Eifer und der Frustration der freiwilligen Helfer der Bürgerinitiative. Wenigstens saß er im Trockenen. Streifenwagenbesatzungen hatten völlig durchnäßt und verfroren – aber ohne zu murren – in konzentrischen Kreisen die Nachbarschaft abgesucht – sie waren über unbebaute Grundstücke gestapft, hatten Schrottplätze und leerstehende Häuser durchstöbert. Sie hatten nicht mehr gefunden als ein Dutzend rotznäsiger Junkies und obdachloser Familien, die in den Ruinen alter Häuser vor dem Unwetter Schutz gesucht hatten.

»Ich hab's geschafft! Er macht's!« Morella stürmte in das Büro des Morddezernats. Er schwenkte ein Blatt Papier so heftig über dem Kopf, daß seine Hängebacken bebten.

»Du hast den Chief dazu gebracht, den Einsatz *beider* Hubschrauber zu bewilligen?« Cruz grinste ungläubig. Morella besaß offenbar größere Durchsetzungskraft, als er ihm zugetraut hätte.

»Dazu vier Mannschaften mit Spürhunden. Die Helikopter sind befugt, ein Gebiet im Umkreis von fünfundzwanzig Meilen abzusuchen. Die Teams von der Hundestaffel, Cruz. Darauf setze ich. Hast du schon mal gesehen, wie ihre Nasen zucken? Schäferhunde sind es, und sie sind so klug, daß sie aufs College gehen könnten.« Morellas Freudentanz hatte ihn zu seinem Schreibtisch geführt. Er knallte das Papier auf seine Schreibtischunterlage. Dann, als hätte es in seinem Kopf einen Kurzschluß gegeben, sank er stumm und mit glasigem Blick auf seinen Stuhl.

»Hey, Mann. Alles in Ordnung? Was ist los?« Cruz konnte den Druck nachfühlen, den die Verantwortung für diesen Fall mit sich brachte. Dies war das erste Mal, daß Morellas legendäre, stets freundliche, ausgeglichene Art ins Wanken geriet.

»Ich muß ständig an die Eltern denken, Cruz. Ich schwöre, daß die Brandon in vier Tagen um zehn Jahre gealtert ist. Ich weiß nicht, was schlimmer ist; das Wissen oder die Ungewißheit. Kannst du dir vorstellen, was diese Ungewißheit bedeuten muß?«

Als sie gestern schweigend und passiv im Verhörzimmer gesessen hatten, hatten Cindys Eltern einen verlorenen, benommenen und hilflosen Eindruck gemacht. Ed Forrest hatte nicht mit der Wimper gezuckt und nur ab und an zu seiner Frau hinübergesehen. Margie Forrest hatte neben ihm gesessen und sich mit den Fingerspitzen gegen die Lippen geklopft, als wolle sie sich selbst davon abhalten, etwas zu sagen. Im Laufe des Nachmittags waren die Eheleute immer mehr in sich zusammengesunken, hatten sich immer mehr in sich zurückgezogen, zitternd und als würden sie jeden Augenblick in tausend Stücke zerspringen.

Die Hilfe, die ihnen bislang zuteil geworden war, war einfach nicht ausreichend.

Nichts würde ausreichend sein, bis ihre Tochter wieder zu Hause war, wieder zur Schule, in die Kirche und in den Park ging. Bei dem Gedanken an die Eltern verkrampften sich Cruz' Eingeweide. Es kostete ihn große Überwindung, nicht zum Telefonhörer zu greifen und in Santa Cruz anzurufen. Elenya hatte bereits angedeutet, daß er vielleicht nicht fünf- oder sechsmal täglich anrufen sollte, wie er es seit ihrer Abreise getan hatte. Allein die süßen Kinderstimmen von Carlito und Julio zu hören zerstreute seine Ängste, zumindest für eine Weile. McNaughton hatte versucht, die Forrests zu überreden, sich öffentlich an den Entführer zu wenden und ihn zu bitten, ihnen ihre Tochter zurückzugeben, aber bislang hatten sie davor zurückgeschreckt. Solange die Zeitungen sowie Radio- und Fernsehnachrichten darüber berichteten, sagten sie, wollten sie im Hintergrund bleiben. Die Schlüsselinformation, die Webster am Vortag von Ed und Margie Forrest bekommen hatte, war, daß ihre Tochter Diabetikerin war. Wenn sie ihr Insulin nicht bekam, würde sie früher oder später ins Koma fallen und sterben.

Sofern sie nicht schon tot ist, hatte Cruz im stillen hinzugefügt, als er davon gehört hatte. Die Zeitungen brachten die Geschichte auf der Titelseite und erklärten, daß Cindy ihr Insulin bräuchte; sie riefen den Entführer auf, sie in ein Krankenhaus zu bringen.

»Darf ich dich etwas fragen?« Die Stimme war sanft; Tina Cavessenas dunkle Augen flackerten vor Erregung.

»Tut mir leid, Tina, ich bin ein verheirateter Mann.« *Lächle; laß sie wissen, daß du nur Spaß machst,* dachte er. Vielleicht gelang es ihm, die Spannung abzubauen, die sich zwischen ihnen entwickelt hatte, die Atmosphäre insgesamt ein wenig aufzulockern.

Cavessena schnalzte mit der Zunge und runzelte die Stirn. »Das war nicht komisch, Witzbold. Wir versuchen doch immer noch, die Eltern dazu zu bewegen, über das Fernsehen einen Appell an den Entführer zu richten, oder?«

»Morella versucht es, ja. Er glaubt, das würde etwas bringen. Warum?«

Cavessenas Züge entspannten sich, und das Lächeln erreichte ihre Augen. »Meine Freundin Andrea kennt Margie Forrest. Sie glaubt, sie könnte sie dazu bewegen, es sich noch einmal zu überlegen – wenn wir das wirklich wollen.«

Cruz war verwirrt. An Cavessenas Vorschlag waren für seinen Geschmack zu viele *Sies* beteiligt.

»Also gut. Ein Kopfnicken bedeutet ja, ein Kopfschütteln nein.« Cavessena beugte sich ein wenig vor und sprach betont langsam, als hätte sie es mit einem Kleinkind zu tun.

Cruz fühlte, wie ihm brennende Röte in die Wangen stieg. Machte er wirklich einen so beschränkten Eindruck?

»Soll ich Andrea bitten, mit Margie Forrest über einen Fernsehappell zu sprechen?« artikulierte sie.

Cruz nickte.

Cavessena nickte. »Und willst du auch, daß ich …« Sie lachte und trat zurück, die Hände auf die Hüften gestützt. »Vergiß es. Schlechtes Timing für diesen Gedanken. Ich werde Andrea anrufen. Dann habe ich wenigstens etwas zu tun.«

»Noch keine Spur von den Crells?« Vielleicht konnte er McNaughton davon überzeugen, daß jemand in Pescadero Posten beziehen sollte. Natürlich würde der Lieutenant wissen, daß er den Vorschlag nicht ganz ohne Hintergedanken machte, aber, Scheiße, er würde immer noch einen Beitrag zu den Ermittlungen leisten, vielleicht sogar einen, der sinnvoller war, als im Büro der Bürgerinitiative herumzuhängen.

»Wir haben Fotos an den Sheriff von San Mateo County gefaxt. Ladenbesitzer im Ort haben die beiden als Linda und

Matthew Orett identifiziert.« Cavessena schnippte abwesend einen unsichtbaren Fussel vom Ärmel ihres Pullovers. »Die Bundespolizei und die örtlichen Beamten wechseln sich mit den Deputys des Sheriffs ab, das Haus zu bewachen, aber ich habe so das Gefühl, daß uns das nicht weiterbringen wird. Also, ich werde sehen, ob ich bei der Familie Forrest etwas ausrichten kann.« Sie wirbelte herum und trat an ihren Schreibtisch.

Familie: Cruz dachte wieder an Elenya und die Jungs – und an Thanksgiving. Auch wenn sie in ein oder zwei Wochen, wenn sein Dienstplan sich wieder normalisiert hatte, einen Truthahn brieten und das Haus schmückten, würde es nicht dasselbe sein, wie am richtigen Tag zu feiern. An diesem *Familientag.*

O Scheiße, stöhnte er innerlich, *hör auf zu klagen und tu etwas Nützliches.* Er konnte wenigstens einige Anrufe erledigen und den vielversprechendsten Hinweisen nachgehen. Er begann, die Nummer der Polizei von Fresno zu wählen, als er plötzlich Schritte hinter sich hörte. Er wußte, wer es war – Webster, Morella und Goldstein klangen völlig anders als eine Frau mit hohen Absätzen.

»Eine Kamera für jeden Sender und ein Mikro fürs Radio. Keine Reporter, keine Fragen und keine Cops außer dir und mir. Vier Uhr, heute nachmittag. Bei ihnen zu Hause.«

Cruz lehnte sich zurück und runzelte die Stirn. »Was bist du, Tina, eine verdammte Geiselnehmerin? Was soll das heißen, ›außer dir und mir‹?«

»Ed und Margie Forrest haben dich im vergangenen Monat im Fernsehen gesehen, als du wegen der Schießereien unter Straßengangs interviewt wurdest, erinnerst du dich? Sie wissen, daß du Coach der Fußballmannschaft deiner Kinder bist, bei schulischen Aktivitäten freiwillig mitarbeitest und dergleichen. Mich wollen sie dabeihaben, weil ich eine Frau und mit Andrea befreundet bin. Ja oder nein?«

Scheiße, das war kompliziert, und Tina Cavessena, die ihn unschuldig aus großen braunen Augen ansah, machte es nur noch schlimmer. Cruz wollte diesen Fall lösen. Aber sie war nicht einmal sein Partner. Hatte sie das alles bewußt arrangiert?«

»Was ist mit Goldstein und Quinn? Und was ist mit ...«

»Mit McNaughton habe ich alles abgeklärt. Er meint, wir sollten tun, was immer die Forrests wünschen. Ein Fernsehappell – es muß einfach funktionieren, Cruz.«

Wie war er überhaupt da hineingeschlittert? Dieser Tage ergab nichts mehr einen Sinn, nichts war mehr so, wie es sein sollte, und er hatte Mühe, seine Gefühle im Zaum zu halten. Bei dem Gedanken, Ed und Margie Forrest von Angesicht zu Angesicht gegenüberzustehen und den Schmerz in ihren Augen zu sehen, brach ihm der kalte Schweiß aus.

»So schlimm ist es eigentlich gar nicht.« Ed Forrests Sweatshirt spannte über seinem Bierbauch, als er sich aus dem Stuhl am Kopfende des Eßzimmertisches hievte. Sein Mund zuckte, und er preßte die Faust gegen die Lippen, holte tief Luft und fuhr fort. »Der Doc meint, sie würde noch zwölf bis achtzehn Stunden ohne Insulin auskommen. Es sei denn, sie ißt größere Mengen Zucker.«

Oder sie braucht sich um ihre Gesundheit überhaupt keine Sorgen mehr zu machen, dachte Cruz wieder bei sich.

»Okay, Mr. Forrest, die Situation ist folgende.« Cavessenas Stimme klang sanft, beruhigend. »Sie sollten die Information so leicht verständlich wie möglich formulieren. Wer immer der Entführer ist, möglicherweise ist er nicht der Hellste. Vielleicht hat er noch nie etwas von Diabetes gehört. Sie müssen also ganz langsam sprechen und sich mit einfachen Worten ausdrücken.«

Margie Forrest griff nach einem Papiertuch und blinzelte mit den roten, verquollen Augen. »Ich kann nicht ... Ich weiß nicht, ob ich irgend etwas sagen kann, ohne zu weinen.« Sie ließ den Kopf hängen; ihr Mann atmete tief ein und legte ihr eine Hand unter das zitternde Kinn.

In den Artikeln des *Chronicle,* die McNaughton an diesem Morgen herumgereicht hatte, waren FBI-Experten zitiert worden, die erklärt hatten, emotionale Appelle könnten nach hinten losgehen, wenn die Anrufe in der Presse und im Fernsehen dem Machtgefühl des Kidnappers entgegenkamen und in ihm den Wunsch weckten, Aufmerksamkeit zu erregen. Cruz schob seine eigenen Befürchtungen, daß Cindy nicht mehr lebte, beiseite und erklärte den Eltern, was sie sagen sollten. Die Forrests nickten an den richtigen Stellen, aber er war nicht sicher, ob sie noch in der Lage sein würden, sich an den Text zu halten, wenn die Kameras erst liefen.

Cavessena legte Margie Forrest den Arm um die Schultern. »Sie brauchen nur dreißig Sekunden hier zu stehen. Mr. Forrest kann das Reden übernehmen. Sie bleiben einfach neben ihm stehen. Sie schaffen das. Wir werden alle hier sein und unser möglichstes tun, Ihnen zu helfen. Sagen Sie uns nur, was Sie möchten, Mrs. Forrest; wir erfüllen Ihnen jeden Wunsch.«

Margie Forrests rastlose Finger begannen, das Papiertuch zu zerpflücken. Trockenen Auges und stumm schürzte sie die blassen Lippen.

»Also gut. Fangen wir an.« Cavessena bedeutet Ed Forrest, seine Frau bei der Hand zu nehmen. Dann ging sie den Forrests voran ins Wohnzimmer hinüber.

Techniker waren damit beschäftigt, zwischen einem verschossenen Sofa und einem beigefarbenen Fernsehsessel aus Vinyl die Scheinwerfer einzustellen. Der Kameramann stellte Ed und Margie Forrest vor den offenen Kamin, so daß die gerahmte Fotografie von Cindy über Margie Forrests rechter Schulter hinweg zu sehen war. »Keine Sorge, Mr. Forrest. Wir können die Szene so oft wiederholen wie nötig«, sagte er, als er zurücktrat und nach der Kamera griff.

Ihre rasche Atmung und das gelegentlich unterdrückte Schluchzen ließen befürchten, daß Margie Forrest nicht mehr als einen Take überstehen würde. Cruz fühlte, wie seine eigenen Lungen sich mit heißer Luft füllten – die Gesichter seiner

Söhne tauchten im grellen Scheinwerferlicht auf, um gleich darauf wieder zu verschwinden.

Der Kameramann schulterte die Kamera. »Okay, wir drehen jetzt. Sie können anfangen, wann immer Sie möchten, Mr. Forrest.«

Ed Forrest blickte starr vor sich hin; nichts deutete darauf hin, daß er den Kameramann verstanden hatte. Er öffnete den Mund, schloß ihn wieder und sog scharf die Luft durch die Lippen. Schließlich begann er zu sprechen. »Dieser Appell richtet sich an die Person, die unsere Tochter in ihrer Gewalt hat. Cindy hat ein gesundheitliches Problem, von dem Sie vielleicht nichts wissen. Sie ist Diabetikerin und benötigt täglich ihre Medizin. Wenn sie ihr Insulin nicht bald bekommt, wird sie sehr, sehr krank werden. Bitte bringen Sie sie in ein Krankenhaus. Lassen Sie sie dort zurück mit einem Zettel, auf dem ihr Name steht und daß sie Insulin braucht.« Er legte eine Pause ein und schluckte hart.

Cruz wurde bewußt, daß er stumm die Lippen bewegte, als Cindy Forrests Vater sich bemühte, weiterzusprechen. *Komm schon,* drängte er ihn in Gedanken. *Du hast es gleich geschafft.*

Es schien, als würde Ed Forrest seine ermutigenden Worte telepathisch empfangen. »Wenn sie Bonbons, Kuchen oder sonst etwas Süßes ist, macht sie das ebenfalls krank. Bitte bringen Sie Cindy zu einem Krankenhaus oder einem Polizeirevier, wo immer Sie auch sind. Bitte lassen Sie ihr die medizinische Hilfe zukommen, die sie braucht. Lassen Sie meine Tochter am Leben.«

Cruz konnte ein Stöhnen nicht unterdrücken. Ed Forrst hatte seine Sache wirklich gut gemacht, bis er die Macht angesprochen hatte, die der Entführer über Leben und Tod der kleinen Cindy innehatte.

Margie Forrst zupfte am Kragen ihrer Bluse, als hindere er sie am Atmen, griff hinter ihren Mann, nahm die Fotografie ihrer Tochter vom Kaminsims und drückte sie an ihre Brust. Sie sprach mit zu lauter, zu schriller Stimme. »Tun Sie ihr nichts. Sie hat Ihnen doch auch nichts getan. Sie ist nur ein kleines Mädchen, das seine Medizin braucht. Haben Sie denn gar keine Gefühle? Warum tun Sie meinem kleinen Mädchen das an? Lassen Sie sie gehen.«

»Jesus.« Das geflüsterte Zischen Cavessenas erschreckte Cruz.

»Cindy, Liebes, hab keine Angst. Mommy und Daddy sind hier, und bald sind wir wieder alle zusammen, das weiß ich. Dann üben wir das Einmaleins und Buchstabieren, und du kannst mir von den Wattewölkchen in einer gläsernen Glocke erzählen, daß Regentropfen Gottes Tränen sind, von der Tundra. Und wir können Haferkekse backen. Wir lieben dich, Cindy.« Der Redefluß wurde von einem lauten Schluchzen unterbrochen, und Margie Forrest sank an die Brust ihres Mannes. Ihr ganzer Körper bebte, und sie weinte lautlos.

Vielleicht war das genau das richtige. Jedenfalls war es echt. Die Mutter spielte kein Theater; sie war vor die Kamera getreten und hatte aus dem Herzen gesprochen. Das Ganze war auf Tonband aufgenommen worden und klang verdammt dramatisch. Das würde ganz bestimmt seine Wirkung nicht verfehlen.

Cavessena bedeutete dem Kamerateam, schnellstmöglich das Feld zu räumen. Dann führte sie Ed und Margie Forrest sanft hinaus.

Das hektische Treiben um sich herum gar nicht wahrnehmend, starrte Cruz auf die Fotografie der kleinen Cindy. Was er auch tat, für sie würde es vermutlich keinen Unterschied machen. Vielleicht für andere Kinder, für potentielle zukünftige Opfer ... darauf mußte er sich konzentrieren.

»Gehen wir, Cruz. Ich gebe einen aus.« Cavessena sah plötzlich alt aus, ihr Gesicht von Trauer und Zorn gezeichnet; ihre Schultern hingen herab.

»Nein.« Cruz hatte nicht die Kraft, mehr zu sagen oder zu versuchen, höflich zu sein. »Ich gehe nach Hause.« *Und ich wünschte, Elenya würde dort auf mich warten,* dachte er, als Cavessena sich achselzuckend abwandte und ging.

15. KAPITEL

Sie konnte diese alte Baseballmütze nicht ewig tragen. Und doch war sie froh, daß sie sie auf dem Rücksitz ihres Wagens gefunden hatte. Matt besaß eine Million dieser Mützen und ließ sie ständig irgendwo liegen – seine Visitenkarte.

Die Toilette war nur schwach erleuchtet; von der Decke baumelte eine fliegendreckbesprenkelte, nackte Glühbirne. Anstelle eines Spiegels war ein schmieriges, löchriges Rechteck aus Edelstahl an die Wand geschraubt. Es stank penetrant nach Urin. Aber wenigstens konnte sie sich die Fingerabdrücke des Tankwarts abwaschen. Gott sei Dank hatte er ihr Bild in der Zeitung erst gesehen, nachdem sie den Handel mit ihm abgeschlossen hatte; sonst hätte er viel mehr verlangt, wäre grausamer gewesen. *Er* hatte sie nicht früh genug erkannt, um sie in Schwierigkeiten bringen zu können, aber früher oder später würde es doch geschehen.

Sie konnte nirgendwohin; nicht gleich.

Das Foto in der Zeitung war zwei Jahre alt; es war dasselbe Foto, das nach ihrem Freispurch auf allen Titelseiten geprangt hatte – es war aufgenommen worden, als sie gerade das Gericht von Alameda County verlassen hatte, die blonden Locken offen bis über ihre Schultern herabfallend, einen benommenen Ausdruck auf dem Gesicht. Sie hatte zwölf der zwanzig Pfund, die sie während dieser Tortur verloren hatte, wieder zugenommen, aber es waren vor allem die Haare – ihre geliebten Haare – aufgrund derer man sie sofort wiedererkennen würde.

Sie stützte die Hände auf das kalte Emaille des Waschbeckens und beugte sich weiter vor. Stirnrunzelnd hob sie eine Hand und riß sich die Mütze vom Kopf. Ihr Haar sprang förmlich hervor, als freue es sich, endlich seinem Gefängnis zu entkommen.

Sie konnte es zu einem Pferdeschwanz binden. Sie strich

sich das Haar aus dem Gesicht. Kurze Locken fielen ihr in die Stirn. Das Haar würde niemals halten, auch wenn sie es mit Kämmen oder Klips feststeckte. Und wenn sie es offen trug, sah sie genauso aus wie die Frau auf dem Foto.

Sie kramte in ihrer Handtasche, schob Geldmünzen, Lippenstift und diverse Zettel beiseite. Verdammt, sie hatte sie doch immer bei sich. Wo war die verdammte Nagelschere? Ein Drehbleistift. Eine Nagelfeile. *Da* – ihre zitternden Finger berührten das kalte Metall.

Du wirst nicht einmal mehr Linda Orett sein. Du wirst namenlos sein, ohne Zuhause, aber du wirst es schaffen. Bea hatte gesagt, sie wäre schlau und stark genug, es zu besiegen. Wenn es diese Maßnahme erforderte ... Sie strich sich das Haar zurück, band es mit einem Gummi zusammen und begann, es mit der kleinen Schere abzuschneiden.

Schnipp, schnipp. Eine Haarsträhne fiel auf den Boden. Dort ruht die Person, die alle lateinischen Namen sämtlicher Bodendeckerpflanzen kannte, die in Gegenden mit langen, trockenen Sommern und unendlichen, feuchten Wintern am besten gediehen.

Schnipp, schnipp. Ein Büschel Haare fiel in ihren Halsausschnitt. Sie holte es heraus und warf es in den Abfalleimer, der bereits von Papiertüchern überquoll. Da ruht die Frau, die glaubte, den Mann, den sie heiratete, zu kennen.

Nicht aufhören – noch nicht, erst wenn du die kinderlose Mutter gebannt hast, die Ehefrau ohne Mann, die Gärtnerin ohne Wurzeln.

Zum erstenmal seit Jahren fühlte sie Kälte an ihrem Nacken. Ihr Kopf fühlte sich leichter an. Nur noch ein bißchen mehr. Und jetzt oben – auch dort würde sie das Haar kürzen müssen. Schnipp, schnipp. Die Schere schien ganz selbständig zu arbeiten. Ihre Augen sahen riesig aus, mit einem fragenden Ausdruck darin, die Nase knochiger als vorher. Jetzt war ihr Haar nur noch etwa fünf Zentimeter lang. Jetzt konnte sie aufhören.

Es juckte unerträglich. Sie wischte sich Haare vom Mund,

langte unter ihren Pullover und versuchte, die Härchen von ihrer Brust und ihrem Rücken zu entfernen, aber sie hafteten an ihrer Haut, als wären sie angeklebt.

Linda zog den Pullover aus, schüttelte ihn und sah zu, wie die Haare zu Boden rieselten wie blonder Regen. Sie bekam Gänsehaut. Sie beeilte sich und benutzte die Mütze, um so viele der Härchen als möglich von ihrem Rücken und ihren Brüsten abzuwischen. Gott, was würde sie für eine Dusche geben. Sie fuhr sich mehrmals mit der Mütze über den Kopf, und weitere lose Haare fielen ins Waschbecken.

Sie nahm ein Papiertuch aus dem Wandbehälter und bückte sich. *Hier ruht,* dachte sie, als sie ganze Händevoll Haare aufhob und die langen blonden Locken unter die zerknüllten Papiertücher in den Abfalleimer stopfte. Sie erschrak vor ihrem Spiegelbild – aus dem Metallrechteck starrten ihr nackte, ungeschützte Züge entgegen.

Ein leises Lachen stieg in ihrer Kehle auf; wenn sie an den Camper kam, würde sie sich ankündigen müssen. Nicht einmal Bea würde sie auf den ersten Blick erkennen.

Linda starrte auf den leeren Stellplatz. Bea hatte vor ihrer Abreise bestimmt tausend Dinge zu erledigen; es bestand kein Grund zur Beunruhigung. Auf dem Asphalt des Stellplatzes 22 zeichnete sich ein dunkles Rechteck ab, als hätte der Camper seinen Schatten zurückgelassen, als er davongefahren war. Vermutlich ein Ölfleck. Bea sollte die Dichtungen und Ventile überprüfen lassen.

Aber sie konnte ihr nicht dazu raten, weil Bea nicht da war.

Kein Grund zur Panik. Es würde ein wenig mehr Zeit kosten, ein etwas größeres Risiko bedeuten, sie aufzuspüren, das war alles. Vielleicht sollte sie auch einfach hier warten. Auf dem Besucherparkplatz parken und warten. Dem Regen zusehen.

Und an Matt denken und an das, was er möglicherweise getan hat.

Nein, sie konnte jetzt nicht untätig herumsitzen und warten, daß sie jemand entdeckte. Sie sollte zum Strand fahren, am Supermarkt und an der Werkstatt vorbei. Bea suchen. Wenigstens konnte sie auf diese Weise die Zeit totschlagen, bis Bea zurückkam. Die Dämmerung würde bald hereinbrechen.

Linda setzte zurück, schlug das Lenkrad ein und legte dann den ersten Gang ein. Eine kleine regennasse und schlammverschmierte Holzente war irgendwie auf einen Pfosten des Lattenzauns gelangt, der den angrenzenden Stellplatz umgab, und schien sie zu beobachten.

Die Betonstufe war verschwunden. Die Milchkiste mit den Muscheln stand nicht mehr am gewohnten Platz. Das war es, was nicht stimmte. Sie waren Beas Zugeständnis an die Seßhaftigkeit; sie markierten das Fleckchen Erde, auf dem sie sich vorübergehend niederließ. Solange beides da war, kam sie zurück, auch wenn sie für drei Tage entlang der Küste nach San Simeon oder Mendocino im Norden unterwegs war. Jetzt waren sie fort.

Linda hatte schon fast das Ortszentrum erreicht, als ihr aufging, was das bedeutete: Bea war früher aufgebrochen als geplant.

Ihre Scheibenwischer schoben schwerfällig den Regen beiseite und hinterließen Schlieren auf dem Glas. Sie fuhr an Smittys Werkstatt vorbei; es brannte Licht. Er hatte heute gearbeitet, obwohl Sonntag war, um den Vergaser zu reparieren – darum hatte Bea auch früher aufbrechen können. Wo er schon da war, würde sie in die Werkstatt fahren und die Scheibenwischerblätter auswechseln lassen.

Und wie sollte sie ihn bezahlen?

Sie fuhr an der Werkstatt vorbei; hineingehen und mit Smitty zu sprechen kam nicht in Frage – er würde fragen, warum sie sich das Haar geschnitten hatte, und ganz bestimmt hatte er ihr Foto in der Zeitung gesehen. Hunger begann sich einen Weg in ihr Bewußtsein zu nagen, und sie sah erneut in allen Fächern ihres Portemonnaies nach, in ihrer Handtasche, im Handschuhfach. Sie fand noch ganze sechzehn Cent.

Sie konnte nach Hause fahren, dort übernachten und morgen früh zur Bank gehen und tun, als wäre es das Normalste der Welt, ihr gesamtes Geld abzuheben.

Nein, das ging nicht. Was, wenn Matt dort war? Was, wenn sein gestriger Rat, sie solle sich nicht aus dem Haus rühren, eine Falle gewesen war?

Außerdem würde sie mehr Geld brauchen, als sie auf dem Konto hatte.

Wie ein kleines Licht am Ende eines langen Tunnels wurde die einzige Möglichkeit, die ihr blieb, immer klarer, je weiter sie fuhr. Sie mußte zu Anton; das war der einzige Weg. Sie steuerte wieder den Highway an. Einer plötzlichen Eingebung folgend, riß sie das Lenkrad herum, als sie den Parkplatz vor der Post erreichte. Sie kramte in ihrer Handtasche, bis sie den kleinen Notizblock und einen Stift gefunden hatte.

»Hinterlaß eine Nachricht bei Martha«, hatte Bea gesagt. Es war einen Versuch wert. Sie schrieb Antons Telefonnummer auf und dazu: *Ruf mich bitte an.* Dann faltete sie den Zettel mehrmals. Auf die Vorderseite schrieb sie eine zweite Nachricht: *Martha – bitte an Bea Kelly weiterleiten.* Unmöglich. Bea würde die Nachricht niemals erhalten. Keine Briefmarke. Kein Umschlag. Lächerlich. Linda steckte den Zettel in den Briefkastenschlitz und lief zurück zu ihrem Wagen.

Sie lenkte den Wagen auf den Küstenhighway und fuhr in nördlicher Richtung, ohne nachzudenken. Der Himmel war wolkenverhangen, über der ganzen Weite des grauen, tosenden Meeres bis hin zum Horizont. Sämtliche Strände waren menschenleer, niemand parkte auf den Klippen oberhalb der Wellen, die sich donnernd an den Felsen brachen, niemand blickte dem Sturm entgegen, der landeinwärts zog.

Anton aufzusuchen war wirklich die einzige praktikable Alternative; er würde den Balsam seiner Heilkräfte auf ihre Wunden streichen, denselben Trost, den er den Kreaturen schenkte, die er in seiner Tierarztpraxis behandelte. Sie würde sich eine Geschichte ausdenken müssen, etwas, das Matts Abwesenheit erklärte, aber wenn sie sich weitestgehend an die Wahrheit hielt und die Sache nicht unnötig komplizierte, würde es gehen. Natürlich würde sie nach Oakland hineinfahren müssen, aber dieses Risiko war sie bereit einzugehen, auch wenn dieser Polizist – sie war sicher, daß der Mann, den sie in ihrer Auffahrt beobachtet hatte, ein Polizist gewesen war –, sich ihre Autonummer notiert hatte. Sie würden nach ihr suchen, aber es war schon spät, und die Dunkelheit würde ihr zusätzlichen Schutz bieten.

Wenn sie nur eine dunkle Ecke auf irgendeinem Supermarktparkplatz finden konnte, um ihre Nummernschilder abschrauben und durch die eines anderen Wagens ersetzen zu können …

Das ist Diebstahl. Das konnte sie unmöglich tun. Trotz ihrer Furcht, erneut verhaftet zu werden und der Verwirrung, die Matts seltsames Verhalten ausgelöst hatte, durfte sie jetzt nicht schlappmachen. Sie mußte sich die Würde bewahren, auch wenn sie mit ihrem radikalen Haarschnitt aussah wie die Insassin eines Konzentrationslagers.

Gelbes Licht schimmerte wie ein freundliches Leuchtfeuer durch den schwanenförmigen Glaseinsatz neben der schweren Eichentür. Linda klopfte und beugte sich dann vor, dichter an das Fenster mit dem zugezogenen Vorhang. Inzwischen war ihr beinahe schwindlig vor Ungeduld, und sie klopfte erneut, diesmal lauter, und erschauerte.

Die Helligkeit nahm ab, als ein Schatten hinter den undurchsichtigen Vorhang trat; die Tür wurde geöffnet, und Antons massige Gestalt füllte den Rahmen aus. Hank, der grau-weiße Kater, den jemand vor sechs Jahren in Antons Praxis zurückgelassen hatte, lugte zwischen Antons Beinen hervor.

»Linda – dein Haar ist ja ab.« Anton trat zur Seite und

winkte sie herein. Dann umarmte er sie, rückte wieder von ihr ab und stolperte beinahe über die Katze, während er an dem feuchten Fleck in Brusthöhe auf seinem burgunderfarbenen Morgenmantel herumwischte. »Und du bist immer noch so schön wie eh und je.«

Seine Umarmungen gehörten zu den vergessenen Freuden ihres früheren Lebens. Sein Haar war lichter geworden, und sein Körper fülliger, aber er verströmte immer noch segensreiche Gelassenheit, wo immer sie gebraucht wurde.

»Gib mir das«, sagte er und zupfte an ihrem Regenmantel. »Du tropfst auf meinen Holzfußboden, Mädchen.«

Er schien nicht im mindesten überrascht, sie zu sehen. Aber er hatte bestimmt die Zeitung gelesen und den Zusammenhang zwischen ihrem Erscheinen mitten in der Nacht und den Schlagzeilen des Tages sofort hergestellt.

»Bist du okay?« Anton hängte ihren Regenmantel an einen Haken des Kleiderständers, und sie folgten Hank am Wohnzimmer vorbei in die Küche. »Wo ist Matt?« fragte er sanft.

Es war ein Fehler gewesen, herzukommen. Anton war auf dem College Matts Zimmergenosse gewesen. Er war in erster Linie Matts Freund, auf immer und ewig, und wenngleich sie alle zusammen gelacht und gescherzt, sogar eine Woche gemeinsam verbracht hatten – sie drei und Antons damalige Freundin hatten im Yellowstone Park gecampt –, war Antons Bindung zu Matt vorrangig. Wenn es darauf ankam, war sie für Anton nur Matts Frau.

»Er repariert den Kombi.« Sie hatte die letzten dreißig Meilen geprobt und wußte genau, was sie sagen wollte.

»Linda, ich weiß über die anderen Kinder Bescheid. Ich habe bis etwa zehn Uhr heute abend versucht, euch telefonisch zu erreichen, aber es hat sich niemand gemeldet. Hör zu, du brauchst mir nicht die ganze Geschichte zu erzählen. Sag mir nur, wie ich dir helfen kann. Komm rein. Ich mache uns heiße Milch.« Er zog sie an der Hand in die Küche. »Und jetzt sag. Was ist los?«

Auf dem Weg durch den Flur hatte sie gerade genügend Zeit, ein letztes Mal zu prüfen, ob alle Teile ihrer Geschichte zusammenpaßten und plausibel klangen. Linda hielt den Blick auf ihre Schuhe gerichtet, während sie sprach, unfähig, Anton in die Augen zu sehen. »Wir haben beschlossen, daß es das beste für uns wäre, eine Weile zu verschwinden, bis sich die Aufregung wieder gelegt hat. Bis sie denjenigen gefunden haben, der …« Sie schluchzte, holte dann tief Luft und fuhr fort. »Aber mit dem Vergaser des Honda stimmt etwas nicht. Ich habe es knapp bis hierher geschafft. Matt bringt den Kombi auf Vordermann, wechselt dies und jenes aus, macht ihn für die lange Fahrt bereit. Du weißt ja, wie er ist, wenn es um Autos geht, jedenfalls ist er darum nicht mitgekommen. Wir haben uns gedacht, daß es Zeit sparen würde, wenn er weiter am Wagen arbeitet und ich in der Zwischenzeit herfahre.« Sie legte eine Pause ein, um Luft zu holen; sie konnte Anton immer noch nicht ansehen. Sie redete zu viel, entfernte sich von ihrem einstudierten Text. Sie grub sich die Fingernägel in die Handflächen, um sich zu ermahnen, bei ihrer Geschichte zu bleiben. »Du bist unsere einzige Chance. Wir brauchen eintausend Dollar. Nur für ein paar Wochen. Ein oder zwei Monate. Bis wir irgendwo Arbeit gefunden haben. Vielleicht in Maine, in Montreal oder sonstwo. Matt meinte, diesmal sollten wir richtig weit weg fahren, und darum wird es einige Zeit dauern, bis wir einen Ort gefunden haben, an dem wir uns niederlassen wollen, bis wir einen Job haben und …«

»Linda.« Antons Stimme klang hart und bestimmt. »Du kannst jetzt damit aufhören.«

O Gott. Matt war also doch hiergewesen. Das Zittern begann in ihren Armen und griff auf ihre Brust über. Sie mußte aussehen, als wäre sie geistesgestört, wie sie mit kurzgeschnittenem Haar und offenem Mund dasaß. Was sollte sie tun?

»Linda, sieh mich an.« Anton kniete sich vor sie und nahm ihre Hände in die seinen. »Natürlich leihe ich dir das

Geld. Und zerbrich dir wegen der Rückzahlung nicht den Kopf, es wird mir nicht weh tun. Aber ich kann es dir erst morgen früh geben, verstehst du? Auf meine Scheckkarte bekomme ich am Automaten maximal zweihundert Dollar pro Tag. Jetzt trink deine Milch und dann legst du dich oben schlafen. Ich fahre deinen Honda in die Garage. Und morgen früh gehe ich zur Bank und hole das Geld.«

Ein vernünftiger Plan. Ein guter Plan. Er war ein guter Mensch. Er glaubte ihr, und alles würde gut werden.

TEIL VIER

MONTAG

16. KAPITEL

Als Anton am vergangenen Abend ihre Hand genommen hatte, war es Linda gleich bewußt geworden, was für ein Segen es war, an einem sicheren Ort zu sein.

Sie hatte beinahe friedlich geschlafen. Nur einmal war ihr Schlaf von einem Traum gestört worden, in dem sie ein Baby weinen und Stimmen flüstern gehört hatte. Gegen Morgen träumte sie von Amy; sie war in Begleitung zweier gesichtsloser Freundinnen. Alle drei Mädchen trugen Kameen um den Hals, von denen Blut tropfte; alle hielten Tonpuppen in den Händen. Linda erwachte schweißgebadet und versuchte, ihren Kopf auf einen kühleren Abschnitt des Kissens zu betten, aber sie konnte nicht mehr einschlafen.

Sie streckte sich und wandte sich dem Fenster zu, konnte jedoch nur die herabgezogene Jalousie sehen. Das Muster an der Decke und das schummrige Licht verrieten ihr, daß es regnete.

Stimmen. Ganz wie in ihrem Traum. Sie streckte die Beine, fuhr sich mit einer Hand über die Haarstoppeln auf dem Kopf und wartete darauf, daß das Hämmern in ihren Ohren verebbte, damit sie die Stimmen deutlicher hören konnte. Sie kamen aus dem Untergeschoß. Eine Haushälterin? Die Polizei? Wenn sie aus dem Bett stieg, würden die Dielenbretter knarren. Wenn sie sich nicht von der Stelle rührte, würde Anton sie wegschicken, wer immer sie waren.

Dann hörte sie die vertraute Melodie der *Today*-Show. Sie lächelte und rief sich ins Gedächtnis, daß sie sich wahrhaftig an einem sicheren Ort befand und es sich zumindest für eine Weile gestatten konnte, sich zu entspannen. Der Fernseher … Anton mußte ihn eingeschaltet gelassen haben. Sie warf einen Blick auf die Uhr. Viertel vor acht; Anton hatte gesagt, daß er um halb sieben in die Praxis ging. Vermutlich hatte er einfach vergessen, den Apparat auszuschalten.

Kein Grund zur Beunruhigung; sie hatte noch den ganzen Tag Zeit, sich zu sorgen.

Ihre nackten Füße berührten den kalten Boden, und sie fröstelte. Sie griff nach ihren Socken, der Jeans, dem Sweatshirt, und zog sich an. Am Fuß der Treppe wurde sie von Hank begrüßt, der den Kopf an ihren Knöcheln rieb. Sie kniete sich hin und kraulte das seidige Fell hinter seinen Ohren. Als sie die Hand wegnahm, legte er den Kopf schräg, als wolle er sie auffordern, weiterzumachen. Aber sie ignorierte ihn und schenkte sich aus der Kanne auf dem Herd einen Kaffee ein. Er war noch warm und noch nicht bitter. Er erinnerte sie an das dunkle Gebräu, das sie in New Orleans getrunken hatten. Vielleicht fand sie Bea an einem Tisch im French Market …

Der Kaffee vertrieb den letzten Müdigkeitsnebel aus ihrem Gehirn; mit einem Ohr dem Fernseher lauschend, in dem gerade von einem Hollywoodstarlett die Rede war, das in ein Karmeliterkloster eintreten wollte, ließ Linda den Blick durch den Raum schweifen, bis sie den Zettel auf dem Tisch entdeckte. Anton, rücksichtsvoll und um ihren Seelenfrieden besorgt, hatte ihr eine Nachricht hinterlassen.

Bin weg, Katzen und Hunde zusammenzuflicken. Wir sehen uns um elf. Nimm dir, was immer du willst. – A.

Sie ließ sich in ihrem Stuhl zurücksinken und drückte die warme Tasse an ihre Brust. Ein ausgiebiges heißes Bad würde den Reiseschmutz und den immer noch spürbaren Abdruck der Finger des Tankwarts abwaschen. Vielleicht hatte eine von Antons Freundinnen bei einem ihrer Besuche Badeöl zurückgelassen. Als sie die Hand ausstreckte, um den Fernseher abzuschalten, wurde gerade ein Foto eingeblendet.

Ein kleines Mädchen mit blondem Haar und großen blauen Augen. Weder lächelte es noch runzelte es die Stirn; vielmehr lag ein nachdenklicher Ausdruck auf dem Gesicht des Kindes.

Das vermißte Mädchen. Die Eltern mußten unbeschreibliche Qualen durchmachen und sich die abscheulichsten Einzelheiten der unbekannten Hölle ihrer Tochter ausmalen, in dem Bewußtsein, daß sie ihr nicht helfen konnten.

Die Fotografie wurde von einer Einstellung in einem Wohnzimmer abgelöst. In der Mitte des Bildes zwei Erwachsene; der Vater hielt sich sehr gerade und sprach mit gepreßter Stimme. Beim Sprechen zitterten seine Lippen.

Die Kamera schwenkte auf die Mutter. Linda konnte den Blick nicht vom Bildschirm lösen. *Du bekommst sie vielleicht zurück. Auch wenn sie verletzt ist, ist das immer noch besser, als sie niemals wiederzusehen.* Sie konnte sich das nicht ansehen. Sie streckte die Hand nach der Fernbedienung aus, hielt jedoch dann mitten in der Bewegung inne. Die Mutter sprach *zu* ihrer Tochter, nicht *über* sie. Gut; falls das Mädchen sie durch irgendein Wunder hören konnte, würde es ihm helfen, Hoffnung zu bewahren, wenn es wußte, daß seine Eltern es noch nicht aufgegeben hatten.

»… üben wir das Einmaleins und Buchstabieren …«

Nein, Amy. Du hast vergessen, daß Vater mit einem anderen Buchstaben anfängt als Fahrrad. Erinnerst du dich, daß wir schon einmal darüber gesprochen haben?

»… kannst du mir von den Wattewölkchen in einer gläsernen Glocke erzählen, daß Regentropfen Gottes Tränen sind …«

– Mommy, die Lehrerin hat gesagt, daß die Seen und Flüsse und sogar die Ozeane irgendwann einmal in den Himmel hinaufgeschwebt und in den Wolken hängengeblieben sind, und als Gott dann sehr traurig wurde und weinte, regnete es.
Also, ich glaube nicht, daß es etwas mit Traurigkeit zu tun hat, Süße. Es regnet, wenn in den Wolken zuviel Wasser ist.
– Soll das heißen, daß die Lehrerin uns angelogen hat?
Nein, ich denke, es war nur ein Märchen.

Diese Unterhaltung war so alltäglich, so belanglos gewesen. Amy hatte, einen Milchschnurrbart über der Lippe und Kekskrümel auf dem Tisch, weiter von ihrem Schultag erzählt, was Jennifer als Pausensnack mitgebracht hatte und wie der Lehrer es in einer gläsernen Glocke hatte regnen lassen.

Das war am Tag vor ihrer Ermordung gewesen.

Blind tastete Linda nach dem Tisch, nach etwas Solidem und Greifbarem, woran sie sich festhalten konnte. Ohne etwas zu sehen, stellte sie die Tasse vor sich ab und legte ihre Hand auf das kühle Holz. Das war nur ein Zufall. Das hatte nichts mit Amy zu tun. Cindy Forrest besuchte die zweite Klasse in Oakland, das war alles. Das war Teil des Lehrplans, weiter nichts. Wie Regen entstand.

Reden sie immer von Gottes Tränen? Steht das in den Handbüchern für Lehrer?

Sie griff nach Strohhalmen, suchte verzweifelt nach einem Vorwand, zu glauben, daß die Fakten auf jemand anderen hindeuteten als Matt. Wenn sie sich selbst davon überzeugen konnte, daß möglicherweise jemand anders diese schrecklichen Verbrechen begangen hatte, würde sie ihren Traum von der Zukunft nicht aufgeben müssen. Das war der schwerste Teil, nach allem, was sie gemeinsam durchgemacht hatten.

Nein, das stimmt nicht, gestand sie sich erschauernd ein. Am schwersten fiel es ihr zu akzeptieren, daß sie Nacht für Nacht an der Seite eines Mannes gelegen hatte, der möglicherweise Unaussprechliches getan hatte. Und sie hatte nichts davon gewußt, nie auch nur geahnt, was er war. Sie hatte ihr Bett, ihren Körper, ihre intimsten Gedanken mit ihm geteilt. Bis gestern hatte sie geglaubt, daß sie es trotz der Schwierigkeiten der letzten Jahre wieder lernen würden, miteinander zu sprechen, sich an all die Dinge zu erinnern, die sie zusammengebracht hatten.

Warum schloß sich dann eine eiserne Faust um ihre Eingeweide, wenn sie an die Dinge dachte, die er möglicherweise getan hatte?

Sprich sie aus. Los. Das ist die einzige Möglichkeit, sie zu bannen.

Nein, noch nicht. Noch bestand die Chance, daß Matt gar nichts damit zu tun hatte, trotz seines Verschwindens, trotz der Kamee, der Tonfiguren und des unzufriedenen Tonfalls, wenn er davon sprach, wie sehr ihn seine Arbeit und das Leben in Pescadero langweile. Wenn sie dem, was sie gerade in den Nachrichten gehört hatte, nur einen Sinn geben könnte. Es war nur ein Strohhalm, aber sie war entschlossen, sich an die Chance zu klammern, die er bot.

Ganz bestimmt hatte die Polizei überprüft, ob die Mädchen denselben Lehrer gehabt hatten. Sie würden nach Mustern suchen, nach Übereinstimmungen. Linda drückte die eisigen Finger an die noch warme Tasse.

Sie warf einen Blick auf die Wanduhr. Irgendwie mußte sie zwei Stunden ausfüllen, mußte die flüsternden Stimmen zum Schweigen bringen, die Matts Namen immer wieder an vorderste Stelle ihrer Gedanken setzten. Sie konnte weder spazierengehen noch umherfahren. Auch wenn sie die Baseballmütze und eine Sonnenbrille – bei Regen? – aufsetzte, wäre das Risiko, daß sie jemand erkannte, zu groß.

Sie nahm ein Bad, säuberte die Wanne und steckte ihre Handtücher in den Trockner. Sie schrubbte die Spüle in der Küche, reinigte die Kachelfugen mit einem Wattestäbchen und versuchte, das Gesicht und die Stimme von Cindy Forrests Mutter zu verdrängen. Nun saß sie mit Hank auf dem Schoß da und sah erneut auf die Uhr. Das Geräusch von Antons Schlüssel im Schloß riß sie aus der Träumerei; sie war gerade irgendwo in Louisiana unterwegs gewesen. Spanisches Moos. Zäher Sumpf. Sie hielt Ausschau nach Bea, versuchte, New Orleans zu finden.

»Tut mir leid, daß ich so spät komme. Hast du mit Matt gesprochen?«

»Nein, ich ...« *Dumm, daß sie nicht daran gedacht hatte, daß er erwarten würde, daß sie Matt anrief. Sie mußte sich eine Ausrede ausdenken.* »Ich wollte ihn nicht stören. Du weißt ja, wie er ist, wenn er angefangen hat, an etwas zu arbeiten. Er würde das Telefon draußen sowieso nicht klingeln hören. Vermutlich hat er den Wagen unter den Eukalyptusbaum vor dem Haus gestellt, um nicht naß zu werden.« Sie redete wieder zuviel; vielleicht würde er es auf ihre Nervosität schieben.

Ihr den Rücken zugekehrt, gab Anton Hüttenkäse in Hanks Freßnapf. »Hast du daran gedacht, zur Polizei zu gehen und ihr zu erklären, wo du gewesen bist? Was du da vorhast, bedeutet, ständig auf der Flucht zu sein. Ich nehme an, du weißt, was du tust, aber als Freund mußte ich dich darauf hinweisen.«

Wenn es doch nur so einfach wäre. Sie konnte nicht zur Polizei gehen, schon gar nicht jetzt, wo die Kamee in einem Regal der Asservatenkammer lag. »Ich war an beiden Tagen allein – den ganzen Tag. Ich habe niemanden gesehen. Das wird niemanden sonderlich beeindrucken.«

Er nickte. »Das dachte ich mir. Okay, noch eins. Vielleicht solltest du warten, bis es dunkel ist, bevor du zurückfährst. Ich meine, die Polizei von Oakland wird nach dir suchen und ...«

»Nein, Matt wartet auf mich. Tatsächlich mache ich mich am besten jetzt gleich auf den Weg.«

»Laß mich dir noch ein paar Brote einpacken.«

Ein aufrichtiges Lachen stieg in ihr auf. »Für eine zweistündige Fahrt? Ich werde es schon bis Pescadero schaffen, ohne zu verhungern. Aber ich danke dir für alles. Du bist unser Retter in der Not.« Sie umarmte ihn und rückte hastig wieder von ihm ab, aus Angst, der Rest könne ihr auch noch herausrutschen: *Danke, daß du mir hilfst, vor deinem Freund, meinem Ehemann zu fliehen. Danke, daß du nicht nach der Kamee gefragt hast.*

Sie würde auf der Interstate stundenlang nach Süden fahren und dann nach Osten abbiegen, in Richtung Bakersfield. Alle nördlichen Straßen durch die Sierras würden im Winter gesperrt sein. Daran hätte sie schon gestern denken sollen.

Es war ein gutes Zeichen, daß sie so geistesgegenwärtig war, jetzt daran zu denken. Genau das sollte sie tun. Jede Meile, die sie fuhr, würde den Abstand zwischen ihr und Pescadero vergrößern, zwischen ihr und Oakland, zwischen ihr und Matt.

Anton zog die Brauen zusammen und folgte ihr hinaus in die Diele. »Und du bist sicher, daß du allein zurechtkommst? Ich könnte mir den Nachmittag freinehmen und dich fahren.«

Ich fahre weiter, als du ahnst, dachte sie, aber noch bevor sie etwas sagen konnte, klingelte es an der Tür.

Sie wich zurück, als könne, wer auch immer auf der anderen Seite der Tür stand, sie nicht sehen, wenn sie nur etwas weiter weg stand. Die Runzeln auf Antons Stirn vertieften sich. Dann schien ihm bewußt zu werden, daß sie fürchtete, von der Polizei entdeckt zu werden, und seine Stirn glättete sich.

Gott sei Dank hatte sie ihren Honda noch nicht aus der Garage gefahren. Es würde alles gutgehen, es mußte einfach gutgehen. Sie könnte es nicht ertragen, in die Siebte Straße gebracht zu werden und in einem dieser Verhörzimmer zu sitzen, wo Männer sie verächtlich anstarrten und so lange mit Fragen bombardierten, bis sie unter ihnen begraben war.

Sie legte einen Finger auf die Lippen und zeigte dann den Flur hinunter in Richtung des Gäste-WCs. Anton nickte.

Rückwärts entfernte sie sich den dunklen Flur hinunter, schob sich in die Toilette und schloß die Tür hinter sich.

Reiß dich zusammen, ermahnte sie sich. Aller Wahrscheinlichkeit nach war es nicht die Polizei, sondern ein Zeuge Jehovas oder ein Vertreter, der die Nachbarschaft abklapperte. Sie betrachtete die Sprünge in den Fliesen, zählte die schwarzen Kacheln, versuchte zu verstehen, was die Stimmen am anderen Ende des Flures sagten.

Gedämpftes Stimmengemurmel – männliche Stimmen – dann Schritte.

Sie hielt die Luft an und umklammerte auf dem Toilettendeckel sitzend ihre angezogenen Knie.

Die Schritte machten vor der Tür des Gäste-WCs halt.

Es waren einhundertachtundzwanzig schwarze Fliesen. Sie begann, die weißen zu zählen.

»Linda?« Anton klopfte einmal leise; der Türknauf drehte sich.

Siebenunddreißig, achtunddreißig weiße Fliesen. Neununddreißig.

Die Tür öffnete sich, und Anton lächelte auf sie herab. Gott sei Dank. Diesmal hatte sie entschieden überreagiert.

»Linda«, sagte er ruhig. »Komm raus. Matt ist hier.«

17. KAPITEL

»Ich habe mir solche Sorgen gemacht. Warum hast du mich nicht angerufen?« Matt schnitt eine Grimasse. »Was ist ... dein Haar ... was hast du nur mit deinem Haar gemacht?«

Matt ist gut, aber nicht gut genug, dachte sie. Ein besserer Schauspieler als sonst, bot Matt ein Bild aufrichtiger Sorge. Er lieferte eine gute Show, aber sie konnte einfach nicht daran glauben. Wenn sie nur Anton am vergangenen Abend alles erzählt hätte; vielleicht hätte er sich dann etwas einfallen lassen, ihr bei der Flucht zu helfen. Statt dessen hatte Anton sie verraten. Sie hatte im Schlaf ein Telefon läuten hören und geträumt, es wäre das Weinen eines Säuglings. Die Stimmen: Anton hatte mit Matt gesprochen. Er hatte ihm verraten, wo sie war. Nun, es war sinnlos, noch mehr Zeit auf ›hätte sollten‹ oder ›hätte können‹ zu vergeuden; das half jetzt auch nichts mehr.

»Linda.« Matts Stimme klang beinahe streng. Jetzt stand er neben ihr, berührte ihren Arm, beugte sich herab, um sie auf die Wange zu küssen, versuchte, sie vom Toilettendeckel zu ziehen. »Anton sagte, du wärst durcheinander, aber so etwas habe ich nicht erwartet. Ich bin so froh, daß ich ihn angerufen habe. Es wird alles gut, Linnie. Ich sorge dafür, daß alles gut wird.« Sein Puls pochte sichtbar an seinen Schläfen.

Wenn sie nicht bald etwas anderes tat, als zusammengekauert dazusitzen, würden Matt und Anton noch wachsamer werden, sie aufmerksamer beobachten. Sie hatte jetzt schon genug von ihrer eindringlichen Musterung. Wenn sie zu verzweifelt aussah, würde Matt versuchen, sie zu trösten, er würde sie anfassen. Sie mußte nachdenken, aber außerdem mußte sie es vermeiden, seinen Argwohn oder auch nur seine Neugier zu wecken. Sie mußte sich zumindest den Anschein geben, daß sie sich in der Gewalt hatte. »Als ich nichts von dir gehört habe, habe ich Angst bekommen und bin hierhergekommen. Ich hatte Angst, daß die Polizei mich finden würde und du nicht da wärst.«

»Nun, jetzt bin ich ja da. Und wir haben vieles zu besprechen.« Matts Stimme klang besänftigend, seine Augen drückten Sorge aus.

Reden – *damit* würde sie vielleicht klarkommen. Aber es war der Rest – die zufällige Berührung seiner Hand, sein Atem auf ihrem Nacken …

»Warum sucht ihr euch nicht einen bequemeren Rahmen für eure Besprechung?« Ein Lächeln hob Antons Apfelbäckchen an. »Ich bin an Treffen in engen Räumlichkeiten gewöhnt, aber das hier ist ein bißchen zu, nun ja, intim.«

Hatte er denselben herzlichen Ton benutzt, als er am gestrigen Abend mit Matt telefoniert hatte? Wie dumm von ihr, sich hier sicher zu fühlen. Oder besser, *gefühlt zu haben*. Wenn sie nicht bald anfing, aus ihren eigenen Fehlern zu lernen, konnte sie auch gleich zur Polizei gehen und Matt die Mühe ersparen, sie auf ihre Spur zu lenken.

Matt streckte die Hand aus. Linda gab vor, sie nicht zu sehen, löste die Arme von den angezogenen Knien und stand auf. Er griff nach ihr; in dem winzigen Raum war es unmöglich, dem Körperkontakt auszuweichen.

»Ich mache frischen Kaffee. Ihr beide kommt nach, wenn ihr soweit seid.« Anton ging hinaus und ließ sich von Hanks einschmeichelndem Schnurren den Flur hinunterlocken.

»Wo bist du gewesen, Matt? Ich habe mir Sorgen um dich gemacht.«

»*Du* hast dir Sorgen um *mich* gemacht? Du hättest mir eine Nachricht hinterlassen oder anrufen sollen. Ich dachte schon, ich würde verrückt werden.«

Natürlich. Weil du dachtest, dein raffinierter Plan würde nun nicht mehr aufgehen. »Du hast meine Frage nicht beantwortet.«

»Ich war in Oakland – was ist heute für ein Tag? Montag? – Ich war in Oakland, als ich dich am Samstag angerufen habe. Ich war mitten in der Nacht wieder in Pescadero. Das war Sonntag morgen. Du warst nicht da, und als ich feststellte, daß einige deiner Kleider fehlten, wußte ich nicht, was ich davon halten sollte. Ich bin nach Santa Rose zu deiner Kusine gefahren, aber dort hatte dich auch niemand gesehen. Ich hätte nicht gedacht, daß du hierherkommen würdest.«

Er hatte gelogen, als er behauptet hatte, in San Jose zu sein; das hatte sie bereits gewußt, als er angerufen hatte. Aber Oakland – Cindy Forrest war in Oakland verschwunden. Am Samstag.

»Warum bist du verschwunden, ohne mir eine Nachricht zu hinterlassen oder anzurufen?« Als er ihr mit einer Hand über das Haar strich, biß sie die Zähne zusammen, um nicht vor ihm zurückzuweichen. »Warum hast du das getan, Lin? Ich habe im Cottage gewartet, bis ich es nicht mehr aushalten konnte. Dann bin ich herumgefahren und habe nach dir gesucht. Ich habe in beiden Nächten nicht mehr als zehn Minuten geschlafen. Ständig ging mir durch den Kopf, daß dir etwas Schreckliches zugestoßen wäre. Dann rief ich in meiner Verzweiflung Anton an.«

Seine Augen flackerten, und sie fragte sich, welcher Teil dessen, was er gerade gesagt hatte, gelogen war. Er sagte nicht die Wahrheit, zumindest nicht in allen Punkten. Sollte er denken, daß sie ihm glaubte. Wenn sie nur wegkam, würde sie auf direktem Wege zur Bank gehen. Mit dreihundert Dollar würde sie bis Nevada kommen; in den Ferienanlagen wurden immer Kellnerinnen gesucht. Sie würde sich das Haar färben – das, was davon noch übrig war.

»Linda, hast du gehört, was ich gesagt habe?«

»Mein Kopf … laß uns nachsehen, ob der Kaffee schon fertig ist. Vielleicht hilft das gegen die Kopfschmerzen.«

»Wieder Kopfweh?«

Sie nickte und folgte ihm in die Küche. Er würde ihr ihre offensichtliche Unaufmerksamkeit verzeihen, wenn er dachte, daß sie Kopfschmerzen hatte; das würde ihr etwas mehr Zeit zum Nachdenken verschaffen.

Anton kippte den letzten Rest Wasser durch den Filter. »Ist gleich soweit. Seid ihr beide euch einig geworden, was ihr jetzt tun wollt?«

»Vielleicht sollte ich mein Vorhaben aufgeben, mit den Leuten zu sprechen, und Linda nach Hause bringen«, entgegnete Matt ruhig. »Sie braucht Ruhe. Und sie bekommt wieder ihre Monsterkopfschmerzen.«

Anton sah sie fragend an. »Kopfschmerzen?«

Matt nickte. »Sie leidet jetzt schon eine ganze Weile an diesen Migräneanfällen. In der vergangenen Woche sind sie noch häufiger aufgetreten als gewöhnlich. Manchmal ist es so schlimm, daß sie sich hinterher an mehrere Stunden nicht mehr erinnern kann.«

Sprich nicht für mich, wollte sie schreien. Ich bin kein Anschauungsobjekt. »So schlimm ist es auch nicht. Was Matt meint, ist, daß ich manchmal diese Kopfschmerzen bekomme. Aber das ist keine große Sache. Meistens hilft es, wenn ich mit dem Wagen herumfahre. Ich weiß nicht, warum, aber es beruhigt mich und lindert die Schmerzen, und dann fahre ich wieder nach Hause.« *Großartig, Dummkopf. Matt wollte damit andeuten, daß du nicht sagen kannst, wo du am Donnerstag und Samstag gewesen bist.*

»Der Kaffee dürfte helfen. Er erweitert die Gefäße. Darum versetzt man Aspirin auch mit Koffein.« Anton nahm drei Tassen aus einem Schrank und stellte sie auf den Tisch.

»Ich hole die Milch.« Sie füllte das kleine, geblümte Milchkännchen und atmete den köstlichen Kaffeeduft ein – so zivilisiert, eine Erinnerung an all die Unterhaltungen, die sie nach dem Abendessen an diesem Tisch geführt hatten. Diesmal war es jedoch anders.

»Habe ich eben richtig gehört? Du warst am Samstag in Oakland?« Anton rührte Zucker in seinen Kaffee und richtete den Blick auf Matt. »Und du hast mich nicht angerufen?«

»Sie hätten früher anfangen müssen, nach ihr zu suchen.« Matts Stimme klang gepreßt von plötzlichem Zorn. »Die Polizei wußte schon um spätestens vier Uhr, daß sie vermißt wurde. Aber sie haben bis neun gewartet, ehe sie etwas unternommen haben.«

Lindas Hände zitterten.

Anton schien nur verwirrt. »Woher wußtest du, daß das kleine Mädchen ...«

Matt starrte auf den Tisch. »Ihre Mutter ist durch die Straßen gelaufen. Es goß in Strömen, und diese Frau hat jeden auf der College Avenue angesprochen, ihm ihre kleine Tochter beschrieben und gefragt, ob jemand sie gesehen hat.«

Wie konnte Anton dasitzen und sich das anhören, ohne mißtrauisch oder zumindest überrascht zu sein, daß Matt über diese Einzelheiten Bescheid wußte? Aber sein rundes, entspanntes Gesicht zeigte nur aufrichtiges Interesse an dem, was Matt sagte, ohne den tieferen Sinn zu hinterfragen. »Ich habe die Mutter gestern abend im Fernsehen gesehen. Es war schwer, hinzusehen, ohne ihren Schmerz zu fühlen. Ich meine, vor allem, nachdem du und Linda ... ich ...« Anton schüttelte den Kopf. »Sie im Fernsehen zu sehen hat alles wieder aufleben lassen.«

Das Fernsehinterview. Die Sorge der Mutter und ihre lieben Worte, die sie an ihre Tochter gerichtet hatte. *Glasglocken, in denen es regnete.* Vielleicht gab es tatsächlich noch eine andere Erklärung; vielleicht hatte sie ja wirklich versucht, die Fakten in ein bestimmtes Schema zu pressen, das ihre schlimmsten Befürchtungen Matt betreffend bestätigte.

»Was ist mir dir, Linda?« Matt musterte sie eindringlich aus dunklen, zusammengekniffenen Augen. »Was hat Anton gerade gesagt?«

Sie hatte nicht das Recht, es ihm zu verheimlichen, hatte nicht das Recht, Gott zu spielen in einem Universum, dessen Regeln sich ebenso häufig, wie unerwartet veränderten. Sie bezweifelte, daß sie begriff, wie aus der Vergangenheit Gegenwart wurde, aber jedenfalls wußte sie nicht mehr, für welche Zukunft sie sich entscheiden würde.

»Der Lehrer«, sagte sie ausdruckslos.

Matt runzelte die Stirn. »Wovon sprichst du?«

»Amy hat mir auch von Regenglocken erzählt«, entgegnete sie.

»Linda.« Matts Finger gruben sich in ihren Arm.

»Vielleicht solltest du dich etwas beruhigen«, sagte Anton. »Vielleicht solltest du sie besser loslassen.«

Matt wandte sich ihm zu. »Gott, was tue ich bloß? Ich mache mir solche Sorgen um sie. Ich habe solche Angst, sie auch noch zu verlieren und …«

Mit einem Schulterzucken schüttelte sie seine Hand ab. »Du brauchst mir nicht mehr weh zu tun, ich habe schon Kopfschmerzen. Es ist viel passiert. Wir stehen alle unter Streß.«

Die Adern an Matts Stirn traten blau und dick hervor. Er fuhr mit der Hand über die Stoppeln an seinem Kinn. »Ich bin so müde, daß ich nicht klar denken kann. Vielleicht sollte ich nach oben gehen und mich hinlegen, versuchen, etwas zu schlafen.«

»Gute Idee«, sagte Linda, wohl wissend, daß *sie* nicht schlafen würde, ehe sie nicht weit weg war. Das größte Problem würde sein, den Honda aus der Garage zu holen. Wenn Anton in die Praxis zurückging und Matt einschlief, würde sie es versuchen. Wenn es stimmte, daß er zwei Nächte kein Auge zugetan hatte, würde er tief und fest schlafen. Aber warum sollte sie davon ausgehen können, daß er in irgendeiner Angelegenheit die Wahrheit sagte?

Anton legte eine Hand auf den Tisch. »Ich komme immer noch nicht ganz mit. Das ganze Gerede davon, wegzufahren – das war nur, weil Linda durcheinander war?«

»Wegfahren?« wiederholte Matt. »Wir fahren nirgendwohin, nicht einmal zurück nach Pescadero. Ich brauche dringend etwas Schlaf, und Linda muß ihre Kopfschmerzen loswerden. Diese Kopfschmerzen – wir wissen nicht, ob sie von Streß oder sonstwas hervorgerufen werden, aber jedenfalls kann sie im Augenblick nirgendwohin. Mit den Blackouts und allem.«

Sie hatte nie Blackouts gehabt. Möglich, daß ihr einiges von den Stunden unmittelbar nach Amys Tod fehlten ... wollte er ihre Unfähigkeit, sich nach einer ihrer Fahrten daran zu erinnern, wie sie nach Hause gekommen war, als *Blackout* bezeichnen? Das war nicht fair. »Matt, ich ...«

»Linda, du solltest dein Gesicht sehen. Du siehst aus, als wärst du in Panik, als würdest du gegen deinen Willen in einem feindlichen Lager festgehalten oder so was. Wir reden später.«

Anton senkte den Blick. »Dann werdet ihr das Geld also nicht brauchen«, sagte er leise.

Diesmal war es Matt, der ein verwirrtes Gesicht machte. »Geld?«

Vermassle es nicht, dachte sie. Noch ist nicht alles verloren. »Ich hatte Angst. Ich dachte, wenn du zurückkämst, wäre es für uns das beste wegzufahren. Wir haben nicht viel gespart, und darum habe ich Anton gefragt, ob er uns etwas borgen könnte.«

Die nachfolgende Stille zog sich scheinbar endlos hin.

»Wir fahren nirgendwohin.« Matt klang, als bemühe er sich um Geduld mit einem besonders dickköpfigen Kind. »Jetzt bin ich ja da, und es wird alles wieder gut werden.«

Lichtreflexe der farbigen Kristalle des Kronleuchters aus Messing schimmerten an der Wand wie Buntglasscheiben in einer Kirche.

»Ich gehe nach oben.« Matt erhob sich von seinem Stuhl.

Faß mich nicht an, wollte sie schreien. Er beugte sich zu ihr herab, aber sie zuckte nicht zurück, als seine trockenen, warmen Lippen ihre Wange berührten.

Vielleicht bildete sie sich das alles nur ein.

War die Kamee vielleicht Einbildung?

Hatte sie sich die Skulpturen nur eingebildet?

War es ein Hirngespinst, daß Matt sie bezüglich der Zeit, da Marianne Brandon ermordet worden und Cindy Forrest verschwunden war, belogen hatte?

Sie mußte Bea finden. Dreihundert Dollar würden bis New Orleans reichen, wenn sie sparsam damit umging. Wenn sie ihre Kreditkarte benutzen mußte, war es dieses Risiko vielleicht wert. Das war immer noch besser, als bei Matt zu bleiben. Möglicherweise dachte er sich gerade irgendeine Geschichte aus, sie zu belasten, spann ein Netz, in dem sie sich verfangen sollte. Sobald sich eine Gelegenheit bot, würde sie fliehen.

18.
KAPITEL

Jay Goldstein ließ den Wagen auf eine weiße Zone auf der Franklin Avenue rollen und klappte die Sonnenblende herunter, so daß seine Mitgliedskarte der Police Association sichtbar wurde. Zwischen dicken, vereinzelten Regentropfen hindurch lief er zum überdachten Eingang des Gebäudes, in dem Lois Edelbergs Praxis untergebracht war.

In der Eingangshalle roch es nach nassen Schuhen und Zigarrenrauch. Goldstein trat sich auf dem Läufer in der

Mitte des Flurs die Schuhe ab und steuerte die Fahrstühle an. Er hatte Lois vor zwölf Jahren kennengelernt, als sein Vater, Aaron, erfahren hatte, daß Jay gedachte, dem Oakland Police Department beizutreten. Überzeugt davon, daß sein Sohn sich niemals für die Polizistenlaufbahn entscheiden würde, sofern er nicht an irgendeinem emotionalen Trauma litt, hatte Aaron darauf bestanden, daß Jay einen Psychiater aufsuchte. Jay hatte mit Aaron einen Handel abgeschlossen: Wenn der Psychiater nach vier Sitzungen zu dem Schluß kam, daß Jay keiner weiteren Behandlung bedurfte, würde Aaron nie wieder davon sprechen, wie sehr er Jays Berufswahl mißbilligte. Seinerseits verpflichtete sich Jay, den Psychiater weiter aufzusuchen, sofern die Empfehlung des Arztes dahingehend lautete.

Gegen Ende der ersten Sitzung hatte Goldstein entdeckt, daß er und Lois trotz des beträchtlichen Altersunterschiedes gleichermaßen von Kierkegaard fasziniert waren. Die restliche Zeit hatten sie über die Ästhetik/Ethik-Polarität des *Entweder-Oder* diskutiert. Ende der zweiten Sitzung gestand Lois Goldstein, daß sie ein schlechtes Gewissen habe, Aarons Geld zu nehmen. Jedoch stimmte sie zu, daß zwei weitere Sitzungen nun einmal Bestandteil ihrer Vereinbarung waren und *weder* gegen ihre ethischen *noch* gegen ihre ästhetischen Grundsätze verstoßen würden. Vor drei Jahren hatte sie beschlossen, sich fortan vor allem dem Lehramt zu widmen, was ihr jedoch auch weiterhin genügend Zeit ließ, sich mehrmals jährlich mit Goldstein zum Essen oder zu Strandspaziergängen zu treffen, um über Philosophie zu diskutieren und über ihre so verschiedenen Leben zu sprechen.

Und manchmal suchte er bei ihr Rat, was auch der Grund für seinen heutigen Besuch war.

Der Fahrstuhl brachte ihn in den dritten Stock; der Flur war nur schwach erleuchtet. Ist auch gut so, dachte er, dann fällt die abblätternde ockerfarbene Farbe nicht so auf. Er ging zu der Tür aus strukturiertem Glas, an der in der unteren rechten Ecke fein säuberlich ihr Name stand, klopfte an und trat ein.

Es war, als gehöre der Raum zu einer anderen, gepflegteren und eleganteren Welt. An den Wänden klebte eine blaßblaue Tapete mit schmalen weißen Streifen in ungleichmäßigen Abständen. Über einem Schreibtisch auf Rollen hing ein Ventilator mit Rotoren aus Eichenholz und einer Glühbirne in der Mitte. In dem Ledersessel dahinter saß eine Frau mit Kopfhörern über den Ohren, geschlossenen Augen und einem verträumten Lächeln auf den Lippen.

Sie mußte etwa fünfundsiebzig sein, mit lichter werdendem weißen Haar. Die Haut um ihren Mund war schlaff und runzlig, aber ihre Augen, die sie abrupt aufriß und deren Blick sie auf ihn richtete, waren immer noch von demselben intensiven Violett, das ihn schon vor zwölf Jahren fasziniert hatte.

»Jay.« Sie nahm die Kopfhörer ab und richtete sich in einer geschmeidigen Bewegung auf, um sich von ihm umarmen zu lassen. Lois Edelberg gehörte zu den wenigen Menschen, mit denen er nicht verwandt war, die Jay Goldstein ohne Zögern in die Arme schließen konnte.

»Danke, daß du so kurzfristig Zeit für mich hast, Lois. Ich weiß, daß du deine Sprechzeiten geändert hast, und ich ...«

Ihre blassen Brauen wölbten sich mit jedem Wort ein wenig mehr. »Wenn du dir nicht abgewöhnst, dummes Zeug zu reden, bringst du dich noch in Schwierigkeiten. Ich habe nur eine Viertelstunde Zeit, also laß uns über Mörder plaudern.« Sie hatte ihm irgendwann einmal gestanden, daß sie Polizisten um ihren makabren Humor beneidete. Wenn man tagtäglich mit dem Tod konfrontiert wurde, war das mindeste, was man für sich selbst tun konnte, darüber zu scherzen. »Ich weiß, daß du schon alle naheliegenden Fragen gestellt hast, richtig? Was haben die Eltern der Kinder gemeinsam? Arbeiten sie in derselben Firma? Haben ihre Kinder dieselbe Schule besucht? Waren die Mädchen in derselben Kindertagesstätte? Hatten sie denselben Babysitter? Kaufen sie im selben Lebensmittelgeschäft ein?«

Goldstein nickte. »Du hast recht. Das alles überprüfen wir. Der Polizeipsychologe hat ein Profil des Täters entworfen, auf das man selbst mitten in der Nacht mit einer Grippe und einem Kater gekommen wäre.«

Ihr Lächeln gab ihm immer das Gefühl, als bekäme es sonst niemand zu sehen, als reserviere sie es allein für ihn.

»Aber ich bin immer noch nicht überzeugt davon, daß beide Verbrechen von ein und derselben Person begangen wurden«, fuhr er fort. »Zwischen dem Brandon-Mord und dem Fall Crell von vor drei Jahren besteht eindeutig ein Zusammenhang – die Puppe, als hätte der Mörder symbolisch seine Visitenkarte hinterlassen. Beide Kinder wurden durch einen einzigen Messerstich ins Herz getötet. Die Leichen waren nur dürftig versteckt, als hätte er mit seiner Tat prahlen wollen. Oder als wollte er geschnappt werden.«

»Oder beides.« Lois' Stimme klang ruhig, ihr Gesicht glich einer steinernen Maske, in der die außergewöhnlichen Augen von einem Gedanken zum nächsten sprangen, während er sprach.

»Aber bei dem Forrest-Mädchen gibt es bislang keine Spur von einer Leiche. Ich würde ja gern glauben, daß derselbe Täter dahintersteckt, weil wir dann mit nur einer Verhaftung gewissermaßen drei Fliegen mit einer Klappe schlagen würden. Aber irgendwie paßt es nicht zusammen.«

Lois kippte ihren Sessel. »Es ist tatsächlich höchst ungewöhnlich, daß jemand, der auf diese Weise mordet, plötzlich ein Kind entführt und die Tat nicht publik macht. Du hast recht. Aber möglicherweise gibt es doch ein Szenario, innerhalb dessen die einzelnen Elemente zueinanderpassen.«

»Vielleicht hat er wegen Marianne Gewissensbisse und wollte es mit der Entführung von Cindy Forrest auf eine verdrehte Art wiedergutmachen. Das wäre immerhin möglich.« Wenngleich er nie sonderlich begabt gewesen war, was die Schule, sich in andere hineinzuversetzen, anbelangte, stellte Goldstein ab und an fest, daß er sich unerwartet in die Person hineinfühlte, hinter der er her war. Meist war es jedoch so, daß bei wahllosen Annäherungen an plausible Möglichkeiten mindestens eine interessante Theorie herauskam.

Lois schüttelte den Kopf. »Gib dir nicht solche Mühe, die Sache zu komplizieren, Jay. Er möchte Aufmerksamkeit erregen – ein wichtiger Faktor. Hierzu gehört, daß ihm sehr wohl bewußt ist, daß Verbrechen an Kindern – egal welche Art von Verbrechen und egal an welchem Kind – sehr medienwirksam sind.«

»Außerdem ist das für die Polizei die stärkste Motivation, abgesehen von der Ermordung eines Polizeibeamten.« Goldstein mußte sich immer wieder vergegenwärtigen, daß er in diesem Fall sein möglichstes tat. »Wußtest du, daß dieses spezielle Kind zuckerkrank ist? Wenn die Kleine noch nicht tot ist, wird sie es bald sein.«

Als versuche sie, alles andere von sich fernzuhalten, um sich allein darauf zu konzentrieren, sich dem Mörder anzunähern, zog Lois die Schultern vor. »Diese Leute, die Verbrechen an Kindern begehen … oft sind es Menschen, die selbst als Kind in irgendeiner Weise mißbraucht wurden. Im klassischen Fall ist Gewalt gegen Kinder für den Betreffenden auch als Erwachsener der einzige Weg, sich stark zu fühlen. Das ist so offensichtlich, daß es einen blendet wie eine grelle Neonreklame.« Sie lehnte sich zurück und entspannte vorübergehend die Schultern. »Wie auch immer, ich bin sicher, daß dir das nicht neu ist.«

»An diesem Punkt hat der Polizeipsychologe halt gemacht. Er hat zwanzig Minuten gebraucht, um so weit zu kommen wie du in zwanzig Sekunden.«

Lois strahlte vor Freude darüber, sich in Gesellschaft eines Menschen zu befinden, dessen Intelligenz der ihren in nichts nachstand. »Und du hast die Theorie natürlich schon weiterentwickelt und ausgefeilt, ja?«

»Natürlich«, bestätigte Goldstein. »Es ist nicht nur wahrscheinlich, daß unser Mörder in der Kindheit selbst in irgendeiner Weise Opfer war, darüber hinaus hat er vermutlich eine stark gestörte Denkweise: Schwarzweißwahrnehmungen, magisches Gedankenlesen, in Schubladen stecken, Verallgemeinerungen.«

»Gut, sehr gut, mach weiter, Jay. Sprich einfach weiter.«

Trotz ihrer Ermutigung stieß Goldstein an dieselbe Mauer, gegen die er jedesmal gerannt war, wenn er in den vergangenen Tagen darüber nachgedacht hatte. »Das könnte ein Hinweis auf *meine* Wahrnehmungsmöglichkeiten sein, aber weiter komme ich einfach nicht.«

Daß Lois nie aufhörte, ihn anzutreiben oder die Ursachen seiner Blockade zu analysieren, gehörte zu den Dingen, die er an ihr am meisten schätzte.

»Wenn es sich um dieselbe Person handelt«, sagte sie, »ist es wahrscheinlich, daß sie in einer Familie aufgewachsen ist, in der Alkohol oder eine andere Dysfunktion eine große Rolle gespielt hatten. Der Täter könnte zu dem Schluß gekommen sein, daß die bestehende Situation etwas erfordert, was man Coabhängigkeit nennt. Da der familiäre Hintergrund eine Welt geschaffen hat, in der die einzigen akzeptablen Rollen die sind, entweder bedürftig zu sein oder die Bedürfnisse anderer zu befriedigen, könnte er sich für letzteres entschieden haben.

Solange ein anderer in Schwierigkeiten ist, kann er selbst in die Rolle des Retters schlüpfen. Das gibt ihm Selbstwertgefühl. Und an diesem Punkt wird es brenzlig. Wenn die Menschen in seinem Umfeld keine Schwierigkeiten haben, kann es dazu kommen, daß solche Menschen Schwierigkeiten heraufbeschwören oder sogar konkret herbeiführen.«

»Damit sie sich daran aufgeilen können, den Retter zu spielen?«

»Aufgeilen?«

Sie war in manchen Dingen etwas weltfremd. Goldstein, der die Beine übereinandergeschlagen hatte, grinste. »Im übertragenen Sinne bedeutet das, daß das für sie eine lustvolle Erfahrung ist.«

»Man lernt nie aus«, sagte sie, ein belustigtes Glitzern in

den Augen. »Was ist mit den Puppen? Irgendwelche Ideen hierzu?«

»Ein ritueller Akt – das deutet für mich auf den Wunsch hin, eine Identität zu etablieren, sowie auf das Bedürfnis, geschnappt und bestraft zu werden. Ich denke, daß er irgendwann etwas tun wird, das ihn verrät. Dafür gibt es zwar keine Garantie, aber wir halten alle Ausschau nach dem nächsten Hinweis. Ich schätze, daß er nicht lange auf sich warten lassen wird. Er wird uns einen Wink geben.«

»Wir sprechen immer von einem ›er‹, ist dir das aufgefallen?«

Als sie die Hand an die Lippen hob, in einer Geste, die er unzählige Male an ihr gesehen hatte, wenn sie ihre Gedanken sortierte und ordnete, sah Goldstein flüchtig Lois als junge Frau vor sich, eine elektrisierende Präsenz, die ganze Räume zum Strahlen brachte. *Das kann sie heute noch*, dachte er.

»Das ist im Grunde nicht mehr als eine Annahme, Jay, die allerdings auf Statistiken und Literatur zu diesem Thema begründet ist. Es könnte auch eine Frau sein, aber ich wette, daß dem nicht so ist. Ich bin dir keine große Hilfe gewesen, nicht wahr? Das ist ein Gebiet, auf dem ich nicht so bewandert bin. Ich habe einige Kollegen angerufen, aber ich fürchte, sie waren auch nicht sehr hilfreich. Es tut mir leid, daß ich nicht …«

»Wer redet jetzt dummes Zeug? Wenn du nicht damit aufhörst, fühle ich mich noch genötigt, in die Rolle des Retters zu schlüpfen, und dann verdächtigst du noch mich.« Er nahm ihre federleichte Hand in die seine. »Du bist die einzige Frau, die ich kenne, die mir nichts beweisen und mich auch nicht in irgendeine Art von Verpflichtung hineindrängen will.«

»Sei dir da nicht so sicher, Darling. Sei dir da mal nicht so sicher.« Sie war dabei, ihre Kopfhörer wieder aufzusetzen, als er die Tür hinter sich zuzog.

Cruz ging um einen Karton voller Unterlagen herum und hängte seinen Regenmantel über einen hölzernen Klappstuhl. »Quinn und Cavessena haben uns gebeten, die herumzuzeigen. Sie sind immer noch scharf drauf, die Crells ausfindig zu machen.«

Cruz reichte ihm eine Vergrößerung einer körnigen Fotografie; Goldstein erkannte sie als zwei Jahre altes Zeitungsbild aus der Endphase des Prozesses gegen Linda Crell. »Hatte deine Psychiaterfreundin irgend etwas Neues zu dem Fall zu sagen?«

Goldstein faßte sein Gespräch mit Lois Edelberg zusammen. »Es ist kompliziert«, schloß er. »Warum unterhalten wir uns nicht auf dem Weg zur Vieruhrbesprechung darüber, okay?«

Cruz nickte und ging zu einem Tisch, der an der Rückwand aufgestellt war und an dem acht Helfer saßen, die sich alle, einen Telefonhörer zwischen Kinn und Halsbeuge geklemmt, eifrig Notizen machten. In der gegenüberliegenden Ecke saß Charlotte in einem champagnerfarbenen Pullover und einem Rock gleicher Farbe, die sie mit einem goldenen Schimmer zu umgeben schienen, ihr gegenüber das Mädchen, das ihm am gestrigen Morgen aufgefallen war. Handelte ihre Mutter tatsächlich mit Kokain? Verkaufte sie tatsächlich Drogen an die Damen der Eltern- und Lehrerversammlung? Er nickte zum Gruß, als er auf sie zutrat, aber das Mädchen wandte rasch den Blick ab. Glaubten alle Jugendlichen, daß Erwachsene des anderen Geschlechts irgendeine mysteriöse Macht innehatten? Schüchtern – aber das würde sich legen.

»Ich bin gleich zurück«, sagte Michelle. Sie sprang von ihrem Stuhl, als wär sei ein scheues Reh und er ein ungeschickter Jäger auf der Pirsch; Goldstein beobachtete, wie sie umständlich eine Limonade aus dem Kühlschrank neben der Tür nahm. Er reichte Charlotte eins der Fotos von Matthew und Linda Crell und musterte ihr Gesicht, während sie das Bild betrachtete, blickte von ihren grünen Augen auf ihren

Mund, auf ihr Haar und dann wieder auf die Augen; sein Blick kehrte immer wieder zurück zu ihren Augen. »Haben Sie kürzlich eine dieser Personen gesehen?«

Schließlich sah sie zu Goldstein auf. »Ja, ich bin sicher, daß ich *ihn* gesehen habe. Ich kann mich allerdings nicht mehr erinnern, wo. Vielleicht fällt es mir später wieder ein. Was die gestrigen Berichte betrifft. Ist ...«

»Hier? Irgendwo in der Nähe? Beispielsweise im Supermarkt oder in einem Restaurant?« Über dieses Gespräch wollte er ihr nicht die Kontrolle überlassen. »Wenn Sie die Möglichkeiten einschränken könnten, wo Sie ihn gesehen haben könnten. Wenn Sie etwas genauer ...«

»Das hieße, mich zu erinnern, Sergeant. Ich werde darüber nachdenken, und sollte mir etwas einfallen, lasse ich es Sie wissen.« Sie seufzte und lehnte sich in ihrem Stuhl zurück. Sie sah berechnend und direkt zu ihm auf.

»Das ist für keinen von uns leicht. Jetzt ist es an mir, mich zu entschuldigen, daß ich so schnippisch gewesen bin.«

»Entschuldigung angenommen. Wie macht sich Ihre kleine Freundin?« sagte er und nichte in Michelles Richtung. »Nettes Mädchen«, fügte er hinzu, als das Schweigen zwischen ihnen ihn plötzlich nervös machte.

Charlotte legte beide Hände flach auf den Tisch. Goldstein registrierte zum erstenmal, daß sie keine Ringe trug.

»Zu nett, denke ich manchmal«, entgegnete sie.

Goldstein fühlte ein Prickeln auf der Haut. »Zu nett?«

»Sie ist zu gefühlsbetont und wird immer und immer wieder verletzt. Das wird sie immer durcheinanderbringen, weil ihr einziger Fehler darin besteht, daß sie zu viele Gefühle investiert.«

Er dachte an Lois' Worte; hatte Charlotte Wertz nicht in großem Maßstab die Rolle der Retterin übernommen? »Und sie versucht, andere vor Schaden zu bewahren, indem sie ihren Sturz auffängt, ganz so, wie Sie es bei ihr tun – und wie Sie es für die Forrests und Irene Brandon getan haben. Ist es nicht so?«

Charlotte Wertz lief puterrot an.

Er sollte besser den Rückzug antreten. Er würde mehr als nur eine Übereinstimmung zwischen Lois' Theorie und einem ganz alltäglichen und leicht verständlichen Wunsch zu helfen brauchen, bevor er sich gestatten konnte, Charlotte als potentielle Verdächtige zu betrachten. Er reichte ihr fünf Abzüge der Fotos von den Crells. »Zeigen Sie die herum, ja? Und geben Sie mir Bescheid, wenn irgend jemand sich erinnert, eine dieser beiden Personen gesehen zu haben. Sergeant Cruz und ich haben in zwanzig Minuten eine Besprechung. Wir melden uns heute abend wieder bei Ihnen.«

Charlotte nahm ihm ruckartig die Fotos aus der Hand und wandte sich ab, als Cruz gerade auf seine Armbanduhr tippend den Kleiderständer an der Tür ansteuerte. Goldstein nickte, nahm seinen Regenmantel und ging um einen Karton herum – die Zentrale der Bürgerinitiative füllte rascher Kartons mit Berichten, als er und Cruz diese bearbeiten konnten. Als er gerade die Hand nach der Tür ausstreckte, flog diese auf; Dexter Williams stürmte herein und schüttelte sich den Regen von den Schultern. Albert Toller folgte gleich darauf. Trotz seiner Blässe bedachte Williams Goldstein und Cruz mit einem strahlenden Lächeln.

»Das überrascht mich immer wieder von neuem.« Er wischte sich mit einem Taschentuch das Gesicht trocken und schüttelte den Kopf.

»Was denn, Mr. Williams?« Goldstein fluchte innerlich, daß er Williams zu einem ermüdenden Gespräch ermuntert hatte, und schob sich langsam rückwärts zur Tür.

»Das Wetter. Jeden Winter überrascht es mich von neuem, wie heftig es hier regnet, wie lange der Regen anhält, wie dunkel es wird und wie kalt der Regen ist. Im Sommer geht es mir ähnlich. Als wäre ich zum erstenmal hier.« Das blasse, erschöpfte Gesicht wurde lebendiger, während er sprach.

»Menschen, die nicht aus ihren Erfahrungen lernen, werden immer Anfänger bleiben«, entgegnete Toller knapp. »Sie haben gestern vier Berichte nicht unterzeichnet, Dexter.«

Williams wandte den Blick ab. »Wenn Sie wissen, daß *ich* sie nicht unterzeichnet habe, gibt es doch kein Problem, oder? Warum hören Sie nicht endlich auf, sich in meine Angelegenheiten einzumischen, Al?«

»Den Mörder finden, Cindy finden – ist das nicht Ihr Bestreben? Wir müssen es richtig angehen, nicht wahr, Sergeant Goldstein?«

Wenn sie ihrer Aufgabe nur halb soviel Aufmerksamkeit widmen würden wie den kleinlichen Vorschriften, wären sie alle besser dran.

»Ich muß jetzt gehen, Gentlemen«, entgegnete Goldstein, die Hand auf dem Türknauf.

Williams verzog den bereits angespannten Mund. »Und wir sollten unseren Telefondienst antreten.«

Froh über eine Erklärung, der er sich nur von Herzen anschließen konnte, nickte Goldstein und trat hinaus in den Regen.

»Sergeant Goldstein, warten Sie. Michelle möchte Ihnen etwas sagen.« Charlotte nickte dem Mädchen ermutigend zu.

Goldstein folgte Cruz wieder hinein.

»Der Mann auf diesem Foto«, sagte das Mädchen leise und mit geröteten Wangen. »Er war kürzlich im Eisenwarenladen meines Vaters. Er hat sich nach Mrs. Brandon erkundigt.«

Irgendwie war er von dieser Neuigkeit nicht überrascht. »An welchem Tag war das, Michelle?« fragte Goldstein.

»Am Samstag«, antwortete sie so leise, daß sie kaum zu verstehen war. »An dem Tag, an dem Cindy Forrest verschwunden ist. Gegen drei, vielleicht auch ein wenig später. Das weiß ich deshalb, weil ich jeden Freitag und Samstag etwa um diese Zeit in den Laden komme, um auszuhelfen.«

»Danke, Michelle. Du bist uns eine große Hilfe gewesen.« Er tätschelte ihre Schulter und folgte Cruz nach draußen. Jetzt war er doch überrascht: Der Umstand, daß Matthew Crell, ein Mann, dem er nie begegnet war, nun auf der kurzen Liste der Verdächtigen stand, erfüllte Jay Goldstein mit tiefer, bedrückender Traurigkeit.

19. KAPITEL

»Geh zu Cavessena.«

»Und wo ist sie?« Cruz lief hinter Webster her, der mit einem Telefonbuch in der Hand vorbeihastete.

»Woher zum Teufel soll ich das wissen«, murrte Webster und verschwand um die Ecke.

»Quinn.« Cruz streckte den Arm aus und hielt einen großgewachsenen, rothaarigen Mann auf, der gerade auf die Tür zum Büro des Morddezernats zusprintete. »Wo ist Cavessena?«

»Keine Ahnung, aber sie möchte dich sprechen. Ich habe keine Zeit für Erklärungen. Ich muß mich sputen, *amigo*. Irgendein armes Schwein in der Gummizelle im Kaiser-Krankenhaus brabbelt davon, daß er keinem Kind mehr etwas antun möchte. Ich muß ihn dort abholen. Wir sehen uns.«

Quinn spurtete durch die Tür. Soviel zu seinem Bestreben, Cavessena aus dem Weg zu gehen. Cruz nahm zwei Nachrichten aus seinem Fach und las sie ohne Interesse. Die Polizei von Fresno hatte den Hinweis überprüft, bedauerte jedoch, ihm mitteilen zu müssen, daß das Mädchen in dem Pick-up nicht Cindy Forrest gewesen war. Und der Officer aus Kansas City bedauerte, ihm mitteilen zu müssen, daß er nicht genügend Personal habe und nicht mehr tun könne, als seine Bitte um Informationen in der Frühbesprechung am nächsten Morgen vorzutragen. Er griff nach seiner Fallakte; wenn das so weiterging, würde er einen ganzen Aktenschrank allein für die Sackgassen, die fruchtlosen Hinweise der Bürgerinitiative brauchen.

Trotz des hektischen Treibens auf dem Flur war es im Büro des Morddezernats gespenstisch ruhig. »Hast du einen Schokoladenriegel in der Tasche?« rief Morella, als Cruz sich gerade setzte.

»Trink einen Kaffee. Vermassle es nicht, Mann. McNaughton wird dir in den fetten Hintern treten, wenn du die fünfzig Pfund wieder zunimmst. Denk dran, Morella – das sind fünf Sack Kartoffeln.«

»Weiß du, jetzt, wo du es sagst, ist es, als würde ich nicht mehr ständig ein sechsjähriges Kind mit mir herumtragen.« Morella nippte an einer Pepsi und verzog das Gesicht. »Ich will diesen Schweinehund unbedingt kriegen. Ich habe Angst davor, was ich tue, wenn ...« Das Telefon auf Morellas Schreibtisch läutete. Er wischte sich mit einem Taschentuch den Schweiß von der Stirn und nahm ab. »Morella, Morddezernat.« Er runzelte die Stirn, nickte dann und legte eine Hand über den Hörer. »Für dich.« Grummelnd reichte Morella Cruz den Hörer und begann, im Zweifingersystem auf der Schreibmaschine herumzuhacken.

Cruz lehnte sich an Morellas Schreibtisch. »Cruz, Morddezernat.«

»Hör zu, Cruz. Kannst du Ed Forrest anrufen und ihm sagen, daß sie ihre Sache gut gemacht haben? Andrea sagt, die Forrests glauben, sie hätten alles falsch gemacht. Ich habe sie auch schon angerufen, aber sie klangen immer noch nicht überzeugt.«

Cavessena in voller Fahrt. Wenn es eins gab, wozu Cruz absolut keine Lust hatte, dann war das, Margie Forrest anzurufen, ohne ihr etwas Neues über den Verbleib ihrer Tochter sagen zu können, aber wenn er dazu beitragen konnte, daß sie sich besser fühlte, würde er es tun. »Sicher, klar, Tina. Ich muß ...«

»Hast du jemanden von der Liste von Freunden der Crells erreicht? Irgendwelche neuen Hinweise?«

»Cavessena?« Cruz wünschte, sie würde ihn nicht so überfahren. Noch besser, er wünschte, sie würde daran denken, daß er seinen eigenen Kram zu erledigen hatte. »Ich habe bei zweien der Personen nachgefragt, Noreen Kimball und Margaret Masters. Keine von ihnen hatte eine Ahnung, wo Matthew und Linda Crell sich aufhalten könnten. Sie haben gesagt, sie hätten sie seit Beginn des Prozesses damals nicht mehr gesehen. Sie haben mir beide noch zwei Namen genannt, die aber bereits auf der Liste standen. Das war's. Okay?«

»Gut, wenn du nämlich Zeit hast, gibt es da noch drei neue.«

Er konnte förmlich vor sich sehen, wie Cavessena mit einem pinkfarbenen Fingernagel eine Liste entlangfuhr. »Hör zu, Tina, ich habe auch so schon genug zu tun. Es gibt an die fünfzehn Hinweise von Personen, die glauben, Cindy Forrest gesehen zu haben, denen ich noch nachgehen muß. Ich kann nicht mehr sagen, als ich versuchen werde, alles zu erledigen.«

»Ich sagte ja schon, wenn du dazu kommst. Ich weiß, daß du viel zu tun hast. Alle anderen haben auch gesagt, sie würden es versuchen. Nur noch ein Name.«

Würde er hier sitzen und mit den Zähnen knirschen, wenn es Quinn wäre, der ihn um diesen Gefallen bat? Aber es war nicht Quinn. Es war Tina. »Ich werd's versuchen. Ein Name. Und damit Schluß, aus, Ende. *Finito.*«

»Anton Brodsky. Er steht im Telefonbuch. Wohnt draußen in Ocean View. Tausend Dank, Kumpel.« Kaum hatte Cavessena ausgesprochen, war die Leitung auch schon tot.

Erst Cavessenas Verärgerung, und jetzt stand ihm auch noch Margie Forrests Trauer bevor. Das Treiben um ihn herum ignorierend, wählte Cruz die Nummer. Bring es hinter dich, sagte er sich. Denk nicht nach. Tu es einfach.

Es wurde beim ersten Klingelzeichen abgenommen.

»Hallo?«

Es war Ed Forrest und nicht seine Frau; Cruz atmete erleichtert auf. »Mr. Forrest, hier spricht Carlos Cruz. Ich wollte Ihnen nur sagen, wie gelungen alle Ihren Fernsehappell finden. Sie waren großartig. Seit der Ausstrahlung sind an die dreihundert Anrufe bei uns eingegangen. Wir bearbeiten sie, so schnell wir können.«

»Aber es gibt nichts Neues, richtig?« Ed Forrest interessierte sich nicht für Polizeiarbeit; er wollte nur von seiner Tochter hören.

erledige persönlich eine ganze Woche den gesamten Papierkram für denjenigen, der sie aufspürt.«

»Eine Woche ist zu wenig. Mach einen Monat draus, Web, dann bringe ich sie dir.« Smith' Scherz schien das Ende der Besprechung einzuläuten. Stimmengemurmel erhob sich, aber es war nur bedeutungsloses Gerede; Cruz war nervös, der Lärm irritierte ihn, und er ärgerte sich über Eriksons Gelächter.

»Ich brauche etwas frische Luft. Möchte jemand etwas aus dem Laden?« Wenn er nicht hier rauskam und sich bewegte, würde er in dem Geplapper untergehen. Niemand antwortete. Möglich, daß ihn niemand gehört hatte. Seufzend ließ Cruz seinen Regenmantel und den Schirm zurück und trottete auf den Flur. Er drückte den Abwärtsknopf des Fahrstuhls und versuchte, seine Gedanken von Ed Forrest und Webster, Goldstein und Morella abzulenken und auf Elenya und die Jungen zu konzentriere, aber der Fahrstuhl kam, bevor er sich in den Tagtraum vertiefen konnte, zu ihnen in das Strandhaus zu fahren. Die Türen glitten auf; Cruz nickte den beiden uniformierten Beamten zu und lehnte sich an das rückwärtige Geländer.

»Das ist der dritte Krankenwagen seit September«, sagte der größere der beiden Uniformierten. Er sah nicht älter aus als siebzehn.

»Junkies. Der ganze verdammte Haufen sollte auf dem elektrischen Stuhl gegrillt werden. Festnehmen und ein für allemal aus dem Verkehr ziehen. Die klauen wie die Raben. Drehen durch. Dieser Krankenwagen hätte woanders gebraucht werden können, und die geben Fehlalarm, um sich Spritzen zu besorgen. Was für eine traurige Welt ist das doch.«

Cruz erinnerte sich, wie es in den Anfangsjahren gewesen war, das Bedürfnis, Radikallösungen zu finden, alle Junkies aus dem Weg zu räumen und jeden, der einem an diesem Tag sonst noch in die Quere kam, gleich dazu. Er versuchte, in Gedanken Julios Gesicht heraufzubeschwören; als die Rundung des Kinns stimmte, begann er mit Carlito.

»Trotzdem komisch. Die werden sich noch wundern. Ihre Spritzen haben sie bekommen, ja. Aber was immer sie geglaubt haben, was in diesen Ampullen ist – offenbar konnten sie nicht lesen, ich weiß es nicht – aber sie werden verdammt enttäuscht sein. Insulin, sonst nichts.« Er schnaubte verächtlich.

Cruz' Herz hämmerte plötzlich so laut in seiner Brust, daß es in seinen Ohren dröhnte. *Insulin.* Jemand hatte Insulin aus einem Krankenwagen gestohlen. Er fuhr herum. »Ihr habt einen Krankenwagendiebstahl aufgenommen?«

Der kleinere der beiden Cops nickte. »Vor zwei Stunden. Im Providence Hospital ging ein Notruf ein. Irgendein Typ kreischte am Telefon, er könne sich nicht mehr bewegen, er hätte Schmerzen in der Brust und sähe schwarze Kreise. Sie mußten ihn erst beruhigen, bis er ihnen die Adresse durchgeben konnte. Ein Cottage an der Opal Street, Nähe Achtunddreißigste. Der Krankenwagen fuhr hin, beide Sanitäter stiegen mit ihren Taschen aus, wurden noch von einem Hund angegriffen, konnten aber nirgendwo einen Herzkranken finden. Dann dämmerte den Arschlöchern, daß sie hereingelegt worden waren, und sie liefen zurück zum Wagen. Die Hecktüren waren aufgebrochen worden und ein Packen Einwegspritzen fehlte. Sie meldeten den Diebstahl, und als wir dort waren, prüften sie die Bestände. Erst fanden sie das Ganze merkwürdig, weil von dem Zeug, auf das die Penner sonst scharf sind, nichts fehlte. Ich meine, abgesehen von den Spritzen schien nichts angerührt worden zu sein. Also sagte Lynch, sie sollten systematisch ihre Liste durchgehen als wollten sie ihre Medikamentenreserven aufstocken. Fünfzehn Sekunden später stellten sie dann fest, daß mehrere Ampullen Insulin fehlten.«

Der pausbäckige Cop lachte schallend. »Diese dämlichen Junkie-Arschlöcher. Geschieht ihnen recht.«

Cruz hätte ein Monatsgehalt darauf verwettet, daß derjenige, der das Insulin gestohlen hatte, nicht auf einen Schuß aus gewesen war.

20. KAPITEL

Die Straßenbeleuchtung war vor zwanzig Minuten erloschen, Sekunden bevor die Seth-Thomas-Uhr auf dem Kaminsims fünf Uhr am Nachmittag geschlagen hatte. Bis zu Amys Tod hatte Linda die stille Gemütlichkeit der frühen Dämmerung im Winter genossen. Jetzt kuschelte sie sich in den Rattanschaukelstuhl in Antons dunklem Wohnzimmer und versuchte, dieses Gefühl der Geborgenheit zurückzuholen, aber ein Bild von Matt und das Echo von Margaret Forrests Stimme störten die Stille.

Die Beine seitlich angewinkelt, eine Tasse Tee auf dem Tisch vor sich, ließ sie die Hand herabsinken, um den Kopf des Katers zu kraulen. Er duckte sich unter ihr weg, huschte unter die durchsichtige Gardine und sprang auf das Fensterbrett, wo er begann, sich immer wieder die Pfote zu lecken und das Ohr zu putzen. Jenseits der Gardine schien alles unscharf und verschwommen. Die Scheinwerfer vorbeifahrender Autos hoben Konturen und Gegenstände scharf hervor.

Jetzt mischte sich das rhythmische, gleichmäßige Geräusch, das Matt beim Zerhacken des Gemüses in der Küche verursachte, in die Stille. Er hatte nicht einschlafen können, war rastlos im Wohnzimmer auf und ab gegangen, hatte sich die Vieruhrnachrichten angesehen und war dann in der Küche verschwunden, nachdem er irgend etwas von einem Eintopf gemurmelt hatte. Der Honda stand immer noch in der Garage, und sie wußte immer noch nicht, was sie von Matts Geschichten, wo er gewesen wäre, halten sollte.

Ein Auto fuhr vorbei, und die Scheinwerfer stachen durch den Regen. Sie schaukelte und blickte hinaus. Sie grübelte über Matt nach. Sie hatte ihn nie ein Tier, ein Kind oder einen alten Menschen mißhandeln sehen, und sie konnte sich einfach nicht vorstellen, wie er Fliegen die Flügel ausriß oder jungen Hunden Blechdosen an den Schwanz band. Seine effektivste Waffe war seine Fähigkeit, sich in Sphären zurückzuziehen, wo er nicht mehr erreichbar war, jenseits der Wahrheit. Sie wußte nicht mehr, was sie denken sollte. Sie schaukelte, sah aus dem Fenster, gedankenverloren.

Der Schaukelstuhl kippte nach vorn, als sie sich streckte, um an der Gardine vorbeizusehen. Ein Wagen hielt gegenüber am Straßenrand. Es war ein Toyota, der genauso aussah wie der, der an jenem Abend in Pescadero in ihrer Einfahrt gestanden hatte. Ihr Mund wurde pelzig, ihre Handflächen feucht. Der Mann, der ausstieg und die Wagentür abschloß – ja, es könnte derselbe sein, der Mann mit der Taschenlampe, der um ihren Wagen herumgegangen war, um sich das Nummernschild zu notieren.

Er hastete von dem Toyota über die Straße zu Antons Vorgarten und lief behende mit hochgezogenen Schultern zur Tür. Solange kein Licht brannte, konnte er sie durch die Gardine nicht sehen, wenn aber der Kater von der Fensterbank sprang und dabei die Gardine beiseite schob, würde jemand, der an der Tür stand, flüchtig ins Wohnzimmer sehen können. Sie hatte Mühe zu schlucken; ihr Atem klang rauh, aber sie blieb reglos in dem Schaukelstuhl sitzen.

Es klingelte.

Hatte Matt die Polizei auf sie angesetzt?

Der Kater stand auf, machte einen Buckel und ließ sich dann wieder auf der Fensterbank nieder, während der Mann an die Tür hämmerte; vielleicht würde er um das Haus herum zur Garage gehen und den Honda entdecken, oder er sah das Licht in der Küche. Vielleicht würde Matt herauskommen, um zu sehen, was das für ein Lärm war.

Es ist niemand zu Hause. Geh weg.

Als gehorche er ihrem Befehl, wandte sich der dunkelhaarige Mann ab und lief ebenso locker wie vorhin zurück zu seinem Wagen. Der Toyota stotterte einmal, dann sprang der Motor an, und er fuhr davon.

»Was war das?« Matt stand mit grimmiger Miene an der Tür.

»Martha hat mir deine Nachricht übermittelt. Vor zwanzig Minuten. Sie meinte, sie würde mir die persönliche Zustellung in Rechnung stellen.«

»Ich bin bei dir vorbeigefahren, aber du warst schon nach New Orleans aufgebrochen, und dann mußte ich ... ist ja auch egal. Wo bist du jetzt?«

»In Smittys Werkstatt. Mag ja ausgesehen haben, als wäre ich gen Süden aufgebrochen, aber ich habe nur die Betonstufe Mrs. Chow von nebenan geschenkt und bin nach Santa Cruz gefahren, um Freunde zu besuchen. Wirklich, Smitty braucht eine Woche, sich etwas auszudenken, und eine weitere Woche, das dann auch umzusetzen.« Sie lachte. »Wir befinden uns gerade in der zweiten Woche.«

Bea ist noch in Pescadero. Trotz des Regens, trotz des Durcheinanders in ihrem Kopf, erschien ihr die Welt plötzlich unendlich viel freundlicher. Aber sie sollte möglichst schnell auf den Punkt kommen.

»Ich habe nachgedacht, Bea. Möchtest du auf deiner Reise in den Süden Gesellschaft haben?«

Bea schnaubte. »Ich wußte gar nicht, daß Joanne Woodward ihrem Paul neuerdings soviel Freiraum läßt.«

»Meine Augen sind zwar nicht so blau wie seine, aber ...«

»Aber du mußt für eine Weile weg, stimmt's?« Ihr Tonfall hatte sich verändert. Er klang nicht mehr scherzhaft, sondern sachlich-nüchtern. Bea wußte mehr, als sie sagte.

»Ja, ich muß weg. Ich bin, sagen wir um sieben morgen früh, in der Wohnwagensiedlung.«

»Sei vorsichtig, Liebes. Achte darauf, nicht auf dich aufmerksam zu machen, hörst du? Meinst du nicht, es wäre besser, ich würde dich abholen?«

»Nein, ich bin um sieben bei dir. Sollte ich nicht da sein, fahr ohne mich.« Sie legte auf, trat ans Fenster und sah blind hinaus. Sie konnte jetzt nicht weg, höchstens ohne Wagen, und dann müßte sie im Regen trampen. Das war wohl kaum eine praktikable Lösung. Sie würde bis zum Morgen warten. Morgen früh würde sie sich etwas ausdenken. Und sie würde sich mit Bea in Pescadero treffen. Lange vor sieben Uhr.

»Wer war am Apparat?« Ein Holzlöffel baumelte von Matts Hand; sein Gesicht lag im Schatten.

»Jemand, der Glühbirnen verkaufen wollte«, entgegnete sie. »Ich habe ihm gesagt, daß wir keine brauchen.«

TEIL FÜNF

DIENSTAG

Stunde weggefahren sei, sie solle Antons Praxis in Berkeley anrufen.

Als sie dort angerufen hatte, hatte Anton ihr jedoch erklärt, Matt wäre nicht dort. Er hatte ihr versprochen, dafür zu sorgen, daß Matt sie zurückrief, sobald er eintraf. Matts Büro war nur zehn Minuten von Antons Praxis entfernt. Wo war Matt gewesen?

Das Bild, nun schärfer und heller, machte sie ganz krank vor Angst und Zorn. Matt hatte sie angelogen in bezug darauf, wo er sich an jenem Nachmittag, als Amy ermordet worden war, aufgehalten hatte.

Matt war nicht arbeiten gewesen, als Marianne Brandon ermordet worden war, und er hatte sich zum Zeitpunkt der Entführung der kleinen Cindy Forrest in Oakland aufgehalten.

Ihre Kamee war am Hals der Puppe gefunden worden, die neben Marianne Brandons Leiche gelegen hatte.

Matts Atelier war voller Repliken der Puppe.

Konnte man Jahre mit einem Menschen zusammenleben und so wenig über ihn wissen? Ihr wäre doch sicher etwas aufgefallen. *Gründe* zu finden war schon schwerer. Vielleicht war er eifersüchtig gewesen auf die Nähe, die sich zwischen ihr und Amy entwickelt hatte, nachdem er sich so intensiv seiner Arbeit gewidmet hatte. Vielleicht war er so wütend darüber gewesen, von seiner Frau und seiner Tochter ausgeschlossen zu werden, daß er sich auf kranke Art gerächt hatte. Seit sie von der Jury freigesprochen worden war, war es ihm vielleicht ein Bedürfnis, dafür zu sorgen, daß sie doch noch bestraft wurde.

Tatsächlich hätte sie der Polizei, wenn sie vor ein paar Minuten die Tür geöffnet und den Mann hereingelassen hätte – damit er Matt fragte, was er am Samstag in Oakland gemacht hatte und wo er gewesen war, während er am Donnerstag eigentlich die Arbeit am Haus der Sharpes hätte beenden sollen – viel Mühe ersparen können. *Und was ist mit dem verschwundenen Mädchen?*

»Ein Vertreter oder so was, nehme ich an. Es schien mir besser zu sein, nicht zu öffnen.«

Matt nickte und es sah aus, als wolle er etwas sagen, aber dann runzelte er plötzlich die Stirn. Ein süßlicher Geruch – Zwiebeln, die gleich anbrennen, und angebranntes Fleisch – war ihm ins Zimmer gefolgt. »O Scheiße, ich sollte die Flamme unter dem Eintopf kleiner stellen.« Er wirbelte herum und war fort. Hank folgte ihm den Flur hinunter.

Linda sprang so schwungvoll aus dem Schaukelstuhl, daß die Kufen abwechselnd vorn und hinten auf dem Parkettboden aufschlugen. Endlich wußte sie, was sie seit Amys Tod vor sich selbst verborgen hatte. Mit großen, entschlossenen Schritten durchmaß sie die Länge des Raumes. Die Erinnerung, die begonnen hatte, sich zu regen, als sie von der Kamee gehört hatte, war durch Matts Atelier mit den Puppenrepliken deutlicher geworden. Sie hatte versucht, sie zu verdrängen, aber jetzt hatte sie die falsche Note erkannt, die Disharmonie in der Erinnerung an jenen Abend vor drei Jahren, die sie sich zusammengereimt hatte.

Ich verstehe nicht, Anton. Man hat mir gesagt, er wäre bei dir.
– Ich erwarte ihn jede Minute, Linda. Beruhige dich. Kann ich irgend etwas für dich tun?
Nein, nichts. Richte ihm bitte aus, daß er mich zurückrufen soll, ja?
– Sicher. Gib Amy einen Kuß von mir, okay?

Sie wußte nicht mehr, ob es Erinnerung oder Einbildung war. Soviel von diesem Tag war für sie unerreichbar, in unzugänglichen Winkeln ihres Gedächtnisses vergraben.

Sie erinnerte sich, daß sie an jenem Abend mehrere Telefonate getätigt hatte. Als erstes hatte sie Amys Freundin Jennifer angerufen; dort hatte sich niemand gemeldet. Dann hatte Matts Sekretärin ihr gesagt, daß er vor über einer

Eine Ahnung durchbrach die Barriere, die sie sich solche Mühe gab zu errichten. Das kleine Mädchen war vielleicht noch am Leben. Sie würde mit der Polizei über Matt sprechen. Das könnte dem Kind das Leben retten.

Ihre Hand zitterte nicht, als sie nach dem Telefonbuch griff. Sie überschlug die Seiten mit den Arzt- und Erdbebennotruf-Nummern, bis sie die Liste der Städtischen Einträge gefunden hatte.

Da stand es. Oakland Police Department. Die lange Spalte von Nummern verschwamm vor ihren Augen, und sie fuhr zusammen, als ein heißer Lufthauch durch das Gitter in Fußbodenhöhe wehte, als der Ofen ansprang. In der Küche hörte sie Töpfe klappern und Schranktüren zufallen; Matt war beschäftigt, zumindest für den Augenblick.

Sie umklammerte den Hörer und wählte die Nummer des Morddezernats. Jedes Freizeichen kam ihr unerträglich laut vor.

Schließlich meldete sich eine nüchterne Stimme. »Oakland Police Department. Bleiben Sie bitte am Apparat.«

Wieder warten. Linda hielt den Hörer fest umklammert und mußte an ihre Mutter denken, das Haar aus dem Gesicht geföhnt, auf eine altmodische Weise, die ihre runden Wangen glänzen ließ und ihre Augen hervorhob. Komisch, ihre Angewohnheit, von einem Fuß auf den anderen zu hopsen, wenn sie telefonierte. Ihre Mutter war eigentlich ein sehr ruhiger Mensch gewesen, aber auch das simpelste Telefonat regte sie derart an, daß sie nicht mehr stillhalten konnte.

»Smith, Morddezernat.«

Der schroffe Ton erschreckte sie derart, daß sie beinahe den Hörer hätte fallen lassen. Er klang wie die Polizisten, die sie damals verhört hatten. Wie die Wärter im Stadtgefängnis.

»Ist da jemand?« fragte die Stimme ärgerlich. Wenn sie noch länger zögerte, würde er auflegen.

»Mein Mann ...«

Sie brachte die Worte, die Matt vielleicht in seinem Tun

aufhalten könnten, nicht über die Lippen. Sie war fähig, Pläne, die sich gegen ihn richteten, zu schmieden, aber sie konnte dieser gesichtslosen Stimme nicht erzählen, daß sie zutiefst beunruhigt war angesichts dessen, was Matt *möglicherweise* getan hatte.

»Hören Sie, Lady, Sie brauchen mir Ihren Namen nicht zu nennen, wenn Sie das vorziehen. Sagen Sie mir nur, was Sie wollen, okay?«

»Ich ... ich habe Informationen über jemanden. Sie suchen ihn, aber er hat seinen Namen geändert und ...«

»Ma'am. Worauf beziehen Sie sich?«

»Es geht um den Fall Brandon«, entgegnete sie leise.

»Ma'am, ich habe Sie nicht verstanden. Wiederholen Sie das bitte.«

Linda legte den Hörer zurück auf die Gabel, die Finger um das harte Plastik gekrallt. Winzige Bläschen von Panik platzten entlang ihrer Arme und in ihrem Kopf.

Sie durfte Matt nicht verraten, nicht solange sie nicht absolut sicher war.

Sie kauerte sich in den Schaukelstuhl, als könne sie sich unsichtbar machen, während sie überlegte, was sie tun sollte. Untätigkeit schien ihr die schlimmste Alternative zu sein.

Das Telefon klingelte. Ohne nachzudenken, nahm Linda ab und meldete sich.

»Kann ich bitte Linda sprechen?«

Bea. Es würde alles gut werden – vorausgesetzt, Matt hörte nicht über den Apparat in der Küche mit. Das war das Zeichen, auf das sie gewartet hatte, die Antwort seitens einer helfenden Macht; sie brauchte nur die Gelegenheit beim Schopf zu packen, sie durfte die Dinge nicht unnötig komplizieren. Sie lauschte angestrengt, ob ein Klicken in der Leitung zu hören war oder der Klang sich irgendwie veränderte.

»Ich bin selbst dran. O Bea, ich bin so froh, daß du anrufst.«

21. KAPITEL

Linda zog die Knie weiter an. Wenn sie sich ganz klein machte, würde Matt vielleicht weiterschlafen, ohne sie anzufassen. Im Dunkeln liegend und jeden Kontakt zu ihm vermeidend, hatte sie einen Plan geschmiedet; er war wunderbar einfach. Sie würde sagen, daß sie Tampons bräuchte; Matt haßte es, sie für sie zu besorgen. Es goß in Strömen, und Antons Haus befand sich mehrere Blocks vom nächsten Laden entfernt, so daß es nur natürlich wäre, daß sie den Wagen nahm. Der Tank war fast voll. Das Benzin würde bis zum Treffpunkt mit Bea in Pescadero reichen. Verlorene Kameen, Tonskulpturen und all die anderen Anzeichen ihrer scheinbar grenzenlosen Einbildungskraft würde sie zurücklassen.

Sie würde sich selbst retten, mit ein wenig Hilfe von *ihrer* Freundin und nicht Matts.

Er murmelte etwas und streckte die Hand nach ihr aus. Seine Finger streiften ihre Schulter, ehe sie sich wegrollen konnte. Sie würde ihre anderen Sachen zurücklassen müssen. Vielleicht konnte sie, wenn Matt unter der Dusche stand, die Schnappschüsse von Amy an sich nehmen, aber mehr vermutlich nicht. Sie würde außerdem saubere Unterwäsche in ihre Handtasche packen. Mehrere Lagen Kleider übereinander anziehen, T-Shirt, Rollkragenpullover, Strickjacke, Jacke – so würde es gehen.

Wenn sie erst an Matt und Anton vorbei war, würde die Polizei von Oakland das nächste Problem darstellen. Der Regen kam ihr zugute; wenn sie Glück hatte, würden kleinere Unfälle die Polizei beschäftigt halten. Sie würde schon aus der Stadt herauskommen, wenn es ihr nur gelang, dieses Haus zu verlassen. Als sie ihre Kleider von der Rückenlehne des Stuhls nahm, streckte Matt sich und öffnete ein Auge.

»Sind die Kopfschmerzen besser?«

Linda nickte und stieg in ihre Jeans.

»Setzt du Kaffee auf?«

Sie nickte wieder, zog einen sauberen Pullover über und ging hinunter in die kalte Küche, wo sie mit gezielten und sparsamen Handgriffen Kaffee kochte. Die Stille im Haus war wohltuend.

»Möchtest du O-Saft?« Matt stand in der Tür, das Haar auf einer Seite flach an den Kopf gedrückt, eine Wange vom Schlaf verknittert. Sein Kinn und seine Wangen waren dunkel von Bartstoppeln. Er öffnete den Kühlschrank, schenkte Saft in zwei Gläser und reichte ihr eines.

Alles so normal. Linda nahm einen Schluck des herben Safts und machte sich wieder am Herd zu schaffen, um ihn nicht ansehen zu müssen.

»Wenn ich geduscht habe«, sagte Matt mit seiner gewohnt samtigen Morgenstimme, »muß ich für einige Zeit weg, um mit ein paar Leuten zu sprechen. Ich bin gegen zwölf zurück, vielleicht auch ein bißchen später. Dann reden wir darüber, nach Pescadero zurückzufahren.«

Was für Leute? Und willst du wirklich nur reden? Noch vergangene Woche hätten seine Worte völlig harmlos geklungen. Aber inzwischen bewertete sie alles, was er sagte, ganz anders. Vielleicht war sie unfair; vielleicht sollte sie ihr Mißtrauen ein wenig zurückschrauben. Immerhin war das Matt und nicht irgendein Ungeheuer.

Warum hast du diese Tonskulpturen angefertigt? Wo warst du, als Amy ermordet wurde? Wie ist die Kamee an den Hals der Puppe gekommen?

Wenn sie ihn zum Reden brachte, würde er sie vielleicht davon überzeugen können, daß sie die Anzeichen und Beweise, die sie zu sehen geglaubt hatte, falsch interpretiert hatte. Und wenn sie Fragen *stellte*, brauchte sie keine zu beantworten. »Wohin fährst du?« fragte sie und wandte sich ihm zu.

Seine Züge verdüsterten sich, als hätte er eine Jalousie heruntergelassen. »Nur mit ein paar Leuten reden.« Er leerte sein Glas, spülte es aus und blickte einige Sekunden auf die

Kaffeekanne, ehe er zwei Tassen einschenkte und ihr eine davon reichte. »Anton hat gesagt, wir könnten so lange bleiben, wie nötig. Wie fühlst du dich heute morgen?«

Linda nickte und nahm die Tasse entgegen. Anzeichen und Beweise: Es war besser, sich den Fakten zu stellen und sich auf ihr Gefühl zu verlassen. Wenn alles so lief wie geplant, würde es ihr nicht nur an diesem Morgen gutgehen. »Gut. Sehr gut.«

»Ich muß mich beeilen.« Er drückte ihr einen flüchtigen Kuß auf die Wange und eilte dann nach oben. Kurz darauf hörte sie über sich das Rauschen der Dusche.

Ganz langsam, Stück für Stück, lockerten sich die verkrampften Muskeln an ihren Schultern, ihr Kiefer entspannte sich, und Linda gestattete sich einen tiefen, frischen Atemzug. Sie würde Matt nicht anlügen müssen, sie würde ihm gar nichts erzählen müssen, weil er nämlich wegging. Anton würde in die Praxis fahren. Und sie zu Bea.

Hanks Krallen klickten auf dem Parkettboden, als der Kater den Flur entlangtrottete und laut schnurrte, um Anton dazu zu bewegen herunterzukommen. Rundlich und mit glänzenden Augen kamen sie beide in Küche.

»Einen wunderschönen guten Morgen«, sagte Anton bester Laune. »Zum erstenmal seit Jahren spricht niemand von Dürre. Das wird ein phantastisches Jahr für Rasen und Obstbäume.«

Er war immer ein Mensch gewesen, dessen Energiepegel kaum schwankte, ob es nun sieben Uhr früh war oder sieben Uhr abends. Keine drastischen Höhen und Tiefen, kein blindes Umhertappen durch den morgendlichen Nebel, bis der erste Koffeinschub einen wachrüttelte. Wunderbar – und ein wenig nervend, vor allem bei jemandem, der ein Verräter war. Er trug seine Tasse zum Tisch und setzte sich neben sie. »Hast du gut geschlafen?«

Sie zuckte die Achseln. »Nicht schlecht, in Anbetracht der Umstände.« *In Anbetracht der Tatsache, daß du mich so bereitwillig verraten hast. In Anbetracht der Tatsache, daß ich die Nacht über mit jemandem, den ich kaum noch kenne, in einem Bett gelegen habe.*

Matt steckte den Kopf mit dem nassen Haarschopf zur Tür herein; er trug ein blaues Hemd, das sie noch nie an ihm gesehen hatte, und seine dunkle Hose. »Ich bin in spätestens zwei Stunden wieder da. Braucht ihr etwas?«

Linda schüttelte den Kopf; unnötig, die Tampons oder sonst etwas zu erwähnen, jetzt wo die beiden Männer so kooperativ waren.

»Wie wäre es mit einer Brünetten, etwa eins fünfundsechzig groß, mit braunen Augen und ...« Anton winkte ab. »Nichts. Danke. Und sei vorsichtig da draußen.«

Matt reagierte nicht auf Antons veränderten Tonfall. »Ich bin weg. Wir sehen uns in ein paar Stunden.« Er machte kehrt und war ebenso plötzlich verschwunden, wie er aufgetaucht war.

Als die Haustür zufiel, konnte Linda nur mühsam ein Lächeln unterdrücken. Sie senkte den Blick und starrte auf die Maserung der Tischplatte.

»Es wird schon wieder. Er macht sich nur Sorgen, das ist alles.«

Antons Stimme riß sie aus ihren Gedanken, und sie sah in seine getrübten Augen. Vielleicht war sie zu schnell damit gewesen, ihn dafür zu verurteilen, daß er Matt verraten hatte, daß sie in Oakland war. Sie hatte ihn nicht gebeten, es ihm zu verschweigen. Wenn eine Freundin – und sie und Anton *waren* Freunde – mitten in der Nacht bei ihm anklopfte, völlig durcheinander und verängstigt, war es nur natürlich, daß er ihren Mann unterrichtete – um ihn zu beruhigen und um Hilfe zu bitten.

»Anton, ich weiß, daß du an seiner Stimme hören kannst, daß Matt irgend etwas bedrückt. Wohin ist er gefahren? Was hat er vor?« Hank, der sie aus gelben Augen angestarrt hatte, sprang mit einem anmutigen Satz auf ihren Schoß und kuschelte sich zusammengerollt an ihren Bauch.

Der Motor des Kühlschranks summte; die Gasflasche

unter der Kaffeekanne zischte und stotterte. Anton schaltete die Flamme aus. »Ich weiß es nicht. Das ist die Wahrheit.« Er schwieg und blickte in die Kaffeekanne, als würde die kochende Flüssigkeit ihm die Antwort auf ihre Frage verraten. »Er hat den ganzen Morgen herumgedruckst wie eine Bruthenne, die zu stur ist, von einem gesprungenen Ei aufzustehen.«

Linda streichelte den Kater und blickte auf die geschlossenen Schranktüren, bemüht, Erinnerungen an jene Tage wachzurufen, da sie, Matt, Anton und seine jeweilige Freundin phantasievolle Gerichte und interessante Gespräche geteilt hatten. Aber es war zwecklos. Heute war heute, ein Tag, nachdem sie Margaret Forrest von Gottes Tränen hatte reden hören, zwei Tage nachdem sie ihr eigenes Bild in der Zeitung gesehen hatte, und zu viele Dinge ergaben einfach keinen Sinn.

Antons Stimme holte sie zurück in die Gegenwart. »Er hat gesagt, er müsse den Ausgleich schaffen.« Wie eine Marionette, an deren Fäden jemand ruckte, zuckte er plötzlich und stieß sich das Knie an der offenen Brotschublade.

»Was ist los, Anton?«

Schweigend richtete er den Blick auf den Herd und schüttelte den Kopf.

Der Kater spitzte die Ohren; Hank sprang von ihrem Schoß und trottete aus der Küche. »Sag es mir«, flehte Linda leise.

»Matt sagte, er würde zwei Fliegen mit einer Klappe schlagen. Ich weiß nicht recht, was er damit gemeint hat.«

Verträumt legte Linda den Kopf schief und sah Anton in die Augen. »Er hat mir einmal gesagt, ihm käme es so vor, als hätte Amys Mörder ihm auch die Frau weggenommen.« Ihre eigene Stimme kam ihr seltsam fremd vor. »Das hat er mit den ›zwei Fliegen‹ gemeint. Aber meinst du, er hätte das mit dem Schlagen, sprich töten wörtlich gemeint?« fragte sie und verstummte dann.

Sie saßen gemeinsam in der stillen Küche, beide die Hände um ihre Kaffeetassen gelegt.

Anton hatte ihr ein Stichwort gegeben; vielleicht konnte sie ihm ja doch trauen. Sie fühlte sich hilflos, wagte es nicht, sich zu rühren, aus Angst, durch das dünne Eis zu brechen. Sie würde noch einen Schritt tun und sehen, ob sie auf Antons Unterstützung zählen konnte. »Er ist so abwesend gewesen. Es schien kaum einen Unterschied zu machen, ob ich neben ihm saß oder in einem anderen Zimmer. Und in letzter Zeit ist es schlimmer geworden. Jeden Abend nach dem Essen geht er ...« Sie schlug eine Hand vor den Mund, um die Worte zurückzuhalten.

Einen nachdenklichen Ausdruck auf dem Gesicht schob Anton den Salzstreuer zur Seite, rückte die Pfeffermühle daneben und faltete seine Serviette. »Wir haben beide bemerkt, daß ihn etwas bedrückt. In Anbetracht dessen, was vorgefallen ist, ist das wohl nur verständlich.«

»Findest du nicht, daß es anders ist als vorher? Hast du gemeint, vor Amy ...« Linda wurde immer verwirrter.

»Vor Amy? Ich fand immer, daß er alles wunderbar gemeistert hat.«

Alles? *Was* alles? Sie umklammerte ihre Kaffeetasse wie einen Glücksbringer. Sie würde sich der Wahrheit stellen, jetzt, solange sie den Mut dazu hatte, oder nie. »Was gemeistert?«

»Er hat es dir doch erzählt, oder?« Anton wich ihrem Blick aus. Irgend etwas brachte ihn aus dem Gleichgewicht, irgend etwas an ihren Fragen beunruhigte ihn.

Sie hatten die Rollen getauscht; sie hatte die Führung übernommen. »Du bist schon zu weit gegangen, es mir jetzt nicht zu sagen.«

Die Hände auf dem Tisch ruhend, beugte er sich vor und legte den Kopf schief, als verstünde er sie nicht.

Sie blieb hartnäckig. »Anton, ich weiß, daß du seit zwanzig Jahren mit Matt befreundet bist, länger als ich ihn kenne. Ich weiß es zu schätzen, daß du dich um ihn sorgst und loyal zu ihm bist. Aber auch wenn es den Anschein hat, als würde ich den Verstand verlieren, früchte ich, daß Matt derjenige ist, der dem Abgrund gefährlich nahe ist. Und ich glaube, daß es mit Amy zu tun hat.

An dem Tag, an dem Amy ermordet wurde, habe ich in Matts Büro angerufen. Seine Sekretärin sagte, er wäre bei dir. Das war kurz vor sechs. Sie sagte, er wäre vor etwa einer Stunde weggefahren, aber weiß du noch, was du gesagt hast, als ich nach Matt fragte?«

Anton wurde leichenblaß und sah sie so durchdringend an, als wolle er sagen: »Tu mir das nicht an.« Er seufzte, starrte auf den Tisch, schüttelte den Kopf und öffnete und schloß nervös die linke Hand.

Linda hatte Zeit; sie würde bekommen, was sie hören wollte, jetzt oder später. »Anton?« sagte sie sanft.

»Ich dachte, er hätte es dir gesagt. Nach jener Nacht ist es nie wieder zur Sprache gekommen.«

»Ich weiß«, sagte sie leise. »Aber du hast der Polizei gesagt, Matt wäre bei dir gewesen, richtig?«

Anton rührte sich nicht, gab keinen Laut von sich.

»Matt hat möglicherweise ein Problem, und ihn zu decken wird ihm nicht helfen. Du bist kein Freund, wenn du glaubst, ihn durch Lügen schützen zu können.«

»Linda, deine Erinnerung ist nicht ganz richtig. Ich habe dir nicht gesagt, daß er nicht da wäre. Ich sagte, er wäre für einen Augenblick weggegangen.« Als Anton sich ihr zuwandte, lag in seinen Augen ein kalter, durchdringender Glanz, als könne er sie allein durch seine Willenskraft dazu bewegen, seine Version der Wahrheit zu akzeptieren.

Linda zögerte; vielleicht hatte sie Antons Worte im Licht ihrer wachsenden Angst falsch interpretiert. Vielleicht hatten die häßlichen Repliken der Puppe ihre Erinnerung beeinflußt, sie gezwungen, Trost in einer Antwort zu suchen – wenn diese auch falsch war –, anstatt in einen Abgrund der Ungewißheit zu stürzen.

»Ich glaube nicht, daß du das gesagt hast.« Sie wartete, angespannt, atmete ganz flach und sammelte Selbstsicherheit.

»Das habe ich aber und ...« Jetzt war es Anton, der zögerte.

Sollte er doch sehen, daß sie merkte, wenn man sie anlog. »Nein, das hast du nicht. Du hast gesagt, er wäre noch nicht da. Wo ist er gewesen? Was hat er gemacht?«

Das schrille Heulen einer Sirene ertönte irgendwo östlich. Lindas Hände zitterten nicht, ihre Augen achteten auf jede Veränderung auf Antons Gesicht. Minuten verstrichen. Schließlich wurde der Zug um seinen Mund weicher.

»Was ich dir jetzt sagen werde ... Ich sage dir das, damit du aufhören kannst, zu glauben, was immer dich mißtrauisch macht. Was geschehen ist, ist geschehen, und es ist unnötig, daß du ihm aus einem alten Fehler einen Strick drehst.« Er holte tief Luft.

»Matt war nicht den ganzen Nachmittag bei mir. Wir hatten dieses Signal vereinbart. Er würde anrufen, wenn er meine Hilfe brauchte. Das war das erste Mal. Er ...«

Sie ahnte, was nun kommen würde; es war so voraussehbar, daß sie beinahe gelacht hätte. Sie bedeutete Anton fortzufahren.

»Sie war eine seiner Studentinnen an der *California University*. Meines Wissens war es das erste Mal. Das ist die Wahrheit. Er bat mich, zu sagen, er wäre zwischen fünf und sieben bei mir gewesen. Das ist alles. Als die Polizei mich befragte, blieb ich dabei, wenngleich es mir widerstrebte.«

Welche Ironie, daß die Neuigkeit, daß Matt eine Affäre gehabt hatte, für sie die schönste Nachricht seit langem war. Vielleicht konnte sie jetzt ihr Mißtrauen ablegen, Matts Skulpturen und sein merkwürdiges Verhalten vergessen, die Fakten in diesem neuen, grellen Licht betrachten.

»Wie war ihr Name?« Komisch, wie wichtig dieses Detail ihr erschien.

Anton schüttelte den Kopf. »Ich kann mich nicht erinnern. Er fühlte sich seit Wochen, vielleicht sogar seit Monaten mies. Es hatte ihn wirklich tief getroffen, den Auftrag der Seefahrtsbehörde nicht bekommen zu haben; er hatte solche

Angst, daß du dir wegen des Geldes, wegen seiner Zukunft, Sorgen machen würdest.«

Diese ganzen verfluchten Schutzmaßnahmen; sie hatte nie darum gebeten, von allem verschont zu werden. Oder doch? Vielleicht hatte sie Matt in dem Glauben ermutigt, er müsse unangenehme Wahrheiten von ihr fernhalten.

»Wir haben jeden Mittwoch zusammen zu Mittag gegessen. Über Monate konnte ich die Veränderungen an ihm *sehen*. Er war mit Arbeit immer so überlastet, daß er Aufträge ablehnen mußte, und dann peng, gleich drei Aufträge in Folge, die er an andere Firmen verlor. Er hatte Angst, aus dem Geschäft gedrängt zu werden, und war wegen eurer finanziellen Situation besorgt.«

Linda wollte keine Platitüden und Banalitäten hören. Sie wünschte, sie könnte schreien, und war beinahe wütend darüber, einen Seelenzustand stiller Trauer erreicht zu haben. »Ich bin nicht an Ausreden interessiert; ich möchte nur wissen, was passiert ist. Matt hat zwei Wochen vor Amys Ermordung eine Affäre angefangen und dich gebeten, ihm ein Alibi ...« Sie schauderte bei diesem Wort. »... zu verschaffen, für den Fall, daß er eins brauchte, richtig?«

Anton ließ den Kopf nach vorn sinken. Eine Geste, die Linda als zustimmendes Nicken auffaßte.

»Und er hat dich angerufen und dich gebeten zu behaupten, er wäre an diesem Abend von fünf bis sieben bei dir gewesen?«

»Das ist richtig.« Antons Augen flehten sie an, ihn nicht länger zu quälen.

»Und du kennst den Namen der Frau – oder besser des Mädchens – nicht, mit der er zusammen war, du weißt weder, wo sie gewesen sind, noch kennst du sonst irgendwelche Einzelheiten. Matt könnte sich also in der Zeit, für die du ihm ein Alibi gegeben hast, sonstwo aufgehalten haben.«

Seine Augen weiteten sich derart, daß die fast schwarzen Pupillen vollständig von Weiß umrandet waren. »Willst du damit sagen, daß Matt möglicherweise Amy umgebracht hat? Wenn dem nämlich so ist, solltest du ganz schnell wieder davon abkommen. Ich werde nämlich bis ins Grab leugnen, daß dieses Gespräch je stattgefunden hat. Zu so etwas wäre Matt niemals fähig. Und ich werde nicht zulassen, daß du deine eigene Schuld auf ihn abwälzt.«

Deine eigene Schuld. Linda wurde übel, als ihr die Bedeutung aufging, aber sie zwang sich, fortzufahren.

»Matt hat ihren Namen nie erwähnt?« Ihre Stimme klang kalt; sie war froh, daß sie überhaupt ein Wort herausbrachte.

Der Freund ihres Mannes schüttelte den Kopf und seufzte. »Lisa? Laura? Ich erinnere mich nicht. Etwas in dieser Richtung. Das war vor fast drei Jahren.«

Vor drei Jahren – vor einem ganzen Leben. Amy energiegeladen und blühend; Matt, der auf dem besten Weg war, sich einen guten Ruf als Architekt zu verschaffen; Linda, die ihre Zeit zwischen zu Hause und einem gelegentlichen Landschaftsgestaltungsauftrag einteilte. Aber in jenem Jahr hatte sich alles geändert. Sie verbrachten die Wochenenden nicht mehr damit, alle drei gemeinsam durch Museen zu schlendern, am Point Lobos Seeotter zu beobachten, in Morthstar Ski fahren zu lernen.

Die Zeichen waren subtil. Matt, der Amateurschauspieler, war eine Weile ganz geschickt darin gewesen, Dinge vor ihr zu verbergen, aber wann war ihr aufgefallen, daß er ein wenig reizbar geworden war? Er verbrachte mehr und mehr Zeit außer Haus – er setzte sich mit Freunden zusammen, um neue Aufträge an Land zu ziehen, wie er sagte. Er war müde, ein wenig nervös, aber das war kaum der Rede wert gewesen. Sie liebten sich weniger oft, aber solche Phasen hatten sie früher schon durchgemacht.

Warum war er nicht zu *ihr* gekommen?

22.
KAPITEL

Linda nahm Antons Entschuldigung mit Erleichterung an. Er hatte gesagt, er müsse sich beeilen, sonst käme er zu spät zu einer für zehn Uhr angesetzten Behandlung: Ein Deutscher Schäferhund mit einer arthritischen Hüfte. Dankbar für die Zeit allein, blickte Linda Antons davonfahrendem Thunderbird nach und wünschte, die Kopfschmerzen, die begonnen hatten, hinter ihren Augen zu pochen, würden verschwinden. Bislang hatte ihre Furcht vor der Polizei von Oakland und vor ihrem Mann sie Glauben gemacht, ihre Möglichkeiten wären stark eingeschränkt. Sich schützen. Zu Bea fahren. Weglaufen. Leicht ... bis Anton ihr eine plausible, wenn auch schmerzhafte Erklärung dafür gegeben hatte, wo Matt sich zum Zeitpunkt von Amys Ermordung aufgehalten hatte. Das, zusammen mit den Worten des Lehrers, ermöglichte ihr vielleicht, ein Szenario dessen zusammenzustellen, was den Kindern widerfahren wahr, das Matt nicht einschloß. Was, wenn Marianne Brandon ebenfalls gelernt hatte, daß Regentropfen Gottes Tränen wären?

Wenn noch weitere Fakten ins Licht kamen, wäre es feige, zu Bea zu laufen, dann würde sie Matt einfach im Stich lassen, unter dem Vorwand, sich vor ihm schützen zu wollen.

Sie geriet ins Schleudern. Vielleicht war sie dabei, eine Grube zu graben, in die sie letztendlich selbst hineinfiel.

Ach, zum Teufel mit ihm – eine Studentin. Wenn er doch nur gesagt hätte, daß er sich Sorgen machte, daß das Geschäft nicht gut lief, daß sein Selbstbewußtsein erschüttert war.

Wenn sie doch nur erkannt hätte, was mit ihm los war. Die Anzeichen waren zweifellos dagewesen, in alltäglichen Kleinigkeiten, beispielsweise als er vergaß, Amy nach ihrer ersten Ballettstunde zu fragen, als er begann, am Wochenende immer später aufzustehen, als wolle er möglichst viel Zeit verschlafen, in der Art, wie er sich nach dem Sex von ihr abwandte, ohne sie zu berühren oder mit ihr zu reden.

Wenn sie Anton glauben konnte, daß Matt am Tag von Amys Ermordung bei einer anderen Frau gewesen war, gab es möglicherweise eine vernünftige Erklärung für all die anderen Dinge, die ihn so stark zu belasten schienen.

Gott, wie sehr sie wünschte, daß dem so wäre. Wie sehr sie wünschte, ihre Ehe nicht opfern zu müssen, um sich selbst zu retten. Die Freude, mit einem Menschen zusammenzuleben, der unbekannte Winkel der Erde erleuchtete, die Kompromisse, die sie gemeinsam ausgehandelt hatten, die mühsamen Jahre ... sie wollte das alles nicht wegwerfen. Aber sie durfte auch nicht zulassen, daß nostalgische Erinnerungen sie dazu verleiteten, ihren eigenen Geisteszustand und letztlich sogar ihr Leben aufs Spiel zu setzen.

Die Vergangenheit liegt hinter mir, sagte sie sich. *Ich kann nach vorn blicken.*

Das Pochen hinter den Augen wurde intensiver, aber es fühlte sich nicht an wie der Beginn eines wirklichen schweren Migräneanfalls – noch nicht. Sie sollte alles in ihrer Macht stehende tun, die Kopfschmerzen in Schach zu halten.

Sie kramte in ihrer Handtasche nach dem Pillendöschen und traf eine Zwischenentscheidung. Sie würde spazierengehen, ihren Kopf frei machen, und wenn sie dann zu Antons Haus zurückkehrte, würde sie sich darüber klargeworden sein, ob sie Bea treffen und mit ihr nach New Orleans fahren sollte oder nicht.

Sie kippte den Inhalt ihrer Handtasche auf das Bett. Das Pillendöschen war nicht da. Vielleicht hatte sie es bei ihrer Ankunft herausgenommen, wenngleich sie sich nicht daran erinnern konnte.

Sie sah im Badezimmer und unter dem Bett nach. Das war lächerlich; es war ja kein Drama, daß sie ihr Pillendöschen nicht finden konnte. Sie würde sich einfach zwei Aspirin aus Antons Medizinschränkchen nehmen.

Wieder etwas, das ihr gehörte und verschwunden war.

Wie war ihre Kamee an den Hals der Puppe gelangt?

Würde ihr Pillendöschen neben der Leiche eines weiteren Kindes auftauchen?

Furcht ließ ihr Herz schneller schlagen; ihr Magen verkrampfte sich. Der anklagende Tonfall in Antons Stimme hallte in ihrem Kopf wider, füllte ihn aus, bis sie die Hände über die Ohren schlug, als könne sie die Worte damit vertreiben.

Deine eigene Schuld. Sie hatte ihre eigenen Fragen bereits beantwortet und abgehakt. Sie hatte Artikel über Menschen mit gespaltener Persönlichkeit gelesen; während der Verhandlung hatte sie wieder und wieder in sich hineingehorcht und sich gefragt, ob sie Amy tatsächlich getötet haben könnte. Sie konnte sich nur verschwommen an die Stunden erinnern, bevor und nachdem sie Amy im Park gefunden hatte, aber sie war doch zu der Überzeugung gelangt, daß sie eine solche Tat niemals hätte begehen können, ohne daß sie unauslöschliche Spuren bei ihr hinterließ. Und doch hatte sie den Park und die Straßen in seiner Umgebung gemieden, aus Furcht vor der Macht vergessener Ereignisse.

War *irgend etwas* von alledem wirklich möglich?

Sie mußte *irgend etwas* tun. Sie schluckte drei Aspirin, die sie aus der Schublade genommen hatte, in der Anton seine Medikamente aufbewahrte, und lief die Treppe hinunter in die Diele. *Beweg dich.* Sie mußte die Anspannung, die sich in ihren Gliedern, tief in ihrem Bauch und in ihrem schmerzenden Kopf angestaut hatte, abschütteln. Wenn sie jetzt gleich aufbrach, konnte sie in weniger als zwei Stunden bei Bea sein. Aber in Pescadero würde sie keine Antworten auf ihre Fragen, Matt und die Geheimnisse betreffend, finden, die in den fehlenden Teilen ihrer Erinnerung verborgen waren.

Sie setzte die Baseballmütze auf und zog ihren Regenmantel über. Die Bewegung würde ihr helfen nachzudenken, und sie mußte dringend nachdenken: über Matts Affäre, darüber, sich selbst gegenüber aufrichtig zu sein, und darüber, was sie als nächstes tun sollte.

Das Pillendöschen würde sicher wieder auftauchen.

Es fiel schwer, sich vorzustellen, daß jenseits der schweren grauen Wolken die Sonne schien; der Regen schien zu einer Dauereinrichtung geworden zu sein. Komm schon, sagte sie sich, es ist einfach kitschig zu denken, daß sogar der Himmel weint.

Sie ging in Richtung College Avenue; als sie die breite Straße erreichte, wandte sie sich nach Süden. Neue Restaurants und Geschäfte waren eröffnet worden, aber es war immer noch eine freundliche, heimelige Gegend; Attribute, die ihr von Anfang an an Rockridge gefallen hatte, wenngleich sich auch hier wie in so vielen anderen Stadtteilen Snobismus breitgemacht hatte in der Zeit, seit sie und Matt von hier weggezogen waren.

Und Amy, vergiß Amy nicht. Amy hatte auch hier gelebt.

Sie und Amy waren täglich diese Straße hinuntergegangen, manchmal auch mehrmals am Tag. Sie wollte die neue *House and Garden* besorgen? Auf zum College und dem Zeitungsstand Ecke Shafter. Amy wollte Jennifer besuchen? Richtung College und dann in die Lawton einbiegen. Diese Straße hatte sie tagsüber und auch abends am häufigsten benutzt, und heute ging sie sie zum erstenmal seit Jahren wieder hinunter, ganz betäubt von ihren Bemühungen, dieses andere Leben auf Distanz zu halten.

Sie blieb vor den beschlagenen Scheiben des Rockridge Cafés stehen. Ein Mann in einem Trenchcoat und mit einer schwarzen Baskenmütze öffnete die Tür, und Lärm schlug ihr entgegen: Das Klappern von Tellern und Besteck, Stimmengemurmel, das Rattern der Registrierkasse. Als die Tür sich wieder schloß, ging sie weiter, nach Norden in Richtung Pendragon.

Sie hatte so viel Zeit in dem Buchladen verbracht, daß der Inhaber einmal scherzhaft gedroht hatte, ihr Miete zu berechnen. Sie trat dicht an das Schaufenster und blickte hinein. Eine Frau saß im Schneidersitz auf dem Boden, einen Rucksack neben sich, der Reißverschluß ihrer grünen Regenjacke mit Kapuze geöffnet, ein Buch auf dem Schoß. Am anderen Ende des Gangs nahm eine zweite Frau ein Buch aus einem Regal, während sie einen Buggy vor sich her schob, in dem ein kleines Kind saß.

Frierend, frustriert und erschöpft von ihrem Kampf gegen den Impuls, wegzulaufen und sich zu verstecken, bog Linda um die Ecke.

Sie zwang sich, auf dem naßglänzenden Bürgersteig weiterzugehen, den Regen und den Verkehr gar nicht wahrnehmend und die Kälte und die lauten warnenden Stimmen ignorierend, die sie eindringlich aufforderten, umzukehren. Der Park, der jetzt nur noch einen halben Block entfernt war, war menschenleer.

... so wie in der Dämmerung an jenem Abend, als sie Amy gefunden hatte ... So wie zu dem Zeitpunkt, da der alte Mann, der mit seinem Hund spazierenging, sie gefunden hatte, wie sie mit ihrem Kind auf den Armen den Weg entlangstolperte, mit glasigem Blick und ohne zu erkennen, daß sie sich auf ihren Weg nach Hause in der Richtung geirrt hatte. Später war ihr klargeworden, daß sie den Augenblick, da sie sich der Wirklichkeit würde stellen müssen, hatte hinauszögern wollen, indem sie die entgegengesetzte Richtung einschlug.

Sie verlangsamte den Schritt, und Regen fiel auf ihr Gesicht, als sie nach oben blickte; der Wind sang ihr ein Lied, aber sie beachtete es nicht. Sie war gefangen in der Vergangenheit, von ihrem Schmerz überwältigt. Sie kehrte zurück an den Ort, an dem sich alles geändert hatte.

Sie blieb an einer Wegkreuzung stehen und betrachtete die Parklandschaft. Sie kam ihr fremd vor.

Die Bäume, deren unzählige Äste über die Wege ragten, waren anders; die Erhebungen und Senken der Freiflächen schienen verändert, und die Aufstellung der Sitzbänke entsprach nicht ihrer Erinnerung.

Verunsichert ging sie zurück in Richtung der Straße. Dann blieb sie abrupt stehen, blickte über die Schulter hinweg durch den strömenden Regen zurück und machte kehrt.

Ein Schritt nach dem anderen zwang sie sich, tiefer in den Park hineinzugehen.

Es waren dieselben Bäume, dieselben Bänke, die sie in jener entsetzlichen Abenddämmerung vor drei Jahren gesehen hatte. Sie ging den Weg hinunter in Richtung des blühenden Quittenbaumes. Er war gewachsen und mußte zurückgeschnitten werden, aber jetzt erkannte sie ihn.

Dort, links des Weges, wo die Zementeinfassung abgebröckelt war, hatte sie die Puppe gefunden. Und unter dem Quittenbaum das Messer. Neben Amys Leiche.

So war es passiert. So war es gewesen, als sie vor drei Jahren diesen Weg hinuntergegangen war.

Sie hatte sich gezwungen, hierher zurückzukommen – und die Erinnerungen waren unbeschreiblich schmerzhaft –, aber sie wußte jetzt, daß sie kein dunkles Geheimnis mit sich herumtrug. Sie wünschte, sie könnte dasselbe von Matt behaupten.

23.
KAPITEL

»Ich habe gehört, sie haben diesen Crell gefunden und hergebracht.« Erikson schnaubte und schürzte die Lippen. »Roberta Herron sagt, dieses Arschloch wäre bei Cindy Forrests Eltern aufgetaucht. Dieses Schwein. Wollte wohl sehen, ob sie auch genug leiden.«

Morella machte ein grimmiges Gesicht. »Beherrsch dich, Erikson. Herron geht es nur um Vergeltung. Crell wurde aufgegriffen, bevor er sich dem Haus nähern konnte. Er war einen halben Block vom Forrest-Haus entfernt.«

»Er ist also dran, richtig?«

»Noch nicht. Noch haben wir nichts gegen ihn in der Hand. Hör zu, wir stecken bis zum Hals in Arbeit, aber vorab möchte ich unserem Mann hier ein Lob aussprechen.« Morellas ausdruckslose Stimme klang plötzlich ausgesprochen stolz. »Ganz schön clever von dir, den Vorfall mit dem Krankenwagen mit unserer Sache in Verbindung zu bringen, Cruz. Wir haben das leerstehende Cottage überprüft und mit dem Typen gesprochen, der das Haupthaus am hinteren Ende des Grundstücks gemietet hat. Er war bei der Arbeit. Der Kerl muß von einer Telefonzelle aus angerufen haben. Die Sanitäter schwören, daß sie mit dem Krankenwagen in weniger als fünf Minuten vor Ort waren. Wir können zwar nicht sicher sein, aber ich denke, daß Cindy Forrest irgendwo ganz in der Nähe ist und daß derjenige, der die Einwegspritzen und das Insulin gestohlen hat, unser Mann ist.«

Cruz hörte sich die Zusammenfassung der Ermittlungsfortschritte an und versuchte, Interesse vorzutäuschen. Cavessena beobachtete den Bogen, den sein vor- und zurückschwingender Fuß beschrieb; als ihre Blicke sich trafen, wandte sie sich ab.

Morella fuhr fort, und sprach beinahe liebevoll von der ›hervorragenden Teamarbeit‹. Wenngleich er nur mit halbem Ohr zuhörte, wußte Cruz, daß Morellas Neuigkeiten gar keine waren. Abgesehen von denen über Crell. Vielleicht würde er doch noch Thanksgiving mit seiner Familie feiern können. Crell war ihre einzige Hoffnung. Keiner der Suchtrupps hatte irgend etwas entdeckt. Keiner der telefonischen Hinweise, daß Cindy Forrest gesehen worden wäre, hatte irgend etwas gebracht. Ein Tip, demzufolge Kinderpornographen von einem Motel in Daly City aus arbeiteten, hatte zur Verhaftung dreier älterer Prostituierter und eines kleinen Crack-Dealers geführt; von Cindy oder Marianne Brandons Mörder jedoch keine Spur. Der Stapel noch nicht überprüfter Hinweise wuchs schneller als der Schimmel an der Decke des Apartments, das er und Elenya zu Beginn ihrer Ehe gemietet hatten.

Wenn Crell nicht angeklagt wurde oder ihnen sonst ein

Durchbruch gelang, würden Elenya und die Jungs am Donnerstag zum Truthahnessen in die Stadt kommen und dann für den Rest der Ferien nach Santa Cruz zurückfahren.

»Ich weiß, daß ihr darauf wartet, zu hören, was am Donnerstag werden soll. Ich habe hierzu nichts Neues zu berichten. Ihr wißt ebensogut wie ich, daß so etwas sehr hart für Familien ist. Es ist für uns alle unangenehm, den Feiertag über zu arbeiten, aber wenn ihr mit dem Gedanken leben könnt, daß Cindy Forrest irgendwo da draußen ist, während ihr euren Truthahn eßt, seid ihr hartgesottenere Kerle als ich.« Morella schüttelte den Kopf. »Tut mir leid, Cavessena. Sie wissen schon, was ich meine.«

Diesmal lächelte Tina Cavessena nicht. »Schon okay, Morella. Vergiß es.« Sie fuhr sich mit der Hand über den Nacken und zog einige Haarsträhnen hervor, die in ihren Halsausschnitt gerutscht waren. Als sie den Kopf hob, glaubte Cruz sie dabei zu ertappen, wie sie ihm erneut einen Blick zuwarf.

Morella schlurfte zu seinem Schreibtisch, mit gebeugtem Rücken und erschlafften Zügen. »Ach ja. McNaughton hat mir aufgetragen, euch anzuweisen, euch von den verdammten Reportern fernzuhalten, verstanden? Bisher habt ihr wirklich gute Arbeit geleistet, und McNaughton ist sicher, daß er sie noch einen Tag hinhalten kann. Also macht euch einfach unsichtbar, wenn euch irgend jemand Fragen stellen möchte.«

Es herrschte ungewohnte Stille, als alle an ihre Schreibtische zurückkehrten. Cruz kritzelte ein Blatt Papier mit Schnörkeln, Gänseblümchen und Kreuzen voll und versuchte, wieder in Arbeitsstimmung zu kommen, bevor er und Goldstein zu ihrem nachmittäglichen Besuch bei der Bürgerinitiative aufbrachen.

»Hast du mal 'ne Sekunde Zeit, Cruz?« Der Ärmel von Cavessenas weißer Bluse war das erste, was er sah, als er aufblickte.

»Ja, ich denke schon. Eine Sekunde.« Wenn Elenya wieder

da war, würde es ihm leichter fallen, Distanz zu Cavessena zu wahren, dann würde er sich nicht mehr so verwundbar fühlen. Andererseits war es vielleicht auch genau umgekehrt. Solange Elenya fort war, war es leichter, Tina Cavessena zu widerstehen, weil die Situation ein solches Klischee war, ein Klischee, angesichts dessen viele Männer schon lange aufgegeben hätten, das Richtige tun zu wollen.

»Können wir uns woanders unterhalten?« Ihre Augen waren weit geöffnet und vertrauensvoll.

Vielleicht war das Teil ihres Plans. Es machte ihn nervös, nicht zu wissen, was diese Frau von ihm wollte; etwas an ihr störte ihn, seit sie dem Morddezernat zugeteilt worden war. Warum hatte sie sich ausgerechnet ihn ausgesucht?

Vielleicht sollte er sie zwingen, die Karten auf den Tisch zu legen. Je früher, desto besser, bevor sie zuließ, daß ihre Phantasie vollends mit ihr durchging. Und dann würde es ihm vielleicht noch schwerer fallen, nein zu sagen. Immerhin war sie eine attraktive Frau … nein, eine *schöne* Frau.

»Ich erwarte einen Anruf, Cavessena. Wie wär's, wenn wir auf den Flur gingen? Weiter kann ich die nächsten zwei Stunden nicht weg.«

Tina Cavessena spielte mit ihrer kleinen Goldcreole. »Das ist zwar nicht unbedingt ein privates Besprechungszimmer, aber wenn du es so haben willst, bitte.«

Überzeugt davon, daß alle sie anstarrten, ging Cruz voraus auf den schwach erleuchteten Flur. Auf halbem Weg zu den Fahrstühlen blieb er stehen. »Was gibt's, Tina?«

Sie verschränkte die Hände vor sich, streifte einen ihrer Schuhe ab und rieb ihren dicken Zeh in der seidigen Strumpfhose an ihrem anderen Bein. »Mir war von Anfang an klar, daß eine der Gefahren, als einzige Frau unter neun Männern in einer Abteilung zu arbeiten, die ist, von einigen der Jungs als Sexobjekt betrachtet zu werden.« Sie errötete und schüttelte den Kopf. »Verdammt, das klingt so anmaßend, aber es ist doch eine Realität, oder, Cruz?«

Carlos Cruz nickte. Worauf wollte sie hinaus?

»Sicher kannst du verstehen, daß es mir ganz ähnlich geht, wenn ich mit euch Jungs zusammenarbeite. Ich weiß nicht, ob mein Timing gut oder schlecht gewählt ist, aber es ist *mein* Timing, und ich möchte nicht, daß das ewig so weitergeht, ohne etwas dagegen zu unternehmen.«

»Tina, ich ...« Er verstummte, weniger aus Angst vor dem, was er sagen wollte, als vielmehr deshalb, weil es ihm plötzlich vorkam, als schnüre sein Hemdkragen ihm die Kehle zu.

»Warte, Cruz. Laß mich ausreden. Ich möchte folgendes wissen: Ich meine, ich habe die Anziehung gespürt, seit ich das Büro das erste Mal betreten habe. Aber ich wollte abwarten, ob der *Mensch* mir ebensogut gefällt wie die Verpackung, wenn du verstehst, was ich meine.«

Cruz kam ins Schwitzen.

»Bis jetzt habe ich mich sehr zurückgehalten. Vielleicht ist es der Druck dieses Falls, der mir das Gefühl vermittelt, daß ich platze, wenn ich nicht bald etwas unternehme. Ich wollte nur erst mit dir sprechen.«

»Tina, ich ...« Cruz wünschte, daß Morella, Goldstein oder sonst jemand vorbeikäme und ihm Gelegenheit gab, seine Aufmerksamkeit nur eine Minute von dieser Unterhaltung abzulenken. Er schluckte hart. Wenn er nicht bald etwas sagte, würde sie das als Ermutigung seinerseits auffassen.

»Hör zu, Cruz«, sagte sie, die Stimme senkend. »Glaubst du, Goldstein und ich, wir hätten überhaupt eine Chance?«

»Hör zu, Tina, ich ...« Cruz versuchte verzweifelt, Zeit zu gewinnen, ihre Worte einsinken zu lassen. Das erste Gefühl, das er dann bei sich registrierte, war überwältigende Erleichterung.

Das zweite war leise, aber unverkennbare Enttäuschung.

»Ich kann nicht für Goldstein sprechen. Ehrlich. Ich meine, dir ist vermutlich schon aufgefallen, daß wir nicht zu der Art Kollegen gehören, die alle Einzelheiten ihres Privatlebens voreinander ausbreiten.«

Cavessena nickte. »Sicher, aber vielleicht hat er dir gegenüber etwas über mich gesagt ... oder über eine Freundin. Ich hasse es, einen Korb zu bekommen, Cruz, darum gehe ich möglichst auf Nummer Sicher.«

»Tina, ein Mann, der dir einen Korb gibt, muß verrückt sein.« Er errötete. »Oder verheiratet. Ich weiß nichts über Goldsteins aktuelles Liebesleben. Ehrlich. Aber ich wünsche dir viel Glück.«

Tina Cavessena hob grüßend eine Hand und entfernte sich in Richtung der Fahrstühle, den schönen Rücken sehr gerade und mit wiegenden Hüften.

Mit leisem Bedauern kehrte Cruz zurück ins Büro. *Ich sollte mich in die Arbeit stürzen, bevor ich mir wirklich blöd vorkomme,* dachte er.

»Cruz, hast du nicht gehört? Ich sagte, du sollst abnehmen. Ein Typ, der sagt, er wäre von der Bürgerinitiative. Er atmet so schwer, daß er kaum sprechen kann. Sagt, er müsse mit dir oder dem Professor sprechen.« Erikson kratzte sich am Kinn und wandte sich wieder seinem Papierkram zu.

Mit einem Seufzen, das lauter war als beabsichtigt, nahm Cruz den Hörer ab.

Toller. Erikson hatte recht; er klang wie ein obszöner Anrufer.

»Beruhigen Sie sich, Mr. Toller. Einzelheiten – versuchen Sie, mir *Einzelheiten* zu nennen. Nur so können wir dem nachgehen. Glauben Sie, daß Sie das schaffen?«

»Das Gesicht dieses Mannes – ich sehe es vor mir, die Art, wie er die Augen zusammenkniff, die Stirn. Er hatte seine Mütze nicht auf, und er muß sich den Pferdeschwanz abgeschnitten haben. Ich meine, ich sehe seine Haarlinie deutlich vor mir. Geheimratsecken, das schütter werdende Haar über den blauen Adern zurückweichend. Ich sehe dieses Gesicht so deutlich, als stünde er vor mir. Meinen Sie nicht, Sie sollten sofort jemanden darauf ansetzen?«

Keine Mütze? Kein Pferdeschwanz? *Warum glaubst du, daß dieser Hinweis anders ist als die anderen?* fragte sich Cruz. *Glaubst du, er ist mehr wert als die anderen, nur weil man dir per-*

sönlich davon berichtet? »Ich gebe zu, daß das wichtig zu sein scheint, Mr. Toller, aber ich kann nichts tun, solange ich keine *Einzelheiten* habe. Fangen Sie doch damit an, daß Sie mir die Grundinformationen geben, so, als würden sie eines der Formulare im Büro der Bürgerinitiative ausfüllen.«

»Sicher, natürlich, aber ich denke wirklich, wir sollten rasch handeln.«

Wie soll ich irgend etwas unternehmen, wenn du nicht mit den Fakten rausrückst, dachte Cruz ärgerlich.

»Es war ein blaues Cabriolet. Er stand Ecke Broadway am Straßenrand. Ich fuhr von der College Avenue in Richtung Broadway, auf dem Weg zum Safeway. Ich dachte an nichts Spezielles. Jedenfalls mußte ich an einer Ampel halten und sah diesen Mann, vielleicht so eins siebzig groß, schlank, braunes Haar, große Hände. Es regnete, und darum dachte ich mir, der Typ hätte es eilig, ins Trockene zu kommen. Er lief die College Avenue herunter, dann bog er um die Ecke und sprang in dieses Cabriolet. Unmittelbar bevor die Ampel umschaltete, fuhr er mit quietschenden Reifen los. Ich stand an der Ecke, da waren zwei Wagen vor mir, so daß ich nichts tun konnte. Als die Ampel umsprang, versuchte ich, ihm zu folgen, aber dann waren drei Wagen zwischen uns, und wenngleich ich eine Weile versucht habe, an ihm dranzubleiben, ist er mir entwischt. Ich habe ihn im Verkehr aus den Augen verloren.«

Natürlich hast du das, dachte Cruz, wütend, daß Toller Polizist gespielt hatte. Und doch war Toller ziemlich gut, was die Einzelheiten seiner persönlichen Beobachtung anbelangte. »Um wieviel Uhr war das Mr. Toller?«

»Um drei. Wie ich schon sagte, es ist noch keine zwanzig Minuten her. Ich bin hergefahren, sobald mir klargeworden war, daß ich ihn nicht erwischen würde.«

»Wo ist ›hier‹?«

»Ach so, ich bin unten in der Halle. Hat der Kollege, der meinen Anruf entgegengenommen hat, Ihnen das nicht gesagt?«

Cruz war verärgert; er hatte nicht die Geduld, Babysitter für alle Wohltäter zu spielen, die glaubten, eine Sonderbehandlung verdient zu haben, nur weil sie ein paar Anrufe entgegennahmen. »Ich gebe die Information an die Zentrale weiter, und wir werden sehen, ob wir das blaue Cabrio finden. Aber ohne Nummernschild wird das ein wenig knifflig. Ich weiß, daß Sie das verstehen werden.«

Einen Augenblick herrschte Schweigen. »In diesem Fall ist das etwas anderes.« Tollers Stimme klang verschwörerisch, als vertraue er ihm ein schmutziges Geheimnis an. »Als der Wagen am Straßenrand parkte – der Grund, warum ich aufmerksam wurde, als der Typ einstieg. Im Fond saß ein blondes Kind. Ich bin mir absolut sicher.«

Hatte dieser Kerl denn die Berichte nicht gelesen? In Dreiviertel von ihnen war von einem blonden kleinen Mädchen die Rede. Cruz würde Toller noch ein wenig zuhören, auch wenn er sich nichts davon versprach. »Ich verstehe«, sagte er.

»Und das Mädchen hielt ein Stück Papier an die Scheibe, auf das mit grünem Buntstift in großen Buchstaben das Wort HILFE geschrieben war.«

Cruz' Herz klopfte wild. Das *war* etwas anderes.

»Bleiben Sie, wo Sie sind, Toller. Ich komme Sie holen.«

»Klar. Ich bin gleich neben dem …«

Cruz hängte ein und berichtete Morella im groben die Fakten von Tollers Beobachtung. Dann lief er die Treppe hinunter. Seine Gedanken überschlugen sich. Was für ein Durchbruch! Ein Zeuge, der Dutzende von Anrufen entgegengenommen hatte und wußte, um welche Art von Informationen es ihnen ging – Toller war möglicherweise der Schlüssel zur Lösung dieses Falles. Cruz sandte ein Stoßgebet zum Himmel, daß Shirley Johnson, die Phantombildzeichnerin, im Haus war. Je frischer Tollers Erinnerung war, desto exakter würde das Phantombild auffällige Details wiedergeben, die den Verdächtigen von Hunderten anderer, ähnlich aussehender Männer unterschied.

Bitte, betete er stumm, als er die letzten drei Stufen heruntersprang. *Bitte, laß Johnson hiersein. Bitte mach, daß sie auf ihrem Zeichenstuhl sitzt, gelangweilt und voller Arbeitseifer. Gemeinsam können wir eine wunderbare Zeichnung zustande bringen, ein wahres Kunstwerk.*

Tollers Augen leuchteten auf, als Cruz durch die Tür stürmte.

»Das ging aber schnell. Sind Sie geflogen?« Toller lächelte und vergrub die Hände in den Taschen seiner Bay-Security-Jacke.

Gott sei Dank war der Fall nicht von Tollers Sinn für Humor abhängig.

»Mr. Toller, würden Sie mich nach oben begleiten? Ich muß erst nachsehen, ob unsere Zeichnerin verfügbar ist. Wenn wir ein einigermaßen exaktes Phantombild des Mannes hinkriegen, den Sie gesehen haben, stehen unsere Chancen, ihn zu schnappen, wirklich gut.«

Toller nickte, wobei sein Kinn den blauen Kragen seiner Jacke streifte. »Sind Sie sicher, daß das in Ordnung geht? Daß ich mit raufkomme, meine ich.«

»Natürlich geht das in Ordnung. Das wird helfen, die Sache ins Rollen zu bringen. Sind Sie bereit? Stimmt etwas nicht, Mr. Toller?«

Das Stirnrunzeln auf seinem Gesicht hatte seine Züge seltsam verzerrt. »Nein, alles in Ordnung. Ich sollte allerdings erst im Büro anrufen. Ich meine, ich bin für die Vieruhrschicht eingeteilt. Ich sollte Bescheid geben, daß ich bis auf weiteres nicht werde kommen können.«

»Das können wir von oben aus erledigen. Sind Sie soweit?«

Toller nickte und runzelte dann erneut die Stirn. »Ist es immer so … Ich weiß nicht, so ruhig hier? Es ist stiller, ja, das ist es, es ist stiller, als ich erwartet hatte. Obwohl ich mein Hörgerät voll aufgedreht habe, ist es viel stiller. Wissen Sie, wenn mein Hörschaden nicht wäre …« Er beendete den Satz nicht.

»Warten Sie, bis wir erst oben sind.« Cruz versuchte, sich seine Überraschung ob der Erwähnung des Hörgerätes nicht anmerken zu lassen, und er lächelte, als er verstohlen einen Blick auf den Bügel von Tollers Brille warf. Verdammt, ja – da war es. »Ich wette, oben werden Sie es nicht ruhig finden.«

24. KAPITEL

»Die Nase ist ein wenig zu lang.« Toller zupfte an seinem Ohr, griff nach der Styroportasse und nahm einen großen Schluck Kaffee. Er ließ sich in seinem Stuhl zurücksinken und streckte die langen Beine vor sich aus. Ein dünner Schmutzfilm haftete am Rand seiner Schuhsohlen; seine Hosenschläge waren mit braunen Flecken gesprenkelt.

Mit nervenaufreibend langsamen Strichen ihres Bleistifts veränderte Shirley Johnson die Nase. Sie war eine kräftige Frau; Goldstein bezeichnete sie jedesmal als liebe Tante, wenn er sie sah. Sie hatte sich selbst einmal als ›Bleistift Gottes‹ bezeichnet, als Instrument bei der Anfertigung dieser Phantombilder. Das Problem, hatte sie gesagt, wäre nur, daß der Trancezustand noch Stunden nach Beendigung der Zeichnung anhielte. Im Juli, nachdem sie einen halben Tag mit dem letzten Opfer eines Vergewaltigers zugebracht hatte, wäre sie beinahe mit ihrem Wagen vom Highway abgekommen. Erikson wohnte draußen in Walnut Creek; er konnte sie heute nach Haus bringen.

Die Zeichnung begann, wie die Abbildung eines richtigen Menschen auszusehen statt wie eine Sammlung verschiedener Einzelteile. Er hatte diesem Entstehungsprozeß schon acht- oder neunmal beigewohnt. Die Elemente, die ein menschliches Gesicht ausmachten – Form, Konturen und

Abstand zwischen den einzelnen Gesichtsmerkmalen, die Hautbeschaffenheit, das Haar – waren für sich genommen nur körperliche Details. Man konnte jegliche Kombination zusammenfügen und doch irgendwie wissen, daß es nicht gelungen war, weil die einzelnen Teile nicht harmonierten. Eine Zeichnung war nicht mehr als Striche auf einem Papier, bis die letzten Details hinzugefügt waren – die leicht abfallenden Mundwinkel oder das Herabziehen der Nasenspitze, um einen Schatten zu simulieren. Erst dann erwachte in einem flüchtigen Augenblick das gesamte Bild zum Leben.

»Okay, jetzt die Grübchen an die richtige Stelle. Aber die Augen stimmen noch nicht. Ich glaube, sie stehen zu dicht beieinander.« Toller klang müde, aber entschlossen, so lange weiterzumachen, bis alles stimmte.

Johnson kniff die Augen zusammen, als sie die inneren Augenwinkel wegradierte, und beugte sich tiefer über den Zeichentisch. Ihre Zungenspitze lugte zwischen ihren Zähnen hervor. Mit einigen sicheren Strichen zeichnete sie die Augen neu und richtete sich dann auf.

»Das ist es! Das ist er – das ist der Mann, den ich gesehen habe. Das ist verblüffend!« Toller war ganz aus dem Häuschen und blickte von Goldstein zu Cruz und schließlich auf Johnson.

Aber Goldstein war ganz und gar nicht verblüfft. Den Bruchteil einer Sekunde, bevor Toller etwas gesagt hatte, hatte Goldstein das Gesicht auf dem Phantombild wiedererkannt. Vielleicht lag es an der inneren Anspannung, aber noch bevor die Augen weiter auseinandergerückt worden waren, hatte er erkannt, daß er eine Zeichnung vor sich hatte, die eine verblüffende Ähnlichkeit mit Matthew Crell aufwies.

Das einzige Problem war nur, daß Matthew Crell sich zu dem Zeitpunkt, da Albert Toller behauptete, diesen Mann mit dem kleinen blonden Mädchen in einem blauen Cabrio gesehen zu haben, mit Quinn und Webster im Verhörzimmer im zweiten Stock befunden hatte. In seinem Eifer mußte Toller von Matthew Crells Foto in der Presse beeinflußt worden sein. Goldstein konnte sich an kein Grübchen erinnern; er würde das überprüfen.

»Haben Sie diesen Mann früher schon einmal irgendwo gesehen?« Die Arme über der Brust verschränkt, lehnte Cruz sich gegen einen Schreibtisch.

Cruz war die Ähnlichkeit also auch aufgefallen.

Tollers Stirnrunzeln vertiefte die Falte zwischen seinen Augen. Dann entspannten sich seine Züge, und er lächelte. »Ich weiß. Er sieht dem Typen auf den Fotos, die Sie kürzlich mitgebracht haben, ein wenig ähnlich.« Er schüttelte den Kopf. »Dieser Mann hier hat ein Grübchen. Der andere nicht, wenn ich mich recht erinnere.«

»Das war wirklich gute Arbeit, Mr. Toller.« Johnson sammelte ihre Bleistifte und Radiergummis ein; sie sprühte ein Fixiermittel auf die Zeichnung und hielt den Blick die ganze Zeit über auf ihre Arbeit geheftet. »Sie haben eine bemerkenswerte Beobachtungsgabe.«

»Es ist mein Job, aufmerksam zu beobachten.« Toller legte den Kopf schief, als versuche er, eine leise Unterhaltung mitzuhören. »Ich fahre jetzt besser rüber zum Büro der Bürgerinitiative. Es fehlt an Helfern, und ich möchte eine Schicht übernehmen.«

»Wenn Sie noch fit genug sind, eine Schicht einzulegen. Das war eine ziemlich anstrengende Sitzung.« Der Mann sah welk und eingefallen aus. Goldstein hatte von anderen Zeugen, die mit Johnson zusammengearbeitet hatten, gehört, wie erschöpfend die Anfertigung eines Phantombildes war.

»Fit?« Entrüstet straffte Toller die Schultern. »Natürlich bin ich noch fit. Muß ich nicht irgend etwas unterschreiben? Eine Aussage machen? Ich weiß ja nicht, wie Sie so etwas handhaben. Ich bin jedenfalls noch fit genug.«

Goldstein ermahnte sich, dankbar zu sein für Tollers Hinweis und seine Kooperationsbereitschaft. Er brauchte ihn ja nicht auch noch zu mögen. »Für Sie gibt es hier nichts mehr zu tun, Mr. Toller. Wir lassen Abzüge der Zeichnung drucken.

Sie können zur Bürgerinitiative fahren, wann immer es Ihnen beliebt.«

Toller riß seine Jacke von der Stuhllehne und wischte nicht vorhandene Fusseln von dem Aufnäher an der Schulter. »Okay. Bringen Sie später ein paar Kopien vorbei?«

»Sobald sie fertig sind«, entgegnete Goldstein freundlich.

»Bis dahin könnte der Kerl schon halb in Nevada sein«, brummte Toller, als er Cruz auf den Flur hinaus folgte.

»Was meinst du?« Goldstein blickte unverwandt auf Johnsons Zeichnung und hielt sie neben ein Foto von Matthew Crell.

Kein Zweifel; Toller hatte sich von seinem Gedächtnis täuschen lassen. Augenzeugenberichte hatten bei Aussagen vor einer Jury ein großes emotionales Gewicht, aber wie waren am wenigsten zuverlässig, was die Fakten anbelangte. Sicher war der menschliche Verstand eine phantastische Maschinerie, aber er ließ sich auch täuschen, zu Sprüngen verleiten, die das Symbol unentwirrbar mit dem Objekt selbst verwoben, so daß das Ganze an Zuverlässigkeit einbüßte. Komisch, aber er haßte es, sich auf Zeugen verlassen zu müssen, sogar dann, wenn der Betreffende aufrichtig an die Bedeutung seiner Beobachtung glaubte.

»Warum sehen wir nicht nach, ob der Mensch der Verpackung entspricht?«

Cruz lachte und errötete. »Tina hat vor ein paar Minuten fast das gleiche gesagt.«

Cruz verlegen? Irgend etwas an Tina Cavessena hatte ihn erröten lassen.

»Das Ganze könnte noch sehr eigenartig werden«, sagte Cruz. »Vielleicht hat Toller sich in der Zeit geirrt. Vielleicht hat Crell einen Zwillingsbruder. Vielleicht, vielleicht, vielleicht.«

»Vielleicht warten wir besser ab, bis wir ihn gesehen und mit ihm gesprochen haben, okay?« Goldstein legte die Zeichnung auf seinen Schreibtisch und ging hinaus auf den Flur. »Kommst du?«

»Schon unterwegs.« Cruz schob seinen Stuhl zurück und stand auf. »Gott, ich hasse das.«

»Das habe ich Ihnen doch schon gesagt. Ich bin nur so umhergewandert. Ich habe nachgedacht. Sicher können Sie verstehen, daß sich in der vergangenen Woche Dinge ereignet haben, die zahlreiche alte Wunden aufgerissen haben.«

Der Mann auf dem Stuhl war auf der Hut, beherrscht. Er sah gut aus, auf eine dunkle, zerstreute Art, und er hatte diese verdammten Geheimratsecken, und die Adern an seiner Stirn zeichneten sich bläulich und hervorstehend unter der straffen, glänzenden Haut ab. Er sah aus, als hätte er ein ausschweifendes Leben geführt und als hätte dies seine Spuren hinterlassen. Aber vielleicht ist sein Leben auch erst in letzter Zeit aus den Fugen geraten, dachte Goldstein. Er hielt sich sehr gerade, den Blick auf Websters Gesicht gerichtet. Er war glatt rasiert und in der dunklen Hose, dem blauen Hemd, den dunklen Lederschuhen und dem passenden Gürtel eine gepflegte Erscheinung. Ein lodengrüner Regenmantel, der über der Rückenlehne seines Stuhles hing, rundete das Bild ab. Ein Kindermorder? Nichts war unmöglich.

Goldstein haßte diese Spiegel; die Einzelheiten entgingen einem, Gerüche, der Schweiß auf den Handflächen eines Verdächtigen. Aber sie konnten Webster und Quinn nicht dazwischenfunken, nicht, während sie mitten in einem Verhör steckten.

Websters Augen verengten sich. »Warum ausgerechnet *diese* Straße, Crell? Warum sind Sie nach all diesen Jahren nach Oakland zurückgekommen, wenn es, wie Sie sagen, alte Wunden aufreißt?«

Ein Muskel unterhalb von Matthew Crells linkem Auge zuckte, und seine Finger schlossen sich um die Stuhllehne. Schließlich antwortete er. »Meine Anwältin hat mir geraten, bis zu ihrem Eintreffen keine Fragen zu beantworten. Das sagte ich doch bereits.«

Jetzt übernahm Quinn. Es würde sicher interessant sein zu beobachten, wie ein sanfter Mensch mit Sommersprossen und rotem Haar die Rolle des bösen Bullen spielte.

»Warum beantworten Sie nicht einmal diese eine Frage, wenn Sie nichts zu verbergen haben, wie Sie behaupten, Crell? Ich meine, wollten Sie einkaufen gehen, zum Arzt, Ihre Frau irgendwo abholen, was?«

Diesmal war die einzige sichtbare Reaktion, daß Crell die Hände zu Fäusten ballte. Matthew Crells Körper war ein ziemlich guter Lügendetektor. Es schien, als hätte die Erwähnung seiner Frau ihn nervös gemacht.

»Sobald meine Anwältin da ist ...«

»... sorgt sie dafür, daß die Cops aufhören, Sie unter Druck zu setzen.« Eine hübsche, dunkelhaarige Frau mit reizenden Grübchen stand in der offenen Tür. Die Hände auf die Hüften gestützt, lächelte sie auf Webster herab. »Sie machen doch meinem Klienten nicht etwa das Leben schwer, oder, Sergeant?«

»Sie waren aber schnell«, bemerkte Quinn.

Als sie nickte, fiel Mia Honer das seidige Haar ins Gesicht. »Es gibt nur zwei Dinge, die ich langsam angehe, das eine ist, meine Beine zu rasieren.«

Webster machte ein finsteres Gesicht. »Honer, Sie wissen, daß wir seit sechs Tagen nach Crell und seiner Frau gesucht haben, um mit ihnen zu sprechen. Sie haben Ihrem Klienten geraten, unsere Fragen nicht zu beantworten? Ich frage mich, warum. Sie wissen doch bereits, wo wir ihn aufgegriffen haben, nicht wahr?«

»Mir stehen fünf Minuten allein mit meinem Klienten zu, richtig?«

Sie war zu hübsch, das war das Problem. Goldstein erinnerte sich, daß er in der Vergangenheit schon verschiedentlich mit ihr zu tun gehabt hatte; jedesmal hatte er sich von neuem klarmachen müssen, daß sie außerdem verdammt

»Sobald wir etwas wissen, Mr. Forrest, werden wir …«

Ein zorniges, unerwartetes Tuten ertönte in der Leitung. *Herzlichen Dank, Cavessena,* dachte Cruz. *Das hat mir gerade noch gefehlt.* Er massierte sich mit kreisenden Bewegungen der Finger die Schläfen, um die plötzlichen stechenden Kopfschmerzen zu lindern, und blickte dann auf. Die Besprechung würde in fünf Minuten beginnen, und einer nach dem anderen ließen sich die Mitarbeiter des Morddezernats auf ihre Stühle sinken. Morella biß in einen Donut mit Zuckerglasur.

»Was ist mit dem Bericht des Krankenpflegers?« fragte er zwischen zwei Bissen. »Du weißt schon, der Pfleger vom Pillenhügel. Der Hinweis auf den Kinderchirurgen.«

Erikson schnaubte verächtlich und schüttelte den Kopf. »Total plemplem, Mann. Da geht man ins Krankenhaus, um sich gesundpflegen zu lassen, und dann wird man von einem Haufen Irrer traktiert.«

»Halt die Klappe, Erikson.« Websters Krawatte baumelte locker um seinen Hals; seine kakaofarbene Haut glitzerte von Schweiß. »Der Typ war Arzt bei der Army und hat in Saigon Kinder behandelt, die bei der Explosion eines Munitionslagers schwere Verbrennungen davongetragen hatten. Er ist kein Verdächtiger. Außerdem war er Donnerstag und Samstag den ganzen Tag im OP.«

»Hat Seattle schon zurückgerufen?« fragte Goldstein.

»Nein.« Morella warf einen Blick auf die Wanduhr. »Der Cop, der angerufen hat, meinte, wenn er sich nicht bis sechs Uhr gemeldet hätte, wären sie entweder auf ein Problem gestoßen oder hätten keine Zeit gehabt, dem Hinweis nachzugehen.«

»Was gibt es Neues von McNaughton?« fragte Cruz.

»Der Lieutenant hat gesagt, die hohen Tiere haben schließlich doch der Theorie zugestimmt, daß wir es mit einem Täter zu tun haben.« Webster schaukelte leicht in seinem Stuhl vor und zurück. »Ich für meinen Teil bin davon immer noch nicht überzeugt. Ich kann nicht nachvollziehen, warum er das eine Kind umbringen sollte und das andere nicht.

Wenn er ein Mörder ist, ist er ein Mörder. Wenn er ein Irrer ist, der kleine Mädchen entführt, ist er eben ein Irrer, der kleine Mädchen entführt. Aber ich kann mir einfach nicht vorstellen, daß er endlos warten würde. Ich denke, das Kind ist tot, und wir haben bloß die Leiche noch nicht gefunden.«

Für Webster war das eine ungewöhnlich lange Ansprache. *Komisch*, dachte Cruz. *Solche Fälle sind emotional derart belastet, daß manche Menschen sich um einhundertachtzig Grad wenden.* Morella, der gewöhnlich für Unterhaltung sorgte, war seit Beginn dieser Sache sehr still, beinahe in sich gekehrt, während Webster plötzlich mit nervöser Energie redete wie ein Wasserfall.

»Scheint, als hätten wir die Besprechung inoffiziell bereits begonnen.« Webster stand auf und ging zu dem drahtgeschützten Fenster am hinteren Ende des Raumes. »Fassen wir also die Neuigkeiten zusammen. Wir sind keinen Schritt weitergekommen, Leute. Die Hubschrauber können nicht starten, solange das Wetter sich nicht bessert. Die Hunde sind mit der Nässe auch nicht zurechtgekommen und in zwölf verschiedene Richtungen gelaufen. Zwei Jungs von der Sitte nehmen die Kinderpornoszene unter die Lupe, bisher jedoch ohne Erfolg.« Seine rastlose Wanderung führte ihn ans vordere Ende des Raumes. Er baute sich mit gespreizten Beinen auf, verschränkte die Hände hinter dem Rücken und beugte den Oberkörper vor. »Die einzige konkrete Spur ist diese Crell-Geschichte. Goldstein sagt, ein Mädchen hätte den Ehemann an dem Tag gesehen, an dem Cindy verschwand. Auf dem Messer wurden die Fingerabdrücke der Frau gefunden, und sie hatte das Kind auch auf dem Arm – ihr Kind, meine ich. Merkwürdig, wenn man sich vorstellt, daß …« Er runzelte die Stirn. »Es wäre also sehr hilfreich, wenn alle mit Quinn und Cavessena zusammenarbeiten und einen zusätzlichen Namen überprüfen würden. Ich will diesen Matthew Crell haben. Er ist der *Mann* der Stunde, Leute, weil dieses Mädchen ihn hier in der Stadt gesehen hat. Aber ich will auch die *Frau* haben. Ich scharfsinnig war. Vielleicht war es ja dumm, aber er befand sich nicht gern in feindseliger Beziehung zu einer hübschen Frau. Er war darin der einzige in der Familie; sein Vater würde nicht zögern, alles zu versuchen, Mia Honer auseinanderzunehmen. Darum war Aaron Goldstein auch ein guter Anwalt, während sein Sohn es vorgezogen hatte, nicht in seine Fußstapfen zu treten.

Webster gab Quinn ein Zeichen; als sie an der Tür waren, rief Mia Webster hinterher: »Ein *vertrauliches* Gespräch mit meinem Klienten, Webster.« Sie deutete mit einem Nicken auf den Spiegel. Goldstein zuckte zusammen und lächelte dann Cruz zu.

»Sicher, sicher.« Bemüht, sein Grinsen zu verbergen, trat Webster auf den Flur.

Goldstein warf einen letzten Blick auf Mia – das Grübchen war nicht mehr zu sehen. Sie war trotzdem wunderschön.

»Was ist denn das? Warum habt ihr denn ein Phantombild von meinem Mann?« Websters Gesicht drückte Verwirrung aus. Er hielt die Zeichnung auf Armeslänge von sich und kniff die Augen zusammen. »Ich habe meine verfluchte Brille oben liegenlassen.«

»Ein Zeuge sagte, er habe diesen Mann mit einem blonden Mädchen in einem Cabriolet gesehen.«

Webster hob die Brauen und grinste. »Und wir haben ihn hier sitzen. Scheiße, ja! Warum sagst du mir das erst jetzt?«

Goldstein lächelte sardonisch. »Der Zeuge schwört, daß er ihn um drei Uhr gesehen hat.«

Auf dem Flur herrschte Stille. Draußen heulte eine Sirene auf, verstummte jedoch gleich darauf wieder. Goldstein konnte beinahe das Ticken des Sekundenzeigers seiner Uhr hören.

»Ich habe ihn um vierzehn Uhr achtundzwanzig hergebracht. Im Protokoll steht, er wäre um vierzehn Uhr elf festgenommen worden. Scheiße, Mist, verdammt«, fluchte Webster.

»Hat dein Gefühl dir vorhin etwas gesagt, Web?« Goldstein sah, wie sich das dunkle Gesicht seines Gegenübers wieder entspannte. »Was hat dein Gefühl dir gesagt, während du mit ihm da drin warst?«

»Nicht viel.« Webster lehnte sich an die Wand. »Er hält sich sehr bedeckt. Aber da ist ein Leuchten, ein Schimmern, ich weiß nicht, wie ich es nennen soll. Es ist in seinen Augen, und es gibt mir das Gefühl, daß er kein gewöhnlicher Schreiner aus irgendeinem kleinen Nest ist, der der Großstadt einen Besuch abstattet. Aber ob er fähig ist, Kinder umzubringen? Ich weiß nicht.«

»Was meinst du – ein irres Glitzern?« Cruz lehnte sich ebenfalls an die Wand und verschränkte die Arme vor der Brust.

Webster schüttelte den Kopf. »Kann ich nicht sagen. Gehen wir wieder rein. Die beiden sind lange genug unter sich gewesen. Was meinst du, Professor?«

Goldstein hatte es auch gesehen, das Leuchten in Crells Augen. Es hätte ebensogut Schmerz oder Haß sein können wie sonst irgend etwas. »Zu früh, etwas zu sagen. Aber ich denke, du solltest ihn im Auge behalten, Web. Finde heraus, wo er gewesen ist, was seine Frau zur Tatzeit gemacht hat, und dann laß ihn beschatten. Irgend etwas an dem Kerl stört mich.«

Websters Kiefer spannten sich. »Glaubst du, ich hätte Instruktionen nötig, wie ich meine Arbeit zu tun habe, Goldstein?«

Goldstein seufzte. »So habe ich es nicht gemeint. Du hast gefragt, und ich habe laut gedacht, das ist alles.«

Webster grunzte und stieß die Tür auf. »Also, Miss Honer, haben wir jetzt die Erlaubnis, mit Ihrem Klienten zu sprechen?«

Mia Honer nickte. »Natürlich. Aber lassen Sie mich Ihnen erst eine Frage stellen. Haben Sie irgendeinen Grund anzunehmen, daß dieser Mann etwas über den Mord an Marianne Brandon oder das Verschwinden von Cindy Forrest weiß? Gibt es irgendwelche Beweise? Zeugen? Ein Geständnis? Haarpartikel oder Fingerabdrücke? Irgend etwas? Sollte das nämlich nicht der Fall sein, Webster, haben Sie vielleicht Sinnvolleres mit Ihrer Zeit anzufangen, als einen Bürger zu schikanieren, der zufällig die falsche Straße entlanggeht. Er wird Ihre Fragen beantworten. Ich gebe Ihnen, sagen wir fünfzehn Minuten. Hiernach, nun ja, geht es über das Stadium einer freundlichen Unterhaltung hinaus.«

Es war gut, daß Webster in eben diesem Augenblick die Tür schloß, so daß Mia Honer den Ausdruck auf Jay Goldsteins Gesicht nicht sehen konnte, als dieser zum Fahrstuhl ging.

25. KAPITEL

Linda versuchte, Tee zu kochen. Er sollte sie aufwärmen und helfen, die Barriere in ihrem Kopf zu durchbrechen. Der lange Spaziergang hatte eins bewirkt: Sie war jetzt absolut sicher, daß sie nicht das geringste mit Amys Tod zu tun hatte. Aber einem konkreten Plan war sie immer noch nicht nähergekommen. Bis zum vereinbarten Treffen um sieben Uhr waren es noch drei Stunden, aber in ihrem Herzen wußte sie, daß Bea nach Anbruch der Dunkelheit nicht wegfahren würde. Sie hatte also Zeit, und es schien, als würde sie die auch brauchen.

Dampf stieg aus dem Teekessel auf, und sie nahm sich eine Tasse. Sie klirrte, als sie sie auf der Arbeitsplatte abstellte. Auch wenn die Kamee, die Skulpturen und ihr verschwundenes Pillendöschen nicht ausreichten, sie zum Weggehen zu bewegen, warum sollte sie bei einem Lügner und Betrüger bleiben? Wie sollte man jemanden, der mit anderen Frauen schlief und dann nach Hause kam und tat, als wäre nichts gewesen, sonst nennen?

Sie verschüttete winzige, duftende Krümel Tee über den Herd, als sie versuchte, das Tee-Ei zu füllen. Sie schob die Krümel in ihre offene Hand, kippte sie in den Abfalleimer und wollte es gerade noch einmal versuchen, als das Telefon klingelte.

Sie blickte zur Tür, zur Treppe, als erkunde sie die vorhandenen Fluchtwege. Sie wollte mit niemandem sprechen, wollte nichts hören, was sie noch mehr durcheinanderbrachte. Das Telefon läutete erneut. Sie griff nach dem Hörer und stieß mit dem Ellbogen gegen die offene Teedose; sie wankte, fiel, und loser Tee verstreute sich über dem ganzen Fußboden.

Sie brach in Tränen aus und nahm ab. »Hallo?«

Die Stimme am anderen Ende der Leitung klang angespannt, aber sie erkannte sie sofort. »Linda, hier ist Mia Honer. Es ist jetzt alles wieder in Ordnung, aber wir müssen uns unterhalten. Das Problem ist, daß meine Liste von Dingen, die ich dringend erledigen muß, länger ist als die Schleppe von Prinzessin Dis Hochzeitskleid. Bist du noch eine Weile da?«

»Was ist los, Mia. Woher wußtest du ...«

»Wir besprechen alles, wenn ich da bin. Kochst du mir einen frischen Kaffee? Sei so nett, ja? Mir geht langsam der Saft aus. Ich muß los. Wir sehen uns in exakt zwölf Minuten.« Ein Klicken, dann ertönte das Freizeichen.

Erst Antons Geschichte und jetzt Mia, die ihr zweifellos weitere unwillkommene Neuigkeiten berichten würde. Woher wußte Mia, wo sie war? Matt mußte sie angerufen und Sorge geheuchelt haben – es sei denn, er hatte sich in ihrer Eigenschaft als Anwältin an sie wenden müssen.

– Ja, auch Ihre Unterwäsche. Hören Sie, Lady, ich habe nicht den ganzen Tag Zeit.

(Ich kann einfach nicht glauben, daß sie mir das antun. Erst vergewaltigen sie meinen Verstand, mein Herz und meine Seele,

und dann vergewaltigen sie meinen Körper und untersuchen mich auf Gegenstände, mit denen ich mir etwas antun könnte. Dabei kann ich mir gar nichts mehr antun, es ist nichts mehr vorhanden, was ich verletzen könnte, und wenn ich nur an etwas anderes denke, kann ich meine Gefühle vielleicht abschalten. Aber woran sollte ich denken, wobei ich mich besser fühlen würde, wo alles so. OH!)

– Halten Sie still. Ich bin gleich fertig.

Linda kniff die Augen zu. An diesem Punkt setzte die Erinnerung an jenen Abend wieder ein. Als es vorbei gewesen war, hatte Mia ihr geduldig erklärt, daß die Leibesvisitation und alles andere dazu dienen sollten, einem Häftling ein Gefühl der Ohnmacht zu vermitteln. Bei ihr war ihnen das jedenfalls gelungen. Nach Wochen heißer Duschen und schrecklicher Alpträume zitterte sie immer noch, wenn sie irgend jemand anfaßte. Noch heute verkrampften sich ihre Kiefer und zog sich ihre Kehle zusammen, wenn sie an jene Hände dachte. Sogar jetzt stieg überwältigende, wortlose Scham in ihr auf, als sie an die Einzelheiten dachte.

Sie fegte den verschütteten Tee auf und kochte Kaffee. Ihre Gedanken sprangen zwischen Mias Anliegen und Bildern von Matt und seiner kleinen Freundin hin und her. Alle paar Sekunden lief sie nach vorn und spähte aus dem Wohnzimmerfenster hinaus auf die nasse, menschenleere Straße. Schließlich sah sie die große schlanke Anwältin zielstrebig den Bürgersteig entlangkommen, der lange schwarze Regenmantel hinter ihr im Wind flatternd.

Mia Honers große Augen füllten sich mit Tränen, als sie die Arme um Linda legte. Trockenen Auges, im Moment zu keinen weiteren Tränen fähig, löste Linda sich aus der Umarmung der größeren Frau und klemmte beinahe den Schwanz des Katers ein, als sie die Tür zuschlug und den Riegel vorschob.

»Gott, ich brauche wirklich dringend einen Kaffee. Hey,

dein neuer Haarschnitt gefällt mir, aber du solltest deine Augen mehr betonen. Versuch es mit einem Lidstrich am unteren Lidrand.« Mia legte ihren Mantel über das Treppengeländer, zog einen Schildpattkamm aus ihrem Haar, steckte ihn zurück und folgte Linda in die Küche.

»Sie haben Matt zum Verhör aufs Revier gebracht. Er verlangte, mich anzurufen, und nach anderthalb Stunden war klar, daß sie im trüben fischen. Sie hatten nichts in der Hand, und das sagte ich ihnen auch auf den Kopf zu. Sie wollten auch dich verhören, aber ich habe solchen Wind gemacht, daß sie wieder davon abgekommen sind. Matt hat etwa zur gleichen Zeit wie ich mit seinem Freund Anton das Revier verlassen. Unmittelbar bevor ich dich angerufen habe.«

Linda schenkte den Kaffee ein; nur ein paar Tropfen schwappten auf die Untertassen. Hatten sie ihn so gepiesackt und unter Druck gesetzt, ihn mit so vielen Fragen bombardiert, daß er Dinge gesagt hatte, die er eigentlich gar nicht sagen wollte, nur damit sie aufhörten? Wie weit würde er gehen, um sie von den Tonungeheuern in seinem Atelier fernzuhalten? Sie würde bald genug erfahren, ob Matt irgend etwas über sie oder die Kamee gesagt hatte.

Mia gab Milch in ihren Kaffee, fügte zwei Löffel Zucker hinzu und rührte so schwungvoll, als schlage sie Eiweiß. Sie nahm einen großen Schluck und lehnte sich in ihrem Stuhl zurück. »Bist du soweit in Ordnung?«

»Es geht mir gut. Erzähl mir, was passiert ist.« Linda wärmte ihre Hände an der Tasse und sah der Anwältin in die Augen.

»Dieses Biest Herron hat herumgestänkert, in der Hoffnung, ihre spitzen kleinen Zähne in Matts Knöcheln festzubeißen, wenn sie schon deine nicht haben konnte. Sie ist eine verfluchte Plage – Jurisprudenz, hah! Ich konnte bei ihr keine Spur von ›Prudenz‹ feststellen. Es hat mir das Herz gewärmt, ihr Gesicht zu sehen, als ihr Boss sich weigerte, einen Haftbefehl für Matt auszustellen.« Mias Augen blitzten, und ihr breites Lächeln vertiefte die Grübchen, dort, wo ihre Mundwinkel auf ihre Wangen trafen. »Ich sollte mich wirklich nicht so über die Niederlage eines anderen freuen. Aber sie ist nicht – ach, was soll's. Ich konnte mir noch nie irgendeine Freude versagen.«

Roberta Herron am Boden zerstört. Das war eine Vorstellung, die es zu genießen galt – später. Im Augenblick erforderten andere, dringendere Angelegenheiten ihre Aufmerksamkeit. »Warum haben Sie Matt überhaupt verhaftet?«

»Sie hatten sich auf die Lauer gelegt und auf ihn gewartet. Sie haben die ganze Woche nach euch gesucht und Fotos von euch herumgezeigt. Das Überwachungsteam hätte Matt beinahe übersehen. Sie haben ihn erst erkannt, als er nur noch einen halben Block vom Haus der Forrests entfernt war.« Mia lächelte und warf mit einer ruckartigen Kopfbewegung ihr Haar zurück. »Er ist ein wenig muskulöser als zu der Zeit, als die Bilder aufgenommen wurden. Viel frische Luft und körperliche Arbeit, richtig?«

War Matt auf dem Weg zu Cindy Forrests Eltern gewesen? Aber warum sollte er sie aufsuchen wollen? Linda konnte den Worten der Anwältin kaum folgen, ohne eigene Spekulationen anzustellen.

»Hast du gehört, was ich gesagt habe, Linda?« Mia klang verärgert.

»Entschuldige«, sagte Linda. »Würdest du es bitte wiederholen?«

»Ich sagte, daß es meiner Ansicht nach klüger wäre, du würdest dich im Augenblick sehr bedeckt halten. Bring sie nicht durcheinander. Ich habe deutlich gemacht, daß ich sie von hier bis Katmandu und wieder zurück verklagen würde, falls sie dich oder Matt belästigten. Und sie haben deutlich gemacht, daß, wenn auch nur der Hauch eines Indizienbeweises auftaucht, der dich oder Matt mit diesen Kindern in Verbindung bringt, sie gewillt sind, wenn nötig barfuß den Mount Everest zu besteigen, um dich festzunageln.

Allerdings werden wir möglicherweise vorab gewarnt. Ich habe da eine Kontaktperson, die mir vermutlich sagen kann, welches As sie im Ärmel haben. Jetzt sieh mich nicht so an. Das steht vielleicht nicht in den Lehrbüchern, aber so werden die Dinge nun einmal gehandhabt.«

Die Welt war um so vieles komplizierter, als sie es sich geträumt hätte; ihre eigene Naivität erschien ihr grenzenlos. Mia Honer hatte Spione im Büro der Staatsanwaltschaft? Kein Wunder, daß man sie fürchtete und respektierte. »Ich bin wirklich froh, daß Matt *dich* angerufen hat.«

Mia zuckte die Achseln und nickte. »Ich habe die ganze Woche an euch beide gedacht, seit die Nachricht von der Ermordung Marianne Brandons in den Nachrichten gebracht wurde. Wenn ich eure Nummer gehabt hätte, hätte ich angerufen.«

Linda schob ihre Kaffeetasse beiseite, strich dann mit einem Finger an ihrem Rand entlang, wieder beschämt ob ihrer eigenen Blauäugigkeit. Kaum hatte sie ihre Wahrnehmungen in einen Rahmen eingefügt, mußte sie wieder etwas Neues ins Bild einpassen; gerade erst war ihr aufgegangen, daß Mia nicht gekommen war, um ihr zu berichten, daß Matt verhaftet und wieder auf freien Fuß gesetzt worden war. Das hätte Matt ihr auch selbst sagen können. Oder Mia hätte es ihr am Telefon erzählt.

»Mia, du bist aus einem bestimmten Grund hergekommen, richtig?«

Die Anwältin lehnte sich in ihrem Stuhl zurück und seufzte vernehmlich; ihr roter Lippenstift war verwischt, dort, wo sie sich auf die Unterlippe gebissen hatte. »Erinnerst du dich, daß wir uns über meine Tricks unterhalten haben, an die Kniffe, die ich gelernt habe, um mich zu schützen?«

Linda nickte. In Besprechungszimmern, im Gerichtssaal, auf Fluren und in Fahrstühlen hatten sie und Mia die endlose Warterei durchgestanden, indem sie sich über das Wetter, über Bücher, Schuhe oder den letzten Schulbehördenskandal unterhalten hatte. Wenn ihnen der Small talk ausgegangen war, hatten sie über intimere Dinge gesprochen. Linda erzählte von Amy, und Mia davon, warum das Strafrecht sie so fasziniere.

»Du erinnerst dich, daß ich manchmal abschalten muß, um mich ganz auf das zu konzentrieren, was meine Klienten vergessen, mir zu erzählen? Damit ich Zwischentöne heraushören kann, richtig?«

»Wie bei meiner Depression am Anschluß an die Geburt. Du wußtest, daß Herron das gegen mich verwenden würde.« Es tat gut, mit jemandem zu sprechen, der so vieles mit ihr durchgestanden hatte. Bea war wunderbar – witzig, lieb, stellte keine Ansprüche an sie –, aber seit sie nach Pescadero gezogen waren, hatte Linda es vermißt, mit einer Frau zu sprechen, mit der sie Gemeinsames erlebt hatte, auch wenn es sich um Unangenehmes handelte.

Fältchen erschienen um Mias Augen, als sie lächelte. »Bei dir war es ganz leicht, Linda. Alles, was du dachtest und fühltest, vielleicht sogar alles, was du je gedacht und gefühlt hattest, stand dir lang und breit ins Gesicht und auf den Körper geschrieben.« Sie schob die Kaffeetasse in die Mitte des Tisches. »Und ich habe damals auch Matt ein wenig kennengelernt. Darum wirst du wohl auch verstehen, daß ich schockiert war, als ich ihn heute wiedergesehen habe.«

»Was meinst du damit?« *Schockiert*: Das war ein recht starkes Wort. Linda fühlte Erleichterung in sich aufsteigen: Mia hatte an Matt ebenfalls etwas Beunruhigendes gespürt. Auf eine merkwürdige Weise tröstete sie der Gedanke, daß sie sich nicht Eigenartigkeiten eingebildet hatte, wo keine waren.

»Er hat sich verändert. In den schrecklichen Monaten nach Amys Tod war er wie ein Fels in der Brandung, entschlossen und stark, mit nur einem Ziel vor Augen – dafür zu sorgen, daß du diese Tortur heil überstehst. Also«, sie blickte in ihre Tasse, »der Matt, den ich heute gesehen habe, war genauso zielstrebig, nur daß ich diesmal nicht wußte, was ihn antreibt. Irgend etwas macht ihn blind, beeinträchtigt seine Urteilskraft.«

»Wie meinst du das?« Linda bekam die Worte nur mit Mühe an ihren trockenen Lippen vorbei.

»Ich weiß nicht, ob es nur Theater war, aber er schien sich irgendwie in den Kopf gesetzt zu haben, den Polizisten und Ankläger zu spielen, weil niemand sonst fähig oder gewillt wäre, die Wahrheit herauszufinden. Ich muß gestehen, daß ich einen Augenblick versucht war, ihn zu seinem eigenen Schutz verhaften zu lassen. Ich habe mich nur deshalb so für seine Freilassung eingesetzt, weil euer Freund Anton mich davon überzeugen konnte, daß Matts Verhalten nur auf den derzeitigen Streß zurückzuführen wäre.«

Mia hatte es auch gesehen. Und auch sie war nicht daraus schlau geworden. Linda war erleichtert ... und sie fällte eine Entscheidung. Sie konnte jetzt nicht davonlaufen, nicht solange alles so verworren war. Matt brauchte sie. Nach all den Jahren, nachdem er ihr durch die schwerste Zeit ihres Lebens geholfen hatte, *durfte* sie ihn nicht im Stich lassen. Das bedeutete nicht, daß alle ihre Fragen vergessen wären; sie hatte das bestimmte Gefühl, daß noch viele mehr hinzukommen würden. »Das klingt vielleicht verrückt«, sagte Linda, »aber ich möchte dich etwas fragen. Lach nicht. Und sei bitte offen zu mir, ja?«

»Natürlich.« Anstatt einen Scherz zu machen, wie Linda es erwartet hatte, sah die Anwältin sie still und erwartungsvoll an.

»Glaubst du, daß ich irgend etwas mit Amys Tod zu tun gehabt habe?«

»Großer Gott, nein«, entgegnete Mia ohne Zögern. »Der Gedanke ist mir nie gekommen, und ich bemerke immer, wenn ein Klient mir etwas vormacht.«

Ganz sacht nahm Linda Mias Hand und legte sie auf ihr Herz. Es hämmerte wild; Linda sah den überraschten Ausdruck, der in die Augen der Anwältin trat. »Gut. Und glaubst du, daß Matt irgend etwas mit Amys Tod zu tun hat? Oder mit Marianne Brandons? Oder mit der Entführung von Cindy Forrest?« Sie ließ die Hand der Anwältin wieder los.

»Vor zwei Jahren hätte ich den Gedanken weit von mir gewiesen. Nachdem ich ihn heute gesehen habe – seine Angespanntheit, sein ... ich schätze, es ist eine emotionale Schutzschicht – weiß ich nicht recht, was ich darauf antworten soll.« Die eine Hand immer noch auf Lindas Brust ruhend, hob Mia die andere Hand und legte sie auf ihr eigenes Herz, schloß den Kreislauf zwischen ihnen. »Ich kann es nicht mit Sicherheit sagen, Linda«, sagte sie leise. »Ich weiß es wirklich nicht.«

»Gib mir den Teller rüber, bist du so nett, Linda?« Matt zeigte mit dem Kinn auf ihr kaum angerührtes Abendessen. Er und Anton räumten den Tisch unter Hanks wachsamen Augen mit der selben hektischen Energie ab, mit der sie das Essen zubereitet hatten. »Es war gar nicht so schlimm, wie du glaubst. Sie haben mich in einen kleinen Raum gebracht, und zwei Cops haben mir genau die Fragen gestellt, die zu erwarten waren.«

Matt berichtete gelassen von seinem Abenteuer an diesem Nachmittag, während er das Geschirr in die Spülmaschine räumte. Ja, die Polizei hatte ihn gefragt, wo er an dem Tag des Mordes an Marianne Brandon gewesen war. Er war bei den Sharpes gewesen und hatte die Innenarbeiten fertiggestellt. Später hatte er dann an den Plänen für Joey Minettas Anbau gearbeitet. Nein, niemand konnte bestätigen, daß er dort gewesen war, aber die erledigte Arbeit sprach für sich, oder? Und, ja, sie hatten gefragt, wo er am Nachmittag des Verschwindens von Cindy Forrest gewesen war. Er war in Rockridge herumgeschlendert. Wieder konnte niemand bestätigen, daß er zu einer bestimmten Zeit an einem bestimmten Ort gewesen war, aber sie sollten es im Eisenwarenladen und im Maklerbüro versuchen, weil er dort ein paar Fragen gestellt hatte.

»Sie haben keine einzige Spur«, schloß er. »Wirklich erstaunlich – exakt wie beim letztenmal.«

Welche Schlüsse würden sie diesmal ziehen, wenn gewisse ›Fakten‹ – über die Kamee und Lindas Kopfschmerzen beispielsweise – beim Verhör erwähnt worden waren? Und würde die Polizei die Information, daß ein Lehrer Cindy Forrest und Amy dieselbe merkwürdige Geschichte erzählt hatte, einfach ignorieren? Ohne eine Verbindung zu Marianne Brandon schien das keine sehr interessante Spur zu sein.

Anton sprühte Glasreiniger auf ein Küchentuch und reinigte den Chromtoaster. Diesmal haben sie keinen Sündenbock, niemanden, dem sie so einfach die Schuld in die Schuhe schieben können. Wir werden also nach Übereinstimmungen im Leben der Kinder suchen müssen. Darum wollte Matt auch mit Edward Forrest sprechen. »Es ist irgendwo da draußen und wartet nur darauf, daß wir es entdecken – und das werden wir auch.«

Als wäre nicht alles schon schwierig genug, klang es, als wollte Anton sich nun auch noch Matts Version der Realität anschließen mit diesem Gerede von der Suche nach Übereinstimmungen.

Aber vielleicht waren sie ja gar nicht verrückt – konnte man den Umstand, daß Cindy Forrest gelernt hatte, Regentropfen wären Tränen Gottes, als Übereinstimmung betrachten? *Was, wenn jemand Marianne Brandon dieselbe Geschichte erzählt hatte?*

Matt drückte den Spülschwamm aus und wischte die Arbeitsfläche ab; es wirkte alles so ... so normal. Linda konnte die heimelige Häuslichkeit keine Sekunde länger ertragen.

»Ich bin oben«, rief sie über die Schulter und lief in ihr Schlafzimmer.

Die Chintzvorhänge, die sie früher am Tag aufgezogen hatte, rahmten die Szenerie vor dem Haus ein. Eine einzelne Straßenlaterne auf halber Höhe des Blocks warf einen fahlen Lichtkreis auf den verlassenen Bürgersteig; Nieselregen wühlte die Oberfläche einer großen Pfütze auf. Die Tür des schwarzen Wagens auf der anderen Straßenseite wurde zugeschlagen, und eine Gestalt trat aus dem Dunkel und ging auf das Licht zu. Der Mann blickte zu ihrem Fenster herauf, machte kurz halt, und ging dann langsam weiter.

Wenn sie zu dem vereinbarten Treffen mit Bea gefahren wäre, würde dies alles auch passieren, aber dann wäre sie nicht hier und es würde sie nicht nervös machen.

Die Gestalt entfernte sich immer weiter die Straße hinunter, bis sie schließlich aus ihrem Blickfeld verschwand.

Sie versteifte sich, als sie Schritte auf der Treppe hörte. Was hatte Matt der Polizei über sie erzählt? Ihn zu fragen wäre zwecklos und frustrierend; er würde antworten, aber sie würde ihm kein Wort glauben.

»Hey, Liebes, laß uns etwas Licht ins Dunkel bringen.« Matt knipste das Licht an, und Linda blinzelte in die plötzliche Helligkeit hinein. »Was ist los, Linda?«

Sie konnte auch die Unbekümmerte spielen. »Ich wollte gerade nach meinem Pillendöschen suchen. Hast du es vielleicht irgendwo gesehen?«

Matt breitete die Hände aus und zuckte mit den Schultern. »Nicht, seit ich hergekommen bin. Bist du ganz sicher, daß du es mitgebracht hast?«

Linda nickte. »Vielleicht ist es mir aus der Handtasche gefallen. Ich bin sicher, daß ich es bei mir hatte, als ich kürzlich unterwegs gefrühstückt habe.«

Er trat neben sie, legte ihr einen Arm um die Schultern und zog sie in eine warme Umarmung. »Dich bedrückt doch noch etwas anderes. Das spüre ich.«

Wenn du es wirklich wissen willst …

»Ich habe mich gefragt, ob sie dich nach der Kamee gefragt haben.«

»Der Kamee? Wovon sprichst du?« Er ließ die Arme von ihren Schultern gleiten und an seinem Körper herabbaumeln. »Die Kamee. Ich habe da nie einen Zusammenhang gesehen – Großmutter Donners verschwundene Kamee. Nein, davon hat niemand etwas gesagt. Sie haben nicht danach gefragt.«

Jetzt hatte sie ihn also gefragt. Und sie hatte eine Antwort erhalten – gewissermaßen.

»Hör auf, dir Sorgen zu machen«, sagte er und griff nach ihrer Hand. »Ich sagte doch schon, daß es gar nicht so schlimm war. Sie hatten schon länger nach uns gesucht. Sie haben *mich* gefunden, und sie haben mich wieder gehenlassen. Ich habe nichts getan, also konnten sie mich auch nicht festhalten. Und als sie nach dir gefragt haben, habe ich nur gesagt, du wärst vergangenen Donnerstag und Samstag zu Hause gewesen. Ich habe weder deine Kopfschmerzen noch deine langen Autofahrten erwähnt. Es gibt nichts, weswegen du dir Sorgen zu machen müßtest.«

TEIL SECHS

MITTWOCH

26. KAPITEL

Der Regen war an diesem Morgen trübe, monoton und betäubend gewesen.

»Linda«. Matt drehte sie sanft bei den Schultern herum, nahm sie in die Arme und legte die Wange an ihr Haar; seine gespreizten Beine gaben ihnen beiden Halt. Sie gestattete sich einen Augenblick, seine Wärme zu genießen, und atmete seinen vertrauten Geruch ein, ehe sie sich versteifte und aus seiner Umarmung löste.

»Ich bin seit fünf Uhr auf«, sagte er. »Ich habe versucht, mir darüber klarzuwerden, was Amy wollen würde, das ich tue. Sie wäre heute zehn Jahre alt – na ja, nächste Woche wäre sie zehn geworden.«

Er dachte also doch an sie. Und zum erstenmal seit ihrem Tod hatte er ihren Namen laut ausgesprochen.

Einen Augenblick stockte ihm der Atem, aber er fuhr fort. »Und mir ist klargeworden, daß ich nicht weiß, was sie wollen würde. Ist das nicht verblüffend?«

»Doch, du weißt es. Sie hat immer gesagt, daß, wenn man etwas tut, von dem man weiß, daß es falsch ist, man sich hinterher elend fühlt, auch wenn einen niemand dabei gesehen hat.«

»Richtig. Schuldgefühle. Wir haben ganze Arbeit geleistet, ihr reichlich davon einzureden, nicht wahr?«

Wo war das denn hergekommen? Matt hatte noch nie etwas in dieser Richtung gesagt – weder als Amy noch gelebt hatte noch nach ihrem Tod.

»Wir waren keine so perfekten Eltern. Ich habe in den vergangenen Jahren vieles nicht wahrhaben wollen.« Er zog einen Küchenstuhl heran und setzte sich, die Hände zwischen den Knien herabbaumelnd und den Kopf gesenkt.

Aus einem ihr unerfindlichen Grund hatte sie die Trauer

in seinen Augen und den bitteren Zug um seinen Mund nicht erkannt – bis jetzt. Waren sie die ganze Zeit über dagewesen?

»Jedenfalls nähern wir uns etwas Interessantem.« Matt hob den Kopf; ein Schub neuer Energie schien ihn zu durchströmen. »Das Schöne daran ist, daß die Information zu uns kommen wird; wir brauchen uns nicht einmal die Mühe zu machen, sie uns selbst zu beschaffen.«

»Was meinst du damit? Welche Information? Und auf welche Art wird sie zu uns kommen?« Sie mußte ihm begreiflich machen, daß sie sich selbst nicht als Teil dieses ›wir‹ betrachtete, von dem er sprach.

Er sprang auf, vollführte eine komplizierte Drehung und stand ihr schließlich wieder gegenüber, die Hände auf den Knien und ein Glitzern in den dunklen Augen. »Das Telefon. Es wird über das Telefon geschehen. Anton und ich werden heute morgen eigene Ermittlungen in Gang setzen.«

Linda rührte sich nicht. »Wen wirst du anrufen, Matt? Was wirst du erfahren?«

»Als du vor kurzem etwas über die Lehrer und die gläsernen Regenglocken gesagt hast, hat mich das nachdenklich gemacht. Ich habe diesen Fernsehappell von Mrs. Forrest in den Nachrichten gesehen. Das war zu merkwürdig, um ein Zufall zu sein. Ich werde also sämtliche Schulen anrufen und mich als Andre McCafferty vorstellen, Leiter der staatlichen Schulbehörde und damit beauftragt, eine Studie über den Lehrermangel durchzuführen. Ich werde sogar der Form halber einige Statistiken anführen. Ich werde die Information bekommen. Und dann ziehe ich los und bringe alles wieder in Ordnung.«

»Das ist kein Spiel.« Die Wahrheit herauszufinden war eine Sache; die Ordnung wiederherzustellen etwas völlig anderes. Abgesehen von den moralischen Fragen würde er sich und das Forrest-Mädchen in Gefahr bringen, es sei denn, er ging davon aus, daß das Kind bereits tot war. Linda zielte mit Munition auf ihn, von der sie glaubte, daß sie ihn stoppen würde. »Das Leben eines kleinen Mädchens könnte auf dem Spiel stehen.«

»Genau darum muß ich das auch durchziehen.« Er lächelte und sprach ganz langsam und deutlich, als versuche er, ein ängstliches Kind zu beruhigen. »Schon sehr bald werde ich etwas Konkretes in der Hand haben, womit ich arbeiten kann. Ich fühle es.«

»Ich weiß, wie sehr du dir wünschst, eine Antwort zu finden, Matt, aber du kannst sie dir nicht selbst zurechschustern. Bitte hör mit diesem ganzen Ermittlungsquatsch auf und überlaß das den Profis.«

Anstatt zustimmend zu nicken, beugte Matt sich herab, um den Kater zu streicheln, der nervös um seine Beine strich. Wie immer, wenn er versuchte, die Antwort auf eine Frage von ihr hinauszuschieben, blickte er eine Weile zu Boden, bevor er sie wieder ansah. »Ich weiß nicht, Linda. Ich weiß nicht, was ich tun soll.«

Sie erhob sich und trat an seine Seite; sanft berührte sie seinen Arm. »Diesmal weiß *ich* es aber, Matt. Was du vorhast, ist gefährlich, ebenso für dich selbst wie für das Mädchen.«

Matt rückte von ihr ab, die Schulter ganz steif. In seinen Augen lag ein stählernes Glitzern. »Ich sagte, ich weiß es nicht!«

Erschrocken von seinem aggressiven Tonfall, hob sie schützend die Hände. Matts Gesicht verzerrte sich vor Zorn, und seine Wangen waren feuerrot. Nach und nach verlangsamte sich seine Atmung; der plötzliche Wutanfall schien zu vergehen, und er wirkte benommen und desorientiert.

Als er die Hand hob und über ihre Wange strich, fühlte sie ihrerseits unerwartet Zorn in sich aufsteigen. »Hast du mit einer Studentin gebumst an dem Nachmittag, an dem Amy getötet wurde?«

Er zog seine Hand zurück, und alle Farbe wich aus seinem Gesicht. Er öffnete den Mund, brachte jedoch keinen Ton hervor.

Linda war beinahe ebenso schockiert wie er. Es war nicht

ihre Absicht gewesen, ihn damit zu konfrontieren. Es war ihr herausgerutscht, und jetzt gab es kein Zurück mehr. »Antworte.«

»Es war ...« Das Atmen schien ihm Mühe zu bereiten. Durch blutleere Lippen flüsterte er. »Ich wollte dir nie weh tun.«

»Ich will das nicht hören! Es ist verdammt noch mal zu bequem, mich mit Lügen besänftigen zu wollen, die im Grunde nur Ausreden für deine eigene Schwäche sind! Entweder sagtest du mir jetzt sofort die Wahrheit, oder es ist aus.« Das Blut pochte in ihren Schläfen, aber gleich darauf beruhigte sich ihr Puls wieder. »Wir haben eine Chance, alles zu bereinigen. Bitte sag es mir einfach.«

Er hob einen Arm, ließ die Faust auf den Tisch niedersausen und stieß einen Schmerzensschrei aus. Als er schließlich sprach, sprudelten die Worte förmlich aus ihm hervor, so eilig hatte er es, sie loszuwerden. »Es war alles so elend, so beschämend. Ich habe sie benutzt, um mein Ego zu stärken. Es war, als stünde ich im Wettbewerb mit dir und als würdest du gewinnen, weil du bei allem, was du tatest, so glücklich warst – bei deiner Arbeit an dem Landschaftsgestaltungsprojekt, wenn du mit Amy am Meer spazieren warst oder mit ihr das Abendessen zubereitet hast. Ich kann gar nicht fassen, wie kindisch ich gewesen bin. Ich hatte das Gefühl, etwas tun zu müssen, um dich zu schlagen.«

Okay, jetzt machten sie endlich Fortschritte. Kein Verleugnen der Vergangenheit mehr. Sie war nicht perfekt gewesen – das war ein erster Schritt. »Warum hast du nicht mit mir geredet, bevor es soweit kommen konnte?« Linda schüttelte den Kopf. »Aber das spielt wohl keine Rolle mehr, nicht wahr?«

»Jeden Tag gibt es einen Augenblick ich weiß nie, wann es kommt da alles um mich herum schwarz wird. Es ist erschreckend. Aber es steht immer mit dieser schmutzigen, entsetzlichen Scham in Verbindung, daß ich, während mein Kind ermordet wurde ...« Er würgte und schluchzte und seine Hände öffneten und schlossen sich immer wieder in der Luft, als versuche er vergeblich, etwas zu greifen.

Zwischen Mitleid für ihn und ihrem eigenen Zorn hin und her gerissen, wartete Linda, bis Matt sich wieder gefaßt hatte. »War sie in einer deiner Vorlesungen?« fragte sie.

»Linda, ich kann das nicht. Warum willst du jetzt noch alle Details durchgehen?«

Er griff nach ihrer Hand, aber Linda stieß ihn zurück; sie war noch nicht soweit, sich von ihm anfassen zu lassen. Noch nicht. »Ich muß die Wahrheit wissen, Matt, und das ist ein guter Anfang.«

Etwas Farbe kehrte in seine Wangen zurück, aber sein Blick wich ihr immer noch aus. »Die Wahrheit – ich habe dir die Wahrheit bereits gesagt. Die Einzelheiten werden es nicht einfacher machen, es zu verstehen. Ich war schwach; ich war zu feige, es dir zu erzählen. Und es erschien mir so unbedeutend.«

Jetzt sah er ihr in die Augen; sie wußte nicht, ob sie der Intensität seines Blickes würde standhalten können.

»Es war das einzige Mal – nie vorher und ganz sicher nie nachher, das schwöre ich. Es ist deine Entscheidung, Linda. Ich hoffe, daß du mir verzeihen kannst. Ich hoffe, du hast nicht das Gefühl, mich immer wieder für etwas büßen lassen zu müssen, für das ich schon auf eine Million Arten eine Million mal bezahlt habe.«

Wieder stieg lodernde, für sie untypische Wut in ihr auf. Er konnte doch unmöglich glauben, daß sie ihm so einfach würde verzeihen können. Er hatte Jahre Zeit gehabt, sich damit auseinanderzusetzen, sie nur knapp einen Tag. »Du wirst mir ein wenig Zeit geben müssen, Matt«, sagte sie steif.

Er sah ihr verständnislos in die Augen.

Sie liebte ihn wirklich. Gott, wie sehr sie wünschte, die Umstände wären andere; sie brauchten einander in dieser schrecklichen Zeit. Wenn es ihr nur gelänge, die letzten Reste ihres Argwohns abzuschütteln und ihm zu vertrauen … aber noch war sie dazu nicht bereit.

Die Skulpturen – sie hatte ihn noch nicht nach den Tonfiguren gefragt.

Wollte sie es wirklich wissen?

Ja. Sie war das Mißtrauen leid, das sich in dunklen Augenblicken erhob und sich ihr in den Weg stellte.

»Matt.« Ihre Kehle fühlte sich an, als würde sie sich vollständig verschließen, und sie schluckte, bevor sie die Worte herauspreßte. »Ich habe dir nie von Freitag nacht erzählt, als du nicht da warst.«

Sein Gesicht verzerrte sich von der Anstrengung, die es ihn kostete, zu sprechen. »Wir müssen das doch nicht jetzt durchdiskutieren, oder? Ich möchte hören, was du zu sagen hast, aber ich habe Dinge zu erledigen. Du sagtest, du bräuchtest Zeit zum Nachdenken. Nun, ich bin bereit, dir Zeit zu geben – wenn du bereit bist, sie dir zu nehmen.«

»Hör auf damit!« schrie Linda, deren Furcht und Zorn sich zu einem explosiven Gemisch vereint und diesen neuerlichen Wutausbruch hervorgerufen hatten. »Du tust es schon wieder. Kannst du nicht einfach sagen, daß du weg willst, ohne es so zu drehen, als wäre *ich* schuld?«

Blaß und kraftlos schien Matt zu versuchen, ihre Worte zu begreifen. War das echt oder war es seine bisher beste schauspielerische Leistung?

Linda kämpfte gegen die Erschöpfung an, die ihre Lider bleischwer machte. »Freitag nacht wollte ich mir einen Schlafsack holen. Das ist die Kurzfassung. Du erinnerst dich, wo wir die Schlafsäcke verstaut haben? Im Schrank im hinteren Schlafzimmer. Bevor du es in ein Atelier umfunktioniert hast.« Sie betrachtete aufmerksam sein Gesicht, nach einem Anzeichen von Zorn, Erleichterung oder sonst etwas Ausschau haltend, aber sie konnte keinerlei Veränderung feststellen.

»Mein Atelier? Die Schlafsäcke waren da drin? Ich dachte, wir …«

Sie konnte förmlich sehen, wie seine Gedanken sich überschlugen, um die Lücken in ihrer unvollständigen Geschichte auszufüllen. Es war, als sähe sie einen Stummfilm. Erst schloß er den Mund, dann kniff er die Augen zusammen, und aus seiner Brust schien die Luft zu entweichen, als hätte jemand mit einer Nadel hineingestochen.

»Du hast sie gesehen?« seine Stimme war kaum mehr als ein Flüstern.

»Ja. Ich habe all diese Figuren gesehen, Matt. Sie haben mich zu Tode erschreckt.« Sie fühlte einen Anflug von Triumph in sich aufsteigen; wenigstens hatte sie das endlich ausgesprochen.

»Linnie, ich ...« Matt riß die Augen auf und streckte eine Hand nach ihr aus.

Linda ließ zu, daß er ihre Hand ergriff, nahm das ganze Ausmaß seines Schmerzes in sich auf, als er ihr in die Augen sah.

»Es war die Hölle«, sagte er leise, aber seine Stimme vermochte kaum, den Nebel, der sie einhüllte, zu durchdringen. Er drückte ihre Hand so fest, daß sie zusammenzuckte. »Es war nur eine Art, Gefühle auszudrücken, die ich weder dich noch sonst jemanden sehen lassen durfte.« Er ließ sie los und vergrub das Gesicht in den Händen.

Linda fühlte sich, als würde ihr der Boden unter den Füßen weggezogen. Sie mußte sich zusammenreißen. Um seinetwillen. Um ihrer selbst willen. Sie legte ihm die Hände auf die Schultern und fühlte seine Tränen an ihrem Hals. Dann versteifte er sich, rückte von ihr ab und holte tief Luft. Sie kramte in ihrer Hosentasche und reichte ihm ein Taschentuch. Er putzte sich die Nase.

»Diese Figuren – sie waren eine Art Exorzismus. Es war völlig irrational. Es geschah einfach eines Tages, und es machte mir angst. Die ersten drei oder vier zerschlug ich, aber dann spürte ich, daß mein Zorn und Schmerz ein wenig nachließ, während ich sie modellierte. Es war so schwer, meine Gefühle unter Verschluß zu halten, aber ich mußte sie unterdrücken, um dir zu helfen.«

Linda hätte am liebsten herausgeschrien, daß es ihr leid

tue. Ihr war vage bewußt, daß die Schuld nicht allein bei ihr lag; Matt hatte beschlossen, die Rolle des Starken und Schweigsamen zu spielen, und sie hatte ihn in dieser Haltung bestärkt. Ihre stillschweigende Übereinkunft hatte dazu geführt, daß sie beide all die Jahre in einem merkwürdigen Tanz gefangen gewesen waren.

»Es tut mir so schrecklich leid, Matt. Du hättest damals weinen sollen. Dir hätte gestattet sein sollen, deinen eigenen Schmerz und deine Wut herauszulassen.«

»Und meine Furcht«, fügte er hinzu und streichelte ihren Arm. »Die Furcht, daß einem von uns etwas passieren könnte, wo wir einander doch so sehr brauchten. Ich habe mich davor gefürchtet, daß du mich für schwach halten könntest; ich hatte panische Angst, daß du bei jemand anderem Trost suchen könntest.«

Sein Trost; ihr Trost: Sie hatten sich beide so grundlegend getäuscht in ihrer Einschätzung dessen, was der andere brauchte. Ein Warnlämpchen blinkte; vielleicht lag das eigentliche Problem darin, daß sie in der Lage sein sollten, die Bedürfnisse des anderen zu erspüren.

»Ich werde ihn finden. Es ist mir egal, was es mich kostet. Ich werde herausfinden, welche Verbindung es zwischen den Mädchen gibt. Noch weiß ich nicht, was es ist. Ein Busfahrer. Ein Lehrer. Ein Botenjunge. Irgend etwas. Es muß etwas geben. Und ich werde es herausfinden, das schwöre ich.«

Linda hörte ihm schweigend zu und wartete darauf, daß das schmerzhafte Pochen hinter ihren Augen nachließ.

»Ich tue es für uns alle. Dann werde ich endlich das Gefühl haben …« Er suchte nach den richtigen Worten. »… daß es vorbei ist.«

»Du wirst nichts unternehmen, wenn du glaubst, herausgefunden zu haben, wer es getan hat, hörst du? Vermutungen sind noch keine Beweise, verstehst du. Umstände oder Zufälle sind keine Beweise. Was, wenn du dich irrst?«

Matt schüttelte den Kopf. »Ich trage nur Informationen

zusammen. Du kannst das akzeptieren und mir vertrauen oder nicht, ganz, wie du willst. Aber ich werde tun, was ich mir vorgenommen habe.«

Und wer wird mir die Nachricht überbringen, wenn du es getan hast? fragte sich Linda.

»Er hat recht, Linda.« Anton erschien wie aus dem Nichts, das runde Gesicht von der Deckenlampe erhellt. »Es wartet irgendwo da draußen. Und wir werden es finden, richtig? Hast du schon irgend etwas herausgefunden?«

»Nichts Nützliches.« Matts Stimme klang ausdruckslos, resigniert.

»Nützliches?« Linda gefiel ganz und gar nicht, wie sich das anhörte.

Antons buschige Brauen fuhren in die Höhe, und er lehnte sich gegen den Türrahmen, die Arme über dem vorstehenden Bauch verschränkt. »Nützliches. Wie in nichts, was uns dabei von Nutzen sein wird, dem Mörder auf die Schliche zu kommen. Wie in nichts, was dazu beitragen wird, dafür zu sorgen, daß so etwas nicht wieder geschieht.«

Matt hatte also einen Mitstreiter, einen Kumpanen, der ihn auf seinem Kreuzzug begleitete. In den vergangenen Tagen hatte sich vieles verändert, aber eins wußte Linda Crell ganz bestimmt; sie würde diesen Wahnsinn, diese *folie à deux* nicht in eine *folie à trois* verwandeln.

Amy hätte gekichert, wenn sie Lindas Haarschopf gesehen hätte. Auf dem geschlossenen Toilettendeckel sitzend und aufmerksam beobachtend, wie Linda sich mit Hilfe einer kleinen Bürste die Wimpern tuschte, hatte Amy die Verwandlung ihrer Mutter voller Besorgnis verfolgt, bis die Zeit ihr bewiesen hatte, daß Linda jeden Nachmittag von der Arbeit zurückkam.

Was wird Irene Brandon wohl denken, wenn sie eine erwachsene Frau mit selbstgeschnittenem streichholzkurzem Haar vor ihrer Tür stehen sieht?

Linda zog den Pullover über den Kopf und drückte ihn an ihre Brust, wie um die Lücke auszufüllen, wo eigentlich ihre Tochter sein wollte. Wenigstens brauchte sie sich nach dem Anziehen nicht noch einmal das Haar zu kämmen.

Schuhe in der einen und ihre Handtasche in der anderen Hand stieg Linda die Treppe hinunter und blickte durch das Fenster auf den Regen, der auf die Deckel der Mülltonnen vor dem Haus herabprasselte. Es war leichter gewesen als erwartet, mit Irene Brandon zu sprechen; es wäre ihr gelungen, sie lange genug am Telefon zu halten, um ihr zu erklären, was sie von ihr wollte. Anfangs hatte Irene Brandon argwöhnisch geklungen, mißtrauisch, aber schließlich hatte sie mit leiser, ausdrucksloser Stimme einem kurzen Besuch zugestimmt. Vielleicht war es stur und grausam, Marianne Brandons Mutter mit Fragen zu quälen, aber davon abgesehen, daß sie herausfinden wollte, ob es tatsächlich eine Verbindung zwischen den Mädchen gab, fühlte Linda sich mit dieser Frau verbunden.

Sich Irene Brandons noch frischer Trauer auszusetzen war der Preis, den sie dafür würde bezahlen müssen. Wenn sie nur eine Verbindung zwischen den drei Mädchen nachweisen konnte – die gläsernen Regenglocken, die Lehrer, die von Gottes Tränen gesprochen hatten. Dann würde sie die Information an die Polizei weitergeben, damit sie dieses Ungeheuer dingfest machen und dafür sorgen konnte, daß er nie wieder einem Kind etwas antat. Wenn man nur Strohhalme hatte, an die man sich klammern konnte, griff man eben danach.

Was sollte sie Irene Brandon sagen?

Und noch wichtiger, was würde Irene Brandon ihr erzählen?

27.
KAPITEL

Der rechteckige kleine Bungalow hätte aus irgendeinem Arbeiterviertel einer x-beliebigen Stadt hierher versetzt worden sein können. Ästhetik spielte eine untergeordnete Rolle; die Fassade war beige gestrichen, die Fensterrahmen dunkelbraun, und einige Rhododendronbüsche entlang eines zementierten Weges waren irgend jemandes einziges Zugeständnis an die Gartengestaltung. Sie klopfte zweimal und trat dann einen Schritt von der Tür zurück, bereit, wenn nötig kehrtzumachen und den Rückzug anzutreten.

»Ja?« Die Stimme hinter der Tür zitterte.

»Mrs. Brandon? Ich bin's, Linda Crell.« Ihre eigene Stimme klang zu hell, zu schrill.

Schließlich wurde die Tür geöffnet. Sie roch vertrocknete Orangenschalen und Kaffeepulver. Irene Brandon hatte vermutlich die ganze Woche über den Abfall nicht nach draußen gebracht. Sie war kleiner als Linda, das braune Haar im Nacken zu einem dicken Pferdeschwanz gebunden. Ihre Wangen und ihre Nase waren rundlich, als hätten ihre Züge noch nicht die scharfen Konturen des Erwachsenen angenommen, abgesehen von dem schmalen, blassen Schlitz von einem Mund. Sie zupfte an der Taille einer fleckigen grünen Strickjacke. »Wir können ins Wohnzimmer gehen.«

Linda folgte Irene Brandons formloser Gestalt einen dunklen Flur hinunter. Im Wohnzimmer waren die Rolläden bis knapp über die Fensterbänke heruntergelassen. Schmale Lichtstreifen fielen in schrägem Winkel auf den Teppich. Keine der Lampen brannte. Aus undeutlichen Schatten wurden ein Sofa, eine Schrankwand, Sessel, eine schmale Sitzbank, ein Couchtisch vor dem Sofa, ein großer gerahmter Druck zwischen den Sesseln an der Wand, eine Lampe mit einem rötlichbraunen Tonkrug als Fuß. Sie konnte weder Farben noch Beschaffenheit unterscheiden, nahm nur die wuchtigen Konturen des Mobiliars wahr.

Linda legte ihren nassen Regenmantel über die Holzbank, ehe sie sich in den Sessel setzte, der dem gegenüberstand, den Irene Brandon gewählt hatte. Sie konnte kaum das Gesicht der Frau sehen. Einige Zeit, die ihr vorkam wie eine kleine Ewigkeit, sagte keine der beiden Frauen ein Wort.

»Es tut mir so schrecklich leid wegen Marianne«, sagte Linda schließlich. »Es ist schlimmer, als es sich irgend jemand vorstellen kann. Man hat keine Zeit, sich darauf vorzubereiten; es ist … Ich habe ihr Foto in der Zeitung gesehen. Sie war ein hübsches kleines Mädchen.«

Irene Brandons rauher Atem füllte den Raum. »Alle tun so, als hätte sie nie existiert. Man schlägt sich durch, man glaubt, man hätte alles im Griff, immerhin ist man ja nur zu zweit. Man denkt daran, wie schwer es ist, sich um alles zu kümmern. Wenn sie krank ist. Sommerferien, in denen man arbeiten muß. Hart.«

Und dann wird einem klar, daß viele Dinge, über die man sich beklagt hat, bedeutungslos sind. Die Werte verschieben sich völlig. »Ich weiß. Man sagt sich, wenn man nur härter arbeitet, die Zeit anhält, ein besserer Mensch ist, sie das vielleicht wieder zurückbringt. Das habe ich zumindest anfangs geglaubt.«

Irene Brandons Hände lagen schlaff auf ihrem Schoß. Sie blickte starr auf sie herab und seufzte dann. »Ich kann einfach nicht glauben, daß ich sie nie wiedersehen werde.«

Nie. Das war der Teil, den Linda bis heute nicht begreifen konnte. »Immer wenn ich ein Zimmer betrat, erwartete ich, daß sie dort wäre.« *Wann hatte das aufgehört?*

»Ein ziemlich exklusiver Klub, dem wir da angehören, nicht wahr?« Irene Brandons Kinn sank ihr auf die Brust, und sie weinte. Sie nahm das Taschentuch, das Linda ihr reichte, und zog ihre Hand hastig zurück.

Linda fühlte das erste erwartungsvolle Prickeln, während sie darauf wartete, daß das Schluchzen aufhörte. Vielleicht konnten sie und Irene Brandon gemeinsam, in einer aus ihrem geteilten Schmerz geschmiedeten Allianz, dazu beitragen, daß diese Qual anderen Eltern erspart blieb. »Meine

Fragen werden für Sie vielleicht keinen Sinn machen, aber bitte glauben Sie mir, daß ein bestimmter Zweck dahintersteckt. Nachdem Sie mir geantwortet haben, werde ich Ihnen erklären, warum ich Sie das alles gefragt habe. Wenn ich vorab zuviel sage, könnte Sie das beeinflussen.«

Das Blitzen weißer Zähne – Irene Brandon lächelte. »Ich weiß nicht, inwieweit ich Ihnen helfen kann. Mein Gedächtnis ist nicht mehr so gut, wissen Sie. Ich kann mich nicht mehr erinnern, wo ich die Post hingelegt, ob ich den Herd oder den Wasserhahn der Badewanne abgestellt habe. Gestern ist die Wanne übergelaufen.«

Was für eine entsetzliche Zeit das gewesen war – Linda war überzeugt gewesen, daß es immer so bleiben würde. »Das wird nach einiger Zeit besser. Ich habe zwei Monate gebraucht, um mich in Herdnähe sicher zu fühlen, und weitere sechs, bis ich nicht mehr ständig nach den Wagenschlüsseln suchen mußte. Nach anderthalb Jahren ist es *viel* besser geworden.«

»Es kommt mir vor, als verliere ich den Verstand.«

Auch das gehörte dazu. »Damit stehen Sie nicht allein. Manchmal schien mir Wahnsinn der einzige Ausweg zu sein. Ich schaltete ab, verkroch mich an dunklen Orten ...« Wie diesem Wohnzimmer hier. »... und es dauerte Monate, ehe es besser wurde.« Ganz versunken in verwischte Erinnerungen, schrak Linda beim Klang von Irene Brandons Stimme zusammen.

»Was möchten Sie wissen?«

Nach kurzem Zögern stellte sie ihre Frage. »Hat Marianne Ihnen von der Schule erzählt, vom Unterricht, Dingen dieser Art?«

»Jeden Abend beim Essen. Eines Tages, als sie fünf war, stellten wir eine Regel auf. Wir verpflichteten uns, dem anderen beim Abendessen jeweils etwas Komisches und etwas Ernstes zu erzählen. Wir wechselten uns ab.« Ein Schluchzen stieg in ihr auf, schwoll an, bis Linda sich neben Irene Brandons Sessel kniete, der zitternden Frau den Arm um die Schultern legte und ihr über das Haar strich. Als das Schluchzen nachließ, kehrte sie in ihren eigenen Sessel zurück.

»Nur noch ein paar Fragen. Hat Sie Ihnen je davon erzählt, daß sie etwas über das Wetter gelernt hat? Über die Sonne, Wolken und Regen?«

Lastendes Schweigen schien das ohnehin schon spärliche Licht zu schwächen und hing schwer und erstickend in der Luft.

»Was für ein Witz«, sagte Irene Brandon bitter. »Gott. Ihr Lehrer hat ihr erzählt, Regentropfen wären Tränen Gottes. Welcher Gott soll das gewesen sein? Gott hätte mir nicht mein Baby weggenommen.«

Dann stimmte es also. Allen drei Mädchen war die gleiche bizarre Geschichte erzählt worden. Aber sie besuchten verschiedene Schulen, hatten verschiedene Lehrer. Was würde Matt zu dieser Information zu sagen haben?

Wie ist die Kamee an den Hals der Puppe gelangt?

Irene Brandon schlang die Arme um ihre Mitte und wiegte sich vor und zurück. Dann hielt sie plötzlich inne und straffte die Schultern. »Ich würde ja auf Gott spucken, aber ich nehme Rücksicht auf meinen Teppich!«

»Ein Mensch … Es war ein Mensch, der das getan hat.« Linda verstand den Schmerz, das Gefühl, betrogen worden zu sein. Gott und Irene Brandon würden ihre Beziehung später bereinigen; im Augenblick brauchte Linda Crell mehr Fakten. »Was ist mit dem Lehrer? Wie ist sein Name?«

»Sie hatte eine Lehrerin – Miss Anderson. Aber ich weiß bereits, daß es nicht dieselbe Person ist wie … Martha Anderson ist in diesem Jahr aus Martinez hergezogen. Sie hat vorher nie in dieser Stadt unterrichtet.«

Linda nickte. Keith Genetti, das war der Name von Amys Lehrer gewesen, er war vierundzwanzig, engagiert, witzig und fair. Das war wirklich verwirrend. Und doch hatte man allen drei Kindern – Amy, Marianne und Cindy – exakt dieselbe merkwürdige Geschichte erzählt.

Irene Brandon fuhr fort, sich zu wiegen, die Augen geschlossen und die Finger in den Stoffbezug der Armlehnen ihres Sessels gekrallt.

»Erzählen Sie mir von Marianne«, bat Linda leise. »War sie tierlieb? Amy liebte Tiere, vor allem Wale.«

Ein Mundwinkel Irene Brandons zuckte hoch, und sie saß wieder still. »Kleine Hunde. Gefleckte Hunde. Ich weiß nicht, wie das kam. Vielleicht hatte sie in einem dieser Bücher für Kinder von einem solchen Hündchen gelesen, ich weiß es nicht, jedenfalls hatte sie mehrere Bücher über Tiere. Sie hat Bilder ausgeschnitten und in ein Heft geklebt. Braunweiße, schwarzweiße – alles kleine Hunde. Auf diese Weise hat sie gelernt, mit einer Schere umzugehen. Ich werde nie vergessen …«

Sprich darüber, dachte Linda und lehnte sich in ihrem Sessel zurück. *Behalte sie in diesen Erinnerungen bei dir. Es hilft wirklich, wenn man an die schönen Erlebnisse zurückdenkt.*

»Eine ganze Stunde – das ist ja unglaublich. Ich habe mich hinreißen lassen, nicht wahr? Es tut mir leid. Es ist nur … Sind Sie noch länger in Oakland?«

»Ich weiß noch nicht recht, aber wenn es Ihnen recht ist, bleiben wir in Kontakt.« Linda schrieb Antons Telefonnummer auf einen Zettel. »Rufen Sie mich an, wenn Sie möchten. Jederzeit.« Sie trat auf Irene Brandon zu und umarmte sie. Nimm etwas von meiner Kraft, dachte Linda. Speichere sie, damit du auf sie zurückgreifen kannst, wenn du sie nötig hast.

Irene Brandon preßte die Wange an Lindas. »Ich danke Ihnen«, sagte sie leise, bevor sie sich in ihren Sessel zurücksinken ließ.

Linda verließ das Haus, schloß leise die Tür hinter sich und fragte sich, was sie mit dem, was sie in Erfahrung gebracht hatte, anfangen sollte. Mia Honer schien ihr der vernünftigste Ansatzpunkt zu sein. Linda würde ihr alles erzählen, was ihr gestern noch widerstrebt hatte, alles, was sie heute entdeckt hatte, und Mia würde ihr helfen, dahinterzukommen, was es bedeutete.

Regen trommelte auf den Bürgersteig, ein heftiger Wind wirbelte ein Zeitungsblatt durch die Luft und drückte es an die Seite eines Autos, aber sie empfand die kalte Luft nach allem, was sie an diesem Morgen erlebt hatte, als wohltuend. Wassertropfen verfingen sich in ihren Wimpern. Sie blickte gen Himmel – perlig, ein ständig wechselndes Farbenspiel, lebendig – und hielt das Gesicht in den Regen. Ihre Arme schwangen entspannt vor und zurück, als sie sich ihrem Wagen näherte.

»Mrs. Crell?«

Linda wandte sich um; eine uniformierte Polizeibeamtin stand neben ihr, eine junge Frau mit frischem Teint und blondem lockigem Haar, das an das Haar erinnerte, das sie im Abfalleimer der Tankstelle zurückgelassen hatte, in einem Augenblick, der ihr nun vorkam wie ein längst vergangener Traum. Linda kämpfte den Impuls nieder, ihren Kopf mit den Händen zu bedecken.

»Würden Sie bitte mit mir kommen, Mrs. Crell. Wir haben ein paar Fragen an Sie – in Zusammenhang mit verschiedenen Vorfällen.«

»Mein Wagen ...«

»Jemand wird Sie zu Ihrem Wagen zurückbringen. Kommen Sie bitte mit.«

Sie würde sich nicht willenlos fügen, nur weil diese Frau eine Uniform und eine Pistole trug. Mia hatte die Polizei gestern gewarnt, sie zu belästigen.

»Bin ich verhaftet?« Sie achtete nicht auf den Regen, der ihr über das Gesicht lief, und blickte der Beamtin fest in die Augen.

»Nein, Ma'am. Aber es gibt da ein paar Fragen, die ...«

»Ich werde Ihre Fragen beantworten, aber ich werde selbst in die Siebte Straße fahren. In meinem eigenen Wagen. Freiwillig. Wenn Sie mich verhaften wollen, ist das etwas anderes. Wollen Sie mich verhaften?«

Ein Lächeln – Achtung? – stahl sich in die Augen der Polizistin. »Okay, das geht in Ordnung. Ihr fahre hinter Ihnen her.«

»Ich kenne den Weg«, entgegnete Linda. »Ich bin schon dort gewesen.«

Gut, das war sehr gut. Um Längen besser als vor drei Jahren.

Sie kam problemlos zur Siebten Straße durch, da die Straßen aufgrund des sintflutartigen Regens verlassen waren. Sie betraten das Gebäude gemeinsam, und die blonde Beamtin lockerte mit den Fingern ihr Haar, als sie sich dem Fahrstuhl näherten. Ein weiteres Gespräch, nur daß diesmal nicht Linda die Fragen stellen würde. Drei schrill gekleidete Frauen verließen johlend, kreischend und mit den Hüften wackelnd den Fahrstuhl; Linda folgte der Beamtin in die Aufzugkabine, und sie fuhren schweigend hinauf in den zweiten Stock.

Ihre Handflächen waren schweißnaß; sie rieb sie an ihren Oberschenkeln. Es war kalt hier drin, eisig, und sie fror in ihrem dünnen Regenmantel. Ihre weichen Knie würden sie ganz sicher nicht bis ans Ende des Flurs tragen, wo sie …

Nein, diesmal würde sie es nicht zulassen.

Sie atmete schwer und schnell wie Bea, als sie den sandigen Pfad zum Parkplatz hinaufgestiegen waren. Das war erst ein paar Tage her … sie hätte mit Bea wegfahren sollen, als sie noch die Gelegenheit hatte. Jetzt würden sie sie fragen, wo sie gewesen war, als Marianne und Cindy …

Sie würde nicht zusammenbrechen. Diesmal hatte sie ihnen sogar etwas zu sagen, das sich möglicherweise als entscheidender Hinweis herausstellen würde.

Weiter vorn sah sie die Tür zum Büro des Morddezernats. Keine Leibesvisitation, keine Fingerabdrücke, kein stundenlanges Verhör allein mit Fremden, mit Blut an ihrer Bluse und an ihren Händen, einem Fleck auf ihrem Schuh, der größer und größer wurde, während sie dort drin saß. Nein, diesmal war sie gewappnet.

Was hat Matt ihnen gestern erzählt?

»Hier entlang.« Die Frau hielt ihr die Tür auf, und Linda betrat einen Raum, der in etwa halb so groß war wie der in ihrer Erinnerung, in dem es aber doppelt so laut zuging. Telefone klingelten, Menschen unterhielten sich, Computertastaturen klapperten. Fünf Köpfe drehten sich ihr zu, starrten sie an und wandten sich dann wieder ihrer Arbeit zu.

Ein bläßlicher Mann kam an die Tür und betupfte sich das Gesicht mit einem feuchten Taschentuch. »Mrs. Crell, ich bin Sergeant Morella. Ich habe gehört, daß Sie längere Zeit bei Irene Brandon waren. Ist das richtig?«

»Ist das verboten, Sergeant?« Zornig, verdammt. Sie war zornig. Warum sollte Sie Irene Brandon nicht Trost spenden, soweit es in ihrer Macht lag? Er sah verändert aus, älter vielleicht oder schlanker, aber sie erinnerte sich an diesen Mann; sein Atem roch immer nach Schokolade. »Ich habe nichts zu verbergen.« *Abgesehen von der Tatsache, daß meine Kamee bei Ihnen in der Asservatenkammer liegt.* »Aber ich bestehe dennoch darauf, meine Anwältin anzurufen, bevor ich Ihre Fragen beantworte. Ich weigere mich, auf irgend etwas zu antworten, ehe ich nicht mit ihr gesprochen habe.«

Er hielt die Augen eine Idee zu lange geschlossen.

Linda fühlte Selbstvertrauen in sich aufsteigen, als sie den Ausdruck auf Morellas Gesicht erkannte; er hatte begriffen, daß sie nicht bereit war, für ihn das Opfer zu spielen. Er blickte auf ihr Haar; Sie blickte unverwandt in seine Augen.

»In Ordnung, Mrs. Crell. Sie können das Telefon auf dem zweiten Schreibtisch benutzen.«

Lindas Hand zitterte nicht, als sie ihr Adreßbüchlein aus ihrer Handtasche holte und die Nummer von Mia Honers Kanzlei wählte. Der herrische Tonfall der Sekretärin veränderte sich, sobald Linda ihren Namen genannt hatte; keine fünfzehn Sekunden später war Mia am Apparat.

»Bist du in Ordnung?« Mia klang ein wenig zögernd.

»Mir geht es gut. Eine Beamtin hat mich vor Irene Brandons Haus angesprochen und aufgefordert, sie aufs Revier zu begleiten. Ich habe ihnen klargemacht, daß ich keine Fragen beantworten würde, ehe ich nicht mit dir gesprochen hätte.«

Mia lachte leise. »Du bist ein zäher Brocken, Linda. Ich bin da, noch bevor du die erste Tasse von diesem gräßlichen Gebräu geleert hast, das sie Kaffee nennen. Bis dahin kein Wort. Was hast du überhaupt vor dem Haus von Irene Brandon gemacht?«

Das war eine lange Geschichte, und das war weder der richtige Ort noch der richtige Augenblick, sie zu erzählen. Morella sah auf die Unterlagen auf seinem Schreibtisch, aber zu spät. Linda hatte den eindringlichen Blick gesehen, mit dem er ihr Gesicht gemustert hatte.

»Du erzählst es mir, wenn ich da bin, ja? Fünf Minuten.« Mia legte auf.

Linda blickte auf die Styroportasse, die ihr jemand in die Hand gedrückt hatte. So wie bei fast allem anderen auch hatte Mia recht, was den Kaffee anbelangte.

»Soll das heißen, daß meine Klientin Ihnen diese Information liefert, und Sie sich nicht einmal die Namen der Lehrer aufschreiben wollen? Morella, erkennen Sie denn das Potential nicht, das hierin liegt?« Mia schüttelte fassungslos den Kopf. »Ich glaube, der Schiedsrichter braucht eine Brille.«

Morella zerknüllte grummelnd das Papier eines Schokoladenriegels, zog mit den Ellenbogen seine Hose höher und warf das Papier in den Abfalleimer. »Honer, wie oft muß ich es Ihnen noch sagen – alle drei Mädchen hatten verschiedene Lehrer. Ich an Ihrer Stelle würde mir viel mehr Sorgen darüber machen, daß Mrs. Crell kein Alibi hat für die Zeit, als die beiden Mädchen …«

»Sie *braucht* kein Alibi«, entgegnete Mia schroff. »Es sei denn, Sie verhaften sie.«

Linda schlug das Herz bis zum Hals. *Verhaften* – es kam ihr vor, als würde jeden Augenblick ein schnaubender Stier aus einer Box stürmen, um sie mit den Hörnern aufzuspießen. Vielleicht war es ein Fehler gewesen, Mia von den gläsernen Regenglocken zu erzählen. Als sie gehört hatte, wie die Anwältin sich dafür einsetzte, die Lehrer zu überprüfen und dieser seltsamen Geschichte auf den Grund zu gehen, war ihr das Ganze selbst lächerlich erschienen.

»Ich werde sie nicht verhaften. Noch nicht.« Morella sah auf die Uhr. »Ach ja. Noch was.«

Nur eins von Mias Grübchen wurde sichtbar. »Also gut, Columbo, schießen Sie los.« Sie gab Linda einen Wink und griff nach Mantel und Aktentasche.

Linda nahm ihren eigenen Regenmantel an sich, bemüht, das Zittern ihrer Hände zu unterdrücken.

Morella wühlte in einigen Unterlagen und verteilte sie auf dem gesamten zerkratzten Tisch, während er den Stapel durchsah. Dann erhob er sich und stützte sich vornübergebeugt mit beiden Händen auf eine Fotografie. Er nahm die Aufnahme vom Tisch und hielt sie sich vor die Brust. »Haben Sie das schon einmal gesehen, Mrs. Crell?«

Lüge. Sag ihm nicht die Wahrheit. Linda betrachtete das Foto eine, wie sie hoffte, angemessene Zeit lang und schüttelte dann den Kopf.

Morella seufzte und steckte das Foto zurück in eine Mappe.

Großmutter Donners Kamee ist vor anderthalb Jahren verschwunden, hätte sie sagen sollen, aber das hatte sie nicht, und jetzt hatte sie zum erstenmal, seit sie Mia kannte, ein Geheimnis vor ihr. Linda schlüpfte in ihren Regenmantel, während Morella die Tür zum Verhörzimmer öffnete. Der Lärm im Büro des Morddezernats hatte kaum abgenommen, während sie befragt worden war; das war ihr nur so erschienen, während sie mit ihrer Anwältin und dem Polizisten in diesem Raum eingesperrt gewesen war und das ewige Spiel der beiden mitgespielt hatte. Wenn sie könnte, würde sie ihre Sachen packen und nach Hause fahren. Nach *Hause?*

Sie folgte Mia durch die rege Betriebsamkeit hindurch hinaus auf den Flur; schweigend warteten sie, bis der Fahrstuhl ratternd im zweiten Stock hielt. Die Tür glitt auf, und mehrere Person schoben sich an ihr vorbei in den Flur.

Das war er.

Der Mann mit dem Toyota. Mit den hochgezogenen Schultern und dem geschmeidigen, anmutigen Gang – sie würde ihn überall wiedererkennen. Ihr Herz hämmerte, aber er ging an ihr vorbei, ohne sie zu beachten.

Die Fahrstuhltüren schlossen sich. »Kennst du ihn?« Mia steckte den leuchtendroten Kamm in ihrem Haar wieder fest und ließ das Schloß an ihrer Aktentasche zuschnappen.

»Nur ein Gespenst aus der Vergangenheit«, entgegnete Linda.

28. KAPITEL

Wenn es sich um einen anderen Fall gehandelt hätte, wäre Goldstein möglicherweise dankbar gewesen für eine Entschuldigung, an Thanksgiving zu arbeiten. Er und sein Vater führten jedesmal heftige politische Diskussionen, während seine Mutter viel zuviel zu Essen zubereitete. Tante Sheila ließ sich darüber aus, daß sie neue Teller zu ihrem Silberservice kaufen wolle, Onkel Morris schlief im Sessel ein, und zu den drei oder vier hinzugeladenen Gästen würde unweigerlich eine unverheiratete Frau gehören – ›gerade aus New York hergezogen, sehr erfolgreich‹ –, die Aaron und Rosalie für ihren Sohn geeignet schien.

Er machte eine Kehrtwendung, bog nach rechts in den Broadway ein und steuerte auf das Büro der Bürgerinitiative zu. Es tat ihm leid, daß Cruz den Urlaub mit seiner Familie versäumte. Genaugenommen war Cavessena die einzige, von der Goldstein keine Klagen darüber gehört hatte, daß sie alle an Thanksgiving arbeiten mußten.

Er lenkte den BMW an den Straßenrand. Das Licht im Büro strahlte wie ein eigentümliches Leuchtfeuer im nachmittäglichen Dämmerlicht. Goldstein versuchte, den Regentropfen auszuweichen, aber der Regen schlug ihm ins Gesicht. Charlotte Wertz, halb unter ihrem Schirm versteckt, hastete auf die Tür zu und rannte ihn beinahe um. »Ganz schön lange Arbeitstage haben Sie«, sagte er.

Erschrocken blickte sie in die Richtung, aus der seine Stimme kam. »Ich brauche nicht viel Schlaf«, sagte sie. Der resignierte Ton in ihrer Stimme mochte auf Erschöpfung oder auch Entmutigung zurückzuführen sein – oder auf beides. Die Grübchen unterhalb ihrer Wangen vertieften sich, als sie lächelte. »Waren Sie zufällig in der Nähe?«

Nicht einmal die Müdigkeit konnte ihrer Eleganz Abbruch tun. Was brauchte es, sie aus der Fassung zu bringen? »So ähnlich. Darf ich Sie zu einem Kaffee einladen?«

Etwas an ihr störte ihn immer noch – abgesehen von ihrer Haltung, abgesehen von seiner Unsicherheit in bezug darauf, was er eigentlich von ihr wollte. Sie schien sich zu sehr für die Arbeit der Bürgerinitiative einzusetzen. Was veranlaßte Charlotte Wertz, eine einunddreißigjährige, erfolgreiche Börsenmaklerin, sich persönlich in diesem Maße dafür zu engagieren, daß Marianne Brandons Mörder und Cindy Forrests Entführer gefaßt wurde? Vielleicht, wenn er sie ein wenig unter Druck setzte …

»Hier in der Gegend gibt es nirgendwo vernünftigen Kaffee«, sagte er. »Wenn wir in San Francisco wären, würde ich sagen, ich braue uns bei mir zu Hause einen Kona.« Berechnung? Sicher, aber sie war eine erwachsene Frau; es lag an ihr zu entscheiden, wann sein Interesse dienstlicher Natur war und wann nicht.

Sie wölbte eine Braue und gestattete sich ein wirklich bemerkenswertes Lächeln, das ihr ganzes Gesicht aufleuchten ließ. »Wir müssen beide um zwei Uhr wieder hiersein, aber bis dahin sind es noch vierzig Minuten. Wenn Sie hinter mir herfahren, Sergeant, koche ich Ihnen einen Kaffee.«

Ihr Haus lag zwei Blocks entfernt, ein einfaches Stuckhaus mit Unmengen blühender Pflanzen in Tonkübeln auf der kleinen Veranda. Eine orangefarbene Katze verschwand im Gebüsch, als Charlotte die Tür aufsperrte. Einige Blocks weiter rollte ein Bus gemächlich seinem Ziel entgegen. Ansonsten lag Stille wie eine Decke über dem Viertel.

Das Wohnzimmer bestätigte Goldsteins ersten Eindruck von Charlotte Wertz. Eine riesige Vase mit gelb-weißen Chrysanthemen bot einen krassen, farbigen Kontrast zur beinahe strengen Einrichtung. Auf einem Korbtisch in einer Ecke lag ein Stapel teurer Kunstbücher; die andere Ecke zierte ein schimmernder kleiner Konzertflügel. Über einem einfachen weißen Sofa hing eine große, chromgerahmte Leinwand in kräftigen Amethyst- und Saphirtönen. Die Beleuchtung war diffus, der Gesamteindruck der geschmackvoller Eleganz.

»Sie erklären mir jetzt bestimmt, daß Sie nur koffeinfreien Kaffee trinken, richtig? Kalifornien ist manchmal so langweilig mit diesem ganzen Gesundheitswahn. Womit kann ich Sie glücklich machen?«

Sofern ihr bewußt war, daß ihre Worte Raum für verschiedene Interpretationen boten, ließ sie es sich nicht anmerken. Goldstein ging nicht darauf ein und hoffte, daß die Zweideutigkeit nicht beabsichtigt gewesen war. »Richtigen Kaffee, bitte. Und einen Cognac gegen die Kälte und Nässe.«

Sie holte eine Flasche Remy Martin und machte sich daran, den Kaffee zu kochen. Wie viele andere Frauen, wie viele Liebesaffären in den vergangenen zehn Jahren hatten mit einem Kristallschwenker Remy als Zeugen begonnen oder geendet? Vor zwei Jahren hatte Lilla Smith sich ihm vorgestellt und unter ihrem Schminktisch in einem Nachtclub in San Francisco eine Flasche Remy hervorgeholt. Diese Beziehung hatte nicht unbedingt so geendet, wie er es sich erhofft hatte.

»Sergeant Goldstein, wir sind nicht hier, um in aller Freundschaft eine Tasse Kaffee miteinander zu trinken.« Sie streifte die Schuhe von den Füßen, zog die Beine an und kuschelte sich in einen großen, weich gepolsterten Sessel ihm gegenüber. »Ich weiß es, Sie wissen es, und ich habe heute keine Lust mehr auf diese Art von Spielchen.«

Ihre Stimme hatte sich verändert; sie klang distanzierter, nüchterner. Widerstrebend schlüpfte Goldstein wieder in die Rolle des Polizisten. So klangen häufig Menschen, die dicht davor standen, sich etwas von der Seele zu reden; noch war die Zeit nicht gekommen, da er in seiner Wachsamkeit ihr gegenüber nachlassen durfte. Vielleicht würde die Zeit nie kommen. »Sie haben mir etwas zu sagen«, sagte er sanft.

»Ich habe bemerkt, wie Sie mich angeschaut haben, und ich habe die Fragen in Ihren Augen gesehen. Das ist Ihr Job, sicher. In gewisser Weise freut es mich, daß Sie sich nicht vom äußeren Schein leiten lassen. Aber so langsam fühle ich mich dabei unwohl, und darum möchte ich Ihnen einige Dinge sagen, die Sie vermutlich noch nicht wissen.«

Goldstein nippte an seinem Kaffee; er rann brennendheiß seine Kehle hinab. »Ich habe Sie aus verschiedenen Gründen angesehen.« Er wich dem Blick ihrer smaragdgrünen Augen aus, der außergewöhnlichen Anziehung ihrer Blasiertheit.

Sie nahm ihre eigene Tasse vom Tisch und blies auf die dampfende Flüssigkeit. »Ich habe keine kriminelle Vergangenheit. Ich bin nie in einer psychiatrischen Anstalt gewesen oder etwas in der Art. Ich bin weder eine Kinderschänderin noch wurde ich selbst als Kind mißbraucht. Aber ich habe mit sechzehn Jahren abtreiben lassen.« Sie hob die Stimme, als hätte die Anstrengung, diese Worte auszusprechen, ihre Fähigkeit beeinträchtigt, die Lautstärke zu kontrollieren. »Ein kleines Mädchen. Von der Sekunde an, da ich von der Schwangerschaft erfuhr, hatte das kleine Wesen in mir eine Identität. Ein Mädchen – ich wußte es einfach. Ich war nicht in der Lage, ein Kind großzuziehen. Meine Mutter trank, und mein Vater tat so, als existierten wir beide nicht. Ich konnte einfach nicht die Verantwortung übernehmen, ein unschuldiges Kind einer so freudlosen, verwirrenden Welt auszusetzen. Ich war in der zehnten Woche, als ich abtreiben ließ.

Es dauerte einen ganzen Monat, ehe ich reagierte. Als es dann passierte, nahm ich zwanzig Pfund ab und mußte von der Schule abgehen. Eine Englischlehrerin, die sehr enttäuscht war, daß ich die Schule verlassen hatte, brachte mich schließlich soweit, einzusehen, daß ich mich genug bestraft hatte. Sie war großartig. Wenn sie nicht gewesen wäre …«

Sie hob die Tasse an die Lippen, nahm einen Schluck und fuhr sich in einer uncharakteristischen, uneleganten Geste mit dem Handrücken über die Lippen. »Ich bereue die Abtreibung in Anbetracht der damaligen Umstände nicht. Trotzdem blieb mir fast das Herz stehen, als Marianne vor zwei Jahren in meinen Garten hüpfte, um den Ball zu suchen, mit dem sie gespielt hatte. Sie war acht Jahre jünger als meine Tochter zu dieser Zeit gewesen wäre, aber ohne mir dessen bewußt zu sein, überschüttete ich Marianne förmlich mit der ganzen Liebe, die ich meiner kleinen Tochter geschenkt hätte, wenn sie geboren worden wäre. Nach einiger Zeit erkannte ich, was ich tat, und zwang mich zu einer Therapie. Von da an wahrte ich eine gewisse Distanz, aber zwischen uns, zwischen Marianne und mir, gab es ein starkes Band, entstanden aus meinem Bedürfnis, Liebe zu schenken … und ihrem Bedürfnis, mit jemandem zusammensein zu können, bis ihre Mutter nach Hause kam.

Als ich von ihrer Ermordung erfuhr, glaubte ich, es nicht ertragen zu können, Sergeant Goldstein. Mein erster Impuls war der, mich zu verkriechen, aber das hätte mich nicht getröstet. Wenn ich kann, muß ich mir diesen Trost selbst verschaffen – oder darum bitten. Und dazu beizutragen, den Mörder zu finden, ist im Augenblick mein einziger Trost.« Sie stellte die Tasse auf den Tisch und sah ihm in die Augen.

Es fiel ihm schwer, elterliche Gefühle zu verstehen; sie würden ihm nie auch nur im entferntesten zugänglich sein. Was mochte das für ein Gefühl sein, wenn man sechzehn war und erfuhr, daß man ein Kind erwartete? Eine Welle der

Verwirrung brach über ihm zusammen; er wollte nach ihrer Hand greifen, stellte jedoch fest, daß er sich nicht rühren konnte.

»Danke fürs Zuhören«, sagte sie. »Ich weiß es selbst nicht genau, was ich mir davon versprochen habe, Ihnen das alles zu erzählen. Ich hoffe, es führt nicht dazu, daß Sie sich künftig in meiner Gegenwart unbehaglich fühlen. Ich habe Ihr Mißtrauen gespürt, und ich wollte Ihnen erklären, weshalb ...« Sie schluckte hart. »... ich mich so engagiere.«

Er wollte sagen, daß sein Interesse nicht rein dienstlicher Art war, aber das war wohl nicht der richtige Zeitpunkt für ein solches Eingeständnis. Und doch konnte er nicht gehen, ohne in irgendeiner Weise auf ihre Enthüllungen zu reagieren. Manchmal, wenn simple zwischenmenschliche Gesten aufgrund seines Berufes praktisch unmöglich waren, wünschte Jay Goldstein, er hätte den einfacheren Weg gewählt und wäre Philosophieprofessor an einem kleinen, aber renommierten College in Neuengland geworden, Herausgeber eines Esoterikjournals, irgend etwas anderes.

Ihre Geschichte war zu aufwühlend; sie warf zu viele beunruhigende Fragen auf, und er ertappte sich dabei, daß er verzweifelt auf ein Zeichen hoffte. Er wollte Zeichen von Edelmut und Würde sehen, aber wohin auch immer er sich wandte, sah er nur Kompensation für Schuldgefühle oder das Bedürfnis nach Aufmerksamkeit. Seine Suche nach dem Sinn des Lebens war dem widerwilligen Eingeständnis gewichen, daß es keinen gab. Goldstein hatte in letzter Zeit erkennen müssen, daß seine persönliche Philosophie nicht weiter fortgeschritten war als bis zu Camus und Sartre und der Theorie, daß nichts bedeutungsvoller war als irgend etwas anderes. Gab es hiervon ein Zurück?

Er lächelte schief und schob seine halbvolle (halbleere? Heute war ihm das egal) Kaffeetasse beiseite. Er erhob sich, überraschte sich selbst damit, daß er Charlotte Wertz einen flüchtigen Kuß auf die Wange drückte, und verließ das Haus.

Arbeiten – das würde helfen, Charlotte und ihre Geschichte aus seinen Gedanken zu verbannen. Im Büro der Bürgerinitiative herrschte immer noch emsige Betriebsamkeit, und nachdem er eine halbe Stunde vergeblich versucht hatte, sich zu konzentrieren, schien es ihm das beste zu sein, die Berichte, die er noch nicht gelesen hatte, mit aufs Revier zu nehmen.

Die Stapel wuchsen wie Pilze auf einem Baumstumpf; Stapel, die vollständig an einem Tag durchzuarbeiten, ihm und Cruz nie ganz gelang. Wenn er sie mit nach Hause nahm, würde er mehr geschafft bekommen. Ein Karton – er brauchte irgendeinen Behälter, um sie zu transportieren. Ohne auf die schrillenden Telefone und die hektische, lärmende Crew der freiwilligen Helfer zu achten, steuerte er den Tisch neben dem Aktenschrank an. Er konnte die Notizblöcke auspacken und diesen Karton benutzen. Er hielt beim Durchqueren des Raumes den Blick auf die Schule geheftet, in Gedanken Jahre und Meilen weit fort. Die Eingangstür wurde geöffnet. Charlotte Wertz stand in der Tür, das Gesicht glitzernd vom Regen.

Er wandte sich ab. Etwas Rotes auf dem Boden erregte seine Aufmerksamkeit. Der Lichtstreifen, der durch die offene Tür hereinfiel, reichte am Aktenschrank vorbei und fiel auf etwas Rotes, das zwischen Aktenschrank und Wand klemmte.

Er kniete sich hin, brachte das Gesicht so dicht an den kleinen roten Gegenstand heran, daß er Bohnerwachs und die schimmelige Feuchtigkeit unter dem Gebäude riechen konnte. Er würde den Aktenschrank vorrücken müssen, um an den Gegenstand heranzukommen – aber er wußte bereits, was er finden würde.

Solange er denken konnte, hatte er gewußt, daß das Makabre eine Verbindung zum Erhabenen herzustellen vermochte. Er hatte es erwartet, sich danach gesehnt, als er beschlossen hatte, in Oakland zu arbeiten, entgegen dem Wunsch seines Vaters und seiner eigenen ansatzweise geprüften und dann verworfenen Pläne, eine akademische Laufbahn einzuschlagen.

Er durfte nicht riskieren, den Gegenstand zu zerbrechen. Seine Gedanken überschlugen sich. Der Aktenschrank war vor zwei Tagen aufgestellt worden; eine Spende aus Mrs. Silcocks Garage. Schwitzend und grunzend hatten zwei dürre Jugendliche das Ungetüm hereingetragen und Charlottes ausgestrecktem Finger folgend an dieser Wand abgestellt. Goldstein hatte die Szene beobachtet, belustigt ob der patzigen Art, mit der die Jungen Mrs. Silcock begegneten – und ihrem schüchternen Gestotter, wann immer Charlotte das Wort an sie richtete.

Er ruckte an einer Ecke des Aktenschranks. Inzwischen waren alle Unterlagen, die überall im Raum herumgelegen hatten, sauber abgeheftet worden, wodurch vierzig oder fünfzig Pfund zum Eigengewicht des Schranks hinzugekommen waren. Ohne die Geräuschkulisse um sich herum wahrzunehmen, zog er am Griff einer Schublade, verlagerte sein Gewicht und drückte mit der Hüfte gegen das Möbelstück. Der Aktenschrank gab ein wenig nach, fast genug, aber er kam immer noch nicht an den Gegenstand heran. Er nahm einen Umschlag vom Tisch und benutzte ihn als Verlängerung. Der Gegenstand glitt heraus.

Er hatte sich nicht geirrt.

Es war eine kleine rote Haarspange mit einem schlappohrigen Kaninchen an einem Ende. In der Schließe hatte sich ein feines blondes Haar verfangen.

Er kam sich albern vor auf allen vieren auf dem Boden, aber das spielte in diesem Augenblick wohl kaum eine Rolle. ›Haarspangen mit Kaninchen.‹ Ein freiwilliger Helfer hatte diese Nachricht in eben diesem Raum an einem der Telefone entgegengenommen. Er faltete einen Briefumschlag und schob ihn unter die Spange. Seine Hand zitterte, als er sich langsam aufrichtete. Er öffnete mit der freien Hand einen zweiten Umschlag und ließ die Haarspange hineingleiten.

Er mußte sie sofort ins Labor bringen.

Am anderen Ende des Raumes sah er Cruz mit Charlotte sprechen. Goldstein begegnete seinem Blick und zeigte auf die Wanduhr. Cruz nickte, nahm seine Windjacke von der Stuhllehne und bahnte sich dann einen Weg an zwei Tischen mit Freiwilligen vorbei. Stirnrunzelnd blickte er über die Schulter hinweg auf die Uhr. »Hast du es eilig? Auf dem Revier ist doch erst in knapp zwei Stunden wieder Showtime.«

Goldstein ließ ihn einen Blick in den Umschlag werfen. »Cindys rote Haarspange«, sagte er leise. »Wir sollten sie ihren Eltern zeigen, um ganz sicherzugehen.«

Cruz nickte, mit einemmal sehr blaß. »Wir müssen uns etwas besorgen, was dem Mädchen gehört. Fingerabdrücke sicherstellen und das Haar analysieren. Wenn wir einen Treffer landen ...« In seine Augen trat ein glasiger, abwesender Ausdruck.

»Wir machen einen Abstecher ins Labor, bevor wir zur Besprechung gehen.« Goldsteins Mund war plötzlich ganz trocken. Bald würde sich das Tempo beschleunigen. Es war kein Zufall, daß dieser Gegenstand in diesem Raum gefunden worden war. Der einzige Zufall daran war, daß Goldstein ihn als erster gesehen und aufgehoben hatte, ohne Fingerabdrücke zu verwischen, die möglicherweise auf dem Plastik zurückgelassen worden waren.

»Geh und bitte Charlotte um eine Liste der Helfer. Sag ihr, sie soll niemandem gegenüber erwähnen, daß du um diese Liste gebeten hast – und sag ihr nicht, wozu du sie brauchst.«

Es schien, als wollte Cruz etwas sagen, aber dann ging er doch auf direktem Wege zu Charlotte. *Ich kann von Glück sagen, daß er mich nicht zur Schnecke gemacht hat, daß ich ihn so herumkommandiert habe,* dachte Goldstein.

Cruz machte ein grimmiges Gesicht, als er zurückkam. »Sie sagt, es gäbe keine vollständige Liste, sie würde aber versuchen, bis vier eine aufzusetzen – wenn sie nicht zu beschäftigt ist. Komm schon, Mann, wenn ich zu lange darüber nachdenke, drehe ich noch durch. Das Gespräch mit den Eltern wird kein Zuckerschlecken werden. Bringen wir es hinter uns, okay?«

Er hatte recht. Goldstein steckte den Umschlag ein, warf sich den Regenmantel über die Schulter und folgte Cruz durch die Tür hinaus in den Nieselregen.

»Ich fahre«, erbot sich Cruz. Goldstein war es zufrieden, sich zurückzulehnen und die regennassen Bäume anzustarren. Er mußte sich beruhigen, sonst würde er einen Fehler machen und knifflige Angelegenheiten vermasseln. Er stellte sich ein schwaches Licht vor, das von seinen Füßen und Händen ausging und seine Beine, seine Arme und den Brustkorb durchströmte. Mr. Yamasake hatte ihn so viele Male durch diese Meditationspraktik geführt; jetzt konnte er fühlen, wie die Weichheit seine Glieder erfaßte. Das Licht füllte seine Brust, stieg an seinem Hals empor, strömte in die kleinen Knochen um seine Augen.

»Scheiße Mann, ich halte das nicht aus. Das ist nicht fair. Verdammt, ich kann das nicht.« Cruz schrie regelrecht, seine Stimme viel zu laut im Wagen mit den geschlossenen Fenstern.

Das sanfte Licht breitete sich weiter aus, bis zu Goldsteins Gehirn. Er atmete aus und wandte sich dann Cruz zu. »Was?«

»Diesen Leuten gegenüberzutreten, Goldstein.« Cruz schrie immer noch; die Adern an seinem Hals standen hervor. »Sie sehen einen an, als wären sie überzeugt davon, daß man der einzige Mensch auf Erden ist, der ihnen helfen kann. Ich kann ihnen nicht noch einmal unter die Augen treten.«

Sie waren nur noch einen halben Block vom Haus der Forrests entfernt. »Ich werde reingehen. Ist schon okay, Cruz. Du wartest im Wagen.«

Cruz fuhr an den Straßenrand; bevor einer von ihnen es sich anders überlegen konnte, stieg Goldstein aus dem Wagen. Er nickte dem Polizisten zu, der auf der anderen Straßenseite in einem neutralen Fahrzeug saß und das Haus beobachtete, und sprang über den Sturzbach hinweg, der den Hügel herab dem Gulli entgegenrauschte. Sämtliche Fenster des gepflegten Fachwerkhauses waren erleuchtet. Goldstein dachte an all die Menschen, denen er in den zwölf Jahren seiner Polizistenlaufbahn begegnet war und die auf Neuigkeiten gewartet hatten. Sie ließen immer alle Lichter brennen.

Er klingelte.

»Ja?« Ed Forrests Stimme war tiefer, als er erwartet hatte.

»Hier ist Sergeant Goldstein. Ich bin der Partner von Carlos Cruz.«

Die Tür schwang auf, und Forrest trat mit gebeugtem Rücken beiseite, um Goldstein hereinzulassen. Sein Gesicht strahlte tiefe Trauer aus; er würde dem kräftigen, hilflosen Mann keinen Gefallen tun, wenn er ihn unnötig warten ließ. Goldstein griff in die Tasche und nahm den Umschlag heraus. Er öffnete ihn und hielt ihn Ed Forrest hin. Die dicken Finger des Mannes zitterten, als er nach dem Umschlag griff.

»Fassen Sie sie bitte nicht an. Sagen Sie mir bitte – sieht diese Spange so aus wie eine von denen, die Ihre Tochter getragen hat?«

Ed Forrests Kopf schoß vor. Seine Augen füllten sich mit Tränen, und er schüttelte den Kopf. »Ich weiß es nicht, vielleicht. Wo haben Sie die her? Ist sie …?« Er würgte und krallte die Hände in den Kragen von Goldsteins Regenmantel.

»Mr. Forrest, wir haben Cindy nicht gefunden. Ich kann noch nicht sagen, was dieser Fund bedeutet. Wir wissen ja noch nicht einmal, ob diese Spange wirklich Cindy gehört hat.« Ed Forrests Griff lockerte sich; als er den Mantelkragen schließlich losließ, trat Goldstein einen Schritt zurück. »Würden Sie noch einmal genau hinsehen und mir sagen, ob sie Cindy gehört hat?«

»Da muß ich Margie rufen. Sie ist diejenige, die immer …« Forrest brach mitten im Satz ab, wischte sich über die Augen und lief fluchtartig die Treppe hinauf.

Goldstein, der sich vorkam wie ein Eindringling, wartete in der Diele. Die Tür zur Rechten war zugezogen; zur Linken befand sich das schäbige, hell erleuchtete Wohnzimmer. Cindys Foto war vom Kaminsims verschwunden.

»Sergeant Goldstein?« Die Arme an die Brust gedrückt, schwebte Margie Forrest förmlich wie ein Geist die Treppe herab. Sie hatte Schatten unter den Augen, dunkle Ringe in ihrem blassen Gesicht.

»Entschuldigen Sie die Störung, Mrs. Forrest. Ich weiß, daß das schwer für Sie ist, aber das könnte der Durchbruch sein, auf den wir gehofft haben.«

Welches Recht hatte er, ihr Hoffnung zu machen? Der Gesichtsausdruck der Frau veränderte sich nicht merklich. Vielleicht hatte sie Ähnliches schon mal gehört, sei es auch nur in ihrer Phantasie.

»Mein Mann sagt, Sie haben eine Haarspange gefunden. Darf ich sie sehen?« Ihre Stimme klang ausdruckslos; er konnte weder Hoffnung noch Verzweiflung heraushören.

Goldstein hielt erneut den Umschlag hoch. Sie griff nicht danach, wie ihr Mann es getan hatte, sondern starrte wortlos und ohne sichtliche Gefühlsregung hinein. »Mrs. Forrest?« sagte er sanft.

»Das ist Cindys. Sie hat zwei davon getragen, damit ihre Zöpfe sich nicht lösten. Sie haben nur die eine gefunden? Wo? O mein Gott.« Sie schmiegte sich an den vorstehenden Bauch ihres Mannes; er legte die Arme um sie, und beide starrten Goldstein an.

Zum zweitenmal an diesem Tag wußte er nicht, was er sagen sollte. »Ich wünschte, ich könnte Ihnen mehr sagen, aber das kann ich nicht. Ich hoffe, daß dies uns hilft, Cindy zu finden.«

Er erklärte, was als nächstes passieren würde. Ruhig ging Ed Forrest nach oben und kehrte mit einer Plastiktüte zurück, in der sich Goldsteins Bitte entsprechend Cindys Haarbürste und ihr Nachttischwecker befanden.

Goldstein bedankte sich bei Forrest und ließ das Ehepaar in seinem hellerleuchteten Haus stehen, während er Gegenstände aus dem Leben ihrer Tochter in einer Einkaufstüte ins Labor brachte.

29. KAPITEL

»Cruz.«

McNaughtons Stimme ließ ihn innehalten, als er den Flur hinunter auf das Büro des Morddezernats zuhastete. Cruz kam schlitternd zum Stehen. »Entschuldigen Sie, daß ich zu spät komme, aber …«

»Die Besprechung ist auf halb fünf verschoben worden«, fiel McNaughton ihm ins Wort. »Ich habe mit der Presse gesprochen und versucht, sie mit Kleinigkeiten bis mindestens Montag hinzuhalten.«

McNaughton hatte offenbar noch nicht mit Goldstein gesprochen, wußte scheinbar noch nichts von der Haarspange. »Mac …«

»Cruz, ich habe nachgedacht. Jetzt, wo wir mit der Crell und ihrem Mann gesprochen haben, habe ich noch mehr Fragen sie betreffend als vorher. Warum fahren Sie nicht nach Pescadero und hören sich dort ein wenig um – reden Sie mit dem Typen, für den Crell angeblich gearbeitet hat, mit dem Angestellten des Ladens, in dem sie einkauft, und so weiter. Es dürfte ein oder zwei Tage in Anspruch nehmen, diese Gespräche zu führen, meinen Sie nicht auch?«

McNaughtons Angebot war überaus großzügig. Jemand aus einer anderen Abteilung konnte während Cruz' Abwesenheit die Berichte der Bürgerinitiative bearbeiten, und er konnte zumindest eine Nacht bei Elenya und den Jungen sein.

Scheiße, welches Timing.

Noch vor zwei Stunden hätte er keine Sekunde gezögert. Wenn sich nun herausstellte, daß die Haarspange tatsächlich Cindy gehört hatte, würden er und Goldstein mit ihren Kontakten zur Bürgerinitiative unabkömmlich sein. Nachdem sie eine Beziehung – welcher Art auch immer – zu den Freiwilligen aufgebaut hatten, waren Goldstein und er am besten geeignet, sich die Leute dort etwas genauer anzusehen. Und das bedeutete, daß Pescadero und Santa Cruz nicht ins Bild paßten.

Er dankte McNaughton dafür, daß er an ihn gedacht hatte, und erzählte ihm dann von der Haarspange.

Verstehen trat in McNaughtons Augen. Die Pfeife in der Hand, sagte er: »Sollte sich nichts finden, fahren Sie runter und befragen diese Leute. Sollten jedoch eindeutige Spuren gefunden werden, daß die Spange tatsächlich Cindy Forrest gehört hat ... Ich werde anrufen und dem Labor Daumenschrauben anlegen, die Fingerabdrücke so schnell wie irgend möglich zu überprüfen. In der Zwischenzeit stellen Sie eine Liste aller Personen auf, und ich meine jeder einzelnen Person einschließlich Boten und Briefträger, die das Büro der Bürgerinitiative betreten haben, seit es diese verfluchte Zentrale dort gibt – Name, Adresse, Telefonnummer, Beruf, alles, was irgendwie von Bedeutung sein könnte.«

»Goldstein und ich arbeiten bereits daran, Lieutenant«, entgegnete Cruz. »Wir fahren im Anschluß an die Besprechung noch einmal hin, um die Liste zu holen und mit der Frau zu sprechen, die die Initiative gewissermaßen leitet.«

McNaughtons Pfeife schlug klickend gegen seine Zähne. »Wäre es nicht großartig, wenn wir den Fall bis morgen lösen könnten? Der Traum eines jeden Reporters, Sie verstehen?«

»Das kommt auf die Einzelheiten an«, sagte Cruz.

Wenn er darüber nachdachte, war es wahrscheinlicher, daß sich das Ganze zu einem Alptraum entwickelte.

McNaughton kniff die Augen zusammen. »Es gibt noch

einen Haufen loser Enden, Cruz. Anstatt däumchendrehend auf die Laborergebnisse zu warten, sollten wir besser versuchen, diese losen Enden zu verknüpfen. Dieser Krankenwagendiebstahl – wir haben bereits den Mann überprüft, der das Haus hinter dem Cottage gemietet hat, aber wir müssen uns noch mit dem Eigentümer in Verbindung setzen. Und das Cabrio und unser Phantommädchen, das den Zettel mit der Aufschrift *HILFE* ans Fenster gehalten hat. Suchen Sie sich etwas aus, Cruz, und klemmen Sie sich dahinter. Dann gehen Sie den nächsten Punkt an. Wir sehen uns um halb fünf.« McNaughton betrat den wartenden Fahrstuhl; die Türen glitten zu, und er verschwand aus Cruz' Blickfeld.

Natürlich Lieutenant, dachte Cruz. *Ein bißchen Beschäftigung, um mich abzulenken.* Es war erst drei Uhr – noch neunzig Minuten bis zur Besprechung. Morella, Quinn und Cavessena saßen an ihren Schreibtischen; nur Morella sah auf, als Cruz seine Jacke über die Rückenlehne seines Stuhls hängte. Der stämmige Beamte zerknüllte ein Snickers-Papier, warf es in einen Papierkorb, der auf seinem Schreibtisch stand, und beugte sich wieder über seine Akten.

Cruz ließ sich auf seinen Stuhl sinken. Wenn McNaughton das Labor dazu bringen konnte, sich zu beeilen, konnten die Resultate ihnen in weniger als einer Stunde vorliegen – aber er wußte bereits, wie das Ergebnis ausfallen würde. Wenn Charlotte Wertz schon einmal mit der Liste begann, würde das viel Zeit sparen.

McNaughton hatte vermutlich recht, sich zu beschäftigen wäre sicher besser, als nur tatenlos herumzusitzen. Das Telefon klingelte und nahm ihm die Entscheidung ab.

»Cruz, Morddezernat.«

»Cruz? Artie Demshin vom Katasteramt. Du hast eine Nachricht hinterlassen, daß ich zurückrufen soll?« Die Stimme klang schroff, beinahe zornig, die perfekte Tarnung eines ehemaligen New Yorkers. Demshin war ein sanftmütiger Mensch, und darum hatte er sich diesen Tonfall angewöhnt, um nicht von der Bürokratie zermalmt zu werden.

»Ja, Artie. Ich muß dringend wissen, wem dieses Cottage gehört. Hast du schon etwas für mich?«

»Tut mir leid, daß ich nicht schon früher angerufen habe. Ich bin ziemlich im Streß. Ich habe die Steuerfahndung auf dem Hals. Ist das zu glauben?«

Artie hatte Jahre getönt, daß er gern seine Steuern zahlte, weil er stolz wäre, Amerikaner zu sein, und von seinem Geld immerhin Straßen, Brücken, Schulen und Space Shuttles gebaut würden. Cruz mied Diskussionen hierüber, wann immer möglich, und außerdem gehörte Patriotismus zu den Dingen, die man schwerlich kritisieren konnte. Trotzdem bereitete es ihm eine gewisse Befriedigung, daß sich die Waagschale nun doch ein wenig in seine Richtung neigte.

»Das ist hart, Mann«, entgegnete Cruz grinsend. »Schieß los.«

»Der Steuerprüfer meinte, die medizinischen Auslagen hätten das Finanzamt stutzig gemacht. Ich schätze, es erscheint wohl merkwürdig, daß zwei Berufstätige, die zusammen sechsundvierzigtausend im Jahr verdienen, über achttausend Dollar für ärztliche Behandlungen aufgewendet haben, aber was soll ich machen? Meine Kinder brauchten beide Zahnspangen, ich habe mir beim Skilaufen ein Bein gebrochen, und Mary hatte zwei Monate Mononukleose, und das war verdammt teuer ...«

»Artie, mir gegenüber brauchst du dich nicht zu rechtfertigen. Das Haus.«

»Ach so, ja, entschuldige. Als Adresse der *ABC Properties* ist ein Postfach in Oakland angegeben. Ein Anrufbeantworter zeichnet Anrufe auf. Ich habe beim Büro des Generalstaatsanwalts nachgefragt und herausgefunden, daß *ABC* ein Synonym für einen gewissen Harvey Kittner ist. Der einzige Eintrag, der uns vorliegt, ist ein Haus an der Melrose in Los Angeles.«

Er war in der vergangenen Woche so vielen Blindgängern nachgegangen, hatte aus den Stapeln von Berichten zahllose Hinweise aus dem ganzen Land überprüft, aber bislang hatten sie nirgendwohin geführt, und in diesem Fall würde es wohl ganz ähnlich aussehen. Die Haarspange – das war die einzige konkrete Spur, die ihm während der ganzen Woche untergekommen war. Wirklich dreist, dieser Kerl, die Cops und die freiwilligen Helfer derart zu verhöhnen. *Seht her,* wollte er damit sagen, *ich bin direkt vor eurer Nase, aber ihr kriegt mich nicht.*

Cruz holte tief Luft. Was Elenya und die Jungen im Augenblick wohl gerade taten? Er malte sich aus, wie Elenya den Jungen vor dem Kaminfeuer aus einem Buch vorlas, stellte sich vor, wie Julios Stiefel schmatzten, wenn er bei Ebbe über den nassen Sand stapfte, den verträumten Ausdruck auf Carlitos Gesicht, während er eine lange, dünne Fritte in einen Ketchup-See tunkte. Die Bilder verdrängten seine Nervosität vorübergehend.

Auch wenn es zwecklos war, er würde in L. A. anrufen und versuchen, diesen Kittner ausfindig zu machen. Wenigstens würde er McNaughton dann etwas zu berichten haben.

Er wählte die Nummer, die er von Demshin bekommen hatte. Beim siebten Freizeichen wurde abgenommen.

»Ja?« Die weibliche Stimme klang gelangweilt.

»Mein Name ist Sergeant Carlos Cruz, Oakland Police Departement. Wir versuchen, jemanden ausfindig zu machen, der uns Auskunft über die Immobilie an der Opal, in der Nähe der Achtunddreißigsten in Oakland geben kann.«

»Ja?«

»Ist Mr. Kittner da?«

»Ja.« Die Stimme klang plötzlich mißtrauisch. »Er spricht auf einer anderen Leitung. Bleiben Sie dran.«

Auf eine längere Wartezeit oder ein Streitgespräch zwischen der Frau und Kittner gefaßt, war Cruz überrascht, als er ein Grunzen und ein Klicken vernahm, noch bevor er Elenyas Namen das dritte Mal auf das oberste Blatt seines Notizblocks hatte kritzeln können.

»Kittner.«

Waren alle in Los Angeles so wortkarg? »Mr. Kittner, mein

Name ist Cruz. Ich bin Sergeant beim Oakland Police Departement. Wir überprüfen einige Fakten in einem wichtigen Fall. Ich brauche eine Liste aller Personen, die in den letzten drei Jahren das Cottage an der Opal gemietet haben.«

»Das ist leicht. Ich habe zehn Jahre im Haupthaus gewohnt und das Cottage als Büro benutzt. Ich bin im September ausgezogen. Jetzt bekomme ich das verdammte Cottage nicht vermietet. Vielleicht verlange ich zu viel Miete. Was meinen Sie? Siebenhundert für ein Zweizimmercottage mit gerade erst renoviertem Bad und großem Garten? Ist sogar eine Mikrowelle vorhanden. Das ist doch ein Schnäppchen, oder?«

Cruz hatte keine Lust, sich über Mieten zu unterhalten. »Dann steht das Haus also seit zwei Monaten leer, und in den zehn Jahren davor haben ausschließlich Sie es bewohnt, richtig?«

»Ich, meine Frau und meine drei Kinder. Das heißt, meine Exfrau. Sie lebt in dieser Vierzimmerluxuswohnung in San Diego und glaubt, ich hätte Geld wie Heu, nur weil mir ein paar Immobilien gehören. Das verdammte Cottage steht leer. Es bringt nicht nur keine Miete ein, sondern kostet mich auch noch eine Stange Geld – Grundsteuer, Gebäudeschutz und die verdammten Unterhaltskosten.«

Irgendwie muß meine Stimme heute anders klingen, dachte Cruz. Alle tun so, als wäre ich von der Telefonseelsorge. Er war es leid.

»Danke für Ihre Hilfe, Mr. Kipness.«

»Kittner«, entgegnete der Mann gereizt, ehe er auflegte.

Seufzend öffnete Cruz eine Dose Pepsi und schüttete die schäumende Limonade in eine Styroportasse.

»Es gibt Tausende von Typen mit Strickmütze und Pferdeschwanz, und viele werden von ihren Freunden denunziert.« Morella machte ein entmutigtes Gesicht. »Nach den Ferien fordern wir zusätzliche Hilfe an, vielleicht von der Sitte, aber bis dahin wird die Öffentlichkeit das Interesse verloren haben und hier wieder etwas Ruhe eingekehrt sein.«

McNaughton erschien in der Tür, ein Strahlen auf dem gewöhnlich ausdruckslosen Gesicht. »Ich habe gerade mit Nelson vom Labor gesprochen. Treffer. Auf der Spange sind mehrere deutliche Fingerabdrücke, die mit denen auf dem Wecker des Mädchens übereinstimmen. Der Haartest ist noch nicht abgeschlossen, aber so weit, so gut.«

Sie würden es schaffen. Sie würden Cindy Forrest finden. Cruz hatte ein gutes Gefühl, was das betraf. »Noch irgendwelche anderen Fingerabdrücke?«

»Ein Teilabdruck. Ich habe jemanden losgeschickt, Fingerabdrücke von den Eltern zu nehmen. Ich wette, bei der Mutter fällt das Ergebnis positiv aus. Kleine Mädchen können sich die Zöpfe noch nicht alleine flechten.«

Cruz fühlte ein Pulsieren im Kopf. Er mußte ruhig bleiben, tief Luft holen. Eine Weile würde es drunter und drüber gehen, jetzt, wo der Feiertag vor der Tür stand und viele – Freiwillige, Cops, Labortechniker – wegfuhren. Es würde alles komplizierter werden, aber sie würden diesen Kerl festnageln.

»Du und Goldstein seid jetzt die Schlüsselfiguren, Cruz. Ihr koordiniert die Überprüfung der freiwilligen Helfer der Bürgerinitiative. Morella, zieh die anderen Teams zurück; sie sollten eng mit Cruz und Goldstein zusammenarbeiten. Wir müssen heute ...« McNaughton sah auf die Uhr. »... in den paar Stunden, die uns noch bleiben, soviel wie möglich erledigen.«

Morella nickte, schlug sich dann mit einer Hand an die Stirn und verdrehte die Augen. »Scheiße, ich weiß, daß ich es aufgeschrieben habe.« Er zog verschiedene Zettel aus seiner Hosentasche, warf sie auf seinen Schreibtisch und begann, einen nach dem anderen auseinanderzufalten. Er faltete vier zerfledderte Zettel auseinander, ehe ein breites Lächeln seine Züge erhellte. »Hier ist es. Vor etwa einer Stunde hat ein Mann namens Margolin angerufen. Ich soll dir oder Goldstein ausrichten: ›*California Association of Science Teachers*‹. Was ist denn das?«

Cruz brauchte keine weiter Erklärung. »CAST«, murmelte er. »Dexter Williams.« Er erinnerte sich an die Zeichnungen von Teilen der menschlichen Anatomie, die Williams gerade benotet hatte, als er ihm das erste Mal begegnet war. Er wußte, daß Williams Lehrer war – aber diese Verbindung hatten sie bereits überprüft. Die Mädchen hatten alle verschiedene Lehrer gehabt. Und es war nicht nur Williams – war Charlotte nicht einem anderen Beruf nachgegangen, bevor sie Börsenmaklerin geworden war? War sie nicht auch früher Lehrerin gewesen? Natürlich hatten sie an die Lehrer gedacht, aber die Mädchen hatten nicht dieselben Lehrer gehabt. Sie hatten mit den verschiedenen Schuldirektoren gesprochen und …

O Scheiße, dachte Cruz, wütend auf sich selbst. *Vertretungen* – auf diese Weise konnten doch alle drei Mädchen vorübergehend denselben Lehrer gehabt haben. Welche Position hatte Dexter Williams im Schulbezirk von Oakland inne?

»Dexter Williams? Ja, er steht auf der Liste. Sehr zuverlässig. Erscheint immer, wenn er zugesagt hat.«

Er hatte gewußt, daß sie etwas in dieser Art sagen würde. Die Männer, die losgeschickt worden waren, Williams' Wohnung zu beobachten, hatten vor zwanzig Minuten angerufen und einen ersten Bericht durchgegeben: Niemand zu Hause. Niemand ging an die Tür oder ans Telefon.

Der Direktor von Cindy Forrests Schule, der *Emerson Elementary,* und die beiden Stellvertreter waren bereits ins Wochenende aufgebrochen. Drei Lehrer bestätigten, daß Dexter Williams an der Schule unterrichtet hatte – freitags. Eine der Lehrerinnen sagte, sie habe Williams nicht leiden können; als man sie nach dem Grund fragte, grummelte sie etwas von schmutzigen Kaffeetassen auf dem Tisch im Lehrerzimmer.

An der *Hillcrest Elementary,* die Amy Crell und Marianne Brandon besucht hatten, konnte sich niemand erinnern, wer vor drei Jahren als Vertretung eingesprungen war. »Detaillierte Unterlagen werden nur für jeweils ein Schuljahr aufbewahrt«, erklärte die Direktorin.

»Hat er denn in den vergangenen zwei Wochen überhaupt dort unterrichtet?« fragte Cruz. Das war das letzte Gespräch an diesem Tag. Die Lehrerschaft machte sich eilig auf ins lange Wochenende.

»Sicher. Er ist für einen Lehrer eingesprungen, der zum Geschworenen bestellt wurde. Dienstag und Mittwoch vergangener Woche.«

Bingo. Marianne Brandon war am Donnerstag ermordet worden. Das ergab ein Muster. Am einen Tag unterrichten und am nächsten eine Schülerin umbringen. »Mrs. Boldrick, ich muß mit Dexter Williams sprechen, aber er ist nicht zu Hause. Haben Sie vielleicht eine Ahnung, wo er sein könnte?«

Die Stille zog sich hin; der Minutenzeiger der Wanduhr rückte zum nächsten Strich vor, dann zu einem weiteren. »Seine Schwester. Er hat erwähnt, daß seine Schwester ihm ein Flugticket geschickt hätte. Er hat allerdings nicht gesagt, wohin.«

»Scheiße«, zischte Cruz. Ein stechender Schmerz schoß von seinem Kiefer zu seinen Schläfen. »Entschuldigen Sie. Hören Sie, das ist sehr wichtig. Sollten Sie sich doch noch daran erinnern, wohin er fliegen wollte, rufen Sie mich an. Hier oder zu Hause. Jederzeit.« Cruz gab der Direktorin die Telefonnummern und wollte gerade auflegen, als sie noch etwas hinzufügte.

»Er wird Montag wieder zurück sein. Das glaube ich zumindest. Er ist als Vertretung von Mrs. Baums dritter Klasse eingetragen«, sagte sie hoffnungsvoll.

Es gab keinen logischen nächsten Schritt. Dexter Williams schien wie die Hälfte der Schulangestellten, die Cruz versucht hatte zu erreichen, bis Montag verreist zu sein.

30. KAPITEL

»Was hast du denn erwartet? Ich hätte dir gleich sagen können, daß die Polizei dir nicht zuhören würde. Darum ist es auch so wichtig, daß wir weitermachen – auf meine Art.« Der harte Glanz in Matts Augen drang durch das Halbdunkel in Antons Küche, und er leckte sich die Lippen, als könne er bereits den Triumph schmecken.

Sie hätte ihm nicht von ihrem Gespräch mit Irene Brandon erzählen sollen, aber nachdem er erfahren hatte, daß sie von der Polizei verhört worden war, war es nicht zu vermeiden gewesen. Vielleicht, wenn sie tief in ihr Herz schaute, würde sie sich eingestehen müssen, daß ein Teil von ihr an Matts Seite in den Kampf reiten wollte, als ergebener Sancho an der Seite eines Beinahe-Quichottes.

»Jetzt ist es sowieso zu spät. Ich – oder besser Andrew McCafferty erwartet bald Antwort. Ich habe mit ein paar Leuten der *Hillcrest-* und der *Emerson-Schule* gesprochen. Ich muß sie gleich zurückrufen.«

»Die Schulen sind vier Tage geschlossen. Vielleicht erfährst du eine ganz Woche nichts, Matt. Ich denke, wir sollten nach Hause zurückfahren, nach Pescadero meine ich, und warten, bis der Staub sich gelegt hat. Wir können mit deinem Kombi fahren und …«

Das Schrillen des Telefons zauberte ein breites Grinsen auf Matts Gesicht. Er hob die Brauen und nickte in Richtung des Apparates. »McCafferty«, sagte er.

Er zog die Brauen zusammen. Schlechte Neuigkeiten? Gar keine Neuigkeiten? Er legte eine Hand über die Sprechmuschel und hielt ihr den Hörer hin. »Für dich.«

Wenn es sich um Mia oder Anton handelte, hätte er es gesagt. Morella mußte ihr angesehen haben, daß sie log, als sie behauptet hatte, die Kamee noch nie gesehen zu haben, und rief nur an, um ihr mitzuteilen, daß er ihr nicht glaubte.

»Linda, wirst du jetzt rangehen oder nicht?«

Sie nahm ihm den Hörer aus der Hand, den Blick auf sein Gesicht geheftet. »Hallo?«

»Das beantwortet meine Frage«, sagte die Stimme am anderen Ende lachend. »Du hast deine Reisepläne storniert, aber ich schätze, das Reservierungsbüro hat vergessen, mich davon zu unterrichten.«

»Ich wußte nicht, wie ich dich erreichen oder wo ich eine Nachricht für dich hinterlassen sollte.« Wie sollte sie Matt erklären, daß es Bea gab? Aber sie brauchte ihm ja nicht alles zu sagen, zumindest nicht gleich.

»Sieht es etwas besser aus bei dir?«

Matt musterte sie eindringlich. »Ja, bedeutend besser. Wo bist du?«

»Immer noch in Pescadero. Ich habe mir einen Platten geholt, als ich heute morgen losgefahren bin. Ich dachte, das wäre vielleicht ein Omen, daß ich auf dich warten sollte.«

Matt schien verwirrt; vielleicht war das, was sie auf seinem Gesicht sah, aber auch nur Enttäuschung darüber, daß der Anruf nicht die Neuigkeiten gebracht hatte, auf die er wartete. Er gestikulierte ungeduldig, aber Linda ignorierte ihn. Sie mußte ganz sicher sein. Wenn sie die Verbindung zu Bea abbrach, war ihr Kurs entschieden: Das würde bedeuten, sich auf Matts Seite zu schlagen. Wenn doch nur ihr Pillendöschen wieder aufgetaucht wäre …

»Das ist ein Omen dafür, daß du ein lieber, herzensguter Mensch und eine wunderbare Freundin bist, die einen alten Camper besitzt, der ab und an Faxen macht. Laß du es dir gutgehen. Und melde dich ab und zu. Und fahr vorsichtig, Bea. Ich bestehe darauf, daß du mir eine Chance gibst, mein Geld zurückzugewinnen.«

Bea schnaubte. »Oder deine Spielschulden zu verdoppeln. Okay, dann mache ich mich auf den Weg. Letzte Chance, Liebes.«

Jetzt war keine Zeit mehr, es sich anders zu überlegen; sie hatte sich entschieden.

»Wenn du über die texanische Grenze fährst, denk dran, alle mit ›Pardner‹ anzusprechen, hörst du? So long, Bea. Alles Gute.« Linda hängte ein.

»Jemand, der Glühbirnen verkaufen wollte?«

»Ich habe sie vor ein paar Monaten am Strand kennengelernt. Sie hat nur angerufen, um sich zu verabschieden. Sie fährt für längere Zeit weg.«

»Woher hat sie diese Nummer?«

Jetzt war es soweit – eine weitere Lüge. »Ich habe sie gestern angerufen.«

Linda erwartete eine Flut von Fragen, aber Matt schien in Gedanken bereits wieder woanders. »Ich habe einige Anrufe zu erledigen. Ich telefoniere von oben.«

Sie hatte gewählt, und wenn sie Glück hatte, würde sie ihre Wahl nicht bereuen. Sie durfte sich einfach nicht irren, was Matt anbelangte.

»Ich habe ihn.«

Linda wirbelte herum. Matt stand in der Tür; sein triumphierendes Lächeln wich rasch einem Ausdruck trauriger Akzeptanz. »Ich kenne seinen Namen. Ich weiß, wo er wohnt. Armes Baby, das alles ist so schwer für dich gewesen. Aber es ist fast vorbei. Bald«, versprach er flüsternd.

Lindas Knie gaben nach. Der letzte Rest Kraft drohte sie zu verlassen. »Matt, sag der Polizei, was du herausgefunden hast. Überlaß es ihnen, sich darum zu kümmern. Du kannst nicht Gott spielen.«

»Gott?« Seine Lippen zuckten. »Ich habe den Glauben an Gott vor drei Jahren aufgegeben. Nur ich allein kann das erledigen. Die Cops wollen oder können es nicht tun. Das haben sie nach Amys Ermordung bewiesen. Damals waren sie schon nicht in der Lage, denjenigen zu finden, der ... Aber im Grunde spielt es keine Rolle mehr, was sie getan haben und was nicht. Tatsache ist, daß nichts geschehen wird, sofern ich nicht selbst dafür sorge, daß etwas geschieht.

Es war eigentlich ganz einfach, ihn zu finden. Ich habe mich ganz locker mit der Schulsekretärin der *Hillcrest Elementary* unterhalten, ganz allgemein, über Gott und die Welt, und dann kamen wir auf den Lehrermangel zu sprechen. Dann sprach sie von den vielen Ausfällen und davon, wie schwierig es wäre, vernünftige Vertretungen zu bekommen.«

Natürlich – es gab eine Möglichkeit, wie ein und dieselbe Person allen drei Mädchen mit denselben Worten dieselbe Geschichte erzählt haben konnte. Linda war fasziniert von Matts Bericht.

»Die Sekretärin gab mir acht Namen, fünf von festangestellten Lehrern und drei von Vertretungen, die in der vergangenen Woche die zweite Klasse unterrichtet haben. Sechs Frauen, zwei Männer. Die *Emerson Elementary* gab mir sieben Namen – alles Frauen. Keiner der Namen stimmte mit der *Hillcrest*-Liste überein. Beinahe hätte es nicht geklappt, Linda. Beinahe wäre es mir entgangen. Ich fragte, wer freitags unterrichte, und die Sekretärin sagte es mir. Beinahe hätte ich aufgegeben, aber dann ... dann ...« Er schwieg eine Weile, als genieße er eine schöne Erinnerung. »Und dann fiel ihr ein, daß Cindys Klasse dreimal die Woche in Lesegruppen eingeteilt wird. Und diejenigen, die am besten lesen können, werden von einen Lehrer der *dritten* Stufe unterrichtet. Und an der *Emerson* fehlte am Freitag ein Lehrer der dritten Stufe. Der Name der Vertretung stimmte mit einem der Namen auf der Liste der Vertretungen der zweiten Stufe an der *Hillcrest Elementary* überein. Ich muß ganz sicher gehen, daß er unser Mann ist. Wie du gesagt hast ... ich möchte absolut sicher sein, daß ich den Richtigen habe.«

Linda erschauerte. »Aber das alles beweist noch nichts, oder?«

»Ich brauche nichts zu beweisen. Ich bin weder blöd noch frei von Grundsätzen, Linda. Ich warte auf Informationen aus Sacramento. Ich habe um Hintergrundinformationen über diesen Mann gebeten. Ich habe ihnen das Märchen von der staatlichen Kommission aufgetischt – sie haben nicht mal bemerkt, daß ich das alles nur erfunden habe.«

»Matt, du machst mir angst. Bitte laß mich Mia anrufen. Sie wird wissen, was zu tun ist. Du vertraust Mia doch, oder?«

Matt verzog verächtlich den Mund. »Vertrauen? Wem kann man schon trauen außer sich selbst? Ich werde das zu Ende bringen …«

Das Telefon läutete. Matt zuckte zusammen und nahm dann ab. »Ja?«

Seine Augen begannen zu leuchten, als er jedoch schließlich etwas sagte, klang er ruhig und sachlich; ein perfekter Schauspieler. »Das ist großartig. Danke. Und was ist mit Anmerkungen in seiner Personalakte?« Er ließ sich auf die Kante des Stuhls ihr gegenüber sinken und kritzelte Kringel auf den Notizblock neben dem Telefon.

Ganz offensichtlich hatte man ihn gebeten, einen Augenblick zu warten. Linda blätterte in einem *Antique Collector's Journal* und gab vor zu lesen. Plötzlich registrierte sie, daß Matt nicht mehr kritzelte, sondern sich eifrig Notizen machte.

»Wann war das?« fragte er angespannt.

Sie war zu weit weg, um lesen zu können, was er schrieb, aber zu nah, zu verbergen, daß sie ihn anstarrte.

»Mit einer Schere?« Er hob die Stimme. »Warum hat ihn denn niemand aufgehalten?«

Das Ganze machte sie wahnsinnig. Wer war *er*, was hatte er mit einer Schere getan und wer hätte ihn aufhalten sollen?

»Eine ganze Klasse der zweiten Stufe? Warum haben Sie sich nicht mit Sacramento in Verbindung gesetzt? Wie zum Teufel …« Er unterbrach sich, hörte wieder zu und schüttelte gelegentlich den Kopf oder nickte. »Ich weiß, daß es nicht Ihre Schuld ist«, sagte er gepreßt. »Aber ich werde es trotzdem melden müssen, verstehen Sie.« Er ließ die Hand sinken; der Hörer schlug gegen sein Knie, aber er zuckte nicht einmal. »Es hätte nicht so weit kommen müssen.«

Sie nahm ihn in die Arme und wartete, bis sie spürte, daß sein Körper sich entspannte – aber dann fühlte sie, wie die Erregung neuerlich von Matt Besitz ergriff. Sie hielt die Luft an und atmete dann langsam aus.

»Seine Bewerbung um eine Festanstellung in San Jose wurde abgelehnt. Er hat eine ganze Klasse Zweitkläßler in einen Lagerraum gesperrt und gesagt, er würde Spinnen zu ihnen lassen, weil sie den Unterricht gestört hatten. Eine Mutter meldete dem Direktor, daß er gedroht hätte, ihrem Sohn den Penis abzuschneiden. Er hat ihm so lange die Schere vor das Gesicht gehalten, bis der Junge sich dafür entschuldigt hat, zweimal an einem Morgen darum gebeten zu haben, auf die Toilette gehen zu dürfen. In seiner Akte sind acht weitere, ebenso verrückte Vorfälle vermerkt.

Er hat alles geleugnet. Es gab keine Beweise, und die Vorwürfe allein genügten als Beweise nicht aus, ihn vom Lehramt auszuschließen. Das war vor vier Jahren. Die Sekretärin von *Hillcrest* hat mit erzählt, daß damals in Oakland ein solcher Mangel an Vertretungen herrschte, daß jeder, der auch nur im entferntesten Qualifikationen vorweisen konnte, sofort genommen wurde. Es wurden nicht einmal die Referenzen überprüft. Er hat Amys Klasse unterrichtet, einen Tag bevor sie ermordet wurde, und er hat Mariannes Klasse und Cindys Lesegruppe unterrichtet. Einen Tag, bevor sie …«

Matt hatte recht; es hätte nicht so weit kommen müssen. Und es sollte nie wieder so weit kommen, nirgendwo.

»Er ist einfach durch die Maschen geschlüpft …«

Vielleicht konnte sie ihn jetzt überreden, die Polizei einzuschalten. Als sie jedoch sein Gesicht musterte, sah sie dort zu vieles, was noch offen war: das Bedürfnis, Rache zu üben; einen überwältigenden Drang, eine Rechnung zu begleichen.

»Manchmal muß man im Leben etwas selbst in die Hand nehmen. Die meisten Menschen fühlen sich hilflos, ohnmächtig, und lassen sich von ihrem Kummer und ihrem Haß auffressen.« Matt lächelte. »Bei mir ist das anders. Ich habe das Fundament gelegt, Stück für Stück. Das Gebäude ist stabil. Und ich werde Dexter Williams auf ewig darin einsperren.«

Dexter Williams.

Es raubte ihr den Atem, dem Namenlosen endlich einen Namen geben zu können.

Dexter Williams goß morgens Milch über seine Cornflakes und wusch sich unter der Dusche hinter den Ohren.

Dexter Williams tankte seinen Wagen auf, bezahlte seine Telefonrechnung und wählte die karierte Weste zu seinem gestreiften Hemd.

Und Dexter Williams hatte Amy ermordet.

Möglicherweise hatte Dexter Williams Amy ermordet, korrigierte sie sich.

Roberta Herron hatte vor drei Jahren ebenfalls voreilige Schlüsse gezogen. Gott, wie leicht wäre es, hier haltzumachen, Matts Schlußfolgerung als zutreffend zu akzeptieren. Aber es war falsch, einen Menschen ohne Prozeß zu verurteilen. Matts Besessenheit würde nicht von allein verschwinden; das Jagdfieber fachte das Feuer immer wieder von neuem an. Linda kramte in ihrer Handtasche und holte ein Stück Papier heraus.

»Das ist die Nummer der Sonderkommission der Polizei.« *Nimm den Hörer ab*, wollte sie schreien, als sie ihm den Zettel reichte, aber sie zwang sich abzuwarten.

»Sie wissen nicht, was sie tun. Gütiger Gott, Linda, haben sie dir das nicht hinreichend bewiesen?« Der Zettel glitt aus seinen Fingern und schwebte zu Boden. Hank sprang herbei, schlug mit den Pfoten danach und hockte sich dann mit vor Erregung zuckendem Schwanz davor.

»Matt, was, wenn das Forrest-Mädchen noch lebt? Hast du daran gedacht, daß du sie in Gefahr bringen könntest? Könntest du damit leben, wenn ihr durch deine Schuld etwas zustieße?«

Matt lächelte ein weiteres seiner gespenstischem Lächeln. »Diesmal stehe ich auf seiten der Engel, Linda. Das wird nicht geschehen. Ich weiß, was ich zu tun habe. Ich bin so weit gekommen und kann jetzt keinen Rückzieher machen. Ich habe seinen Namen. Ich weiß, daß zwischen ihm und allen drei Mädchen eine Verbindung bestand. Ich weiß, wo er wohnt und daß er heute ein Vertretungsangebot der *Hillcrest Elementary* abgelehnt hat.« Seine Stimme klang besänftigend; der überzeugte, sanfte Tonfall lullte sie ein. »Ich werde unseren Mann anrufen.«

Er griff nach dem Hörer und drückte die Nummerntasten, ohne sich auch nur einmal zu vertippen. »Ich suche Dexter Williams.«

Es entstand eine Pause. Matt murmelte etwas Unverständliches.

»Was hat er gesagt, wann er wieder da ist?« Jetzt klang er geduldig, neugierig; nur jemand, der ihn sehr gut kannte, konnte an der Art, wie er präzise artikulierte, erkennen, wie angespannt er innerlich war. Die Muskeln an seinem Kiefer traten hervor. »Das habe ich schon versucht. Hören Sie, vielleicht fällt Ihnen jemand ein, der wissen könnte, wo Dexter sich aufhält? Ein Freund oder jemand, der ihn von der Schule her kennt?«

Matt kritzelte etwas auf den Notizblock und legte auf. Auf seinem Gesicht lag ein erschreckender, manischer Ausdruck, und er konnte nicht stillsitzen. »Ich werde ihn finden, Linda. Das war eine Pension – ich kann von Glück sagen, daß ich überhaupt jemanden erreicht habe. Seine Vermieterin meinte, er hätte einen Freund, der ihn häufig zur Arbeit fährt. Albert Toller. Vielleicht kann Mr. Toller uns sagen, wo wir Dexter Williams finden.«

Matt las die Namen laut vor, während sein Finger die Seite des Telefonbuches von Oakland hinabglitt. »Edna Tokenami. B. Tolland. Albert Toller.« Er wedelte in Richtung von Lindas Stuhl mit der Hand und deutete dann auf die Adresse und Telefonnummer. »Schreib das auf, Linnie. Mal sehen, ob dieser Freund des ehrenwerten Mr. Williams uns mehr über ihn sagen kann.«

Während sie zusah, wie er mit dem Finger über Tollers

Namen fuhr, kamen ihr Fragen in den Sinn, die sie bereits beantwortet geglaubt hatte.

Vielleicht hatte Matt tatsächlich an dem Nachmittag, an dem Amy ermordet worden war, mit einer Studentin geschlafen, um sein angeknackstes Ego aufzupeppen – vielleicht war das aber auch gelogen. Er war allein gewesen und hatte kein Alibi für die Zeit, als Marianne Brandon ermordet worden und Cindy Forrest verschwunden war.

Entweder war ihr Ehemann ein Ungeheuer, oder aber er hatte eine kritische Grenze überschritten, angetrieben von Dämonen, die er nur auf Kosten eines anderen wieder loswerden konnte.

Sie klammerte sich an die weniger erschreckende Alternative: Matt hatte die Grenze überschritten. Ob er Gnade würde walten lassen? Er sah nicht so aus. Dafür würde sie sorgen müssen.

Daddy, Daddy, sieh doch! Die Raupe wacht auf.

– Das wird noch lange dauern, Amy. Das ist harte Arbeit für die Raupe.

Bleibst du hier und siehst mit mir zu, Daddy? Es ist ein bißchen unheimlich.

(Matt, der das lächelnde Gesicht in Amys Haar vergrub. Amy, die mit ernstem Gesicht auf die Schmetterlingspuppe in dem Glas sah).

Mein Mann ist kein Mörder, dachte Linda. Aber er ist in Gefahr, einer zu werden.

»Warte einen Augenblick, Linda.« Matt ging an der Wand entlang zur Tür. Er schaltete das Licht aus und schob sich, den Rücken an die Wand gepreßt, zum Fenster vor.

Sie reckte den Hals, war jedoch zu weit weg, um etwas sehen zu können.

»Ich wette, es ist die Polizei. Sie müssen mich unter Bewachung gestellt haben.« Er sah aus dem Fenster, immer noch flach an die Wand gedrückt.

Sein Verhalten war, sofern möglich, noch angsteinflößender als seine Besessenheit. »Wenn es die Polizei ist, werden sie dich nicht aus den Augen lassen. Sie werden dir folgen, wo immer du auch hingehst.«

»Einen kann ich, wenn nötig, abhangen, aber ich weiß nicht, wo ich hingehen soll, bis es soweit ist, mit diesem Freund unseres Mr. Williams zu sprechen.«

Matt ging zurück zum Telefon, wählte eine Nummer und wippte ungeduldig mit einem Fuß. »Mr. Toller? Entschuldigen Sie die Störung. Ich ...« Matt zögerte. »McCafferty. Andrew McCafferty von der Oakland *Tribune*. Ich schreibe einen Artikel über die Lehrbedingungen an den hiesigen Schulen.«

Eine weitere Lüge, die ihm völlig mühelos über die Lippen kam, eine weitere Rolle, in die er rasch hineinschlüpfte.

Vielleicht war seine Besessenheit, den Mörder zu finden, die größte Lüge von allen. Gab es einen besseren Weg, den Verdacht von sich abzulenken, als andere – sogar sie – davon zu überzeugen, daß er Jagd auf den Killer machte?

Nein, sie durfte so etwas nicht denken. Das war unloyal. Und paranoid.

Er wandte sich von ihr ab, als er bemerkte, daß sie ihn anstarrte. Jetzt konnte sie nur noch seinen Rücken und die vorgezogenen Schultern sehen.

»Nein, nein. Ich weiß, daß Sie nicht unterrichten, aber man sagte mir, Sie wären mit Dexter Williams bekannt. Wissen Sie vielleicht, wo ich ihn erreichen kann?«

Er verlagerte sein Gewicht von einem Fuß auf den anderen. Er nickte, und seine Schultern hoben und senkten sich deutlicher, als bereite ihm das Atmen Schwierigkeiten. »McCafferty, Sir.« Matt ging auf die offene Tür zu, die Telefonschnur hinter sich her ziehend. Schließlich sagte er: »Warum nicht, Mr. Toller?«

Mit blitzenden Augen sah er sie an. »Ich verstehe, Mr. Toller, natürlich.« Er legte auf. »Dexter Williams ist um zwölf

Uhr heute mittag nach Providence, Rhode Island, geflogen. Toller meinte, Williams hätte von seiner Schwester ein Flugticket geschickt bekommen. Er fliegt rüber, um Thanksgiving mit seiner Familie zu verbringen. Acht Stunden, Linda. Er hat acht Stunden Vorsprung.« Seine Kiefer spannten sich. »Was soll ich tun, Linda? Wie soll ich ihn finden?«

Linda strich ihm mit der Hand über die Wange. »Pssst. Es ist besser so«, sagte sie sanft. »Du bist nicht dazu bestimmt, ihn zu finden, das ist alles.«

TEIL SIEBEN.

DONNERSTAG

31. KAPITEL

Kaltes platinfarbenes Licht fiel über das Fußende des Bettes; irgendwo in den Bäumen und Sträuchern in Antons Garten trällerte ein Vogel zögernd ein Lied. Dann ließ er ein energisches Arpeggio erklingen, das er endlos wiederholte. Matts Ratlosigkeit hielt sie wach; als er schließlich aufhörte, sich herumzuwälzen, begann er, vor sich hinzumurmeln, gab merkwürdige, kehlige Laute von sich, Laute wie aus einem schlechten Traum.

Er rollte sich zu ihr herüber. Ihre Blicke trafen sich, und sie gestanden einander schweigend ein, daß sie nicht schliefen.

»Siebenundfünfzig Einträge in Providence. Ich habe jeden einzelnen der Teilnehmer angerufen. Ich bin einfach davon ausgegangen, daß er bei jemandem sein würde, der ebenfalls Williams heißt. Mir ist gar nicht in den Sinn gekommen, daß seine Schwester verheiratet oder bei der Familie seiner Mutter sein könnte. Andere Namen.«

Ihre unter dem Kopf verschränkten Finger waren eingeschlafen. *Der Riß in der Decke scheint seit gestern größer geworden zu sein,* dachte sie. *Die Vögel machen solchen Lärm an diesem Thanksgiving-Morgen. Es muß aufgehört haben zu regnen.*

»Ich werde Toller noch einmal anrufen. Ich hätte gestern schon daran denken sollen. Vielleicht kann er mir jetzt einen Namen nennen.«

Kälte kroch unter die Laken, als Matt die Decke zurückschlug und aus dem warmen Kokon sprang, der sie beide eingehüllt hatte. Linda beobachtet das Spiel seiner Rückenmuskeln, als er seinen Morgenmantel überzog; sie sehnte sich danach, ihn zu berühren. Er konnte ein glückliches Thanksgiving aus diesem Tag machen, wenn er versprach, seine wahnwitzige Suche nach Dexter Williams aufzugeben. Er mußte doch einsehen, daß seine Chancen, Williams zu finden, zumindest über das lange Wochenende denkbar schlecht standen.

Thanksgiving oder nicht, sie würde die Polizei verständigen. Matt würde ihr vorwerfen, ihm in den Rücken gefallen zu sein; sie würde lernen, damit zu leben. Sie würde sich gegen seine Anschuldigungen stählen und auch gegen seinen Schmerz und seine Verwirrung. Das war das Beste, was sie in Anbetracht der Situation tun konnte.

Es gab Wichtigeres, als Loyalität Matt gegenüber zu zeigen – Cindy Forrests Leben; *Matts* Sicherheit.

Es wird etwas Entsetzliches geschehen, wenn es mir nicht gelingt, ihn von seinem Vorhaben abzubringen.

»Matt, du machst mir angst. Was du da tust ... das kann nur zu weiteren Schwierigkeiten führen.« Flüchtig fragte sie sich, was er tun würde, wenn sie wieder in den Wahnsinn zurückverfiel, aber sie konnte ihn nicht vortäuschen – es war zu entsetzlich gewesen, und es war noch zu frisch, zu schmerzhaft. »Bitte tu das nicht. Laß die Polizei ihn finden. Bitte.«

»Beim letztenmal haben sie ihn auch nicht gefunden. Warum glaubst du, daß sie es diesmal besser machen? Ich traue ihnen nicht über den Weg. Aber ich habe so ein Gefühl, Linda. Ich – ich werde es tun, und ich könnte nicht damit leben, wenn ich jetzt aufgeben würde. Sie war unsere Tochter, Linnie.«

Linda starrte auf den Kater, der zu einer Fellkugel zusammengerollt auf dem abgenutzten gemusterten Teppich neben dem Bett lag und schlief. Das erste schmerzhafte Ziehen neuer Traurigkeit berührte ihr Herz. Ihr Leben würde nie wieder so sein wie früher. Jetzt konnten sie höchstens noch auf eine Schadensbegrenzung hoffen.

Was hatten sie denn tatsächlich für eine Alternative?

Er konnte erneut versuchen, der Polizei seine Theorie plausibel zu machen und hoffen, daß man ihm zuhörte, jetzt, wo die Dinge sich geändert hatten und Roberta Herrons ehrgeizige Hetzjagd als das angesehen wurde, was sie war: Mittel zum Zweck, beruflich weiterzukommen.

Er konnte Mia bitten, der Polizei seine Theorie vorzutragen, in der Hoffnung, daß ihre Glaubwürdigkeit seine Hypothese den Behörden schmackhafter machen würde.

Er konnte einem engagierten Reporter einen anonymen Brief schicken.

Je länger sie dalag, desto mehr Möglichkeiten kamen ihr in den Sinn. Was hielt Matt davon ab, sie ebenfalls zu sehen? Es spielte keine Rolle. Sie würde aus dem Kreis ausbrechen, den er um sie herum gezogen hatte; wenn sie großes Glück hatte, würde er folgen – aber sie erwartete nicht, daß das Glück auf ihrer Seite war.

Sie griff nach ihrem eigenen Morgenmantel und zog den Gürtel eng um die Taille.

»Ich gehe jetzt, Linda.« Mit seiner grauen Kordhose und einem schwarzen Sweatshirt bekleidet, kniete Matt sich hin, um die Schnürsenkel seiner Joggingschuhe zu binden. »Bei Toller hat niemand abgenommen, also habe ich bei ihm in der Firma angerufen. Es hat zwar eine Weile gedauert, bis ich mich an die Firma erinnert habe, aber dann ist mir der Name doch noch eingefallen. Bay Security. Der Typ in der Zentrale sagte, Toller wäre als Wachmann auf einer Baustelle drüben am Skyline Boulevard. Er hat mir die Nummer gegeben. Ich habe angerufen, aber es ist niemand rangegangen. Wahrscheinlich macht er gerade seine Runde. Ich halte es einfach nicht aus zu warten, Linda. Ich werde dorthin gehen und sehen, ob er mir helfen kann, Williams ausfindig zu machen. Wir sehen uns später, okay?«

»Nein, das ist nicht okay, Matt.« Lindas Finger schlossen sich fest um den Bettpfosten. »Ich werde die Polizei anrufen und melden, was du herausgefunden hast. Wenn ich das nicht tue, bringen wir möglicherweise das Leben des kleinen Mädchens in Gefahr. Könntest du damit leben? Ich nicht.«

Stirnrunzelnd richtete Matt sich auf. »Warum solltest du die Polizei anrufen, Linda? Bitte tu das nicht. Sie werden doch nicht auf dich hören, oder, schlimmer noch, mich erneut verhören und von dem abhalten, was ich erledigen muß. Tu es nicht.«

Es kam ihr vor, als wäre ein Fremder in seinen Körper geschlüpft. Das Gesicht sah aus wie seins, aber kleine Abweichungen um den Mund und den Kiefer ließen ihn fremd erscheinen. Die Stimme klang ein wenig wie Matts, aber sie war bar jeder Wärme. Die Augen hätten Matts sein können, aber in ihnen lag ein harter Glanz, den sie nicht wiedererkannte.

Vielleicht konnte sie diesem anderen Menschen Dinge sagen, die sie nicht den Mut hätte, zu Matt zu sagen. »Tut mir leid, aber um des kleinen Mädchens willen …« Der Rest blieb ihr im Hals stecken.

Er griff in seine Hosentasche und holte eine Pistole heraus. Sie baumelte an seiner Seite wie eine starre Verlängerung seiner schlaffen Hand.

»Matt!«

Sie würde sterben. Wenn sie jetzt starb, würde ihr letzter Gedanke sein, daß alles nur eine Lüge gewesen war. Hatte er ihr Pillendöschen in der Hosentasche? Beabsichtigte er, es irgendwo zu deponieren?

»Ich habe nicht die Absicht, dir etwas zu tun, Linda.« Ein Schatten senkte sich über seine Augen. »Ich möchte nur, daß du einsiehst, daß ich für Gerechtigkeit sorgen muß. Ich werde mit Toller sprechen und soviel wie möglich über Williams in Erfahrung bringen. Das ist der einzige Weg, Liebes, verstehst du das denn nicht?«

Linda schüttelte den Kopf; sie weigerte sich so energisch, das, was er sagte, zu akzeptieren, daß alles vor ihren Augen verschwamm.

Als Matt auf sie zukam, steckte er die Pistole zurück in seine Hosentasche. Dann streckte er dieselbe Hand nach ihr aus, und als sie zurückwich, wirbelte er herum und lief zur Tür, wo er beinahe mit Anton zusammenprallte.

»Gütiger Gott, diesmal gehst du wirklich zu weit. Sei vernünftig. Überlaß alles Weitere den Behörden. Für dich ist dieser Mann schuldig, na und? Was, wenn die Polizei dich verhaftet?« Sein Gesicht drückte aufrichtige Sorge aus.

»Die Polizei wird mich nicht verhaften. Ich bin nur ein ehrlicher, hart arbeitender Bürger, ein ganz gewöhnlicher Mensch, der ein bißchen spazierenfährt.« Matt zuckte übertrieben die Achseln. »Wer weiß? Mal ehrlich, wer weiß, was sie tun werden, ehe es soweit ist? Wie viele Jurys werden deiner Ansicht nach Härte walten lassen gegen den Vater eines ermordeten kleinen Mädchens, der Gerechtigkeit geübt hat? Ich würde vier oder fünf Jahre im Gefängnis sitzen. Und dann fangen wir noch einmal von vorne an. Mir ist es das wert.«

Von vorne anfangen? Wir hätten keine gemeinsame Grundlage mehr außer unseren Schmerz, dachte Linda.

»Ich muß es tun. Das bin ich Amy schuldig. Punktum.« Er schob sich an Anton vorbei.

Linda lief ans Fenster, bereits einen Anflug von Erleichterung spürend. Die Polizei würde ihn aufhalten. Einer der Männer, die in dem schwarzen Wagen gesessen und abends zu ihrem Fenster hinaufgeblickt hatten, würde Matt folgen; sie würden ihn davon abhalten, sich selbst oder jemand anderm etwas anzutun.

An der Art, wie Matt sich auf den Fahrersitz des Honda fallen ließ – mit hochgezogenen Schultern, verkniffenem Gesicht und der Blick rastlos umherhuschend –, konnte jeder sofort erkennen, daß etwas nicht stimmte. Linda ließ den Blick suchend über die Straße schweifen. Wo war der verfluchte Überwachungswagen? Die Polizei von Oakland ließ sie doch sicher noch beobachten.

Als Matt davonfuhr, drückte sie sich an das Schlafzimmerfenster und versuchte, um die Ecke zu spähen. Auf der Straße rührte sich weit und breit nichts.

»Großer Gott«, flüsterte Anton. Seine schweren Schritte hallten den Flur hinunter.

Sie schlüpfte in eine Hose, einen grünen Pullover und Wollsocken. Dann nahm sie ihre Joggingschuhe aus dem Schrank und streckte den Fuß in den linken Schuh.

Das Pillendöschen – es steckte in ihrem Schuh. Nicht in Matts Hosentasche und auch nicht neben der Leiche eines weiteren unschuldigen Kindes. Sie schüttelte es heraus und hielt es in der offenen Hand; der glitzernde kleine Elefant auf dem Deckel schien ihr zuzuzwinkern und sie anzulächeln, aber sie hatte weder Zeit für ihn noch für die Millionen Fragen, die nach Antworten schrien. Sie schnürte ihre Schuhe zu und flog die Treppe hinunter und aus dem Haus, wobei sie beinahe über den Kater stolperte. Linda lief in den dunstigen Morgen hinaus und blickte die Straße hinauf und hinunter, nach dem verdammten schwarzen Wagen Ausschau haltend. Aber sie sah nur Hank, der zwischen zwei Heckensträuchern verschwand.

Sieben Uhr am Thanksgiving-Morgen. Mia würde es verstehen. Linda lief zurück ins Haus und wählte mit zitternden Fingern.

»Ja?« Die Anwältin klang, als wäre sie seit Stunden auf.

»Ich bin's, Linda. Matt glaubt zu wissen, wer Amy getötet hat. Er hat eine Pistole, Mia. Bitte hilf mir.«

Das Luftschnappen am anderen Ende der Leitung überraschte Linda. »Okay, warte, bleib dran, ich hole nur etwas zum Schreiben.« Etwas krachte zu Boden, und Mia fluchte. Linda hörte Papier rascheln. »Also gut, wie ist der Name der Person, hinter der Matt her ist?«

»Dexter Williams. Er ist Lehrervertretung. Er hat alle drei Mädchen unterrichtet, bevor sie ... bevor er ... Hör zu, das wichtigste ist jetzt, Matt aufzuhalten.«

»Wo wohnt dieser Williams?«

»Er ist nicht zu Hause, Mia. Er ist nach Rhode Island geflogen – Providence –, um die Feiertage bei Verwandten zu verbringen, aber Matt weiß nicht genau, wo er sich aufhält. Er will mit jemandem sprechen, der Williams kennt, mit einem Freund von ihm, von dem er hofft, daß er ihm Williams' exakten Aufenthaltsort nennen kann.«

»Wer ist dieser Mann, Linda? Wo finde ich diesen Freund?«

»Ich weiß es nicht. Warte – sein Name ist Toller. Er arbeitet für eine Wach- und Schließgesellschaft. Er ist Wachmann auf einer Baustelle oder so was. Albert Toller. Matt hat etwas vom Skyline Boulevard gesagt. Mehr weiß ich nicht. Was können wir tun?«

»Ich weiß nicht recht.« In der darauffolgenden Stille konnte Linda beinahe sehen, wie Mia überlegte, die unbrauchbaren Alternativen verwarf und sich für die effektivste und praktischste Lösung entschied. »Wir müssen das Police Departement verständigen und ihnen einen Hinweis auf diesen Williams geben. Nein, ich werde sagen, ich hätte einen Anruf erhalten. Anonym. Ich erzählte ihnen alles – daß er die Mädchen unterrichtet hat, daß er bei Verwandten zu Besuch ist. Auch wenn sie argwöhnen, daß Matt in die Sache verwickelt ist, werden sie es nicht beweisen können. Ich werde meinen Freund Quinn davon überzeugen, daß sie eine Großfahndung nach diesem Kerl einleiten müssen. Damit erreichen wir zweierlei.« Mia atmete schwer, und die Worte sprudelten nur so hervor. »Williams wird aus dem Verkehr gezogen, und Matt stürzt sich nicht bis zum Hals in Schwierigkeiten. Ich rufe meinen Freund Josiah in San Francisco an. Vielleicht kann er Matt finden und überzeugen – notfalls mit Gewalt –, nach Hause zu fahren. Was für einen Wagen fährt er?«

»Den Honda. Weißer Civic. Kennzeichen XGP341. Er steht so dicht am Abgrund. Ich habe Angst.«

»Mach dir keine Sorgen, Josiah wird sich um ihn kümmern. Du bleibst, wo du bist. Ich muß jetzt Schluß machen und diese Anrufe erledigen.« Mia legte auf.

Was, wenn dieser Josiah, wer immer er war, Matt überraschte, und Matt ihn mit der Waffe bedrohte? Und was, wenn dieser Josiah dann ...

Linda konnte nicht einfach dasitzen, an sich halten, ruhig bleiben – alles Worte, die bedeuteten, ihre ganze Willenskraft aufzubringen, um etwas zusammenzuhalten, das zu explodieren drohte –, während Mia ihre Maschinerie in Gang setzte.

Sie mußte raus hier. Ihre Handtasche, ihre Wagenschlüssel – aber Matt hatte den Honda genommen. Sie rannte in die Küche. Ihre Handtasche lag auf dem Tisch, aber die Wagenschlüssel waren nicht mehr da.

»Anton«, rief sie vom Fuß der Treppe aus. Sie zählte bis zehn und rief dann erneut. »Anton, ich muß mir deinen Wagen ausleihen.« Sie nahm seine Schlüssel vom Schlüsselbrett und lief zu seinem Thunderbird, startete den Motor und fuhr los.

Die Straßen waren immer noch naß, aber eine blasse Thanksgiving-Sonne begann, durch die Wolken zu schimmern. Ein Pick-up geriet ins Schleudern, als er ihr ausweichen mußte, und der Fahrer steckte den Kopf zum Fenster heraus und stieß einen Schwall spanischer Flüche aus. Sie nahm den Fuß vom Gas und fuhr an den Straßenrand.

Sie mußte diese Baustelle finden. Ein Regenschirm wehte über die Straße; eine Frau jagte hinterher.

Ich darf dich nicht verlieren, Matt.

Das Brennen in ihren Eingeweiden hatte Wochen gedauert, ebenso das Zerren und Reißen, der Schleier, der alles rot und schwarz gefärbt hatte. Wenn sie versucht hatte zu schlafen, waren die Farben immer intensiver geworden. Anfangs hatte sie geglaubt, sie würde sterben, und sie war froh gewesen. Aber dann hatte sie erkannt, daß ihr Körper den Schmerz simulierte, den Amy erlitten haben mußte. Das war ihre Art gewesen, ihrem Kind näher zu sein, und sie hatte die Qualen gern ertragen, bis sie schließlich mehr und mehr nachgelassen hatten.

Sie würde das nicht noch einmal ertragen. Wie lange saß sie schon hier, bei laufendem Motor? Es spielte keine Rolle. Sie war jetzt ruhiger und blickte über die Schulter, ehe sie zurücksetzte. Sie drehte am Lenkrad und fuhr zurück auf die Straße. Sie fuhr in östliche Richtung; nach etwa einer Meile würde die Broadway Terrace in den Skyline Boulevard übergehen und einen Bogen nach Süden beschreiben. *Rette Matt*, dachte sie entschlossen. *Du konntest Amy nicht retten, aber du kannst Matt retten.* Sie fuhr weiter.

Sie hatte es verdient, ihn zu finden. Sie war so tapfer gewesen. Sie hatte die lange Zeit der Qual durchgestanden; jetzt, wo sie sich dieser neuerlichen Krise gegenübersah, war sie sicher, sich das Recht verdient zu haben, ihn zu finden. Adrenalin ließ ihr Herz rasen; ihr war ein wenig schwindlig, und es kam ihr vor, als schwebe sie.

Konzentriere dich – sie mußte sich konzentrieren und erledigen, was sie sich vorgenommen hatte.

Sie würde nicht zusammenbrechen. Sie durfte nicht zulassen, daß das geschah; sein Verhalten hatte deutlich gemacht, daß Matt vor sich selbst bewahrt werden mußte. Und sie wünschte sich verzweifelt, genau das zu tun.

Er war alles, was ihr geblieben war.

Abgesehen von ihr selbst.

Das stimmte doch, oder? Irgendwie hatte sie bei all diesem Herumjagen und Verstecken, Weglaufen und dem unausweichlichen Auseinandersetzen mit Gegebenheiten wieder zu sich selbst gefunden. Und das war ein gutes Gefühl und gab ihr Kraft.

32.
KAPITEL

Cruz befreite seine Füße aus der Bettdecke und gähnte. Er streckte die Hand nach Elenya aus, so wie jeden Morgen, fühlte jedoch nur kalte Laken, so wie jeden Morgen seit Samstag. Durch die halbgeschlossenen Lider erkannte er, daß draußen gerade erst der Tag graute. Der Regen hatte aufgehört. Er freute sich für die Menschen, die zu Familientreffen fahren mußten, für die Frauen, die sich sorgten, daß der Besuch Schmutz auf den frisch gebohnerten Fußböden verteilte.

Dösend, treibend, dachte er an all die Gelegenheiten, die er in dieser Woche versäumt hatte: Im Watt mit Julio nach Muscheln und Seesternen zu suchen; mit Carlito ein Raddampfermodell zusammenzubauen, während sie sich über das Leben unterhielten; wortlos mit Elenya vor dem Kaminfeuer zu sitzen. Diese Augenblicke waren auf immer verloren. Das Dinner am Nachmittag würde vermutlich steif und ungemütlich verlaufen, es sei denn, es gelang ihm, seinen Groll und den Fall für eine Weile zu vergessen.

Was würden Cindy Forrests Eltern tun? Würden sie vorgeben, alles wäre in Ordnung und Urlaubspläne schmieden, in der schrecklichen Hoffnung, daß ihre Tochter heute nach Hause kommen würden? Taten sie das jeden Tag, um ihre Hoffnung aufrechtzuerhalten? Oder saßen sie stumm da und trauerten bereits um ihr Kind?

Er durfte nicht daran denken. Das würde ihn nur lähmen.

Jemand aus dem Büro der Bürgerinitiative hatte die Haarspange dorthin gebracht. Ob willentlich oder ungewollt, spielte im Grunde nur eine untergeordnete Rolle.

Und Dexter Williams … Gehörte die CAST-Anstecknadel, die in der Nähe von Marianne Brandons Leiche gefunden worden war, ihm? Williams war nicht zu Hause, und von den Leuten, mit denen sie gesprochen hatten, hatte niemand eine Ahnung gehabt, wo er stecken könnte.

Eine Lehrervertretung.

Wie hatten sie das übersehen können?

Die Ferientage komplizierten die Situation; gestern hatte sogar Charlotte Wertz sich biestig benommen. Sie hatte gewettert, hatte gefragt, warum sie ihnen eine vollständige Liste aller Helfer geben sollte, wenn sie ihr nicht sagten, was sie damit anfangen wollten. Sobald Goldstein sie daran erinnert hatte, daß nur das Leben des Mädchens zählte, war sie errötet und hatte sich gleich daran gemacht, die Liste aufzusetzen. Seltsam, hatte Cruz in diesem Augenblick gedacht, daß sie, die Leute vom Morddezernat, sich mit einem Menschen beschäftigten, der – möglicherweise – noch lebte. Merkwurdig, aber eine willkommene Abwechslung. Diesmal gab es ausnahmsweise noch Hoffnung.

Als Charlotte ihnen schließlich die Liste ausgehändigt hatte, war sie richtig bei der Sache gewesen. Sie hatte sogar den Postboten, Botenpersonal und eins von Mrs. Silcocks Enkelkindern vermerkt, das sie regelmäßig dort abholte.

Er und Goldstein und der Rest der Mordkommission hatten die Namen auf der Liste unter sich aufgeteilt. Um elf Uhr am vergangenen Abend hatten sie sich bis zum Ende der Rs durchgearbeitet.

Heute würden sie mit den S beginnen. Schwartau, Sendyck, Swann. Dann weiter zu T. Tennyson. Tintorini. Toller.

Cruz fuhr hoch und drücke die Decke an seine nackte Brust. Es war albern; die Chance, daß es bedeutungsvoll sein könnte, war nur gering. Aber hatte Harvey Kittner sich gestern nicht beklagt, daß er jemanden bezahlen mußte, der das Cottage *bewachte?*

Das bedeutete, daß er eine Wachgesellschaft beauftragt hatte, ein Auge auf das Haus zu haben. Albert Toller arbeitete für eine Wach- und Schließgesellschaft.

Warum mußte es denn Williams sein?

Er mußte nach allen Seiten hin offen bleiben. Das könnte die Verbindung sein, das zerbrechliche Band, durch das, wie er von Anfang an gewußt hatte, dieser Fall gelöst werden würde.

Toller.

Er war von Beginn an so eifrig darauf bedacht gewesen, zu helfen. Er hatte Telefone installiert, neue Formulare entworfen und vervielfältigt, andere Helfer darin unterwiesen, wie sie Anrufern Informationen entlocken konnten. Und der Mann und das kleine Mädchen in dem Cabriolet. Die Stunden, die er mit der Anfertigung des Phantombildes verbracht hatte.

Dinge regeln.

Helfen.

Dafür sorgen, daß alles wieder gut wurde, ganz so wie Goldsteins Psychiaterfreundin gesagt hatte.

Aber es fehlten noch zu viele Teile des Puzzles. Warum *diese* Mädchen? War es Zufall, daß sie alle in der zweiten Klasse gewesen waren? Sie hatten verschiedene Schulen besucht, und Dexter Williams war …

Langsam. Es war überaus wichtig, daß er keinen Fehler machte; er durfte es nicht vermasseln, nur weil er mit seiner Familie einen blöden Truthahn zum Abendessen verspeisen wollte. Um der kleinen Cindy willen, um seines eigenen Seelenfriedens willen, konnte er sich keinen Patzer erlauben. Als erstes würde er Kittner anrufen und sich den Namen der Wachgesellschaft geben lassen, die er beauftragt hatte, ein Auge auf sein Cottage zu werfen.

Die Telefonnummer stand auf dem zerknitterten Zettel in seiner Jackentasche. In seinem Magen rumorte es, als er die Nummer wählte.

»Ja?« knurrte Harvey Kittner, als er abnahm.

»Kittner, hier spricht Cruz vom Oakland Police Departement.«

»Es ist verdammt noch mal fünf nach sieben. Heute ist, verflucht noch mal, Thanksgiving. Was ist los mit Ihnen? Rufen Sie mich am Montag wieder an, Cruz.« Er knallte den Hörer auf die Gabel. In der Leitung ertönte das Freizeichen.

Cruz rief erneut an. *Geh ran.* Es klingelte zwölfmal, dreizehnmal. Ich lasse so lange läuten, bis er rangeht, dachte Cruz wütend. Er wird schon irgendwann abnehmen. Es sei denn, er hat den Stecker herausgezogen und ist wieder eingeschlafen. Es würde der Polizei in Los Angeles zwar nicht gefallen, aber die Kollegen würden ihm helfen, dessen war er sich sicher. Er wollte die Verbindung gerade unterbrechen, als Kittner sich meldete.

»Würden Sie verdammt noch mal aufhören, mich am Thanksgiving-Morgen zu belästigen?«

»Das Leben eines kleinen Mädchens steht auf dem Spiel«, beharrte Cruz. »Ich möchte den Namen der Wachgesellschaft wissen, die Ihr Cottage im Auge behält.«

»Bay Security. Sie haben mich um sieben Uhr früh geweckt, um mich nach einer Scheiß...«

Diesmal war es Cruz, der einhängte. Bingo. Es würde ihm tatsächlich gelingen. Die Welt schien ihm mit einemmal weniger trist. *Danke,* dachte er, *danke, daß du mich daran teilhaben läßt.*

Er wählte Goldsteins Privatnummer in San Francisco und war überrascht, wie schlüssig das Ganze klang und wie knapp und bündig er seinem Partner die wichtigsten Einzelheiten darlegen konnte.

»Als erstes«, sagte Goldstein, der sich überhaupt nicht verschlafen anhörte, »rufe ich bei Bay Security an und lasse mir Tollers Dienstplan geben. Vielleicht hat er ja gerade Dienst. Anschließend rufe ich dich gleich zurück. Wenn er Dienst hat, fahren wir an seinen Arbeitsplatz. Wenn nicht, treffen wir uns vor seiner Wohnung.«

Cruz lief ins Bad und spritzte sich kaltes Wasser ins Gesicht. Dann hastete er zurück ins Schlafzimmer und griff nach den Kleidern, die er am vergangenen Abend über einen Stuhl gelegt hatte. Er stopfte gerade sein Hemd in den Hosenbund, als das Telefon klingelte.

»Die Tri-Valley-Baustelle drüben am Skyline Boulevard, eine halbe Meile hinter der Broadway Terrace. Toller hat von Mitternacht bis acht Dienst. Er hat sich vor einer knappen Dreiviertelstunde vorschriftsmäßig in der Zentrale gemeldet. Die Frau in der Zentrale meint, es hätte sich schon jemand nach Toller erkundigt. Vor einer Viertelstunde. Was hältst du davon?«

»Ich denke, wir sollten uns schnellstens auf den Weg machen.«

»Wir treffen uns in zwanzig Minuten vor Ort.«

Sie legten auf.

Bevor er zur Baustelle fahren konnte, mußte Goldstein vom Marina Distrikt aus North Beach durchqueren, um über die Brücke nach Oakland fahren zu können. An diesem Tag war kein Berufsverkehr, so daß er es vielleicht in den vereinbarten zwanzig Minuten schaffen würde. Aber Carlos Cruz wohnte nur etwa zwölf Minuten vom Skyline Boulevard entfernt.

33. KAPITEL

Drei halbfertige zweigeschossige Gebäude bildeten ein unterbrochenes U um einen riesigen Erd- und Schutthaufen. Keine Türen, keine Fenster, noch nicht einmal Gehwege – der Regen mußte die Bauarbeiten unterbrochen haben. An der mit Schlaglöchern übersäten ›Straße‹, die im Kreis um die drei Gebäude herumführte, stand schweres Erdaushubgerät, still und schlammbespritzt.

Linda steuerte den Wagen an leuchtendgelben Baggern und Bulldozern vorbei und kam schlitternd vor einem kleinen Wohnwagen zum Stehen. Matts Honda parkte neben einem blauen Ford zur Rechten des Wohnwagens.

Gott sei Dank – sie hatte ihn gefunden, bevor er in bezug auf Dexter Williams etwas unternehmen konnte. Sie würde ihm sagen, daß Mia sich um alles kümmerte; er würde wütend sein, aber er würde schon darüber hinwegkommen.

Oder aber er würde ihr nie verzeihen, daß sie ihm die Gelegenheit vermasselt hatte, Rache zu nehmen. Sie wollte nicht, daß es dazu kam, aber wenn es darauf hinauslief, würde sie damit leben können.

Jetzt, da sie wußte, daß Matt hier war, konnte sie sich etwas Zeit lassen. Immerhin war Dexter Williams in Rhode

Island. Matt würde sich inzwischen sicher ein wenig beruhigt haben … und Mias Freund würde auch bald hiersein.

Als sie aus dem Wagen stieg, versanken ihre Sportschuhe im glitschigen Schlamm. Sie steuerte den Wohnwagen an und machte halt, um sich den Dreck von den Schuhen zu kratzen.

Der Wachmann, den Matt sprechen wollte, verbrachte vermutlich einen Teil seiner Schicht in dem Wagen. Vielleicht waren sie gerade drin und redeten.

Linda stapfte durch den Matsch zur Tür des Wohnwagens und hielt dann inne. Sofern sich jemand im Bauwagen befand, verhielt er sich still. Sie klopfte an die Tür. Keine Antwort. Sie stellte sich auf Zehenspitzen und sah durch das vordere Fenster hinein. Gelbes Licht wurde durch die Ritzen um die Jalousien gefiltert.

Sie drückte die Klinke herab. Ein modriger Geruch schlug ihr entgegen – nasses Papier, Staub und heiße Drähte eines elektrischen Heizofens. Leer. Der Wohnwagen war leer. Auf einem alten Schreibtisch, auf einer aufgeschlagenen Zeitung, stand eine Thermoskanne mit abgeschraubtem Deckel. Der Kaffee in der roten Plastiktasse war noch warm. Auf einem zweiten Schreibtisch stapelten sich Unterlagen, eine altmodische Rechenmaschine, ein Telefon.

Matt und Toller mußten in einem der Gebäude sein.

Das Gebäude zur Rechten und das, das die Basis des U bildete, schienen im Rohbau weitgehend fertiggestellt zu sein. Das dritte Gebäude zur Linken bestand bislang nur aus einem Fundament und aufragenden Stahlstreben – keine Wände, keine Türen, kein Dach. Dort war niemand.

Sie wich einer großen Pfütze aus und ging um Holzstapel herum, die mit Plastikplanen abgedeckt waren, an aufgeschichteten Balken und an zwei großen Müllcontainern, bis sie vor dem mittleren Gebäude auf einen Brettersteg stieß.

Endlich kam sie aus dem Matsch heraus. Jetzt war es leichter, nacheinander zu jeder Tür zu hasten. Aber Tür- und Fensteröffnungen waren alle mit einer undurchsichtigen Plastikplane versehen, so daß sie nicht ins Innere spähen konnte.

Unten an der dritten Tür des mittleren Gebäudes war die Plastikfolie eingerissen. Linda kniete sich hin und zog mit beiden Händen an der Plane, bis sie den Kopf durch den Schlitz stecken konnte. Stützträger standen in einer Reihe die gesamte Länge des Gebäudes entlang. Ansonsten war es leer.

Blieb also das Gebäude, das die rechte Seite des U bildete. Sofern Matt und Albert Toller sich nicht irgendwo bei den Bulldozern und Baggern aufhielten. Nein, Matt mußte in diesem Gebäude sein.

Der Himmel schimmerte in strahlendem Blau. Eine Dampfwolke stieg von den Planken vor ihr auf, als die Sonne das Wasser verdunsten ließ, das in die Bretter gedrungen war. Ein bißchen wie ein Gang in die Hölle, dachte sie, nur daß der harzige Nebel angenehm duftete.

Sie blickte zurück zum Wohnwagen. Eine Windböe wirbelte Zeitungsblätter herum. Der Wind warf die Tür mit lautem Knall zu. Linda schnappte erschrocken nach Luft und lief auf das letzte der drei Gebäude zu.

Auch hier war die erste Türöffnung mit Plastikfolie verschlossen. Die mittlere Tür war ungeschützt. Die Schwelle befand sich etwa einen halben Meter über dem Brett. Noch keine Treppenstufen. Linda griff nach dem Türrahmen und zog sich hinauf.

Stimmen.

Zwei Männer, einer davon im Schatten, etwa zwanzig Meter entfernt.

Er ist hier, dachte sie. Ich habe ihn gefunden – es ist noch nicht zu spät. Sie konnte Matts unverkennbare breite Schultern sehen und sogar die beiden Geheimratsecken an seinen Schläfen. Er zeigte mit einer Hand auf etwas, was sie nicht sehen konnte.

Ein Netz aus Stahlträgern spannte sich über einer etwa anderthalb Meter tiefen Grube. Wenn doch bloß der Fußboden bereits gegossen worden wäre … Sie trat auf eine der

Streben und setzte präzise einen Fuß vor den anderen. Das schwarze Loch unter ihr schien nach ihr zu greifen. Sie blieb stehen und wischte den kalten Schweiß von ihren Handflächen. *Das ist nicht das erste Mal, daß du auf einer Baustelle bist. Du weißt, wie man über Stahlstreben und Balken geht.*

Sie fand ihr Gleichgewicht wieder und stellte fest, daß sie, wenn sie zwischen den senkrechten Stahlträgern hindurchging, jeweils nur zwei Schritte machen mußte, ohne sich festhalten zu können.

Eins, zwei, dann am senkrechten Träger festhalten. Sie wiederholte das Manöver und zwang sich, nach vorn zu sehen anstatt in die Grube unter sich.

»Ich bestimme, was passiert, Toller.« Matt spuckte die Worte förmlich aus.

Das ganze Gebäude schien zu schwanken, zu kippen.

Matts Stimme hallte erneut durch das leere Gebäude. »Ich habe das Mädchen«, sagte er.

Linda wankte auf der Strebe. Sie fühlte sich desorientiert und benommen. Das Loch unter ihr war dunkel, die Erdanziehung zog sie hinab. Wehr dich nicht. Laß los. Hör auf, das Unmögliche ins Gleichgewicht bringen zu wollen. Gerade noch rechtzeitig klammerte sie sich an die nächste senkrechte Strebe.

Ich habe das Mädchen.

Sie ging in die Knie und kroch auf allen vieren zum nächsten senkrechten Stahlträger. Sie lehnte sich zurück. Sie hatte einen metallenen Geschmack im Mund. Sie richtete sich auf und blickte die Länge des Gebäudes hinab.

Matt gestikulierte wild. Der andere Mann – groß, dürr und ganz in Blau gekleidet – stand Matt gegenüber auf einer Sperrholzplatte. Hinter ihm klaffte ein offener Durchgang, die Plastikplane zerrissen und herabhängend wie lose, gerissene Haut.

Matt bewegte sich über einen Balken auf die hintere Wand zu. Mit der linken Hand führte er ein kleines Mädchen, das bislang vor Linda verborgen gewesen war. Die Kleine war blond, ihr langes Haar verfilzt und zerzaust. Es war schwer zu sagen, welche Farbe ihre Kleider hatten, so schmutzverkrustet, wie sie waren.

– Amy, Amy, wo hast du nur diese wunderschönen purpurroten Augen her?
Oh, Daddy, du bist albern. Meine Augen sind nicht rot. Komm näher, Daddy. Sieh hin.
– Purpurrot. Kein Zweifel, tiefrot.
Also, dann sind deine orange.
(Gefolgt von unkontrolliertem Kichern. Umarmungen. Durch die Luft wirbeln.)

»Sie hätten sich nicht einmischen dürfen, Crell. Was immer auch passiert, Sie sind verantwortlich.« Toller sprach mit fester, gelassener Stimme.

Das war ein Trick. Toller mußte sich irren. Der Schein konnte trügen. Matt *konnte* nicht verantwortlich sein. Er hatte Fehler gemacht, sicher. Aber der Mensch, der ihr ein so zärtlicher Liebhaber und Amy ein so liebevoller Vater gewesen war, war nicht fähig, irgend jemanden zu töten.

Linda drehte sich herum und kehrte zurück zur Tür. Sie sprang hinunter auf den Brettersteg. Eine Waffe – sie brauchte etwas, was sie gegen den Kindesentführer einsetzen konnte. Schotter. Lange spitze Stangen. Stahlträger und Holzplanken. Säcke voller Nägel. Was sollte sie damit anfangen?

»Lassen Sie sie endlich gehen oder was?« Wieder diese ruhige Stimme.

Sie nahm sich eine Handvoll Steine von dem Haufen Schotter. Die scharfen Kanten gruben sich in ihre Handflächen, als sie sich auf die dritte Tür zubewegte, wobei sie alle zwei Schritte stehenblieb und lauschte.

Matts Stimme hallte laut durch die Türöffnung. »Toller, sagen Sie mir nur eins. Was bringt Ihnen das?«

Sie schlich an der Außenwand entlang. Ihre Hände schlossen sich fester um die Steine; der Schmerz trieb sie weiter voran.

»Hatten Sie jenen Traum, Crell?«

Den Traum von einer Familie. Lindas Finger krallten sich fester um die Steine.

»Schon mit drei, vier Jahren, so lange ich zurückdenken kann, wollte ich Polizist werden. Sergeant Toller. *Lieutenant* Toller. Ich wollte Verbrecher und Parasiten einen nach dem anderen ausmerzen, meinen bescheidenen Beitrag leisten, die Welt ein wenig sicherer zu machen. Aber sie haben mich nicht genommen, wegen meines verfluchten Gehörschadens. Auf der einen Seite – ich bin auf einem Ohr taub, und keine Abteilung wollte mich haben. Wissen Sie, was für ein beschissenes Gefühl das ist? Aber warum erzähle ich Ihnen das alles? Sie haben zwanzig Sekunden, das Mädchen loszulassen.«

Toller. Nicht Dexter Williams. Nicht Matt. Toller hatte diese grauenhaften Dinge getan.

»Es hätte alles anders laufen sollen. Ich wollte das erste Mädchen nur verstecken und ihnen dann helfen, es zu finden. Aber sie hat so viel Lärm gemacht, daß ich gezwungen war …«

Du krankes Stück Vieh! Das war meine Tochter, dachte Linda und biß sich auf die Lippen, um nicht laut zu schreien. Sie leckte sich das warme Blut von den Lippen und beschwor ein sehr deutliches Bild von Cindy Forrest herauf.

»… und nachdem die Mutter freigesprochen worden war, hatten sie keine einzige Spur. Das war ziemlich entmutigend, aber dann bekam ich diesen Job.«

Die Mutter. Linda würgte ihren rasenden Zorn herunter. *Die Mutter* würde Toller gleich helfen, sich selbst ans Messer zu liefern. Sie legte die Handvoll Steine auf den Boden. Scharfe Splitter klebten an der Erhebung unterhalb ihres Daumens.

»Keine Action. Aber wenigstens bekam ich eine Uniform.

Aber nach einer Weile wurde mir klar, wie verdammt langweilig dieser Job tatsächlich ist. Ungefährlich und langweilig.«

Sie mußte das Mädchen rausschaffen. Und zwar schnell. Sie mußte es mit allem versuchen, was ihr zur Verfügung stand. Ein wenig Grundwissen, gefährlich oder nicht, war alles, worauf sie zurückgreifen konnte.

Toller hatte sein ganzes Leben davon geträumt, Polizist zu sein.

Er hörte schlecht. Auf welcher Seite? Trug er ein Hörgerät?

Toller stand mit dem Rücken zu ihr, eine dunkle Gestalt in der Türöffnung. Dahinter standen das kleine Mädchen und Matt aneinandergeklammert. Sie entdeckten sie gleichzeitig.

Matt überdeckte seine Überraschung schnell. Er warf einen Blick auf Toller und sah gleich wieder weg. Das kleine Mädchen öffnete den Mund; Matts Hand schloß sich fester um ihren Arm, und er beugte sich herab, um ihr etwas ins Ohr zu flüstern.

Keine Brille. Vermutlich trug Toller kein Hörgerät. Jedesmal, wenn Matt etwas sagte, legte Toller den Kopf schräg und schob das rechte Ohr vor. Also mußte es das linke Ohr sein, auf dem er nichts hörte.

Sie warf einen Stein auf den Boden, links von dort, wo Toller stand.

Er reagierte nicht. Möglich, daß sie ihm kräftemäßig nicht gewachsen war, aber sie würde dafür sorgen, daß er in seine eigene Falle tappte.

»Hände weg von den Taschen, Crell. Ich weiß, daß Sie eine Pistole bei sich haben.«

Matt hob in einer entschuldigenden Geste die Hände, die Handflächen nach oben. Tollers Finger zuckten. Linda näherte sich der Türöffnung; ein vager Plan nahm in ihrem Kopf Gestalt an.

»Sie haben es wirklich vermasselt, Crell. Nachdem ich das Insulin und alles besorgt hatte. Das hier wäre ein gelungener

Fall geworden. Ein Anruf bei der Bürgerinitiative am Thanksgiving-Morgen; von einem Verrückten, der den Cops verrät, wo sie das Mädchen finden. Großartig, nicht wahr? Bei dem Regen wurde nicht gearbeitet, und so war sie im Werkzeugschuppen sicher. Natürlich mußte ich ihr die ganze Zeit über die Augen verbinden. Sie haben es vermasselt, Crell.«

Linda würgte, als ein bitterer Geschmack in ihrer Kehle aufstieg. Wenn sie ihm nur die Augen auskratzen, ihn in Stücke reißen könnte, seine Muskeln zerfetzen und seine Knochen brechen. Aber Cindy war wichtiger als persönliche Genugtuung.

Hinter Tollers Rücken schlich Linda zur Türöffnung. »Sieh nicht zu mir her«, raunte sie Matt zu. »Wenn ich ›Amy‹ sage, gibst du mir das Mädchen und stürzt dich auf Toller.«

Matt nickte so diskret, daß Toller nichts davon bemerkte. »Es war perfekt. Jedesmal, wenn ich Dexter zur Arbeit fuhr, fragte ich ihn, was er an diesem Tag unterrichten würde. Ich entschied mich für dieses Schema, verstehen Sie. Er bringt den Kindern etwas über den Regen bei, und am nächsten Tag passiert etwas.«

Linda ging erneut um Toller herum. Sie mußte sich ihm von rechts nähern, damit er sie auch kommen hörte.

»Ich habe sogar seine Anstecknadel von dieser Lehrervereinigung neben das zweite Mädchen gelegt. Man sollte meinen, daß irgend jemandem, einem Bullen oder einem Reporter, das Schema auffallen würde«, fuhr Toller fort. »Aber ich wäre nie darauf gekommen, daß ausgerechnet Sie dahinterkommen würden. Dexter hatte solche Angst davor, gefeuert zu werden, daß er der Polizei verschwieg, daß er alle drei Mädchen unterrichtet hatte. Er war krank, wissen Sie? Jemand mußte diese Kinder vor ihm schützen. Er bedrohte sie, hielt ihnen Scheren vors Gesicht. Er mußte für das bestraft werden, was er getan hatte.«

Und du hast dich zu seinem Richter ernannt, dachte Linda. Sie würde alles benutzen – jedes bißchen dessen, was er enthüllt hatte. Seine Bedürfnisse, seine Schwächen, würden ihre Waffen sein.

»Er wird verhaftet, und ich führe die Bullen zum Gegenstand ihrer großen Menschenjagd. Das hätte Aufsehen erregt. Aber Sie mußten ja alles verpatzen, Crell.«

Das war es, das letzte Stückchen Information, das sie benutzen würde, ihn an seinen selbstgezimmerten Pranger zu nageln. Er würde die Aufmerksamkeit bekommen, nach der er lechzte.

»Was ist mit der Kamee meiner Frau?« Matt war sehr blaß im Gesicht.

Mach, daß ich mein Notizbuch und meinen Stift in der Handtasche habe, betete Linda, als die Einzelheiten ihres Planes in ihren Gedanken deutlichere Gestalt annahmen. Sie kramte in ihrer Handtasche. Da – ein Stift. Und der Block. Er war etwas klein, aber wenn sie ihn geschickt hielt, würde er es vielleicht nicht bemerken.

»Nachdem es beim erstenmal nicht so gelaufen war, wie ich es erwartet hatte, sagte ich mir, daß ich eine Rückversicherung bräuchte. Wenn sie beim nächstenmal nicht auf Dexter kamen, würde ich sie vielleicht auf die Suche nach *ihr* schicken. Der Mutter. Nachdem sie sie freigesprochen hatten, verschaffte ich mir Zutritt zu Ihrem Schlafzimmer und nahm die Kamee an mich. Das war vor fast zwei Jahren. Haben Sie nie davon gehört, daß man Erdgeschoßfenster nicht offen lassen soll, wenn niemand zu Hause ist? Man kann nie wissen, wer einem einen Besuch abstattet. Diese dummen Kinder – sie haben so lange mit dem Ding herumgespielt, daß sie die Fingerabdrücke verwischt haben.«

Wie hatte sie nur glauben können, daß Matt … Später. All diese Fragen würde sie später stellen. Das Mädchen begann zu wimmern. Toller fuhr fort. »Sie waren der einzige, der die Verbindung zu Dexter Williams hergestellt hat, Crell. Das muß ich Ihnen lassen. Ich habe die Spur sehr sorgfältig gelegt.«

Würde er noch wissen, wer sie war? Vielleicht hatte er ihr

Bild in der Zeitung vor und während des Prozesses – wütend, daß sie soviel von der Aufmerksamkeit bekommen hatte, die ihm zustand – so lange angestarrt, daß er sie trotz der kurzen Haare wiedererkannte.

»Die Bullen sind nie dahintergekommen, daß ich ihn von der Schule abgeholt habe, an den Tagen jedes dieser – hm, Vorfälle. Bei Schulschluß begleitete er die Klasse, die er in der letzten Stunde unterrichtet hatte, nach draußen. Das tat er immer, so daß ich Gelegenheit hatte, sie mir anzusehen, mir das hübscheste kleine Ding auszusuchen ... Vielleicht hätte ich mir etwas ausdenken sollen, Dexters Fingerabdrücke auf die Haarspange zu bekommen. Was meinen Sie, Crell?«

Jetzt. Linda straffte die Schultern. Schwer atmend, als wäre sie gelaufen, hastete Linda auf die Türöffnung zu. »Tracy Smith«, keuchte sie. »*Oakland Tribune.*« *Sprich weiter. Laß dich nicht von seinen Augen einschüchtern, von den Händen, die Amy als letzte berührt haben.* Sie zog sich herauf, entfernte sich ein wenig von Toller. »Ich gratuliere. Sie haben Crell und das Mädchen gefunden. Wie haben Sie das geschafft?« Sie hielt den Bleistift schreibbereit über den Block in ihrer Hand. Sie legte den Kopf schräg und sah ihn erwartungsvoll an. Staunend riß sie die Augen auf wie alle Reporter, die sie gejagt hatten, gierig auf Details ihrer Tragödie.

Toller erbleichte schockiert, aber er faßte sich gleich wieder und wirkte plötzlich größer, gerader. Ein entschlossener Zug erschien um seinen Mund, und er hakte die Daumen in die Gürtelschlaufen. Die Finger der rechten Hand baumelten über dem Griff der Pistole in seinem Halfter. »Was tun Sie denn hier? Dieser Mann ist gefährlich, Miss Smith.« Sein Blick huschte zwischen Matt und Linda hin und her.

»Ich habe keine Angst vor ihm, Mr. ... Was sagten Sie noch gleich, wie Sie heißen?« *Beschäftige ihn, bis Mias Freund eintrifft. Das ist alles, was du tun mußt.* Linda ließ sein Gesicht verschwimmen, während sie ihn anstarrte; sie würde es nicht ertragen, ihm in die Augen zu sehen.

»Albert Toller. T-o-l-l-e-r.« Er strahlte und zog dann die Mundwinkel herab. »Er ist schlau, Miss Smith. Und er ist bewaffnet. Er hat die Pistole zwar bisher nicht benutzt, aber bei diesen verzweifelten Psychopathen kann man nie wissen.«

»Ich, also, ich sehe, daß Sie eine Uniform tragen. Gehören Sie einer Spezialeinheit des OPD an, Mr. Toller?« Linda tat, als würde sie sich Notizen machen. Sie warf einen verstohlenen Blick auf die Parkfläche vor dem Gebäude. Kein Wagen in Sicht, keine Streifenwagen. »Haben Sie Erfahrung mit Geiselnahmen?« Wie lange würde sie diesen Mann noch ansehen müssen, daran denken müssen, wie sich sein Gesicht verzerrte, wenn er … Ihre Knie gaben nach; sie schwankte und griff haltsuchend nach einem Stützpfeiler.

»Keine Angst, Miss Smith. Ich habe die Situation völlig unter Kontrolle. Aber wie haben *Sie* ihn gefunden?« Toller schürzte die Lippen und verengte die Augen, wie jemand, der dem, was er sah, nicht traute.

Linda warf einen Blick auf Matt, um sich ein letztes Mal Mut zu holen. »Ich habe sein Foto in der Zeitung gesehen und ihn wiedererkannt. Ich habe ihn in seinem Wagen vorbeifahren sehen und bin ihm hierher gefolgt.«

Möglicherweise beschloß Toller, sie alle zu töten. Er würde Notwehr vorschützen und der Held des Tages sein. *Sprich weiter.*

»Also, Mr. Toller, ich brauche ein paar Angaben zu Ihrer Person. Ich werde Ihre Story schreiben …« Das kleine Mädchen zitterte jetzt, und stummes Entsetzen entwich ihrem halbgeöffneten Mund. Sie war so dünn, so verwundbar. Linda trat näher. »… und jeder in der Gegend der Bay wird sie lesen, also möchte ich, daß die Fakten auch stimmen.«

Er zog die Brauen zusammen; legte den Kopf schief und reckte ihn ihr entgegen. Sie trat auf die Sperrholzplatten; sie war jetzt so nah, daß sie den keuchenden Atem des Mädchens hören konnte. Achte auf *ihn*, ermahnte sie sich.

»Erzählen Sie mir, wie Sie sie gefunden haben, Mr. Toller.«

Sie machte einen weiteren Schritt nach vorn. Tollers Augen verengten sich, als sie näher kam. Sie blieb stehen, sah ihn fragend an und hielt den Stift schreibbereit über das Papier. »Mr. Toller?«

Er blähte den Brustkorb auf und funkelte Matt böse an. »Ich arbeite seit sechs Jahren für die Bay Security. Das ist ein sehr verantwortungsvoller Posten, wissen Sie, und als ich heute meine Runde machte …« Er runzelte die Stirn und musterte sie eindringlich. Ein Muskel unter seinem rechten Auge zuckte.

Hatte er sie wiedererkannt? Linda kam es vor, als würde ihr Herz jeden Moment zerspringen.

»Sprechen Sie weiter, Mr. Toller. Ich brauche alle Einzelheiten, damit ich Ihre Geschichte …«

»Haben Sie einen Presseausweis, Miss Smith?« Tollers Finger näherten sich dem Griff seiner Pistole.

Jetzt war der Augenblick gekommen, zu improvisieren.

»Jetzt, Matt!« rief Linda.

Matt stieß das kleine Mädchen auf Linda zu und wirbelte zu Toller herum. »Lauf, Linda! Verschwinde von hier!«

Ohne nachzudenken, packte Linda das Mädchen und sprang hinaus auf die Planken. Ein stechender Schmerz durchzuckte ihr Bein, als sie mit dem Knöchel gegen die Kante des Brettes stieß.

34.
KAPITEL

Cruz raste durch die Straßen; das Rotlicht auf dem Dach seines Toyotas blinkte. Hätte er es spüren müssen? Etwas an Toller hätte ihn stutzig machen müssen.

Als Cruz ihn kennengelernt hatte, war Toller bereits mit einem Etikett behaftet gewesen: besorgter Bürger. Vielleicht war das der erste Fehler gewesen – alle freiwilligen Helfer der Bürgerinitiative in dieselbe Schublade zu stecken. Solche Fehler konnten andere das Leben kosten.

Toller war in seiner Uniform herumstolziert wie ein Pfau; er hatte seine Arbeit mit der gleichen Intensität beschrieben, mit der er seinen Aufgaben bei der Bürgerinitiative nachgegangen war. Was war daran falsch? Enthusiasmus war an sich nichts Verdächtiges.

Und als er aufs Revier gekommen war und so hart mit Shirley Johnson an dem Phantombild gearbeitet hatte, seine Ehrfurcht vor allem – hätte ihn das aufmerken lassen müssen?

Cruz schoß an einem langsam fahrenden Kombi vorbei, wütend, daß er sich in müßigen Theorien erging. Er mußte sich Toller schnappen, ohne das Kind zu gefährden. Wenn das Mädchen überhaupt noch lebte. Und wenn es bei Toller war. Wenn Toller überhaupt auf der Baustelle war.

Wenn.

Wenn.

Wenn.

Es war nicht sein Job, das *Warum* zu ergründen. Goldsteins Freundin, die Psychiaterin, wäre hierfür geeigneter. Lois Edelberg hatte teilweise recht gehabt.

Seine Aufgabe war es, über das *Wie* zu entscheiden.

Cruz sah das Schild mit dem Firmenlogo der Tri-Valley-Gesellschaft und fuhr durch das offene Tor; das Heck des Wagens schlingerte über dreißig Meter. Weiter vorn sah er die Parkfläche, auf der bereits mehrere Wagen standen. Der weiße Honda aus Pescadero. Ein Thunderbird. Ein Ford. Was zum Teufel hatten diese ganzen Autos hier zu suchen?

Vielleicht war es ja doch Linda Crell, die die Kinder getötet hatte. Oder ihr Mann – er hatte kein Alibi für die Zeit, als Cindy verschwunden und Marianne ermordet worden war. *Scheiße,* dachte Cruz gereizt. *Keine verdammten Theorien mehr. Find einfach nur das Kind.*

Er trat hart auf die Bremse und schlitterte beinahe in den Honda. Eine Windböe zerrte an der Tür des Wohnwagens; sie knallte zu, flog gleich wieder auf. Der Wohnwagen war leer – die mußten irgendwo in der Nähe sein.

Das Kind – ich muß das Kind schützen, dachte Cruz und blinzelte, als ihm kalter Schweiß in die Augen rann. Wo war Goldstein? Zu zweit, zu zehnt wären sie besser gewappnet. Er gab der Zentrale seine Position durch und stieg dann aus dem Wagen. Er zog seine Pistole und näherte sich demjenigen der drei Gebäude, dem er am nächsten war.

Laß sie unverletzt sein, betete er. *Laß mich dem Kerl nicht eine Kugel ins Gehirn pusten, direkt ins Auge oder in den Mund, und zusehen, wie sein Gehirn aus seinem Schädel spritzt. Laß mich ihm nicht den Absatz in den Bauch rammen oder mit der Schuhspitze die Eier zerquetschen. Und bitte, lieber Gott, bewahre Julio und Carlito davor, jemals zu erfahren, welche Gedanken mir in diesem Augenblick durch den Kopf gehen.*

Alle drei Meter blieb er stehen, lauschte angespannt und hielt Ausschau nach irgend etwas, das sich bewegte. Ein Stück braunes Papier wehte über einen Weg aus Holzplanken und rollte langsam in den Schlamm. Cruz ging weiter auf das mittlere Gebäude zu.

Eine Frau kauerte unterhalb der Türöffnung des Gebäudes zu seiner Rechten. Sie hielt etwas großes, Rundes in den Armen.

Heilige Mutter Gottes, es war die kleine Forrest.

Er lief auf sie zu und versuchte dabei, möglichst leise zu sein. Cruz hörte Stimmen, Schreie, sah die Frau aufstehen, das Kind in den Armen. Er lief, so schnell er konnte, glitt einmal auf dem glitschigen Rand einer Pfütze aus. *Scheißmatsch.* Er blieb wie angewurzelt stehen, als Stimmen durch die Türöffnung am anderen Ende des Gebäudes zu ihm drangen.

»Sie haben meine Tochter getötet, Toller. Und Marianne Brandon. Aber Sie werden so etwas nicht wieder tun.«

Matthew Crell; die Stimme, die er und Goldstein im Verhörzimmer gehört hatten.

»Ich habe darauf geachtet, daß sie nicht leiden mußten, Crell. Ich werde dasselbe für Sie tun.«

Toller.

Er hatte also recht gehabt: Die Crells waren unschuldig. Albert Toller war sein Mann.

Gott steh mir bei, wenn ich mich irre, schoß es ihm durch den Kopf.

35. KAPITEL

Ihr Haar roch säuerlich.

Es war zerzaust und Kletten und Stroh hatten sich in den verfilzten Strähnen verfangen. Ihr Körper roch nach lange getrocknetem Urin. Das Gesicht der Kleinen war ausdruckslos; Schlamm hatte eine rissige Schicht auf ihrem Gesicht und Hals gebildet. Von ihrer schmutzigen Hand baumelte eine Puppe. Dreckverschmiert, schlaff. Ein grobes X in die Brust geritzt.

Linda preßte die Wange an das Gesicht des Mädchens. Sie mußte es säubern. Sie wollte nicht, daß Cindy so aussah, wenn sie kamen, um sie zu fotografieren. Sie mußten irgendwohin, wo sie das Mädchen baden konnte, damit es sich wieder glatt und weich anfühlte. Ein kleines Mädchen sollte glänzendes Haar haben; es würde großer Mengen Shampoos bedürfen; vielleicht würde sie es auch schneiden müssen. Und nach dem Bad und dem Haarschnitt würde sie ihm den kleinen karierten Rock und den passenden Pullover anziehen. Gerade richtig für Thanksgiving.

Das Mädchen in ihren Armen begann zu schluchzen.

Das Schluchzen ging in Würgen über und steigerte sich dann zu einem klagenden Wimmern. Linda erschauerte, hielt das bebende Kind an sich gedrückt und streichelte seine dreckverkrusteten Wangen. Sie versuchte aufzustehen, belastete vorsichtig ihren Knöchel und zuckte zusammen vor Schmerz.

Es war schwer, auf dem weiten Baugelände Entfernungen abzuschätzen; die Strecke bis zu ihrem Wagen erschien ihr unendlich weit. Sie nahm das Mädchen auf die Arme und drückte es an sich wie ein Baby.

Linda humpelte auf den Wagen zu. Auf halber Strecke zwischen den zwei Gebäuden blieb sie stehen; sie atmete schwer, und ihre Schulter schmerzte vom Gewicht des Kindes. Sie stolperte weiter vorwärts, warf einen Blick über die Schulter und sah dann wieder auf das kleine Mädchen. Cindy klammerte sich an ihren Hals.

Der Wind wehte wütende Schreie aus dem Rohbau zu ihr herüber. Vielleicht sollte sie zurückgehen und irgend etwas tun, um Matt zu helfen.

Nein, sie mußte Cindy helfen, Cindy schützen und am Leben halten.

Sie trat neben die Planke, glitt auf einer schlammigen Stelle aus, und ihre Knie gaben nach. Das Kind in ihren Armen klammerte sich noch verzweifelter an ihr fest. Linda stürzte und landete unsanft auf dem Po. Im ersten Augenblick verschlug es ihr den Atem.

Als sie versuchte, wieder aufzustehen, hörte sie eine dritte Stimme.

»Polizei! Werfen Sie Ihre Waffen weg! Beide!«

Thanksgiving – jetzt gab es doch etwas, wofür sie dankbar sein konnte. Cindy war in Sicherheit. Und Matt würde es auch gleich sein.

Die Vergangenheit liegt hinter mir, dachte Linda. *Endlich.*

Sie fuhr herum, als ein weißer BMW und ein grüner Volkswagen mit quietschenden Reifen zum Stehen kamen. Eine dunkelhaarige Frau sprang aus dem Volkswagen und lief auf das Gebäude zu. Der BMW-Fahrer folgte ihr mit weit ausholenden Schritten.

Linda lief schneller.

Beim ersten Knall schrak sie zusammen. Es klang wie ein lauter Donnerschlag oder das Knacken eines riesigen Astes, der zerbrach, lauter als irgendein anderes Geräusch, das sie je gehört hatte.

Als eine zweite Detonation erklang, wußte sie, daß es Schüsse waren. Der dritte und vierte folgten kurz darauf. Der große blonde Mann rannte in Richtung der Schüsse, die eigene Pistole schußbereit. Die Frau war nicht mehr zu sehen. Die Augen des kleinen Mädchens waren nicht mehr ausdruckslos, sondern starrten in panischer Angst zu ihr auf.

Linda hob das Gesicht gen Himmel. *Matt muß überleben.*

36.
KAPITEL

Der Schlamm war überall, glitschig, begierig, ihn herabzuziehen. Als er auf das Baugelände fuhr, registrierte Jay Goldstein mit dem ersten Blick die Autos, den Wohnwagen und die Frau mit dem Kind auf dem Arm. Aber kein Toller. Kein Matthew Crell. Und, gottverdammt, kein Cruz.

Cavessena brachte ihren Wagen neben seinem zum Stehen und bedeutete ihm, daß sie seitlich am Gebäude entlanggehen würde. Er nickte; es würde bald vorbei sein.

Er war noch etwa sechs Meter vom rechten Gebäude entfernt, als er die Schüsse hörte.

Der erste ertönte, als er noch zwei Türöffnungen weiter war. Auf solidem Untergrund statt in diesem Meer von Schlamm wäre er vor dem zweiten, dritten und vierten Schuß zur Stelle gewesen.

Als er die Türöffnung erreichte, mischte sich Rauch in die Stille, die sich auf den Rohbau herabgesenkt hatte.

Er zog sich hinauf und blieb mit dem Rücken zur Sonne in der Öffnung stehen.

Toller lag in seiner Bay-Security-Jacke auf dem Sperrholzboden, Pistole in der Hand, gleich neben einem Stützpfeiler. Seine Beine zuckten unkontrolliert. Blut strömte durch die Finger der Hand, die er an seinen Hals gepreßt hatte. Goldstein sah, wie das Zucken aufhörte.

In einer Pose bizarrer Intimität lag Matthew Crell neben Toller, ein Bein über die Tollers gelegt. Er hielt sich die Schulter, murmelte etwas Unverständliches, zitterte. *Er lebt,* dachte Goldstein. *Er lebt noch.*

Wo zum Teufel steckte Cruz?

Goldstein lief geduckt zur hinteren Türöffnung.

Cruz lag ausgestreckt auf dem Rücken. Ein dunkler Fleck breitete sich auf seinem Hemd aus. Goldstein sprang auf den nassen Boden, rutschte und schlitterte. Er kniete sich in den kalten Schlamm und legte das Ohr an Cruz' Brust; der Herzschlag war schwach, seine Atmung flach.

Lebe, befahl er. *Lebe für Elenya, für Julio und Carlito. Lebe, damit du dich beklagen kannst, daß seine Füße weh tun, lebe, damit Cavessena dich anlächeln kann. Lebe,* flehte er, *damit wir uns über den nächsten Fall streiten können.*

Goldstein faltete seine Jacke und hob den Kopf seines Partners auf das weiche, trockene Kissen.

»Sag ihr ...« Cruz fuhr sich mit der Zunge über die Lippen. Seine Stimme brach.

Er würde seine ganze Kraft brauchen, nur um zu überleben. Goldstein strich Cruz ein Büschel nasser Haare aus dem aschfahlen Gesicht. »Ich werde Elenya benachrichtigen. Ich werde ihr sagen, daß ...«

»Linda Crell – sag ihr, Toller ... hat ... zuerst ... geschossen.« Cruz' Brustkorb hob und senkte sich; er schloß die Augen, und sein Unterkiefer klappte herab.

Atme, verdammt noch mal. »Sie wird mir vielleicht nicht glauben, Cruz. Ich war nicht dabei. Ich werde ihr sagen, sie soll dich morgen oder übermorgen anrufen.«

Speichel rann Cruz aus dem Mundwinkel. Goldstein wischte ihn mit einem Zipfel seines Hemdes fort. *Gib nicht auf.* »Okay, okay. Jetzt verstehe ich. Du willst dich bloß davor drücken, den Bericht zu schreiben. Okay, Cruz. Ich übernehme das.« In der Ferne ertönte das gedämpfte Heulen einer Sirene.

Ein leises Lächeln erschien auf Cruz' blutleeren Lippen.

»Ich habe einen Krankenwagen gerufen.« Cavessena kniete sich auf die andere Seite von Cruz. »Dem kleinen Mädchen ist nichts passiert, Cruz. Cindy könnte ein Bad brauchen, aber es geht ihr gut.« Sie beugte sich vor und drückte ihm einen Kuß auf die Stirn. Als sie sich wieder aufrichtete, war ihre Wange dreckverschmiert. »Du bist ein verdammter Held, weißt du das?« In ihren Augen glitzerten Tränen.

»Atme nur weiter, bis der Krankenwagen da ist, *amigo.*« Goldstein hielt Cruz' Finger umklammert, sah, wie seine Lider zuckten. »Du hast da etwas durcheinandergebracht, Cruz. Ich bin derjenige, der eine Ausrede braucht, sich vor dem Thanksgiving-Dinner zu drücken, nicht du.«

Cruz fuhr sich erneut mit der Zunge über die Lippen. »Füllung«, preßte er hervor. »Verwahr mir …« Er lächelte und hustete schwach. »… etwas von der Truthahnfüllung.«

ENDE

Band 13 708

Kate Green

**Zwei Wochen
im Juli**

**Deutsche
Erstveröffentlichung**

Eine schaurige Vision bereitet Theresa Fortunato ein jähes Erwachen: Ganz klar sieht sie das Bild eines kleinen Mädchens vor sich, das entführt wurde und um Hilfe schreit. Verzweifelt versucht Theresa herauszufinden, wer das Mädchen ist, doch all ihre Bemühungen schlagen fehl – bis ein zweites Verbrechen geschieht. Ein Antiquitätenhändler wird ermordet, und bei ihm findet die Polizei ein Foto des Mädchens. In welcher Verbindung stand der Mann zu dem Kind? Wie sind die beiden Verbrechen miteinander verknüpft? Theresa hat keine Ahnung, was sie aber weiß, ist, daß ihr und Inspector Jardine nur wenig Zeit bleibt, dies alles herauszufinden. Denn eine zweite Vision zeigt ihr noch mehr Kindertränen und noch mehr Blut ...

Eigentlich widerstrebt jedem Thriller-Fan alles Übersinnliche – aber dies ist die berühmt Ausnahme. ZWEI WOCHEN IM JULI, ein Buch, dessen packender Spannung sich niemand entziehen kann.

BASTEI LÜBBE

**Sie erhalten diesen Band
im Buchhandel, bei Ihrem
Zeitschriftenhändler sowie
im Bahnhofsbuchhandel.**